# 蜜蜂的语言

［美］劳拉·金（Laurie R. King） 著　孙丽娜 译

*The Language of Bees*

# 地图

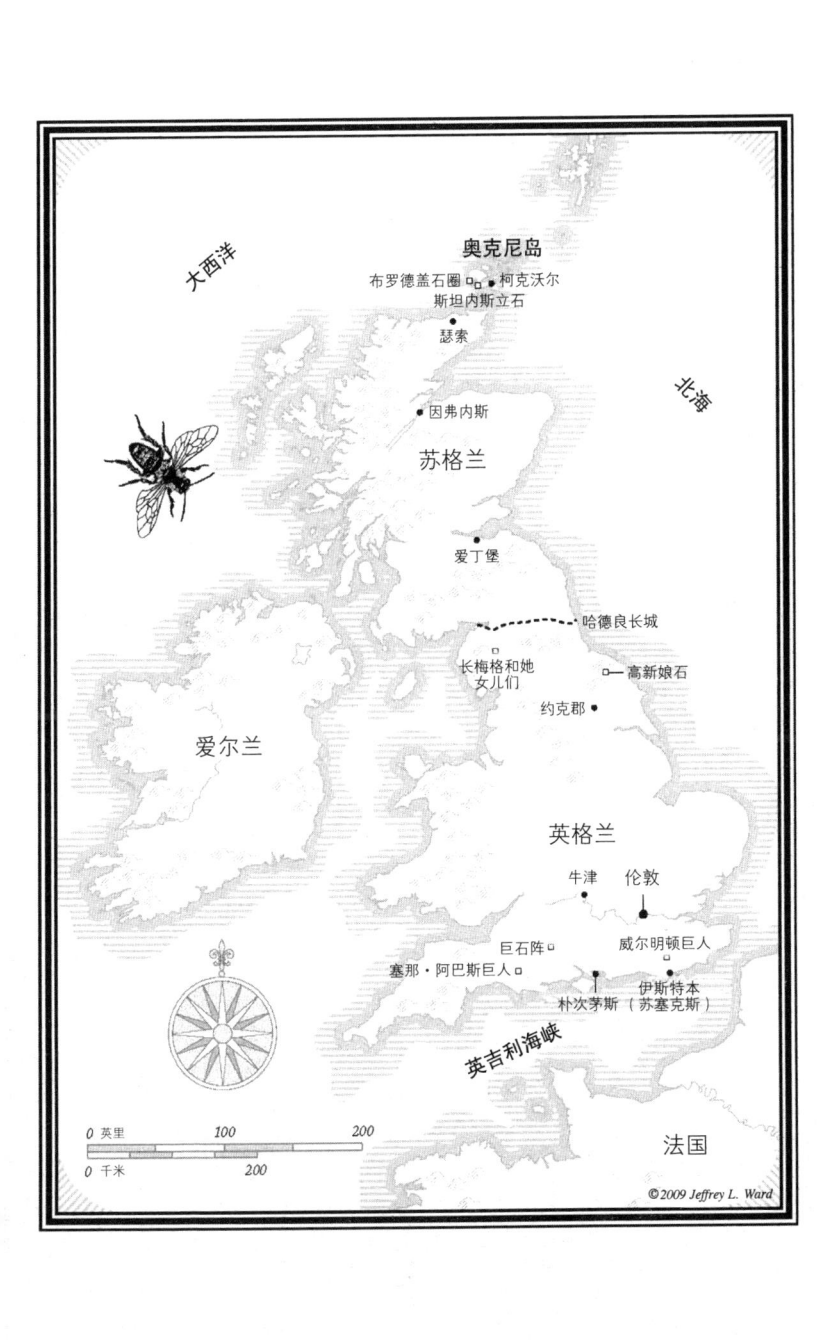

- 大西洋
- 北海
- 奥克尼岛
  - 布罗德盖石圈
  - 柯克沃尔
  - 斯坦内斯立石
  - 瑟索
- 因弗内斯
- 苏格兰
- 爱丁堡
- 哈德良长城
- 长梅格和她女儿们
- 高新娘石
- 约克郡
- 爱尔兰
- 英格兰
- 牛津
- 伦敦
- 巨石阵
- 威尔明顿巨人
- 塞那·阿巴斯巨人
- 朴次茅斯
- 伊斯特本（苏塞克斯）
- 英吉利海峡
- 法国

0 英里 100 200
0 千米 200

©2009 Jeffrey L. Ward

# 目录

第一部　苏塞克斯／1
第二部　法国／15
第三部　苏塞克斯／39
后记／439

# 第一部

苏塞克斯
1924年8月

一

**第一次出生（1）**：这个男孩出生在一个群星璀璨的夜晚，一颗彗星划过苍穹，夜空抛出无数颗流星来通报他的到来。

《证据》，1章：1节

回乡之日，却并不顺利。

火车晚点了。

酷热中的朴次茅斯时不时有微风拂过。

夏洛克·福尔摩斯来回地走着，一根接一根地抽着烟，他那早已阴郁的心情此刻愈发地阴沉。

在纽约我患了感冒，到现在鼻塞还没好。我坐在那里，真想将搭档的情绪和自己的头痛抛到脑后。

帕特里克是我农场的经理，他本来满面笑容，手中拿着信件和当日的报纸来接船；此刻他脸上的笑容消失了，将东西塞到我的手中，说他得去看看为什么耽搁了。

欢迎回家。

福尔摩斯似乎正打算将大衣扔在一旁徒步回家，这时传来了鸣笛声，门也嗒嗒作响，火车缓缓地开动。我们上了车，把隔间内的窗子使劲拉到最大。帕特里克小心地看了一眼福尔摩斯，说自己在三等厢有个熟人得去看看。福尔摩斯重重地坐下，伸手又去拿烟。

我看出了其中的意味，虽然还不太清楚原因。的确，纽约平常无奇的一周之后,又在海上待了许久,也许会让福尔摩斯这样的人暗暗地气愤,然而,在国外窘迫了七个月之后的一场海上之旅[1],终归还不算令人烦扰。不管怎么说,我们启程回家了,那里有他的蜜蜂、他的报纸,还有那个他用了二十年的时间才等来的家。照理该产生一种满足感,甚至是一种期待;可这个男人却一脸的阴郁,一根根地抽着烟。

我和他结婚这么久,知道此时不应该去提眼前的谜团,只是说了句:"福尔摩斯,你如果一直那么抽下去,你的肺会变成皮革的,我的也会。你看看报纸或是信件怎么样?"我把报纸递向他,我刚才等车的时候已经看过了,然后拿起剩下那堆东西最上面的一张,那是沃森博士展示葡萄牙乡村广场的照片明信片。让我惊讶的是,福尔摩斯并没有伸手去接我递向他的报纸,而是一下子抓起了我放在腿上的那些信件。

这又是一件怪事。福尔摩斯总是喜欢看报纸——实际上,是很多份报纸。在之前的几个月里,因为要滞后几天甚至几周才能得知最新的新闻(指英国新闻),他非常沮丧。有一天,在印度北部,他攥着一份三周前的《泰晤士报》,厌恶地咒骂了几句,随即把它扔进了火堆,并且说道:"我刚离开英国,那些罪犯就像蟑螂一样涌了出来。我不能由着他们作怪。"

从那之后,他坚持阅读当地的报纸,并且拒绝伦敦任何人的开价。老实说,回到朴次茅斯以来,我一直感到奇怪的是,他竟没有从帕特里克手中抢过报纸一把撕了。

现在,他就像一只打洞的獾,正从信件中找寻线索。当福尔摩斯投入地思考时,想要撬开他的嘴说上几句,就好像去拍全神贯注的獾让它开口一样,所以我告诉自己:先看看窗外平凡无奇的景色,然后接着去读那些还没有看过的报纸。

---

[1] 这几个月发生的事件可以在《游戏》、《上锁的房间》以及《侦探的艺术》中找到。

过了几分钟，我的搭档兼丈夫嘟囔了一句"迈克罗夫特没有什么消息"，就将手中他哥哥那封没有什么内容的信丢在身旁的座位上。

"他还好吗？"我问了一句。

他撕开第二个信封作为回答。我想了想，猜到这封信上是不会说写信人最近是好是坏的：的确，迈克罗夫特去年冬天病得不轻，可即便他已在弥留之际，如果与业务无关，他也不会在信中提及。

福尔摩斯读着信，我也读着报纸。他放下了第二封信，一封明显要厚一点的信，放在了迈克罗夫特的信件之上，然后气愤地说道："哈德森太太写了三页纸惋惜她不能迎接我们，两页描写没用的细节，说什么她的朋友特纳夫人病了，需要她回萨里，写了两页多来让我们相信，她找来的露露更有能力，然后在最后一段特意地提了一下，我的一个蜂巢发狂了。"

"发狂了？那是什么意思？"

他用举起的手指形象地表明，她话中的意思就像头上的空气一样没有意义，然后接着读起了信件。现在，他的兴致更高了。他仔细地读着下一封信，然后凑到鼻子前，赞赏地深吸了一口气。

别人的妻子大概会怀疑地看着他这种独具特色的欢喜之情。我却埋头看起了报纸。

火车发出了震颤声，热风从窗外吹了进来，隔壁的车厢里传来了此起彼伏的嘈杂声，可在我们周围，寂静愈发厚重起来，那是未解的谜题以及没有说出的话语带来的压抑。两架美国全球飞行中幸存的飞机目前还在雷克雅未克，我注意到这样的消息。还有，有关德国战后赔款的会议周末将在伦敦召开。此前又对光彩年华（包括一些级别较低的王室成员）

查抄了一次，他们在一所乡村房屋聚会，现场到处都是可卡因。不过，眼下倒有个合适的机会打破沉闷的寂静：我大声地将李奥波德与勒伯案最新的判决读出来，这两个年轻人之前谋害了一个男孩，为了排解无聊，同时也为了证明他们的能力。

福尔摩斯翻了一页。

过了几分钟，我又试了一下。"这儿有一封信是写给《泰晤士报》的，与巨石阵那儿的德鲁伊教徒自杀案件有关——或者是别的什么地方的一起自杀案件，还有巨石阵那里的一次小规模暴动。真有趣，我竟然没有意识到德鲁伊教徒又回来了。我真想知道坎特伯雷大主教会就此事说些什么。"

他可能是聋了。

我瞄了一眼那封让他如此专注的信件，那张陈旧的淡米色信纸上简短的字迹，看不出来有什么。

我放下报纸，过了许久才去看哈德森太太的信。这封信中没提到什么有用的东西。之后我又看了看迈克罗夫特那封简短的来信。福尔摩斯还在紧锁眉头看着信，那是一封很长的信，不知是谁写给他的。真后悔从纽约来时没有带上足够的书，我只好又翻起了《泰晤士报》，因为所有的消息都看过了，我只好看看广告。

"它们正在到处乱飞。"福尔摩斯说。

我放下报纸抬起头，先是看了他一眼，然后看着他手中厚厚的信件。

"谁啊？"我问了一句，突然回过神来，或者说，至少想起来了，"蜜蜂。"

他竖着眉毛看我。"就是蜂巢发狂了那件事。它们到处乱飞。远处田野中坟冢旁边的那个。"他补充了一句。

"那封信是你的养蜂朋友寄来的。"我猜到了。

他直接把信递过来作为回答。信中密密麻麻的字迹以及火车的晃动再加上文中晦涩难解的术语，都让它变得难以理解。过了这么多年，我对养蜂方面的术语还是有些了解的，也曾在这样或那样的事情中帮过忙，可这个写信的人，他的兴趣，他的专长，我还真是摸不着头脑。我的鼻子还不通气，从信中也嗅不出任何蜂蜜的味道。

看到结尾的时候，我问了一句："蜜蜂怎么飞才算是发狂了？"

他说："你看看这封信。"

"我读了。"

"你刚才为什么不——"

"福尔摩斯，你直说吧。"

"蜜蜂成群地飞，不停地乱飞。正常情况下，一群飞着的蜜蜂可以反映出蜂群的兴旺，表明即便有一半的蜜蜂减损，整个蜂群还能继续繁衍下去，可这种情况下，蜂群在大量减员。他已经将附近清理过了，也检查了寄生虫或是瘟疫，甚至还把蜂巢迁了个地方。在信中他谈到'叮当声摇动着圣母的钹'的部分，其实是在警示我，他已经在附近挂了几个铃铛，那是维吉尔推荐的方法，可以诱使蜂群飞回蜂巢。"

"孤注一掷的办法。"

"听起来他的确有些为难。我简直无法想象他站在蜂巢旁，'摇动着圣母的钹'，这是维吉尔的下一条对策。"

"你以前也见过蜂群乱飞的情况。"那时蜂群跟着焦躁的蜂后恣意地乱飞——使工蜂大批地减损。就像福尔摩斯说的，刚进入这个季节时，它们会将蜂蜜以及下一代的蜂蛹丢弃，这不是什么大问题。可是，我清楚，蜂群一次次地这么做，就是另一回事了。

"最后蜂群朝着正北的方向飞去了，试图占据牧师的花园中一个活跃的蜂巢。"

这很古怪：强取豪夺在蜜蜂中是反常的行为。

"所有的事情结合起来真是非比寻常。也许是这个蜂群染上了寄生虫，让它们发起狂来？"他沉思着。

"你能做些什么？"我问，虽然我还是认为他今天很奇怪，竟然觉得他那些昆虫的举动要比德鲁伊教徒的死亡或是娇惯的年轻人所做的恶行还有吸引力。药品的问题也本该吸引他的注意——自从去年夏天以来似乎在增加，我想：再过多久福尔摩斯才会再次卷进其中呢？

"我真该杀了它们。"他说道，把信叠了起来。

"福尔摩斯，那样似乎有些极端。"我表示反对，直到他好奇地看了我一眼时，我才突然想起我们说的是蜜蜂，而不是光彩年华那些人或宗教狂人。

"可能你是对的。"他说，又读了起来。

我又看起了《泰晤士报》，我的目光再次被那个农民的来信所吸引，信中要求在巨石阵那里配备一支警卫队，以避免暴乱的出现或是离奇的自杀事件。我摇了摇头，又翻起了报纸：说到群体行为，发起狂来可是有很多种。

二

**第一次出生（2）**：这个男孩的母亲知道流星是一种预兆。就在她分娩最痛苦的时刻，有位天神在一道火光中忽然降临人间，火光坠入池塘，顿时激起滚滚气浪。数个小时之后，它在水中还是热的。

《证据》，1章：1节

我们离开苏塞克斯海岸旁的家时，是1月里一个寒冷飘雪的早晨，而今回来已是盛夏的午后，乡下到处是黄绿相间的景色，弥漫的芬芳就像置于掌心的一枚熟透的桃子。

苏塞克斯一直以来都是那么迷人，大海与牧场相接，空旷的低岗上卧着一片幽深的树林，平静的海滨度假胜地紧挨着被鲜血浸染过的诺曼征服古迹。每天，都会与历史不期而遇。在当地人的心中，在这片土地上，过去就是现在。

汽车在山间费力地行驶，一路发出噗噗的声音。福尔摩斯换了件衣服，然后伸手去摸烟盒，这个突然的动作一下子将他的心情表达得淋漓尽致，就好像他在大声说话一样：他感到苏塞克斯越来越难以理解了。

他本来选定在苏塞克斯静养以避开伦敦的媒体，在乡下的家中可以写点东西、做做实验，可以思考一下蜜蜂的事情，还可以外出探险做个调查；如今，满世界自由地飞了七个月之后，这里已经变小了，无聊了，单调了，让人感到透不过气的恐惧。

苏塞克斯现在成了一个陷阱。

没等车子完全熄火,福尔摩斯就从车上下来了。他漫不经心地扔掉大衣和帽子,穿着衬衫就出去了,朝着远处田野里坟冢的方向走去。

帕特里克早已习惯了我丈夫的怪癖,只是问了问我是否需要把行李箱搬到楼上去。

然后,前门开了,哈德森太太找来的帮手露露走了出来。

"夫人,见到您真好,的确,哈德森太太最近有些烦恼的事,我希望您不会介意她不在,不过昨晚有个绅士——"

突然出现的一个人,还不是我希望看到的人。我把大衣和手套一股脑全都扔到了帽子架上,然后跟着福尔摩斯的足迹,朝南唐斯起伏的开阔地带走去。

一走出院子周围的石墙,我就看见他正在前面大步流星地走着。我没有急着跟上去,在他回家之前我能不能追上他一点都不重要——他不久就会回去的——即便是发了狂的蜂群也一定会在黄昏时分安定下来。我只是走着,呼吸着这里的空气,九年了,这里一直是我的家。

我的头痛好些了,并且没过多久鼻塞也好多了,可以闻到海水的气息,只有半里之遥,还混合着新割的干草味道。我听到了一只海鸥嘶哑的哀鸣,然后是一只乌鸦的低鸣。在伊斯特本通往西福德的路上,摩托车嗒嗒地驶过,五分钟之后,从伦敦出发的晚班列车呼啸着向伊斯特本驶来。

天色渐晚,我忽然看到一只还未归巢的蜜蜂,它正在一朵白色的三叶草花上飞舞着,我一直看着它,直到这只忙碌的昆虫飞远——朝我身后果园的方向飞去了,那片田野并不是蜂群发狂的地方。我弯下身摘下花朵,边走边拨弄着它的卷须,吸吮着上面微少的花蜜。

这是英国南部一个完美的夏夜,我百无聊赖、毫无目的地漫步。要是没有穿着礼服裙子和旅行时穿的长袜,我也许会一下子坐在修剪过的草地上,数着天上一缕缕的云。

印度是富丽壮观的,日本是精致优美的,加利福尼亚就是我的一块骨骼,可是老天,我爱的却是这里的乡下。

我发现福尔摩斯蹲坐在蜂巢旁,衬衫的袖子卷到肘部。隔着一段距离我都担心,离开时他浑身会不会被蜇上一千个蜂刺,可是走近时,我却听不到夏天中蜂巢那种巨大的嗡嗡声。白色的郎氏蜂箱寂静无声,底板空空如也,当他把蜂巢的盖子抬起时,里面没有腾出汹涌的蜂团。只有他朋友之前挂在那里的铃铛发出清脆的声音。

我小心翼翼地站到墙上,以免上面的石头松落,在那儿等着他弄完。附近的一个坟茔很小,以至于在四千年里一直不受外界的打搅,甚至避开了永远都那么好奇的维多利亚时代的人们。黄昏时分,它的影子被拉长,一直延伸到墙角。我抬起头,凝视着南方,远处,夕阳西下,英吉利海峡渐渐灰了下来。

突然,空气中弥漫了浓浓的蜂蜜味道,原来是福尔摩斯把上面的那些框架撬起来了,每个都是黑色的、整齐密封的六边形孔洞,它们体现了蜂巢与带着蜜的花朵间成千上万次飞来飞去的行程。如今,它们已经被废弃了,里面一只蜜蜂也没有。

我们看不懂的远远不止这些,尽管我知道,明早福尔摩斯一定会再来,探寻蜂巢灾变的线索。现在,他把那些框架放好,又把盖子放回去。

正如我所说的,我并不太在意这些欧洲黑蜂,不过是片刻地哀悼一下那个凄凉的长方形蜂箱。

"讨厌的动物。"福尔摩斯嘟囔了一句。

我从墙上跳下来,一站稳就不由得笑了起来:"哎,福尔摩斯，承认吧，你很喜欢这起神秘事件。"

"我在想，今晚是不是可以到米兰科那里打听一下消息，"他谨慎地说，"他也许破晓时就能回来。"福尔摩斯气恼地看了一眼那个白色的蜂箱，然后转身穿过山丘，朝着家的方向走。我就跟在他身旁，庆幸的是，我们之间情绪性的无语，在一定程度上没那么明显。

"就是那个给你写信的人吗？"署名一直不怎么清晰。

"是，格兰·米兰科，他去年夏天退休后搬到了这里，是笔宝贵的资源。"

说实话，我一直都不能确定是什么原因让福尔摩斯对蜜蜂那么着迷，不管什么时候我问起他，他都只是说，它们能教他很多东西，关于这些东西，绝不是一个自我鞭挞的苦修者甘愿接受的一次痛楚和终身的挫败，总之，说不清楚。

我们边走，他边默默地想着蜜蜂——蜜蜂，它的副标题就是死亡。亚历山大大帝那具满是蜂蜜的棺椁，防止这位征服者的尸体在回到亚历山大港这段漫长的路途中腐烂掉。使用蜂蜜的习俗在希腊史诗《伊利亚特》和印度古诗集《梨俱吠陀本集》中均有记载。古希腊人相信蜜蜂能够通灵。蜜蜂也被用来治疗伤口的化脓或是皮肤腐烂。有一个古老的民间习俗叫作"告诉蜜蜂"，在这个习俗中，养蜂人去世了，他的家人对着蜂巢低语，诉说主人的死讯。声名狼藉的毒蜂蜜还害死了色诺芬军团的大批将士。

走了一英里，想到这些金色物质与死亡的关系，我真是受够了，打算找点别的事情转移一下他的注意力："我想知道，说到你的蜂巢，布拉泽·亚当是不是没给你什么建议？"

提到达特穆尔高原上巴克法斯特修道院中那个疯疯癫癫的德国养蜂人，着实让福尔摩斯有了兴致。我们把那个弥漫着阴影的蜂巢抛在脑后，说起了一些轻松的事情。当我们到达房子旁边那个砌着围墙的果园时，夕阳正紧贴着地平线，看起来一点都不刺眼了。让人欣慰的是，这里的蜂巢都在嗡嗡作响，就像一千对翅膀在努力地驱散一天里的热度和湿气，让储藏好的花蜜在原来的基础上变得更加浓稠。

我看到福尔摩斯将蜂箱摆成一个环形，然后将耳朵凑到旁边，听上一会儿后，再移到下一个。过去这些年来，数不清有多少次我曾看见他这样做。

第一次是在我们遇见的那天。我与福尔摩斯是在1915年的春天相遇的，那时的我，还是一个闷闷不乐的青涩少女，他则是一个一把年纪的失意侦探，生活没有什么目标。这对本不可能有交集的男女却因精神上的相似很快有了心灵上的交流。就在那天，他把我带到这里，还没来得及请我在石阶上坐下，就递给我一杯蜂蜜酒，开始来回巡视他那些蜜蜂了。那天他给我的，还有珍贵的友情。

九年后，我完全变成了另外一个人，但是最近加利福尼亚的事件，已经让我不由自主地变回了那个脾气大、情绪反复的自己。

时间，我告诉自己，恢复是需要时间的。

当他回到我站立的地方，我吸了一口气对他说："福尔摩斯，如果你更喜欢别的地方，我们不必非要留在苏塞克斯。"

他仰起头，出神地看着不同的颜色开始浸染天空。"我更想去哪里呢？"他说。让我松了一口气的是，他问的问题中没有尖锐，也没有怨气。

"我不知道。但不能仅仅因为你在过去的二十年里选择在这里生活，我们就要一直留在这里。"

过了一分钟，我觉得我看到了他在点头。

沟通是一种如此复杂的技巧，当我们沿石阶状的矮墙走着时，我仔细地想了想：一个人说出的话，在不同的时刻或是用不同的声调，有可能会让隐忍的怒气一下子爆发出来，如今却将这段伴侣关系神奇地修复了。我微笑着，我的脚向前探着台阶——走着走着，我撞向了福尔摩斯，险些从台阶上掉下来。

他突然停下，紧紧地盯着石阶中间站着的那个身影，落日的余晖此刻正洒在他的一侧。

那是一个高高瘦瘦的男人，三十岁左右，胡须修剪过，长发乱蓬蓬的，下身穿着一条破旧的灯芯绒裤子，上身是一件帆布夹克，里面是亚麻布的衬衫，领口处露出一条鲜艳的橘色围巾。我很可能会想到一阵淡淡的松脂的芬芳，可是他指甲中的颜色和那花哨的丝巾让我觉得他并不是放浪不羁的诗人，而是一个画家。他手指上的金戒指做工粗糙，看起来与他极不相称。

我一下子怒火中烧，不论这个不速之客要在我们这里做什么，他都不能在这里等到明天早晨。他看上去一点都不像个客人——露露究竟为什么让他进来？

我跟着福尔摩斯走上台阶，打算将这个纠缠不清的艺术家从台阶上呵斥下去，并且，幸运的话，从我们的生活中消失。可是，当我用余光瞥了他一眼时，他脸上的表情让我把话又咽了回去：他的脸上流露出惊讶的神色，还夹杂着忧惧——从未见过谁会这样，太奇特了。这种情感从何而来？这样的疑问在我脑海中迅速闪过，福尔摩斯是否知道一些我不了解的线索呢？

和很多高个子不同——这个人比福尔摩斯高出很多——他身材挺拔，尽管从他的手上能看到某种掩饰不住的迟疑，但他头部的姿态，还有他在福尔摩斯注视下那种坚毅的神情，都让人察觉到他那双灰色的眼睛中有种不可忽视的聪颖，还有一点点的幽默。这个人甚至有可能会——

我认出了他，整个人愣住了，一下子屏住了呼吸。我迅速地朝他的手指看去，那是熟悉的形状，然后走近些，端详着他的容貌。如果一个人把头发全都剪掉，抹去这五年的光景，两英石体重，擦去这些瘀伤，还有左侧太阳穴处的擦痕……

我认识他。确切地说，我之前见过他，尽管如此，如果不是福尔摩斯当时的反应提示了我，我可能认不出来他。五年前，我们面前的这张面孔有着精致的、几乎是女性般的美；他的胡须、身材，还有那股自信，完全可以扮演舞台上的路西法[1]。

他的脸上渐渐露出了笑意，看起来几乎是胜利的满足感。他开口说话时，音色让人想起他的母亲，她曾是一位著名的女低音。

"你好，爸爸。"他说。

---

[1] Lucifer，罗马神话中曙光女神奥罗拉的儿子，曾经是天国中最美丽、最强大的天使长。——译注

## 第二部

法国
1919年8月

三

**第一次出生（3）**：男孩母亲咽气的时候，天空中一轮满月，仿佛一扇光亮夺目的圆门，通往永生。

《证据》，1章：1节

我和达米安·艾德勒的父亲是在同一天遇见他的。那是1919年的秋天。当时达米安二十四岁，我十九岁。时年五十八岁的福尔摩斯刚刚在几天前发现自己是个父亲。那次的见面并不开心。那段时间，我们当中没有谁是开心的。我们当中没有谁是健全的。

要不是这一年最终给全世界带来了和平，没有谁会愿意重复1919年的一切。那年年初，我们从一伙不知名的诡诈敌人那里飞回，那是一次耻辱的飞行——我们告诉自己只是重新整编，但我们清楚，实际上是溃败。迈克罗夫特在英国一个未透露名字的权力部门任职，他之前就给了我们撤退的选择，让我们可以喘息一下。不知什么原因，福尔摩斯让我来选，我选择了巴勒斯坦。在那个月，他被囚禁，受尽酷刑，奄奄一息。我们回到英国时，福尔摩斯的身体已经恢复，但他的精神，还有我们两人之间的关系都受到了严重的损伤。

那年春天我看见他时，发现我的选择早已将那种担惊受怕的神情留在了他的眼睛里。

到了5月末，我们终于与敌人遭遇，这次是我们占上风，代价却是一枚子弹穿过了我的肩部，还有，我的手上满是友人的鲜血。

那年夏天福尔摩斯见到我时，发现过往已经将痛苦憔悴还有无数不眠之夜都留在了我的脸上。

因此，1919年8月，我们都受了伤，内疚而烦躁，虽然生活在一个屋檐下，却几乎不去看对方或是寻求对方的陪伴。当然，我们都清楚，1月份从英国坐飞机回来时，我们之间所建立的那种千丝万缕的联系，正在我们面前一丝丝地凋落，我们似乎都不知该怎样做才能再次建立起以前的关系。

身处这种紧张动荡的形势之下，忽然一个惊人的秘密又被揭露出来：福尔摩斯有个儿子。

迈克罗夫特当然早就知道。福尔摩斯也许对伦敦的每起案件都料事如神，但他哥哥却了解远在英国之外的事情。多年以来，迈克罗夫特一直知道此事，但他丝毫没有透露，直到有一天，这个年轻人因为谋杀而被捕。

1919年7月临近尾声的时候，我们收到了两封完全不相关的信。第一封是寄给福尔摩斯的，我没见着它是什么时候寄到的。几天后，又有一封信寄来，是给我的，那是我们前一年救过的一个孩子写来的。

孩子简单的情感和由衷的赞美用她那费力歪斜的字迹表达出来，我读着读着，竟抑制不住，泪水夺眶而出。

一直紧闭的门突然打开了，福尔摩斯走了进来。

"我需要去法国和意大利，大约要六周的时间。"他告诉我。我刚要使劲把门关上，他又问了我一句："你介意和我一起去吗？"

几周来，这似乎是第一次我感受到了呼吸的顺畅。我看着他，意识到尽管往事历历在目，但在福尔摩斯心中，我们之间的搭档关系一直都是在的。

那天晚上，夜幕降临的时候，我们坐在石阶上。我问他我们什么时候出发。

"起床就走。"他告诉我。

"什么？"我站了起来，似乎要赶紧去收拾东西，然后又回过身来坐下，抚摸着绷带下的伤臂，问道，"怎么这么急？"

"迈克罗夫特总是要求事情在头一天就做好。"他漫不经心地说。

"这次又是为迈克罗夫特做事？"

"多少算是吧。"

这时，我的直觉颤抖着。这种漫不经心的态度往往意味着福尔摩斯在隐瞒一些我不会赞同的事情。我看他伸手去拿咖啡壶想再倒一杯，杯子马上满了，他还浑然不知。我感觉他的不安似乎有更深的原因。

如果是在一年前，我会反复催促甚至逼他，可通过最近几个月发生的事件，我不再那么急切地逼着这个先是我导师后是我搭档的人向我妥协。他会在他认为合适的时候告诉我一切。

"我会给帕特里克留个便条，让他知道我离开了。"我说。福尔摩斯一点都没有流露出惊讶之情，只是点了点头，但我能感到他的目光一直跟着我进了房间。

第二天，火车上早早就挤满了夏日里出行游玩的旅客；横渡英吉利海峡的船也满载着乘客，在海浪中颠簸着；开往巴黎的火车上，似乎比利时总人口的一半都在这里——他们中没有人打算在巴黎停歇，精神正常的人没有谁会去8月的巴黎。

来来往往人多眼杂，直到我们站在了巴黎酒店的大堂，福尔摩斯才把手伸进里面的衣兜，拿出那个一整天都在挑逗他手指头的信封。

"看一下，"他突然对我说，随即把它塞到我的手里，"我去我房间了。"他穿过走廊,进屋后就关上了房门。我等侍者帮我把箱子放好,给了小费,然后关上自己的房门。

我把信放到桌子上,摘掉帽子和手套的时候,视线都没离开它。是迈克罗夫特的字迹,那朴素的铜版纸是他在处理庄严的事情时才会使用的。上面没有邮戳,说明是信使递送的。信封被反复触摸过很多次。我想象着福尔摩斯把它从衣袋中拿出来,一遍又一遍地阅读。

房间里有一把硬邦邦的小椅子,它前面是一张用来装饰的法式桌子,我坐下来,打开信。信上的日期是六天前——我突然意识到,那天有几个小时都没见到他,他回来后,就开始心事重重。

亲爱的弟弟:

1894年的秋天,在你突然返回伦敦半年后的一天,有个来自法国的绅士拜访我,简单地说,我在几年前见过他。他此行的目的是力劝我去一个名叫圣教堂村的地方,位于巴黎以南三十英里。你知道,我从不旅行,我也向来人作了很多解释。可是,他在我面前说了很多,想让我相信此行十分必要。

旅程的另一端,是一位来自美国的女士,你和她熟识,她的名字在这里我就不写了,但是之前你告诉我,你和她交往过。她让你相信,在一起几个月后,她已经厌烦了你,因此决意一个人回到自己的祖国。

实际上,她没有回美国。尽管她在嫁给戈弗雷·诺顿之后成了英国公民,但和你分手之后,她搬到了巴黎附近的一个村庄。在那里生下了一个孩子。

我要去的地方是圣教堂村,到那里去见她,还有那个婴儿。一个男婴。她给他取名达米安,又加上了她自己婚前的姓氏。孩子看起来很健壮,当然,说话时听起来也是一样。

那女士担心自己以后会出什么事情,因此希望我详细了解一下她的孩子。她还向我发誓,只要她活着就不会让你知道这件事,至于之后,直到我觉得有必要时再让你知道。她担心的是,用她的话说,你会因此事而心烦意乱。

我同意她的请求,前提是她得接受每个月给她的生活费,这样才能保证养育孩子时不会有经济困难。虽然勉强,但她还是答应了。

1912年她去世的时候,我差一点就把这件事告诉你,可那时你正在忙着马蒂森的案子,接下来是辛格事件,等一切都处理完之后,你又到了美国,开始准备起诉冯·波克和他的间谍集团。看来,似乎想让你分神都没有时间。

在他母亲去世后,我的确很关注这个孩子。那时他十八岁,在巴黎上大学。1914年,他在法国参军——比起他的美国人身份,他更像是一个法国人——光荣地服役,刚进入部队时是一名下级军官,等到了1917年秋天的时候,已经是一名上尉了。

1918年1月,他在一阵密集的子弹中受伤倒下,头部受伤,盆骨裂损,昏迷了整整一周,最后不得不从部队退役。

不幸的是,他弄不到免费的镇痛药。陷入困境的他,不幸又遇到了一些坏人。如今,我不得不写信的原因,就是为了告诉你:他因为谋杀而被捕了。

凡此种种,加上你目前肩负的责任,想要缓解这一连串的打击,几乎没什么办法。我已经开始调查对他的起诉了，只是目前还对其中的细节缺乏了解——你我都清楚，也许证据明显不足，他所需要的只是法律上的支持；另外，这也说明，我们两个很可能帮不上他什么忙。我已经安排了一个好一点的律师接手这个案子，可不管怎么说，我都不该在你们两个之间再隐瞒下去了。

我希望你能原谅我，还有她，原谅我们没有让你知道达米安的事情。战争之前，人人都说达米安是个很有前途的年轻人，要不是镇痛药的祸事，他现在应该还是。在此我还要提一下，看过他的照片之后，我几乎找不到理由不承认他是你的儿子。

如果你能去和他谈谈，一定向他传达我这个做伯父的带给他的美好祝福。

迈克罗夫特

另外，我忘了说，达米安是个艺术家，一个画家。艺术融入了他的血液中。

## 四

**第一次出生（4）**：陨石就是男孩的第一件玩具，是他忠实的伙伴，因为它到现在还留着，为了满足他的需要，它被反复地放入火中，已经被重新塑造了。

《证据》，1章：1节

心烦意乱。这可真是一个该死的词。

为什么福尔摩斯之前要等整整一周才动身去法国？我又读了一遍信中"你目前的责任"那段文字。这是什么意思呢？是因为我，福尔摩斯才不能去帮助自己的儿子吗？

过了一阵儿我才鼓起勇气想到走廊的另一边看看。我看到我的朋友兼导师正站在敞开的窗子前，一边抽烟，一边凝视着楼下渐渐暗下去的街道。

"哦，"我说，"我想那一定让你觉得……"

"深感歉疚？"他声音很高，很尖锐。

歉疚，是的。可是，老实说，也心存感激，她没有强迫他因为这个孩子重新调整生活、事业。感激之外还有羞愧，有怨恨，有义愤填膺，还有气恼。他知道消息以来的这些日子，无疑还有好奇、难过，以及失去补偿机会的悲痛。

"这给你的感觉一定就像腹部被狠狠踢了一下。"

他没有回应。窗外车水马龙的喧器已经退去了，能听到的只有来往行人的嘈杂声。

我在杯子里倒满了冰，然后将旁边瓶子中琥珀色的酒倒了进去，把它递给了福尔摩斯，他只是看了一眼。

"罗素，这件事情，我也是这周才知道的。现在，我已经不想喝这些烈性酒来麻痹自己了。"

"可我是现在才知道的。我觉得，喝这种东西你比我更在行。"对于我这种逻辑，他没有辩解，只是接过了酒杯。

"迈克罗夫特说的就是艾琳·艾德勒的儿子吧？"我得先把情况了解一下。

他举起酒杯，牙齿碰到冰块，发出了咯咯的声响。这个姿态，我觉得就是承认的意思。

"那件事……是在你离开伦敦的那三年里发生的？"当时除了他哥哥外，所有人都以为福尔摩斯已经死了。可事实是，他去旅行了——去了麦加、拉萨，然后去了法国南部。

"是从赖兴巴赫瀑布回来之后，"他没有否认我之前的说法，"我那时刚从西藏高原下来，正打算坐船去欧洲，突然得到消息，说艾德勒小姐——诺顿夫人——就是艾琳，突然遇到一场严重的车祸，她的丈夫在那次事故中丧生，她也不得不退出舞台生涯。当时我碰巧从蒙彼利埃经过，我觉得……去拜访一下她在情理之中。我当时的打算是，如果丧夫之痛让她不得不放弃自己的事业，也许我应该去表达一下抗议，那样说不定她会重新考虑此事。她的声音很特别，"他补充了一句，"若是再也听不到了，真的很可惜。"

"但她不是因为悲痛，对吗？"

"是的，她的伤势还没好，还是很敏感，但她对之前的决定却态度坚决。我找到她时，她几乎是在贫困线上挣扎，靠给人做声乐老师挣一些薪水勉强度日。我没有急着返回伦敦，而是在那里待了一段时间，帮她安定下来。我借给她一些钱，足够让她买一架钢琴和一间小点的工作室，我自己则在城里找几份零工来打发时间，我什么事情都做，研究煤焦油方面的问题，也为餐馆削萝卜皮。那段时间，我们成了……朋友。"

我急着打断了他："并且似乎就是那段时间，伦敦发生了罗纳德·阿戴尔神秘死亡案，消息也传到了你那里，当时她忽然发现自己……抛弃了你？厌倦了你？不管怎样，她忽然发现自己有了身孕。"

"——还对我说她打算回美国，"他附和了一句，"一个人回去。回到伦敦之后，我的脑袋里挤满了大都市的生活。一晃九年过去了，似乎只是手指关节发出的一声响。然后我退休了，那九年的光阴就变成了一个断层。如果她真的打算和我联系的话，她知道我在哪儿。但她没有那样做。看来，她是决意如此。这是我生命中最为愚蠢的一个决定。"

他凝视着杯子，心里却一定在想着那个九岁的孩子。如果他当时大胆些去主动联系她，他也许能在那孩子刚进入青春期的时候看到他，如果他当时去找找她——当然他是有能力找到她的——他也许会过着完全不同的生活。没有蜜蜂，不必归隐于苏塞克斯的小镇，甚至也不会遇到一个名叫罗素的孤儿。

我试探着说："她是一个——按华生的话说——极有天赋的女人。"

"不论是天赋还是她的头脑。我二十七岁的时候，那位继承了王位的国王，华生喜欢称他为浪子，有一天找到我，要我帮他找回一张牵连甚广的照片，照片就在这个自负的、狡猾的新泽西女歌手那里。我一直都自诩为混迹于人群的神。这件事，我觉得也不过是小事一桩。何况还有让人满意的酬金和荣耀：轻拍一点脂粉，换上戏服，骨子里的莽撞、漫不经心地消遣一下，再扔下一枚孩子气的烟幕弹，瞧——让我来回敬一下那位女冒险家的讹诈伎俩。

"只可惜她此行不是来讹诈的,仅仅是想维护自己王室情人的身份。另外,一路上,她都走在我前面一步之遥的地方——甚至在我们门外的台阶上也是如此,竟是我惯用的伪装手段。'晚上好,福尔摩斯先生,'她对我说,"他放低男人的嗓音来模仿她,房间里仿佛有了那个女人的痕迹,怪怪的,"当我和她近在咫尺,呼吸着她身上的香气时,甚至当我在华生面前把双腿架起来,得意扬扬地自我吹嘘时,她仍然在盘算着自己的计划,不受干扰地解决着问题。"他不再看着窗外,转过身来,在昏暗的房间里望着我,"你知道吗?她利用我,让我成为她与戈弗雷·诺顿结婚时婚礼庆典上的证人。"

"我记得此事。"

他笑了,笑声中既有打趣的意味也有后悔和遗憾。昏暗中,我看见他微微地动着,听到了他衣服发出的沙沙声。这时,一个小小的闪着光的东西朝我扔了过来,我一把接住了:是一枚破旧的硬币,中间还有一个小孔。

"她用这个当作我为她见证的报酬,"他说,"我起初还以为她没有认出我,可后来才发现,她早就知道我是谁。尽管困苦的处境急需帮助,我还是觉得挺有趣的。我现在总拿这件事来提醒自己,我还有很多不足之处。看这儿——这上面还有她给我签的名呢。"

他走到屋子的另一边,打开桌子上的台灯。我把硬币拿到灯光下,在它的背面,我看到了几个硬物划上去的首字母——IAN——艾琳·艾德勒·诺顿。

我摩擦着硬币光滑的表面,竟然感到有种奇怪的欣慰:还好,这硬币让福尔摩斯忆起的是自己专业能力的不足,而不是一个人。我把硬币递给了他。他将它夹在指间,迅速地转了一下,之后把它夹在怀表链子上,又收了起来。

"我们去吃饭吧。"他说。听起来如释重负的样子。

"我们到外面找个地方？"我提议。

"巴黎的夏天不是最好的时节。"他表示赞同。

我们离开旅店，来到一家小酒馆。

知道了这些真相后，我不急着放松，想问问接下来怎么办。"自从收到信以来，"我问他，"与这次指控有关的，你有没有什么发现？"我发现我还是无法说出"你儿子"这几个字。

"你也看到了，迈克罗夫特在信中说，已经安排了一位法国的辩护律师来帮忙，是位能力很强的律师。我今天早上和他约好了，我们到时候会去圣教堂村，去看看那个小伙子。"

"我们"到底包括我在内，还是没有我呢？

"可是，福尔摩斯，你为什么没有在刚一收到信时就出发呢？"

"实际上，我的确给迈克罗夫特打过电话，告诉他我想马上去，但他把我劝住了。他认为，如果先等一下，直到我们手里有了有力的证据，也许会更有效果。此外，他还指出，如果那孩子在狱中还是依赖药物，那么他出狱时，也许并不会对我心存感激，因为在那种状况下，我才第一次去探望他。虽然我很不习惯让个人因素影响调查，但我不得不承认，等到那孩子能自己做出正确的决定，也许要更好一些。"

虽然我还不完全相信，但多少感到有些欣慰，我拿起刀，开始心事重重地把黄油抹到面包上。

"他知道吗？"我问，"那个男孩？"

"已经不能叫他男孩了，他现在知道了。"

"知道多久了？"

"我也不太清楚他妈妈是什么时候向他说起我的，甚至到底说没说过。迈克罗夫特是不得已才将情况告诉律师的。律师之后又告诉了达米安。很显然，当他听到我的名字时，脸上没有惊讶的神情。也许那和他的精神状态有关，或者，我想，他也许从来没听过夏洛克·福尔摩斯这个名字。"

"如果巴勒斯坦的沙漠游牧民都知道你的故事，"我说，我们冬天在那里暂住时发生过类似的事情——"好在，一名法国青年见过他们。"

"就担心会这样。"

"所以，这些天有什么进展吗？"

"此事看起来，"他说的时候，语气中既有不安也有满意，"好像指控他的证据绝大部分都源自同一个目击证人。"

我明白他这种模棱两可的含义。一个证人的证词，一个人出庭去指认并在那里大声地供述被告的罪行，对于被告来说，是非常有利的。另外，如果原告那头将这起谋杀案件调查的重心都集中在一个人身上，对他们而言，这也很容易功亏一篑。被告方只需在原告身上找到一些突破——如犯罪史、经济利益，或是视力缺陷——那么案子就有了解决的办法。

迈克罗夫特可以依法就原告认定的"达米安·艾德勒的确有可能作案"提出异议，那么，我猜想，他就不只是在破坏证据上极富经验了。

宽慰，有一点点的乐观，还有阵阵的微风，都让我们这顿饭吃得有了兴致。

可是，当我在闷热的房间里吃力地用一只手准备换衣服睡觉时，"责任"那个词又开始在我脑海中翻腾，真正的问题最终还是浮出来了：为什么要把达米安的事情告诉我？福尔摩斯为什么不选择简单地告诉我他要离开一段时间？为什么不说是因为某件公告感到困扰，只需给哈德森太太留个便条或是口信告知一下即可？老天才知道，他之前经常是毫不犹豫就那样做的。

一想到某天早上一醒来就发现他不见了，毕竟不是件轻松的事。自从负了枪伤以来，我极其依赖他在身边。可与此同时，我也十分讨厌自己这一点。

我把胳膊固定好，不再去看镜子中的自己。是不是他知道我那么脆弱，也许会承受不了别离？是不是我那无常的精神状态让他别无选择，只好带上我呢？

显然，迈克罗夫特提到的"你最近的责任"表明，福尔摩斯兄弟二人都把我这里需要安慰以及那个犯人需要帮助这两件事情看成是同样重要的。

由此看来，福尔摩斯除了把他这一生中最隐秘的也是最痛苦的一段经历向我坦露之外，已经别无办法。把他个人最私密的一段经历，在它还没有被处理、没有定论的时候就让我看到了。他听任我在他的伤口上撒盐。

我应该回家，马上。应该收拾行李，然后叫辆出租车，留下一张简短的便条来保住我的自尊，也为福尔摩斯那破碎的自尊心筑起屏障。

可是……

我始终觉得，他的悔恨中还潜藏着一点宽慰。感觉这次事件很可能会牵扯出更大的一件事，是需要尽快解决的。可是，是什么呢？

我想起了去年夏天，这件案子的前兆与一个孩子有关，就是那封寄来的信，让我感动得落泪的那个孩子。那天我到福尔摩斯家时，显然他没有想到我会来：我发现他乔装打扮，正要外出，看来，他是打算在我卷进此事之前不辞而别。可他为什么没有乘坐早一点的火车出发呢？那个案件——差一点就完全错过了——变成了我俩后来搭档关系的基石，在吵吵闹闹的一年里打下了坚实的基础。

要是福尔摩斯故意地或是下意识地在那天下午逗留了一会儿，是不是为了让我找到他呢？

如今在我病痛的情况下，他对我这种反常的关怀，是不是一种手段，要把我留下来呢？

我感觉不到之前那种时不时会出现的脆弱了。当然，我现在也并不是最好的状态，但可以肯定的是，他能看出，我正在努力地适应眼前的一切。即便我被抛下，孤单一人，我也不会马上崩溃。

我抬起头，望着眼前的镜子。我今年十九岁了。在最近的几个月里，我已经证明了自己是坚强的，是个成年人，也有能力了，不仅是证明给自己，也证明给福尔摩斯——我的导师，四年半以前，我在山丘上跌跌地撞到他，从那时起，他就成了我唯一的亲人。

冬天的时候，我们之间平稳的关系开始发生改变，从师徒关系变成了类似搭档的关系。曾经有很多次，我想知道，我们之间是否会有更深的关系。

在规避不愿出现的情况方面，福尔摩斯是个行家。如果他当时看出了我在痊愈，却故意视而不见，因此才让我跟着他来到这里。那么，这个刚毅又无比坚强的男人，我曾经的导师，现在的搭档和朋友，一定有自己的理由才会在我的面前自揭伤疤。

我又想起了另一件往事，就像闷热的房间里突然吹进一阵风一样。那还是在2月份的巴勒斯坦，我和哈兹尔兄弟不久前才将福尔摩斯从土耳其人那里解救出来，他在那里受尽了酷刑。路上，那个哥哥，马哈茂德·哈兹尔——一个沉默的、死人般一动不动的、浑身是酷刑留下的伤疤的人——突然动了起来，似乎是在告诉我：接下来的几天里，不要试着去保护你的福尔摩斯，那样对他痊愈没有好处。

我点点头，准备好了要去睡。当我躺在那弥漫着薰衣草香的床单上时，我突然想到，福尔摩斯和我，似乎都有一个习惯，那就是做出一个又一个让人难以接受的决定。

五

**手段（1）**：是另一世界的物质护送着那个男孩降生，在四种要素上还能看到这些物质的残余：让它有体魄的土，两次塑造它的火，两次接纳它的水，还有它降生时穿过的空气。

《证据》，1章：2节

第二天早上，我们出发去辩护律师办公室的时候，天已经热起来了，城里闷得透不过气。胳膊上的吊带磨得我的脖子一阵阵地疼；我那条轻薄的裙子一会儿就湿透了，同样湿透的还有我太阳帽下的头发。那位绅士般的律师，他的办公室也没好到哪里去，令人窒息的空气，还混杂着主人无穷的热情。他安排我们在椅子上坐下，然后就在地毯上大步地走来走去，挥舞着手势自言自语，带着浓重口音的英语倒还流利，他似乎能散发出热气，让人感到头晕目眩。

幸运的是，我们时间不多。他的秘书拿着他的帽子进来了，然后把我们一起送上了一辆出租车，径直开往车站。坎特勒先生一直在说，福尔摩斯则专注地听着，随时准备在他滔滔不绝的话语中捕捉住零散的信息。

福尔摩斯一直在追踪案子的线索，尽管身处异地。一周以来，他偶尔说过的几句让我们拼凑出了一些重要的内情：达米安·艾德勒被捕是因为他杀死了一名药商；那人卖的药物主要是吗啡和大麻，很多人都知道，达米安是他的常客；

两人在酒吧起了争执，最后动了拳脚，尽管争执的起因，有的说是因为那商人的货，也有的说是因为一个女孩子。不管是哪个原因，两天之后，那商人在一条小巷被人发现，当时已经没了意识，头部的一处伤口还在流血。他到医院时就死了；警察调查的结果让他们找到了达米安。

指控他的证据包括在他房间里发现的吗啡和大麻，他脸上和手上留下的殴斗痕迹，还有一个目击者直接的指控。

坎特勒先生热情而轻松地讲述着整件事情，即便算不上不合时宜，也看起来怪怪的，直到后来他才开始和我们谈起那个目击证人。"那位先生的可信度已经受到了质疑。"律师欢快地说着，带着悦耳的口音。他提到的目击证人，一个名叫朱丽斯·菲洛特的人，在他一些爱开玩笑的密友看来，是个出了名的告密者，经常按需替人制造证据，因此有了个"造假先生"的绰号。

坎特勒先生认为，在起诉达米安·艾德勒的案子中找到突破，并不需要花很大的力气。自从收到迈克罗夫特的求助，要他帮忙暗中调查造假先生，他的私人侦探在这件事情上已经花了好几天的时间，因此他才能在今天中午向我们介绍这些详情。与此同时，我们还获得许可去探望犯人。

"万幸的是，艾德勒先生非常理智，一直没有承认自己犯罪。"

"他一直说自己是清白的吗？"福尔摩斯问。

"这个年轻人既没有承认也没有否认，只是说他不记得了。这对我而言非常好。"

也许对他而言已经很好了，可是对我们而言，却不能完全放心。

圣教堂村非常之小，以至于早晨的时候我就确定，在酒店的地图上是找不到它的。出了车站沿街走上一会儿，就能看到它的监狱，就在一个小咖啡馆的对面。实际上，它就是警察局的一个前屋，不到一间卧室那么大，窗子上都钉上了栅栏，只有那扇结实的木门上有一个方形的玻璃窗。警察让我们在记录本上留下姓名，然后打开门，递给我们三个凳子，自己就出去了。

我其实不想待在那里，但又不知如何离开。我深深地吸了一口气，跟着坎特勒先生走了进去。

那个年轻人正站在窗子前，肩膀靠着窗子上的栅栏，气定神闲的样子像极了福尔摩斯：尽管瘦得近乎憔悴，脸色白得和墙壁一样，但是那鹰钩鼻，那修长的手指，那结实有力，都和福尔摩斯一样。

不过在另外一点上就不像了：福尔摩斯惯常的洁净被一身汗渍取代；这种情况下，尽管有些兴奋，福尔摩斯还是在努力控制自己，而那个年轻版的福尔摩斯却在因为紧张而颤抖。他的眼睛四处打量着房间，手指在不停地拨弄着衬衫的扣子和磨损的袖口。他也许是因为快要崩溃了而感到紧张，也许是因为长期没有使用药物。

那位律师现在开始用同样富有激情的法语说了起来，边说边在牢房里踱着步子，手也向外伸着。年轻人也伸出了手，但从那茫然的眼神中，能看得出他的不解。他的法语真的流利吗？

过了一阵，他那灰色的眼睛不再去看那个滔滔不绝的律师，而是将目光落在了我的身上。真的很震撼，因为那分明就是福尔摩斯的眼睛——一样的形状，一样的颜色，超出我的视线的高度都是一样的——可眼神却呆滞，充满了痛苦或困惑，或者是——很难想象——少了些智慧。我发现自己正在试图从那平淡的眼神中寻找他留给我的一些初步印象，但是，我看不到一点才智，只有困兽身上那种满含困乏的不屈。

接着，那双半睁半闭的眼睛望向了福尔摩斯，歪着头专注地看着他，这个姿势像极了他的父亲，他们都感觉到了这一点。那眼神中有好奇，是的，可分明还有怨恨。我站到了一边，这时，他突然脸红了。那红色让他突然有了某种意料之外的美，他那深黑的睫毛还有精致的容貌，第一次让他看起来与福尔摩斯有着彻底的不同。

法官善意地打破了沉默："艾德勒上尉，我们平时很少有机会这么说，就是，我可以在这里向你引荐一下你的父亲吗？福尔摩斯先生，这是您的儿子，达米安·艾德勒上尉。"

两个人谁都没有动。律师清了清嗓子："嗯，是的，我还是让你们单独待一会儿吧，我出去和警察说说这个案子。"

我也赶快跟着他走出了牢房。

我和坎特勒先生在外面坐了很久，就坐在一棵椴树的树荫下，看着眼前的乡村景象。出来的时候，福尔摩斯什么也没说，小小的牢房中究竟发生了什么，我们无从知晓。

他后来也没有说起过。

我们回到了火车站旁边的小旅馆，在那里我们和坎特勒先生的私人侦探克莱蒙斯会合。这位私人侦探仿佛在刻意地为自己所从事的侦探职业着装打扮，一身俗气的衣服，细长的两撇八字胡，油滑的头发在中间分开，但他在给我们讲述证据时却十分简洁，丝毫看不到这种类型的人身上那种过于庸俗的缺点，看不到那种自我膨胀的迹象或是对于枯燥细节的不耐烦。我感觉福尔摩斯也明显轻松了不少。

那人给我们介绍了一下他所做的事情，粗略地讲述了他接下来的打算，对福尔摩斯的问题做出了回答，还平静地听取了福尔摩斯的建议。他一点都没有显示出对于外行的轻蔑，只是通过一种精湛却又有趣的方法来解释问题。

当那人离开时，福尔摩斯几乎没有提出什么反对意见。

但那并不意味着他没有接手此案的打算。律师吃过午餐就赶火车回巴黎了，但我们还留在圣教堂村，准备下一步的活动：福尔摩斯提议混入目击证人菲洛特那伙人，了解他们的活动，我却认为应该从财产、社会关系、遗产等一些常见的问题入手：可以去当地的档案馆，不过可别太指望我这只受伤的胳膊。那天下午我们就开始行动了，按照我们各自的方案，一直到晚上才结束。

可是最后，我们之前的准备都成了泡影。第二天一大早，坎特勒先生就传来了消息，说他正赶往这里，并要我们去车站接他。福尔摩斯对这则迟来的信息抱怨了一下，不过火车开进站的时候，我们已经在站台上等着了。

就在前天，我还觉得律师是个热情洋溢的人，可是今天，他的步子再也看不到活力，他的话语也不再急促。

他的私人侦探已经将案子破了。前天夜里，在和"造假先生"女友的谈话中，她透露，那人在案发晚上的确在别的地方。菲洛特不可能看见达米安·艾德勒杀人，因为他当时正在二十英里以外的地方，喝得酩酊大醉，并且直到第二天下午才回到圣教堂村。

这一点，当然并不能证明达米安没有杀死那个药商，但的确能让告发者的证据站不住脚。坎特勒先生早就料到会这样，已经给出了合理的论据，不过当我们来到牢房并且发现达米安已经获释时，我还是有那么一点点的失落。他就站在牢房的门外，旁边站着一个满脸愁容的警察，还有一个矮墩墩的圆脸女人，大约四十岁的样子，身穿长裙，头上戴着帽子，这一身打扮在小村里已经很时尚了。

达米安的目光尽量避开我们。他们绕过门口朝前走，走过房前那片茂密的葡萄树，然后沿着街道朝前走，他的手不安地扯着衣角。明亮的光线中，能看见他那剪得很短的头发下面，那一道道明显的疤痕，我突然觉得，这不仅仅是一个吸毒成瘾、无家可归的人，或是在福尔摩斯噩梦中才会遇到的一个人，而是一位在法国服役的士兵，他已经将自己的体魄和灵魂都献了出去。他已经迷失了自己，就像那许许多多他们的——我们的——同代人一样。帮助他重新找回自己，是我们的职责。

那个女人看我们走过来，当坎特勒先生和那个警察说话时，她碰了碰达米安的胳膊，然后很快地在他耳边说了几句，就走上前来拦住了福尔摩斯。

"原谅我问一下，"她的英语带有浓重的口音，声音高过了律师，"我想，您是，达米安的父亲吧？"

"我的名字叫福尔摩斯，"我的搭档回答，"这位是……我的助手，玛丽·罗素。"

她告诉我们，她是隆尚太太，早在战争爆发之前，她就认识达米安·艾德勒。为了多挣点钱，她还替他卖过几幅画；另外，她还照顾过他：她逼着他学绘画，在他饿的时候给他饭吃；她乡下的房子里给他提供了一张床和一间工作室，并且每次发现他有吸毒的迹象都会将他轰出去。

"您也明白，"她告诉福尔摩斯，"参加战争让他变化很大。哦，当然，其实我们都变了不少，不过我听说，像他头部受的这种伤，往往会对一个人的精神产生很大的影响。依我看，影响人的不只是受过的伤，还有毒品。它们控制了人的身体和精神——很显然，达米安就是这样。现在只需要片刻的意志不坚定，只是一下头部的碰撞或是一点点的不愉快和烦恼，或仅仅和那些不三不四的人聚会，都能再次让他变成原来的样子。一旦那样的话，我就很难应付。那样的话，我也帮不了他。我跟他说：'如果你想那样生活下去的话，你必须离开这里，去找你的朋友。'他卖画的钱我给扣留了，等以后再给他。他退役后从医院出来这十三个月，已经有三次了，我们都是这样做的。这三次他最后都回到了我家，咬着牙战胜了毒瘾，重新开始画画。"

"你为什么这么做？"福尔摩斯问的时候，我心里也有同样的疑问：一个衣着考究、有些上了年纪的女人，和一个才华横溢的俊美瘾君子，二者在一起可不是很搭配。

可她却大声笑了起来："先生，我可不是要找个帅哥来暖被窝。我认识他的母亲，她还没去世的时候就认识。达米安五六岁的时候我就认识他，我几乎就是他的姐姐。"

"我明白了，夫人，非常感谢您对这孩子一直以来的帮助。我想我该——"

她打断了福尔摩斯："如果您想帮这孩子，就该让他留在这里。"

"您说什么？"

"福尔摩斯先生，我想您可能是打算把达米安带回英国，不是吗？"

"让他远离这个带给他诱惑的地方，我觉得总体来说不是什么坏主意。"福尔摩斯坚定地说。

"可这就是，就是一个坏主意，还是最糟糕的主意。这孩子得自己找到出路。我了解他。你不了解。我可以告诉你，为他规划好一个未来，这个打算注定行不通。他会死的。"

她紧靠着小桌子的身体向前探着，因为激动而微微颤抖。那样子就像一只小花猫在俯视着下面的猎狗，除了她说的最后那四个字，眼前这一切挺好笑的。

福尔摩斯仔细斟酌着她说的话，甚至是对面的律师也不知该说什么，只是转过身去，朝达米安和警察两个人都在专注地看着的方向望去。

隆尚太太坐在那里，那副毫不妥协的样子，在任何一个母亲身上都能看到。

福尔摩斯凝视着自己的儿子，然后点了点头。隆尚太太把眼睛闭了片刻后，抬起头看了看我，几乎有些害羞地笑了，笑容里满满的都是宽慰。

福尔摩斯走回路对面，走到了正坐在那里的儿子面前："隆尚太太建议我回英国，你呢，就留下来。你也愿意这样吗？"

其实达米安并没有回答，可是他看着那个女人的眼神——充满了感激、歉疚，还有决心——分明已经说出来了。福尔摩斯把手伸进上衣口袋，抽出一张卡片。

"如果你愿意联系，这个地址就能找到我，"他说，"如果碰巧我外出了，背面的地址是你伯父的，我去哪里他都能找到。"

达米安没有看就把卡片塞进了大衣兜，那个姿势似乎是在说，他本该随意地把它扔到地上。福尔摩斯伸过手，努力地表达着温情，说道："我……见到你，真的很开心，过去这一周里发生的事情，是我这一生中最难忘的。我期待着以后我们能在一起聊聊。"

达米安站了一会儿就走向了隆尚太太。福尔摩斯面无表情地把手慢慢放了下来，但隆尚太太没有。她把手放在男孩的肩头，用力地让他扭过身来。

"跟你父亲说再见。"她带着命令的语气说。

他看着福尔摩斯，脸上满是绝望和后悔，就像一个遭遇海难的人明白救援不会到来时的表情，他选择了默不出声。我那时候十九岁，自己还有一堆麻烦解决不了，可他脸上那种表情，让我的心着实跟着疼了一下。"再见。"达米安说。

"我很抱歉，"福尔摩斯对他说，"你的母亲之前从来没有跟我说起过你的存在。"

达米安第一次抬起头，那双灰色的眼睛里忽然有了生机，那样子就像一只猛禽一样傲慢、愤怒："你本该知道的。"

"是，"福尔摩斯答道，"我本该知道的。"

他等着，等了好几个星期。我回去上学了，但每次我从牛津回来时，都看见福尔摩斯在那里关切地望着邮箱，不论什么时候响起敲门声，都会让他突然转过头来。

最后，在12月初的时候，隆尚太太寄来了一封信。在信中，她十分沮丧地告诉福尔摩斯，达米安又回到老路上去了，并且已经有好几周不见人影。她向福尔摩斯保证，等达米安因为药物的原因最终疲乏无力地来找她时，她定会催促他给父亲写信的。

这就是福尔摩斯从他们两人那里收到的唯一一封信，3月份的时候，在他寄出的两封信都毫无音讯之后，他开始叫人打探她的去向。

他在拉雪兹神父公墓发现了她，死于一场可怕的流感，就是第一次世界大战之后的那场大瘟疫。

坎特勒先生的侦探很快就被派往圣教堂村，可是到了那里，发现达米安已经不知去向。坎特勒先生和其他人一起找遍了整个法国，还是了无踪迹：自1月份以来，没有哪家画廊、哪个画家、哪个艺术家，听说过达米安·艾德勒的消息。就连迈克罗夫特也找不到他这个侄子究竟在哪里。

福尔摩斯那个可爱的儿子，那个丢了的儿子，消失得那么突然，就像他的出现一样。

直到1924年夏天的一个晚上，他突然站在我们家门前的石阶上，跟他的父亲打招呼。

# 第三部

苏塞克斯
1924年8月

六

**手段（2）**：一种已经形成并被使用的手段能够呈现出自身的力量。这个证据就是一种手段、一段历史、一个向导，它的力量能影响他人。

《证据》，1章：2节

我的手还挽着福尔摩斯的胳膊，这样才能在见到他的时候保持平静，我能感觉到他浑身上下都在明显地颤抖着：努力克制和无动于衷绝对不是一回事。

可是他无法控制自己的声音，不能完全控制；他说话的时候，声音嘶哑，就像一个睡了很久的人刚刚醒来时的样子："天哪，孩子。我还以为你死了。"

达米安简短地回答："对不起。"

福尔摩斯朝他走了过去，伸出了手，达米安没有握住那只手，而是一步上前抱住了他。犹豫了片刻，福尔摩斯也回应了这样的问候，那种热烈，除了少数的几个至交，会让其他所有人都感到震惊，的确，福尔摩斯这个突然的举动，很容易让人觉得达米安会不知所措。

我向房子那边走过去，以便他们两个可以更好地问候彼此，可是两个人松开了，达米安回身朝我走了过来。

"你好，继母。"他说着走了过来，在我脸颊上吻了一下，那种法式的吻。

"叫我玛丽。"我坚定地说。

"我这次是从伦敦来,"他告诉父亲,像是在解释,"迈克罗夫特伯父一看到你的消息就找到了我。当时他告诉我你们正在从纽约回来的路上,我昨天晚上就决定来这里等你们——他让我把一张长长的便条交给你家那位年轻又得力的管家,那样她就不会放狗咬我了。"

我们第一次见面时,我只清晰地听到他说出过五个字,但我现在发现,他的口音与他脱口而出的话语一样,都是那么迷人——里面有很多法语的元素,隐约还有一些美式的英语,此外还有一些让他发音简短清晰的东西:也许是中文?他的穿着同样体现了各种文化的混合,一件家织土布的帆布夹克,而那件衬衫看来穿了很久,已经有些磨损。他的鞋子,我觉得,虽然不是专门定做的,倒还有些意大利风格。

他之前说到的狗不过是打个比方——迈克罗夫特知道我家是没有狗的。我们的女管家,我觉得达米安提到她,也不是因为她年轻得力,而是达米安早就注意到她一直站在房子的大门口:露露有不少优点,但是沉默寡言和谨慎周到却绝对不在其中,而且和她在一起时,你用不了多久就能意识到,她在附近时最好说话当心点。

"不好意思,打扰一下,"她说,"晚饭好了,你们是打算现在就吃,还是先放到冰箱里?"

我没有理会福尔摩斯让她先离开的摆手动作,大声说道:"露露,非常感谢你准备的晚餐,要不我们现在就过来?"

"你们随意。"她感激地说。既然桌椅早就摆好了,食物也都早就盛到碗里了,如果我们说,不,谢谢你,那实在太让人恼火。

如果是哈德森太太,我们回家时,她一定会特意准备温莎汤、烤肉、土豆、肉汁、三份蔬菜,还有浓浓的布丁;她会忙得脸庞红红,厨房中会热气腾腾。而露露首先盛上来的是一种有趣的西班牙凉汤，里面是切得精细的西红柿和黄瓜，接着端过来的是烤牛肉冷盘，薄得像纸一样，上面撒了些芥末，一碗用少许沙拉调味汁凉拌的莴苣叶，一盘甜菜根块调以香草熬成的浓汤——露露的姑妈在附近经营着一家供修士食宿的饭馆，正是因为她姑妈的真传，我才愿意忍让这个爱饶舌的露露。

两个男人吃着面前的食物，尽管我怀疑过会儿他是否能记得自己吃的到底是什么。而我又吃了满满的一大份，这让露露在把盘子递给我的时候，眼中满是欣喜。

面对着满桌的食物，又有仆人在场，我们聊到了夏天的天气、迈克罗夫特的健康状况，还有伦敦的艺术界。对于迈克罗夫特，达米安了解得并不多，只是觉得他的伯父看起来气色还不错，但他似乎在伦敦待了很长时间，说到最后一个话题的时候，他很有见地。

他坐在桌边，当他快说完的时候，我开始感觉到，他那种刻意表现出来的轻松和魅力中，潜藏着我们之前见过的急躁。仔细想来，这倒没什么奇怪的：他们第一次的见面多少带着些怨恨，如果两人都不打算重提往事，那么也就都没有忘记那段往事。

我想，达米安是想证明自己长大了，才会这样主动友好地聊了很多，他也想向福尔摩斯表明，那个因为对父亲失望而对其怨恨的男孩，如今已经长成男子汉，成熟得愿意原谅父亲，并且与他重新开始。即便如今这一切是他刻意做出的，但绝对有诚意。

三十五分钟没有实质内容的谈话，对于福尔摩斯而言已经是忍耐的极限了。我用叉子把最后一块沙拉送到嘴边，福尔摩斯等到我把它咽了下去，然后站了起来。

"我们打算到阳台上去喝点咖啡，怀特奈克小姐，然后您就可以回家了。"

"还有,谢谢你帮我们准备了精美的晚餐。"我赶忙说了一句。

"呃,确实这样。"福尔摩斯拿起三个杯子和一个酒瓶,向门外走了出去。

我也跟了出去,手中拿着一个银质的烛台,把它放在椅子中间的石头上;外面一丝风都没有,看不出烛火的摇曳。夏日里薰衣草和茉莉花的气息混合着蜡烛燃烧的浓香,并且顷刻间又融进了一股浓浓的咖啡香味。露露把托盘放到了桌子上,然后就回厨房里刷洗餐具。我们心照不宣,她此时还是能听到我们谈话的,因此,我们只是坐在那里,静静地听着远处波涛拍打着崖壁的声音。

我用眼睛的余光观察着我们的客人,我确定,福尔摩斯也是一样。这些年让这个男人改变了很多,他的胡须,还有那烛光,让他那精致的美变成了一种锐利的、几乎是危险的东西。他不仅比过去结实了,也更加自信了:成了一个充满艺术气息的文化人,或者,不,这是个能吸引无数目光的人,既有男人的目光,也有女人的。

路西法,我早该想到他,我坐在那里品着咖啡,默默地想着。起初,路西法是黎明时分金星的名字(韦斯珀是黄昏时金星的名字)。先知以赛亚曾经用这颗晨星片刻的光华来比喻一个伟大却残暴的巴比伦国王,他曾经像太阳一般普照大地,最终却沦为微不足道之人。基督教和犹太教的教义中都详细记载过以赛亚的预言,还专门构建了一个与路西法有关的神话,相传,路西法是一个堕落的天使长,深受天神的喜爱,却骄傲地自降身份。有人会说,路西法,是一个失败的耶稣。拿撒勒的耶稣在彼拉多为其定罪时主动俯首,愿意接受天神的旨意被钉死在十字架上,而路西法却拒绝屈服:他情愿被贬，还宣称不会再承认天神的伟大，就是那个曾经创造他、爱着他、选定他的天神。

我想，路法西的故事，就是一扇了解父与子的窗，也许连西格蒙德·弗洛伊德都会花上一些时间来研究。

厨房那里没有了咔咔的声响。这时，我们都听到前门打开又关上的声音；随即，达米安站起身来，脱掉大衣放到椅子背上，摘下围巾，一边坐下一边挽起了衣袖。他左臂的左方有一个龙的刺青，盘曲的姿态由各种色彩勾画出来。我觉得之前见他时，他还没有那块刺青。那时他也没有刺青下那起伏发达的肌肉。

福尔摩斯把空杯子放在了桌上。"你去过东方，"他说，"是香港吗？"

"上海……你是怎么……？"

"你裤子的剪裁，你围巾的丝绸面料，还有那块刺青的颜色。你在那里待了多久？"

"好几年。"他拿出了一个搪瓷的香烟盒和一盒火柴：如果说他哪点像他父亲的话，从香烟这件事上，绝对能凑成一个漫长的故事。

火柴划出了火苗，然后凑到烟卷旁，随后他摇晃了几下，火灭了。

"你们还记得海琳娜吗？"他问我们。

"隆尚太太，是的，记着。那个画廊的老板娘。"

"她对我而言，远远不止这些。她是我的救世主。可她死了，就在1919年的圣诞节之后。我当时……当时正经历一段很糟糕的日子。它们就像一个怪圈让我无法自拔，那段艰难的日子，的确，持续了两三个月之久，直到我最后烦透了自己，又一次爬了回去，让她照顾我一直到我恢复起来。无疑，她的死与我有关——她当时病了，染上了瘟疫，可是当我给她捎去口信说我想回家的时候，她还是打了辆出租车把我接回了家。一周之后，我恢复了过来，她却死了。

"我在她的墓旁待了很久，然后走开了。我知道，如果我继续留在巴黎，一年我都熬不过去。虽然我从内心里觉得，这个满心愧疚的自己从这个世界上消失可能是最好的，同时，我还觉得自己欠海琳娜一条命。所以我去墓地又看了看她，之后转身离开了。我穿过小村来到了里昂火车站，登上了开往马赛的火车。

"对于一个既没有手提箱又没有身份证明的人而言，能搭乘的船都是极其简陋的那种，我找到了一艘，是'贝拉艾克号'，并且我还签订了雇用合同，在整个环球的路途中我都得工作。没有毒品，没有聚会，没有绘画，只有繁重的工作、糟糕的食物、海上的空气，还有一个可以画画的便笺本自娱自乐。

"我被晒黑了，有了肌肉，在晚上——你都想象不到之前我会做什么样的梦，可是，在那样的条件下，我在床铺上一倒下就能像个婴儿一样睡过去。你知道那种累到极致后的酣然入睡是什么样吗？"

"知道。"福尔摩斯说。

达米安的问题不过是一个反问而已，可是福尔摩斯的回答让他停了一下，在烟雾中眯着眼睛看了他一眼，然后若有所思地点了点头："所以，六个月：横渡大西洋，船驶往巴西海岸的路程中，我一直在辛苦地做工，在一个地方搬运朗姆酒和棕藤织物，或者在另一个地方把朗姆酒换成木材，在更远的地方买些兽皮，运送一些也许需要迅速或是悄悄地离开某个小镇的乘客——船长需要我做的任何事情。我们绕过合恩角，一路艰辛地途经智利到了墨西哥，又到了圣地亚哥，接着又开始横渡太平洋，然后到了夏威夷，到了日本。

"最后,我们到了上海。你以前去过那里吗?"

"去过一次,不过时间很短。"

"一个喧嚣的地方,随处可见的腐败和恶习——我猜,那里直截了当的罪行你可能会喜欢。我发现那里到处都是诱惑,对处在我这种境况的人来说,你可能觉得那是个糟糕的选择,可是我却迫不及待地想要再次回到那里。

"之前也没有什么事情让我花掉薪水,我已经攒了足够的钱来到……里弄的一个房间,嗯,一开始我以为那只不过是他们那个城市中的一个院子——他们把它称为里弄,那是几个单元组成的院子,这些院子只通过临街的一个门口出入。一两天后,我就情不自禁地注意到,那里住着很多年轻的女孩子,她们都有一些年长的男客。原来整个里弄就是一个寻欢之地。我后来发现,我的房东有三处这样的房产,他在每一处都安插了一两个高大的男人维持秩序。他也许曾经希望我也成为他的一个客户,可实际上,他的那些女孩不过是一些小孩子,我的口味可从来不是那一类型的。在一定程度上,我成了她们的哥哥,她们可以找我来练习英语,还可以和我说一些烦心事。我找了一份下午的工作,在一家面馆洗盘子。工资少得可怜——由于我还是没有身份证明,因此没有太多的选择——但是那里能供应我一天中的两顿饭,而且早饭还是免费的。

"早晨的时候,我需要光,因为我重新开始画画了。嗯,我想你明白,那……"

这是第一次,这个年轻人的自信有些不够,说话支吾起来,他想问的,是他父亲已经知道的或者不知道的事情。福尔摩斯站起身,走进了屋子;达米安用锐利的眼神看了我一眼,让我一下子想到了他父亲身上那种鹰一般的傲慢,但我只是耸了耸肩。

福尔摩斯回来的时候,拿着一个很平的东西,一英尺宽,十八英寸高。他把它放到石桌上,靠着一把空椅子竖直摆在那里。

"这是他的?"我大声说,"那是你的吗?"

那幅没有署名的画在福尔摩斯楼上的实验室里挂了有几年了,一直都让我不解。福尔摩斯几乎没有收藏什么艺术品,之前或是之后,对这种极其前卫的——怪诞的,甚至——就是这样的一件东西,他是不感兴趣的。

达米安拿起它,借着烛光仔细地检查;他的脸色变得温和了,尽管我也说不清他怎么评价这幅画,或是发现它在这里会说些什么。"是的,这是我的一幅画,是在战争之前画的。"

"我知道的是1913年。"福尔摩斯加了一句。

"我当时应该是十九岁。想想,十九岁。这么说,画得还不错。你怎么会有这幅画的?"

"是1920年的3月份在市场上看到的。"

达米安又用鹰一样的眼神盯着福尔摩斯:"是海琳娜那里卖的吗?"

"是的。"

达米安把画放回了原处,我们三个一起研究起来。

油画展示的是一个奇幻的梦境,那种被称为超现实主义的意境。从工艺上看,能看出画家技术的娴熟,密实的画工精细得就像一张照片。画中的背景是一片英国的风景:整齐的田野中,分布着一排排低矮的树篱,一辆自行车正在路上行驶,远处还有一头奶牛。地平线的地方,白色的线条勾勒出了粉白的悬崖,那里是南唐斯和英吉利海峡交汇的地方——离我们现在坐的地方并不算远。画中最显著的地方是一张桌子,上面洁白的桌布使你能清楚地看见它编织的纹理。在桌布上放着的物件,应该来自一个精神失常之人的噩梦:

47

它的前半部分是一个英国日常生活中常用的茶壶，蓝白相间的瓷器，可它的后半部分，却变成了一只巨大的、扭曲的蜜蜂，每一根绒毛都画得极其精细，它的翅膀画成了正在颤动的样子，蜂刺被夸张地画成了茶壶的壶柄。

我原来还觉得这幅画很怪异，现在一切都明白了：十九岁，那是他母亲刚刚去世一年的时候，达米安当时已经知道了父亲是谁。早就了解到福尔摩斯在所谓的归隐中开始养蜂。他的这幅画就是那位名人的肖像画，在他看来，他无情地抛弃了母亲和孩子。在这幅画中，他将一个被厌弃的少年满腔的愤怒，升华为一个成年男人炉火纯青的技艺。

## 七

**父亲（1）**：这个男孩不认识尘世间的父亲。他被女人抚养长大，他降生时一路上洒满月光。所有的男人都是他的父亲，所有的女人都是他的母亲。

《证据》，1章：3节

"那么，"福尔摩斯说，"上海。"

"是的。"达米安深深地吸了一口气，像是在唤起自己的思绪，也像是在暗下决心。"我之前说过，你可能会觉得，对于一个经不起诱惑的人来说，这个城市可能是最糟糕的地方，可是当我在'贝拉艾克号'上度过了那么久的清苦日子之后，我的身体好像一下子开始珍惜它的自然状态，下意识地，我发现上海日常生活中紧绷的活动竟是那么让人欣喜。走上街去买份报纸竟然都是一种挑战，你得走过两家小酒馆，一个鸦片窟，还得经过一个用托盘兜售大麻的印度锡克教徒。

"还有一个原因让我觉得上海不错。你知道安德烈·布勒东这个人吗？"

"我听说过他，"福尔摩斯答道，"他在当时自诩为超现实主义运动的代言人。"

"现在他也是。在战争期间，安德烈在南特的医院里工作，在那里他想到采用西格蒙德·弗洛伊德的一种心理学理论来治疗炮弹休克。我就是在那儿遇到的他，在我……在我受伤之后不久。

"安德烈的观点是，如果一个人能突破炮弹休克引发的狂躁，重新回到一种无意识的状态，那么他的有意识与无意识一起产生作用，就会让整个人恢复过来。这种被他称为无意识的活动，是一种纯粹的梦中思想或是影像的自动涌现，没有理性的或是美学上的引导，这种活动被他应用到很多形式的艺术中：写作，绘画，雕塑，还有戏剧。

"无意识活动不仅是一种治疗精神受损的可选方案，不久，它还成了一种生活信条，成了一种将人类各种真实经历的片段融合在一起的手段。任何一个去过前线的人都知道，当他从掩体后抬起头发现周围都是死人的时候，那一刻，活着有多美好是难以想象的，也才知道什么叫真正地活着。同样，一件艺术品带来的震撼也能迅速地连接起光明和黑暗，理智和疯狂，事实和荒谬，美好与下流。

"就像你从那幅画中看到的，在战争之前，我一直在朝那个方向摸索着——达达运动，虽然与安德烈的那些想法相比，达达主义更具理性与政治色彩。

"上海——尤其是一个在上海的外国人——大概会刻意地被安德烈指定，去描述和鼓励超现实主义者的冲动。这里每时每刻都有古怪的事情，每个角落都能找到水晶般清透的荒谬。我的房东，竟然是一个以童妓生意为副业的警察。他那里的一个女孩，以前总是坐在院子里弹琴，她告诉我自己的梦想是成为一个天主教的修女，但她得先帮助哥哥完成大学的学业。我曾经在一个教会学校教过一段时间的书，那个教会学校的头，把他每天午饭的时间都用来抽大麻。每一天中的每一个小时，你都能在阴沟里发现纯净，在耀眼的商店玻璃窗中看到污秽。

"我觉得上海就是超现实主义教义的集中体现：如果这个世界是疯狂的，那个最疯狂的人就是最理性的。

"所以：接受了这些疯狂，我成了一个理性的人。清醒让我变得沉醉。我换了一个又一个工作，挣的钱仅够吃饭，仅能找个地方栖身，但能够继续画画。我走过了很多地方，学习那里的语言，我在惊奇中大开眼界。所画的景象不过是我那些见闻的流露而已。

"我画出的东西，是对那种不可能性的极为真实的演绎。正如他们把我划入的流派。

"没错，两年的时间，我就被归进了一个流派中。我来和你们说说这是怎么回事。"

福尔摩斯在椅子上轻轻地动了几下，无意中露出了一丝紧张之情。虽然从他的脸上看不出来，但我明白，就像他在我耳边低声告诉过我一样的确定，达米安这次来这绝不是碰巧。我不知道为什么过了这么久才想到这一点——达米安那恭敬顺从的拥抱；这么详尽正式的叙述而非随意的聊天；甚至在我们刚到家时他的碰巧出现——但我最后发现，达米安这次是到苏塞克斯的，不是来和家里人取得联系的，不是因为他想要什么。

不管他在寻找什么，福尔摩斯那微妙的举动证实，我们目前对此事毫无头绪。

"我在那里待了不到一年的时间，一直在全力以赴地画画，有天一个朋友汇总了六七幅画，并把它们拿到了公共租界，她四处打听，你知道，就想找到西方的哪家画廊对我画的东西感兴趣。她回来的时候，拿回的钱比我以前那些年里见过的还要多。

"我那时才知道，自己早已小有名气。不仅是小有名气，简直是名声大噪，成了上海国际化背景中的一名宠儿，我的例子证明了艺术的弄潮儿不必非要住在巴黎或是柏林。自那之后，我就有了钱，有了房子，一个工作室，还有仆人——

我也有了麻烦。

"穷的时候，我努力控制自己，抵制这个城市中的诱惑。但是成功却带来了让我无法控制的疯狂。一天晚上，我参加一个聚会，当时毒瘾就犯了，我那次没有控制住，那是三年来我第一次碰那东西。

"这一次，尤兰达救了我。她一次次地把那些东西从我的手上打翻，把我拖出了烟馆。

"我还没有跟你说起过尤兰达。正是因为她……不，我还是从头说吧，这样前后才能联系起来。"他拿起杯子喝了一大口，然后捻灭了燃了一半的烟卷，接着摆弄着烟盒；再过一分钟，他的指尖就要开始拨弄自己的扣子了。

"我是在刚到上海的那周遇见的尤兰达。她就在离我居住的里弄不远的酒吧里上班，但我遇见她是在我屋外的院子里。她当时来拜访我的一个邻居——我房东那儿的一个女孩，因为她当时生病了。尤兰达是个中国人，虽然她在酒吧上班，也没受过什么教育，但她的英语说得不错，因为她家里人信基督教，还把她送到教会学校，让她在那里一直学习到十一岁。

"后来，她的父亲去世了，那时她十六岁，一下子沦落到露宿街头的境地。她经历了一段落魄的时期。她酗酒，吸食能弄到的各种毒品，还——简单地说，她过着放浪形骸的日子。"他并没有去看福尔摩斯，没有看到他正用指尖顶着嘴唇。达米安摆弄着搪瓷烟盒的挂钩，继续说了下去。

"她那种讨厌自己的日子持续了一年之久，直到有一天她清醒了一点，她知道如果没有人帮她戒掉，她可能会在某个早晨再也醒不过来。她觉得自己是没有那种意志来自我拯救的，所以她去找了传教士，求他们救救她。"

他一定是注意到了我的一些反应，因为他朝我不自然地笑了一下。"你喜欢那样的形象吗？一个未施粉黛的酒吧女孩，站在门口恳求那些伪善的基督徒,把自己丢给他们,就像你在接受挑战时丢掉手套一样。

"还是多亏了他们,他们尽了最大的努力。在他们那里,她待了三个月,直到后来她受不了那里的规则——然后,她并没有放弃,而是来到了一座寺院。她在那里住了一个月。接着她到了一处神社,之前还找过一些半路出家的印度教徒,后来她又求助于美国的招魂巫师。换了一个又一个,整个世界上的宗教几乎都被她试过了,其实在某种程度上,她这么做更多的是因为习惯,而不是有没有必要。她回到了酒吧,但这次只是给人端酒,在空闲的时候,她还是会去尝试各种免费的供餐,寺庙的、教堂的,也包括上海各处的聚会之地。

"直到有一天,她遇到了一个古怪的画家,是个英美混血的法国人,在一座破旧的老房子里,当时她儿时的好友因为染上梅毒已经奄奄一息。他看到的是一个小东西,穿着花格短裙,一件中式的短衫,外面是件有些掉毛的兔皮夹克,头戴一顶贝雷帽,一头短发,眼周还涂着油彩。她看见的是一个高高的、瘦削的外国人,满身松节油的味道,眼睛不停地眨着,好像刚从洞穴里出来。

"'你得吃点东西,'她说,'带上我去吃点午饭。'

"我该怎么办?我带着她去吃午饭,领着她沿着河边走了一会儿,我这时才明白,她已经走进了我的生活。是尤兰达把我的画装上黄包车带到画廊的。第二批画也是尤兰达帮着讨价还价。尤兰达建议我应该在这个领域建立个专业的个人品牌,'艾德勒'。我之前说过,一直以来,尤兰达都劝我在一些中规中矩的事情上坚持不懈。

"最后,尤兰达建议我是时候向艺术界的中心进发了,是她不断地向英国大使馆求助,直到他们告诉她,我可以作为证件丢失的公民去登记注册。我不想离开上海——真的不想。

可她在那里举步维艰——现在很多地方，中国人是不受欢迎的。我想过要去巴黎，或许在那里她这种肤色的人不会受到歧视。但她担心再回到从前的生活会让我难以适应。此外，她也不愿意再去学门语言。最后，我们一致同意去伦敦，以我母亲用过的国籍继续生活。

"你哥哥帮了我，因为我知道我刚出生时他帮助过我的母亲。正如我知道她曾告诉过他的，我也叫他别告诉你，直达有一天我自己有能力亲自告诉你。"

他放下了香烟盒，直接看着福尔摩斯，第一次这么看了几分钟。"我们一离开上海，我就娶了尤兰达。我们两个都不是把婚约看得很重的人，但我怀疑政府不会允许她和我一起来。"他等着福尔摩斯的反应，也许是等他不赞同的反应，发现没有反应后，他接着说了下去，明显这次他会透露更多的细节。

"然后，我们就到了伦敦，那还是你们去印度不到一周的时候——也许我们还曾在法国的海滩上擦肩而过——没过多久，我就觉得还是留在上海好——从热带来到这里，冬天是最难熬的日子，到处冰冷刺骨，灰蒙蒙一片，没有一点生机。尤兰达之前从没患过冻疮，这里买煤取暖的开销，比房租还要贵。我租了一个工作室，但我又一次发现，用冻得发抖的手来绘画真的是个挑战。每天我们都想着离开这里，可最终还是没有。

"进了4月，太阳出现了，到处闪着光泽，迷人、明快——诗人是对的，他们恣意描绘这个国家春天里的一切。尤兰达开始寻找更适宜长久居住的房子，我开始把到伦敦画的第一批画拿到之前她在瑞根特大街上找到的那家画廊。

"春天来到了，我们的生活也迎来了春天：我们凑了点钱在切尔西买了一栋带花园的房子，离我的工作室两个街区远。尤兰达开始熟悉周围的公园、教会，还认识了一些朋友。

一天，我去镇上，突然听到有人喊我的名字——原来是我在上海时的一个朋友，是个艺术家。他见到我时，当然很惊讶，接着他请我去喝酒，还把我介绍给他的朋友们，生活的节奏变得美好起来……"

"直到？"福尔摩斯这时问了一句。

"直到6月下旬。"达米安的手指穿过长发，一下子露出了下面的伤疤，他又点起了一支烟，之后将火柴捻灭了，"你可能还不明白：我们结婚时，我向尤兰达保证，她无论怎样我都支持她。我绝不会把自己的想法强加给她。我会一直给她充分的选择权去做自己喜欢的事情。尤兰达和我的婚姻是一种自由的婚姻。我们彼此相爱，彼此坦诚，但我们也有各自的生活和爱好。我会时不时地帮她做些与教会有关的事，她也会和我一起去参加艺术圈朋友的宴会。但我们都不会期望另一方会假装对根本合不来的东西感兴趣。"他的目光从福尔摩斯的身上转移到我这里，我想，他是在我们身上寻找同情。"我们的婚姻是一种现代的婚姻。"他强调了一下。

"很好。"福尔摩斯说，"6月下旬发生了什么事情？还有，具体是哪一天？"

"哪一天？我不知道，是个周末——星期天。我刚从公园回来，到家时，就发现尤兰达……不对劲。她在起居室，屋子里拉着窗帘，虽然很闷热，窗子却紧闭着。当我打开灯的时候，她叫了一声，就像在房间里看到了蛇一样。她不肯告诉我发生了什么，但是佣人说，她一早上就完全不对劲，吃完早饭的时候，她突然躲进房间，在那里待了一天了。

"我劝她吃点东西，然后让她上床休息。第二天早上，她看起来好了点。当我问她发生了什么时，她大笑了起来，还说了些古怪的话，说过不惯这种幸福的日子。

"她不让我在家，坚持说自己已经好了，努力装出自己已经恢复的样子。可实际上还是没有。我能看得出，有东西在慢慢地吞噬她，但还以为也许就像她说的那样，当一个人整日里都在紧张地等待如何应付生活中的下一个打击时，那么安逸和舒适本身都似乎是不牢靠的。我发誓，一定要给她长久的舒适，直到她确信那是真实的、永久的。

"从那时起，我就努力让她相信，她是值得拥有这些的。我带她去布赖顿待了几天，让她开心，给她买书，甚至和她一起去她最喜欢的教堂。我当时都感觉自己就要成功做到了。她的朋友又来拜访她了，她出去了几次——通常都是因为琐事，去购物或是去拜访借阅书房，她脸上那种忧心忡忡的表情似乎不见了，她也不怎么躲在拉着的窗帘后面了。"

"直到她突然消失了。"福尔摩斯坐了回去，一个手指头还在嘴唇上面；我朝前坐了坐。

"那天是周五，三天以前。我周四那天起床晚了点，当时忙着忙着，我在工作室就睡着了——我在那里有张床，这样我在家里进进出出的时候就不会打搅到她们。我一直睡到中午的时候才回了家。家里的女佣萨莉告诉我，尤兰达早上一起来就出去了，拿着一个装好的旅行包，走时说她还不确定什么时候回来。"

"她之前接到什么信没有？或是电报什么的？"

"萨莉也不知道，她之前唯一的一次外出，是在周四下午，她去了一趟菜店。我更多的是困惑不解，倒不是惶恐——尤兰达经常这样做的，一出去就是一两天。她把这叫作她的'宗教探险'。另外，什么时候会外出，她总会告诉我，想到她最近的不安，我觉得自己真是心烦意乱。我有两次画着画，会中途走回家看看她是不是回来了。可她没有。

"所以，周六那天我醒得很早，当时也没有她回来的迹象，我就打发萨莉去问问她的那些朋友，看看她们当中是不是有人知道她在哪。女佣出去打听了，我便到尤兰达最喜欢去的教堂和寺庙转转，可没有人在那几天见过她。我真的不知道该怎么办，就回到了工作室，可是我什么事也做不下去。"

"你没打算去通知警方？"

"没有，直到，直到过了一段时间。后来下午茶的时候，我一到家，萨莉就递给我一个信封，是她在我的枕头下发现的，是尤兰达在离开前放到那里的。如果我继续睡在工作室，它可能还要在那里放上几天，萨莉进来时，屋子里没有别人，她不知该做些什么，不确定我们是不是都在里面吃饭呢，所以她就进去收拾床上的被褥。"

福尔摩斯的手指轻轻地做出了一个不耐烦的动作，达米安就没有再去说女仆身上那些让人分神的问题。

"总之，这个是她发现的。"

达米安伸手去拿夹克，取出了信封，不是一个，而是两个。他半抬起手，将浅蓝色的那个递给了福尔摩斯。突然，他递过来的那个蓝色东西，将两只几乎一模一样的手连了起来，随即福尔摩斯长长的手指就伸向了里面的信，他把信斜着展开，这样，我也可以看到上面的字迹。字写得工整、醒目：

最爱的达米：

我要出去一段时间，做一趟我认为的那种宗教探险。这次我把艾米也带上了。尽管我知道你一直都很耐心，但我还是特别请求你这次要更耐心一些。

你爱的尤兰

附：我之前没有告诉你，但你对我和艾米来说，是我们遇到的最好的人。

"谁是——"福尔摩斯刚开口就停住了，这时达米安正站起身又拿出了一封信。他那紧绷的下颌说明，这才是他一直在努力的目标：他的脸上有愤恨，也有尴尬——也许更多的是耻辱——但也有决心。

福尔摩斯接过信封；达米安退了回去，没有坐到椅子上，而是坐在阳台后面的矮墙上，我们只能看到他的轮廓，他的香烟在闪着微光。福尔摩斯用手指把信封推了回去，从里面抽出了一张照片。

是一张快照，上面三个人。达米安·艾德勒站在后面，身上穿着深色的正式双排扣高领长礼服：从他过度庄严的神情来看，这身行头就像一个笑话。他的前面站着一个瘦小的东方女人，头刚好到他的肩部。她那件稍微有些过时的西式裙子下露出的脚踝十分匀称，一头短发乌黑光滑，那双深色的眼睛在镜头前闪闪发光，眼神中流露出和他一样的幽默。

让福尔摩斯一下子呆住的是照片中的第三人，也让我屏住了呼吸：一个大约三岁左右的女孩，在那个女人的怀里。达米安的右手搭在女人的肩上，左手搂着她们两人；他那只搂着孩子身体的手显得很大。孩子的容貌有些模糊，因为她正转过身把头伸向达米安，但是那光滑的头发和她妈妈的一样。

"我妻子尤兰达。"达米安说完就陷入了耐人寻味的沉默——他的声音中没有一丝尴尬，只有深爱和担忧，"还有我们的女儿，艾斯特蕾。"

他从墙那边走了过来，从福尔摩斯的肩后注视着照片。

"艾斯特蕾也不见了，"他说，"我需要……"他清了清嗓子，皱着眉头看着他父亲手中的照片，"我需要你帮我找到她们。"

我终于明白，他的尴尬不是因为他娶了一个上海女人，更不是因为他的妻子有一段不光彩的过往。他的耻辱是因为，他不得不来找福尔摩斯帮忙。

## 八

**父亲（2）**：有些男人记得他们在女人堆里长大的童年。这屈指可数的几个人会去追忆并找寻光亮伴随的阴影，付出之后的收获，再去把这一切组合起来。

这样的人被称为圣人，或者是神。

《证据》，1章：3节

不久我就走开了，留下福尔摩斯和达米安在那里讨论，我们都累坏了——毕竟，我们刚刚远渡大西洋，在开阔的海面上，这些天我一直没怎么睡好——加上我也有些胆怯：我不想待在那里，看着福尔摩斯为他那个已经疏远的儿子出谋划策，告诉他即便在整个伦敦搜索，寻找那个古怪的、无拘无束的儿媳，最终也许只不过是毫无结果地浪费时间。

而且，我也需要一些个人的时间来应付福尔摩斯以及我自己成了祖父母的想法。

露露早就把我的旅行箱打开了，虽然她知道应该把它们原封不动地放在里面，但这样我就可以随手拿到梳子和一些晚上要用的物件。我洗了个热水澡，这么多天，我第一次感到浑身上下的肌肉放松下来。

我经过走廊向卧室走去，听到两个人已经去里面了，还有人体贴地关上了起居室的门，以免打扰到我。从压低的声音来看，他们在友好地讨论，能感觉到福尔摩斯已经同意帮助自己的儿子。我爬上了床，没有拉窗帘，这样我就可以看到外面的月光，还有三天就满月了。

从我躺着的地方，能看见院墙里灰色的树冠在闪着微光，树冠的远处，就是唐斯那片幽冷的海滩。倒是应该感谢达米安在我们回家那天离奇的出现，我彻底错过了日出。

我无法用言语来表达，但我要感谢他能重新出现在我们的生活中。世界这么大，当一个人打算消失时，一种有趣的可能就是，他其实仍然在某个地方默默地折磨着我们。

我尤其满意的是，达米安已经长大成人，成了一个个性鲜明的人，另外，他还有一股与生俱来的、极强的野性魅力。

大体上，他的艺术家性格，加上那种放浪不羁的生活方式，让人很难弄清他怪异的举止是怎么形成的。达米安一直在掩饰，既有细节上的掩饰也有情绪上的。我之前已经感到他所说的故事中有虚假成分，到处都是，除了他说过的对妻儿的爱。然而，一个男人大老远跑来，向自己从来都不了解的父亲求助，耍这些花招也许是可以理解的，何况五年前，他曾经拒绝和那个显赫的、从未尽过责任的父亲握手。

这个人的复杂性在于他既让人欣慰也让人担忧。我只是希望，既然他来了这里，福尔摩斯一定要格外小心，不要再让他离开——可是，不，我觉得，那几乎没有可能。我真希望见到尤兰达·艾德勒，不管她去了哪里。

我一边穿着睡衣一边想，一个享有盛誉的超现实艺术家与他那失踪的中国妻子和孩子，正好可以让福尔摩斯在回来后那原本乏味的日子里有事可做。

睡了好几个小时我才醒来。

房子里一点动静也没有：露露十点前是不会来的，两个男人一直谈到了凌晨以后。福尔摩斯没有上床，他经常那样，晚睡的时候总是不想打搅到我。

可是，他没在隔壁的小卧室里，也不在实验室的矮沙发上。不在起居室里，阳台上没有，厨房里也没人，看不出他曾经煮过咖啡的迹象，他无论什么时候，起床或是外出之前，在家里都是要煮点咖啡的。

我走到客房的门口，房门关着。我把耳朵贴在木门上，希望不会一下子开了，想听听里面继子的脚步声，但听不到，我迟疑地皱起了眉头。也许他们谈了一整夜，之后福尔摩斯就直接去看他那个毁坏的蜂巢了。

没有喝咖啡？

我紧了紧长袍的带子，伸手去抓门扶手。锁芯向后滑动时发出了轻轻的咯噔声，铰链没出任何声音就打开了。我伸进头朝门里看了一圈。

什么也没有。没有睡觉的达米安，梳妆台上没有外人的梳子或是零钱，床边的桌子上也没有什么读物，衣柜底下也没有塞着软底拖鞋，床上没有人睡过，窗子是关着的。我走了进去，更确定房间里几乎没有他的东西，尽管很显然他来过这里：废纸篓里有几块揉皱的碎屑，还有一团从梳子上清下来的头发。

我在楼上迅速地找了一圈，发现福尔摩斯并没有把旅行箱装好——但一个在伦敦有十多个栖身之所的人并不需要随时带着一套换洗的衬衫和牙刷。

尤其是如果他这么做，家里老旧的木质楼梯发出的咯吱声会很容易把我吵醒。

我又回去检查了一下所有的房间，最后来到了起居室，从那里的烟灰和白兰地酒瓶里的酒都能看出，昨晚他们聊得很久。至于他们什么时候、因为什么离开的，走了多久，却看不出什么迹象。

我叹了口气，走进厨房去煮咖啡。

福尔摩斯突然离开,绝对不是凶险的,甚至也没有暗示性。我们都不是达米安圈子里那种放浪不羁的人,但我们也都不是受彼此操控的人,我们经常会各自行事。如果福尔摩斯和他的儿子一起走了,去寻找那个难以捉摸的女人和孩子,也许是达米安求他不带我同去的,甚至都没问我一下。

可他应该会给我留个便条。即便是达米安的妻子也会这么做的。

我坐在阳台上喝着咖啡,等着周围一切的苏醒,后来又吃了点吐司和桃子当早餐。露露来了之后,东一句西一句地打听,我就回楼上去了,找了件我父亲以前用旧的、软一点的衣服穿上,然后开始慢慢整理旅行箱。

我把一个箱子腾空,将里面的东西分成堆,有需要修补的,有需要存储起来的,还有新的物件。

有人在敲半开着的门,我抬头看了一眼。

"早上好,露露,"我说,"有事吗?"

"夫人,艾德勒先生还回来吗?是这样,他的房间看起来空了,他是不是不再需要——"

"不,我认为他只是暂时离开。"

"那好吧,我原以为他已经走了,还有,哈德森太太这周末就回来了,我想——"

"好的,露露。"

"您是不是也要离开了?我可以帮您,如果您——"

露露真是个天性难改的人。我离开了眼前的战场,回到楼下开始整理信件。

快到中午的时候,我已经给我一个牛津的好友维罗妮卡写好了一封回信,称赞她给我寄来了她宝贝儿子的照片。我旧金山的律师就我那里的房产所提出的一系列问题,我也一一作了答复。最后,我站起身。我需要透透气,运动一下。

开始,我想起一本书,便在福尔摩斯的书架上找了起来,翻的过程中,楼上的走廊里传出了大大小小的声响。露露抬着头向上望了望,一下子看到我在楼梯上面。

"我想出去走走,"我告诉她,"不用麻烦准备什么午餐了,我想他们两个人都不会回来的。既然这里都忙完了,剩下来的时间干吗不去休息呢?"

"太太,您真的确定?我真的不介意——"

"露露,明天见吧。"

"谢谢您,太太,我走的时候一定把楼上的房间锁上,就像您和福尔摩斯先生——"

我穿上一双轻便的软靴,在厨房里绕了一圈,在食品柜中拿出一些奶酪、面包和饮料,就离开了家。

我朝南走了一会儿又向西走了下去,先是沿着之前的小路,后来穿过了几条新路。汹涌的潮水冲上来,让流入这里的小河缓缓地流成了一个圈。对面的岸边,三个孩子正在一堆沙子上建着城堡。

昨晚入睡前我想到的是这样的场景:照片,还有那个孩子。她叫艾斯特蕾,达米安之前告诉我们,她出生的那晚满天繁星。一个古怪的小女孩,别的孩子不会留意的那些平常事,却能让她烦恼——她会因为雨中的一只野猫而不停地流泪,或者是因为看到了妈妈新皮鞋上的划痕而哭起来。但她很聪明,已经会读书了,能开心地用三门语言聊天。她和父亲的关系要比一般的父女亲密,一方面是因为她整日在他工作室进进出出,一方面是因为尤兰达隔一段日子就会离开家。

他想让我们明白,尤兰达不是一个不负责的母亲。孩子受到了很好的照料,不能确保艾斯特蕾有人照料的时候,尤兰达是绝不会出去的。她只是觉得,如果父母都对自己的生活满意,小孩子才能最好地成长。自我牺牲会让母亲扭曲,也会伤害孩子，尤兰达对此深信不疑。

达米安就是这么说的。

我个人觉得，他太纵容目前妻子的突发奇想，还有她以前受到的那些影响。要是没有遇见这个女人，当然，我不清楚，这个故事的基本内容是不是会少了些浪漫的基调，故事开始时就是一个直白的事实，一个年轻的女人，有一些妓女朋友，她自己往往也不怎么清白。而且，我仔细想了一下达米安所说的故事，突然意识到，他在有意地逃避。从十一岁离开教会学校一直到十六岁流落街头，她这段时期做了什么，他只字未提。

可以肯定，他已经被她迷得神魂颠倒了——这一点从他在照片中的姿势就能看出来——但这个男人，他生活的目标就是拥抱光明和黑暗、理智和疯狂、美好与下流。

不得不让人好奇的是，这种爱是不是彼此都那么强烈。这也很容易让人产生这样的假想：一个绝望的年轻女人遇到了一个天真烂漫的外国男人，他才华卓越，还很有教养；年轻女人在外国男人面前卖弄风情，博得了他的同情和爱意；年轻女人鼓动男人从事艺术创作，怂恿他以此来赚钱，又让自己为他怀了身孕，结婚就顺理成章了，然后就得到了英国公民的护照，不久她就到了伦敦，过上了她满意的生活，远离了上海那些野蛮的街巷。

没有见到她，我还说不准。但我希望福尔摩斯能给我足够的时间一起好好谈谈这件事。儿子娶了一个以前是妓女的人，我想问问他的感受。

我径直走到灯塔那里，坐在上面一边俯视着英吉利海峡，一边从兜里掏出一卷奶酪、一瓶柠檬水，还有从书房找到的一本薄薄的蓝色的书。

我的手指轻轻滑过封皮上金色的字《养蜂文化实用手

册》，下面是：兼论隔离蜂后的研究。

我之前读过福尔摩斯的这本书——他半开玩笑地称之为酒后之作——几年前，我有些记不清楚了，大体上是一本自称为指南的书，里面似乎没有什么指南，也没有解释作者为什么会在四十二岁时告别咨询侦探的生活来到苏塞克斯山间养蜂。现在，九年之后，像一辈子一样长的一段时间之后，我又见到了它。我重新打开书，开始阅读起我丈夫对蜜蜂的见解。一开篇，我就看到莎士比亚的一段文字，我记得，那是《亨利五世》中的。

蜜蜂，
这种小昆虫靠着天生的规律
向万民之国教导着什么是有序的行动

突然，一个棕色的小东西朝我坐着的地方冲了过来，开始猛咬我的鞋带。我一下子摁住它，将它踢到山崖那边，这时我听到了它主人毫无同情的道歉。

"如果那只狗混进羊群里，"我告诉那女孩，"吃了一顿牧羊人的曲柄杖，你可不要吃惊。"

她的男友流露出了反感，当他注意到我实际上是一个女人时，才多少把声音压低了些。

我站起身，继续边走边看。

蜜蜂的语言是我们这个时代最神秘的一种，是这一物种交流的工具。它们通过这种交谈告知巢中同伴食物的信息，发出有侵犯的警告，交换身份的密码，来保证一切正常。人类说话是一个复杂的过程，包括舌头和牙齿的互动，肺部和咽喉的互动，被思维和上千代的传统所驱动。

可如果我们人类沿着另外一条线进化,那会是什么样的呢?如果我们只拥有四肢、牙齿和翅膀,那会怎么样呢?如果我们的防御手段就是要我们自己献出性命呢?如果没有肺和气管来让我们发声说话,我们该如何传承人类的智慧呢?

人类通过很多方法来表达:肩膀的提升、迅速的斜视、小块肌肉的绷紧、空气流过声带的多少等。在那些无法用言语交流的生物看来,这些方法比起它们的是多么复杂呀?

哪怕是最新的蜂巢或是最无经验的蜂后,你都能从那里发现一些常识和智慧,远远不只是为了默默地活着。所有的养蜂人都相信,自己看管的那些生物拥有自己的语言。它的直接和真实,就像在一个村庄里有男孩就一定有女孩一样。然而,蜜蜂是通过气味、微妙的散发物、隐约的叫声,还是通过微小的动作来交流,我们迄今为止还无从知晓。


几英尺外,一个很大的声音向我问候,我抬头一看,吃了一惊。一群年轻的女人,至少有二十个,都严实地穿着登山的行头——远足用的拐杖,结实的裤子被汗水湿透,每个人都穿着阿尔卑斯山区穿的长靴。她们的领队四十岁上下,是一个戴着眼镜的结实女人,刚刚就是她向我打招呼的。我礼貌地停了下来,把书合上拿在手里。

"您知道我们在哪里可以补充一下体力吗?"

我四处看了看,然后指向远处的一个斜坡:"您看到那边的塔楼了吗?一直走,经过那里你就会看到一家旅店。我想那里一定会有冰块和茶。"

队伍中所有的人都谢过了我,然后走远了,她们的靴子踩在光秃秃的地面上,那砰砰声就像很多牲畜蹄子着地的声音。我摇了摇头,继续前行。

对于雄蜂的大屠杀每年都会发生——"把它们移交给刽子手,让这些平日里懒散地打着哈欠的雄蜂下场格外凄惨",当冬天快要到来的时候,最后的酿蜜工作也已结束,此时工蜂就会望着雄蜂,这些它们心甘情愿地在一年里喂养娇纵的雄蜂,考虑到过冬的食物,如今它们不过是负担而已,已经对蜂巢的未来构成了威胁。巢中的雌蜂会奋起反抗这些失去了价值的雄蜂,把它们一个个地消灭,即便有个别幸存的,也会被赶到蜂巢外面冻死。

雌蜂大概是所有物种中最现实的一种了。

对于蜜蜂的智慧我们能说什么呢?一方面,让你难以想象的是,整个物种会甘愿被奴役,被围困,被随意摆布,并且一致同意让一年辛苦劳动换来的成果被掠走。

然而,这真的与人类中大多数的工人截然不同吗?他们没有在采煤场或是办公桌前被奴役,被人指挥着去哪里以及做什么,一切不由自主吗?难道政府和市场中的物价部门没有沆瀣一气地抢走工人的一切,只给他们剩下一点点微薄的收入吗?

看到最后一段的时候,我笑出了声音,却突然被另一个声音吓了一跳,这个声音几乎是从我头顶上传来的。

"您好,夫人。"

我惊得停下来看着刚才和我说话的人。他看上去整洁精致,硬草帽下一头纯白的头发,打招呼的时候身体笔直。

"您好。"我回了一句。

"问一下,您是否知道去老虎客栈最近的路怎么走,在东迪恩那里,我想——"

"那边。"我指了指。这身装扮在乡下漫步显得极不方便,尤其是在一年中的这个时节。

那个白头发的绅士离开之后,我又看了看自己的位置,发现我刚才差一点就把崖边的路都走遍了:在我的下面,就是伊斯特本整个码头最好的游乐场和海边酒店。那里狭长弯曲的海岸线上到处都是鹅卵石,随处都能看到度假的游客。

我小心地环顾四周,我一个人满意地边走边看着书,直到什么遮住了书页:我已经不知不觉地走到了家门口。我进了门,在那棵缀满夏日果实的树下站了一会儿,空气中满是芬芳,还有来自蜂巢的喧闹声,露露的自行车还靠在厨房门口的墙上。我清走了几个快要烂掉的苹果,靠着果树坐了下来。

神才会把养蜂当作爱好,只有他才能让整个蜂群处于自己的掌控之下。实际上,一个凡人几乎是无法操控蜜蜂的。他庇护着它们,取走它们酿的蜜,为它们赶走害虫,可到最后,他也只能抱着最好的打算而已。

蜜蜂不会对养蜂人忠诚,只对蜂巢如此;也不会对哪个地方忠诚,只会对群落如此。蜂后不会和人类主人有什么深交,如果它或是其他蜜蜂觉得某个姿势威胁到了它们,即便是它们的保护者发出的,它们也会对他进行攻击。

在蜂巢中,只有一个规则。蜂后(在这里,维吉尔弄错了,以为是蜂王)在它整个一生中,只会出去一次,短暂地在空中飞过。它挑选的那天格外温暖明媚,它会唱出它所有的期待,把整个蜂巢搅动得兴奋异常,最后它会一飞冲天,让雄蜂跟着涌出巢穴,那样子就像彗星拖着长长的尾巴。只有最快的雄蜂才能追上蜂后，它那长长的翅膀和巨大的力量，能保证它在以后的日子里有足够的精力孕育后代。

然后它会回到蜂巢，养蜂人有自己的办法，它以后的日子都会在那里度过，再也不会飞行，再也不会使用它的那双翅膀，再也见不到天空。

如果有人注意到了蜂后，尽职地把它产的卵放回准备好的巢房，让它们时刻都受工蜂的守护，给它喂食、清理，以促进它能繁育更多，让人不解的是，它能记得这些吗？它的记忆会不会永远定格在那高耸的天际和那自由的栖息之中呢？就像一个囚犯流着口水地想象着一顿饱餐中的每处细节？

也许，那种自由就是蜂后作为蜂巢真正武士的原因，它精心地守护着自己的位置，提防着那些未来的对手，直到王权旁落，不再繁殖。

但是，蜂后往往不是因为衰老而死去。如果它没有在王位的争夺中倒下，或是死于严寒，它的女儿们也会最终起来反抗它。它们聚集起来，把它围成一团，让它透不过气，直到最后被压碎。事后它们会把它的尸体丢掉，重新开始另一任蜂后的推选。

蜂后死了，蜂后也永生。

这就是蜂巢的生存之道。

我被书上方的动静吸引住了：一只蜜蜂飞了过来，想看看这张打印出来的纸页中有什么玄机。或者更可能是，好好利用一下眼前的休息之所，因为它的后腿上塞满了花粉，大大的一团。它围着蓝色的书页飞着，并没有注意到我，就好像我不过是它头上天空的一部分；刚飞到书脊那里，它就忽然朝着三十英尺外的朗氏蜂箱飞了过去，蜂箱就在哈德森太太最喜爱的那棵苹果树的树荫下。

我把书放进衣兜，跟在蜜蜂后面。

福尔摩斯安置蜂巢的地方，上午能见到温暖的阳光，午后又有苹果树的树荫遮阳。我在附近蹲了下来，以避开那只黄蜂，它正围着一枚掉下来的苹果打转。

朗氏蜂箱是木质结构，侧面大约有二十英寸长。从外面看，它不过是一排粉刷过的普通箱子，但里面则是一个个可以活动的部件，做工讲究而且精准，每一处设计都旨在为蜜蜂提供完美的环境，不论是为了它们的工作还是生活。一个蜂巢能生产几百磅的蜂蜜，在合适的条件下，蜜蜂对它和对一棵中空的树，满意度是一样的。

蜂箱正面的底部是一个长长的切口，供蜜蜂出入，切口处有一块类似走廊的设计，可以让工蜂在此落脚，或者，在今天这样炎热的日子里，面向巢外的世界站着，起劲地扇动着翅膀——这就是福尔摩斯在书中写到的通风，流通起来的空气有利于整个蜂巢的生存，在流经上面的后半部分时，空气会比起刚刚吹进来的时候要热一些，也更潮湿。这样发出的声音会让初涉养蜂的人以为蜂巢遇到了巨大威胁，好像马上要狂躁地爆发，会找一个人类当发泄这种狂怒的对象。

我对福尔摩斯的蜜蜂再熟悉不过了，可直到这时我才了解到，这不过是整个蜂巢努力工作发出的喧闹声，它们正在把财富储存在里面，一次很小的一滴——直到养蜂人把它们奉为至宝的东西据为己有，把整个蜂群的资源野蛮地抢走，以满足自己的私欲。

一只蜂后；少量的雄蜂，整日里享受着不劳而获的日子只为等待一声召唤，在一飞冲天的时候完成交配；成千上万只雌性的工蜂，在它们短暂的一生中，从幼虫的护理者最后成为花蜜的收集者。这么一个系统严密的组织，完全是为了供养下一代而设计出来的。

仔细想想，造物主创造世间万物的目的，大抵都是如此。

现在，我的思绪又一次集中到了达米安·艾德勒和他年幼的女儿身上。烦恼之中，我站起身，掸了掸膝部的尘土。终于，看不到露露的自行车了。

我拿钥匙打开门廊上法式的门——就如露露之前特别提示过的，乡下居民这么小心地锁门会显得主人很乖僻，但我和福尔摩斯竟没有发觉，我们如今还在沿用伦敦的生活方式。厨房里，每一处表面都闪闪发亮。我把空瓶子放到水盆下的箱子里，之后来到客厅把靴子脱掉。

房子里安静极了。我多久没有这么一个人待在屋子里了？和露露不同，哈德森太太在这里住的时候，很少外出去市场，福尔摩斯也不会这么随意地出去处理事情。我大概有好多年没有这么一个人独处过了。

我站了一会儿，倾听着周围厚重的石墙所发出的声音：寂静，沉默，惬意。我走过一个个的房间，把所有的门窗都打开。在实验室里，我找到了一把螺丝刀，把它拿到楼下，放在前门的门柱上。我用手摸了摸，祷告了几句，并欢迎它来到自己的新家，然后我来到门廊上一个有树荫的角落继续看书。

蜜蜂能感受到快乐、愤慨和满足。蜜蜂也会嬉戏，漫无目的地飞来飞去只是体会其中的乐趣。蜜蜂也有绝望的时候，那是因为遭受了损失或是陷入了绝境。

蜂巢失去蜂后或是没有需要养育的蜂后幼虫，就会陷入绝境，未来一片渺茫。工蜂也许会继续忙上一阵，但不久就会死气沉沉、一片凄凉。它们的声音会发生变化，那种精神饱满的喧闹会变得让人心酸、失落。其中一只工蜂会试着召集起整个蜂群的力量，它们会产下自己的卵，似乎是通过这些仪式的再现来做出王室还在的样子，但是每只蜜蜂，仪式一结束就会嗡嗡地飞过来围着刚刚产卵的工蜂。

和我们人类不同，对于蜜蜂而言，未来就是它们的全部：下一代就是它们每一次行动的唯一目的，每个决定都围绕着这个目的。不是为了蜂群中的某只蜜蜂，蜜蜂个体伦理上的抗争与蜂群利益之间的较量，并不是为了蜂群中的某只蜜蜂，这种抗争是为了反抗压迫，这种终生的奉献精神是为了某只蜜蜂在天性和诉求上的完善。对于蜂巢来说，没有个体，只有整体；没有当下，只有未来；没有个人的贡献，只有众多成员共同积累的精华。

阳光在屋檐后斜斜地照过来，果园里的树都拉长了影子，最后，我合上了福尔摩斯这本蓝色的小书。

我印象中，它更多的是一本哲学方面的专著，而不是一本实用的指南。对于一个当时只有十五岁的小女孩来说，它并没有什么深刻的意义。如今，这个男人我已经认识了九年，和他的婚姻也有三年的时间了，我觉得这书中的记载让人吃惊，这个孤傲得让我惊讶的男人，竟把如此发人深省的见解公开出版。

我不会再去好奇他这么早归隐的原因；我倒开始感恩他能让我和他一同回来，而不是任由自己痛苦不堪。

晚风朝着唐斯的方向吹去，拂过海面和果园。我深吸着此时的空气，想到今后，孤独的滋味对我来说，就像慢慢发酵的苹果一样。

我把那本书放在了书房的桌子上，就去找一瓶去年的蜂蜜酒，这种饮品的味道不会因为储藏久了而更加甘醇，可那里面却仍然留有当年夏天的气息。

福尔摩斯把它装入瓶子里的这一年，是不同寻常的一年。我们遇到的案子一个接一个，每件涉及的人都十分奇特：多萝西·拉斯金小姐，巴勒斯坦精神失常的考古学家，就在去年此时来到了我家门口。那件案子的调查刚结束，我们就被拖进了达特穆尔高原的一桩神秘事件，紧接着，我们又来到了位于伯克郡的一户贝都因人的房子。之后，我们还没来得及歇口气，就被迈克罗夫特派往印度；把日本天皇的私事刚处理完，就在回来的路上，我们的飞机又在旧金山降落，那里有我一直耿耿于怀的往事。

这整整一年，充满了意外的发现、艰辛、紧张的友谊、痛苦的损失、对童年的回忆，以及三个月后我对自己的否定和不自信。而像今年这样的日子，人们再也不会对我和丈夫之间年龄的差距指指点点了。

我把酒放在那里，让它慢慢凉下来，把所有的门窗都关好，以防夏天的蚊虫进屋，然后把奶酪、燕麦饼干，以及夏日的水果拼了一大盘。在门廊那暖暖的石头上，我铺开了垫子和旅行用的小毯子，就在满天的晚霞下，开始享用难得的归隐者之宴。我坐在那柔软的毯子上，注视着天空由湛蓝色慢慢变成蓝紫色，突然，我看到了回来后的第一次流星。

是一年一次的英仙座流星雨。几天前的晚上，我们就发现了预兆。那时海上升起了雾气，静寂的光辉照亮了整个天空，简直是大自然中最神奇的事情。今夜是这场流星雨的高潮，尽管几乎是满月，但它们那璀璨的光辉还是点亮了整个天空。

我看着看着就睡过去了，当然这离不开那瓶酒的巨大作用。

# 九

**黑暗**：这种男人长大成人的时候，会经历一段黑暗时期，觉得到处都是空虚和厌恶，看不到这个世界的美好。男孩子身上携带的流星金属渐渐变冷，能量也渐渐消失。

《证据》，1章：4节

"达米安，再喝一点酒，到了明天，你的才智会每况愈下。"

"我不会有事的。"

"你会变得正直，会变成截然不同的一个人，但却不是你最好的状态。"

"我今天的才智就处于最好的状态，这对我们来说有什么好处？"

"我之前警告过你，在医院和太平间走上一圈，就是白折腾。如果你打算让警察——"

"不许找警察。"

"我向你保证，我能编出一个故事，解释我在调查一个叫尤兰达·艾德勒的人。"

"我来找你，是因为我觉得这样可以避开警方。如果你做不到，就直说，我马上走。"

"我只是在建议，动用官方调查机构中被认可的组织，会给我们节省不少时间。"

"不许找警察。尤兰达和艾斯特蕾刚在这里安定下来。如果我们的生活一开始就有警方的调查,这会引来不少麻烦。"

"我很理解你的担心。我会想办法避开警方以保护你的隐私。可如果我刻意地迁就一个短视又半醉不醒的搭档,那么今后的事情会更难解决。我再告诉你一遍,达米安,你不要再这样下去了。"

"好吧。去那里。你开心了吧?"

"谢谢。"

"你想不想先去洗个澡,要不我先来?"

"你去吧。其实我早该想到,找个比这个小洞体面点的地方,那样就不用和人共用大厅边上的浴室了。"

"没有远见的代价就是以后出现的不便。"


"天啊,刚才可真冷!你洗澡的时候锅炉好用吗?"

"我看了看仪器,最后决定还是不要去冒爆炸的危险。"

"哼,省钱了,反正它也不好用。还有,用冷水刮胡子,这就是我为什么一到这里就蓄胡子的原因,我用不起热水的时候——在上海,他们也卖热水——我渐渐厌倦了用剃须刀来修理下巴的外形。看来,现在我要留起大胡子了,可不只是为了装扮。"

"刀片划过冰冷的皮肤,的确会让人害怕。"

"我没见你留过胡子。"

"我只是偶尔才留一留胡子,因为案子的需要。战争之前,我在美国留过一阵山羊胡,但我留得最久那次是在喜马拉雅山旅行的时候。刮掉胡子是在德里一个露天的理发摊,当时半条街上来来往往的人都在看我,那种感觉我现在还记得。"

"你刚才说美国?你去的是哪个地方?"

"芝加哥,主要去的那里。"

"你有没有觉得这些睡衣还是上个月洗过的？"

"我本该想到。"

"也许我该垫着它们睡觉。"

"你也可以用我的衣服当枕头。"

"招上虱子可挺麻烦的。"

"你确定不用喝点什么来帮你入睡？"

"达米安，我——"

"是，是，你是对的，保持头脑清醒。"

"我去关灯？"

"别！开着吧，你要是不介意的话，开着一点。"

"随你的便。"

"那么。你去过新泽西吗，你在美国的时候？"

"我从纽约出发的路上经过了那里，只是这样。"

"我去过那里一次。和妈妈。九岁的时候。"

"是1903年的时候吗？"

"没错。怎么了？"

"1903年的时候，我离开伦敦回到了苏塞克斯。"

"然后就开始养蜂。"

"对。"

"你真的不知道？"

"关于你的事情？"

"关于我、她，还有……"

"你的母亲是个极其聪明的女人，对于她生命中的那些男人来说，我担心她太聪明了，她对我说的一切，我都相信。"

"愿意去相信。"

"我当时并不希望被赶走。我……非常喜欢你母亲。她是个与众不同的女人。"

"她是个孤独的人。一个儿子能做的也只有那么多。"

"我担心,她是太过聪明了。"

"你说得轻松。"

"不那么轻松,真的。"

"不管怎么样,晚安。"

"我去关掉——"

"别关,留着一盏,如果你不介意,留着最小的那盏灯别关。"

"你随便吧,晚安,达米安。"

# 十

**与天使较量（1）**：带着四种要素出生的男孩登上了高耸的山峰，在那里，他站在早已等候的天使面前，说道："带走我吧，我是你的了，随你处置。"

《证据》，1章：5节

我醒来时，阳台上已经亮了。整晚睡在硬硬的石板上，加上酒精引发的疼痛，着实让我呻吟了几声。是不是希波克拉底说过，月光会影响人脑的湿气，还会让人发疯？肯定的是，它对人的身体是没有好处的。

我踽踽地走到厨房打算煮点浓咖啡。七点钟的时候，我拿起电话，让人接通了"修士的酒桶"旅馆的电话。

"您好，是乔安娜吗？哦，瑞贝卡，早上好，我是玛丽·罗素。您能——什么？哦，谢谢您，回来挺好的。您能帮我给露露留个口信吗？您就告诉她，今天不用出门了——实际上是，没有我的口信她就一直不用来了。哦，不，不，这里一切都好，我就是这几天不用她来。对对，哈德森太太最晚周六就回来了，我想，到时候她会需要露露帮忙的。哦，谢谢，也代我向您姑姑问好。"

我整个上午都待在安静、亲切的家中，处理完了这些日子中堆积的信件。感觉有些得意，我就把信件放在了前门附近的桌子上，披上一件和昨天下午类似的衣服，从暗房里翻出一个小帆布包，打算装上几件工具、一些纸和笔，再来一次即兴的野餐。

如果福尔摩斯外出处理一件谜案,那我没有理由不让自己的思绪集中到那件剩下的案子上。

那个空空的蜂巢在一个孤零零的南向小坡上,它的后面是一堵石墙,是个和这里任意一处古迹一样偏僻的地方。墙的另一面是南唐斯路,这条史前的人行大路横贯英格兰和威尔士。向海边延伸之处,有人影正沿着地上的一片凸起移动:人类怎么会愿意聚集成群,而不是朝不同的方向分散在空旷的地方?

我一边喝着瓶子里的水止渴,一边研究着空蜂巢。这是福尔摩斯使用的典型蜂巢,分成三个隔层,较大的两个构成了蜂巢的主体部分,浅一点的那层在上面,被称为特级隔层。三个隔层都含有可以滑动的边框,蜜蜂可以在上面建巢;当它们满了的时候,就会在顶部增加新的超级隔层,以满足蜜蜂一直往上建巢的需求。在隔层之间的有些地方可能会有蜂后隔离带,将体形稍大的蜂后和卵与即将收获的蜂巢隔开。

瓶子里的水喝干了,我蹲下身仔细查看蜂巢的入口处。

没有老鼠的痕迹,这对蜂巢来说是经常出现的麻烦。在蜂巢的前部也没有看到散布的死蜜蜂,如果有大蜡螟出现,福尔摩斯应该会提到的。据我所知,所有蜂巢上使用的颜料都是一样的,构造至少与其他两个也是同一种类。我把盖子撬开,把叮当作响的铃铛放在一边,开始研究那些边框。那香气真的很令人沉醉。虽然我对蜂蜜并不是格外喜欢,但是撕开隔层,啪的一下将小股蜂蜜挤入口中的诱惑却是那么强烈。

把每个框架都滑上来,是需要花些时间的,这也需要有力的肌肉把其余部分拖到一边。我把手电点着,照亮剩下的部分。没有大蜡螟,没有死去的蜜蜂,只有一个完整的蜂巢空空荡荡的,就好像整个蜂群,从蜂后到雄蜂,听到了风笛手的笛声，全都飞向天际了。我放下手电，伸手去够底层的第一个框架，想把它拉回原位。

"你发现了什么没有？"一个声音问道。

我把重重的架子放在脚边，差点惊出声来，转身想看看是不是什么度假的人来此消遣。

是一个身材不高、圆乎乎的男人，胡子刮得很整齐，穿着整洁的旧花呢大衣，头上还戴着顶软帽。他把手搭在干燥的墙头上，两手支着下巴。显然，我刚才站着用头顶开箱子盖时，他就在旁边看了一阵了。

我还没来得及把他轰开——旁边就是大路，但是这样明显不行——他站直了身体："我猜，您是福尔摩斯夫人吧？"

"差不多。但是——"

"格兰·米兰科，很愿意为您效劳。"

"啊，那个养蜂人。"

"说得对，我的管家说，您和您丈夫已经回来了。真希望在这之前能在此地见到他。"

"他被叫走了，但你说得对，我们周一晚上一到家，他就来这里看过蜂巢。"

"他有什么想法吗？"

"通常会有。但是这次，他并没有和我说起。"

"我可不可以这样认为，您并不是很熟悉养蜂的技术？"

"不过是个没经过训练的助手，"我承认，"尽管如此，我觉得还是应该来看看蜂巢，看有什么发现。我们周一来这里的时候，天快黑了。他的探查只进行到超级隔层那儿。"

我伸手拿起架子，但我刚才的话就像一个邀请，那人从墙上探过身，然后跳过来，从地上笨拙地站起，拿过了我的手电筒。他对各个角落和细缝做着详细检查时，我就在旁边等着，然后我继续滑动沉重的框架，把它们归回原位。

"这里有很多巢室。"他特意说了一句。

"就像你在给福尔摩斯的信中提到的，它们成群地飞出了蜂巢。"我冷冷地说了一句。

"可是，不到三周前，我还检查了这个蜂巢。"

我看着他那显出衰老的后背，此刻正弯在蜂巢上面，心里开始琢磨他怎么做到一个人就能把蜂箱卸下来。也许他根本没有，也许那是三周以前的事情了。

我挪动蜂箱的时候，他并没有过来帮忙，这更证实了我刚才的怀疑，他的后背根本胜任不了那样的任务。相反，他还在检查，一直在絮叨着养蜂的技巧，这些东西即便是福尔摩斯也不会向我灌输的。我听他说到了很多种蜜蜂以及蜂巢建造的方法、蜂蜡的成分分析、不同蜜源的营养成分，还有一些蜜蜂之间信息交流的理论——福尔摩斯提到过的"微妙的散发物"——他还提到蜂巢的特点不但可以反映出巢中蜂后的个性，还可以反映出养蜂人的性格。

"那就是这个特别的蜂巢让人如此着迷的原因。"那人说。这时，我已经将三个隔层都放回了原来的位置，他正在将脸侧向草地，检查蜂巢的底座。我帮着把沉重的蜂箱从地上翻起来。"是，你丈夫的这些蜜蜂大体说来，有八成是井井有条的，一成带有些实验性，还有一成被平均分成两种，一种富有惊人的革新精神，另一种则是彻底失败的。"

"呃，你是说他的技术要么是非常创新的，要么就是失败的？"

他的头转向了蜂巢这边："不，我说的是这些蜜蜂。它们也反映出了他的个性。你知道吧？"

"我明白。"

他停下来凝视着远处；我感到自己的肌肉开始颤动。"我想起他之前向我提起过，他将高加索山上一种特别的香草种在了这里，他听人说这可以让蜂蜜有种沁人心脾的效果。蜜蜂采蜜会更有劲头，这也有助于让香草均匀地在各个蜂巢间传播，然而当这种草的花开始凋零的时候，蜜蜂也会跟着失去以往的热情。不幸的是，最后蜂蜜的味道竟然让人作呕。最终让这一年里所产的蜜都难以接受。"他摇了摇头，继续仔细地检查。

"那么，你是说，蜂群的发狂实际上是养蜂人某些方面的反映？"

他坐了下去，吃了一惊，我这时感激地任由蜂巢在地上发出了重重的声音。"不，不，不是，不是。我真不该说这和他有什么关系。"

看到他那么强烈地抗议，我笑了起来："我是开玩笑的，米兰科先生。我想说，这像是蜂群认为它们不喜欢土墙那边古墓的微妙的散发物。"这个理论让他沉默了一会，我开始收拾东西准备离开。

不一会儿他就和盘托出了自己的看法。"蜂巢的生机不该总是让人担心的，"他若有所思地说，"在约克郡和康沃尔，他们都相信，蜜蜂死了的话，很快蜂农也会离开他的农场。"

我打了个寒噤，马上说道："蜜蜂被遗弃，似乎是因为没有人会费事地来'告知'它们，福尔摩斯外出了并且还会回来。不论如何，如果是糟糕的时令导致蜜蜂死亡，我可以想到，这说明这个农民的庄稼也同样会遭殃。祝你愉快，米兰科先生。"说完这些，我匆匆地离开了。

莫名其妙的是，这个老人和他的故事竟然让我感到一阵阵的恐惧和不安。

这一天里剩下的时间我都在散步。去了一趟自家的农场，我从远处望了那里一眼，觉得自己今天不想再和什么人说话了，接着朝西面的库科米尔走去。我经过了威尔明顿巨人——一个雕刻在白垩质山坡上，二百二十五英尺高的神秘人形图案——一直走到了奥尔弗里斯顿，惬意地享用了一杯茶外加一份司康饼，那味道和哈德森太太的手艺一样棒。再次登上那座桥时，我朝南面那狭窄的小路望去，它们将利特灵顿和西迪恩两个地方连接起来。尽管这个季节就要过去了，但到处能听到鸟儿的欢唱，绿意盎然的乡间美景抚慰着我燥热的肌肤和快要垮掉的心灵。

回到家时，我已经被晒黑了不少，两脚酸痛，但总算安静了下来。另外，因为之前就打算好途经村庄的时候在老虎客栈那里停一下，所以现在我已酒足饭饱。

洗过澡，我穿上那条日本买回的丝绸长袍，把壶里的水烧上，就到书房走了走，想找本喜欢的书。小说是我想找的，可是那里没有几本，而且也没有哪本没看过。

房间还和我们1月份离开时一样，哈德森太太不敢乱动这里的东西——福尔摩斯总是特意、明确地告诉她这一点。唯一的变化就是整齐地堆好的报纸，毫无疑问，我们离开后发行的每期《泰晤士报》和《电讯报》都在那里。

这一幕让我想起来，露露离开后，这些天的报纸可能都堆在车道尽头那儿的箱子上。把茶沏上，我便出去拿那四份报纸——两份下午的报纸，两份早上的报纸，这些报纸先是传遍伦敦的大街小巷，很多个小时之后，再由一个伊斯特本的男孩送来，然后来改变我的看法。我没有回到书房，而是把茶和报纸都拿到了门廊上，打算日落前在那里消磨掉时间。

过去的八个月里似乎没什么变化。政局还是动荡，矿业工会聚集起来企图通过施压提高薪水。没有发现什么自杀或是德鲁伊教徒暴乱事件，我多少有些失望，也许我的兴趣太特别了。

可是——天已经快黑了，我才翻到报纸底部的小栏，几乎没怎么细看——两个人因为夏至那天密谋在巨石阵制造混乱而受到指控。那倒提醒了我。

我削着土豆皮,等着咖啡磨好,这时,我在厨房发现了之前我在火车上读的报纸。幸运的是,读者来信那页完好无损。

尊敬的长官:

我怀着急切的心情给您写信,是和最近的几起事件有关,在巨石阵,持有不同思想体系的两方几乎酿成一场骚乱,之前还有一起发生在多塞特的自杀事件,这简直是在亵渎我国最壮观的一处古迹。反思一下当今年轻人中盛行的那些古怪的宗教仪式,我们可以想象,如果不将其扼杀在萌芽阶段,这种可耻的事件会继续下去,甚至会变得更加极端。我们是否需要继续等下去?一直等到我们还没来得及为国家史前古遗址配备临时的守卫,德鲁伊教徒就在仲夏夜的晚上用活人为巨石阵献祭?

一名威尔特郡的农民

多塞特。我所知道的那里唯一一处史前古遗址就是塞那·阿巴斯巨人——我今天下午经过的家附近那个巨人的原始版本。

我的好奇心被激发起来。我回到书房,开始翻找起那堆报纸,直到从6月中旬的报纸中翻出一张。我打开所有的灯,开始从夏至那天的报纸读起,也就是6月22日。

那位气愤的农民口中的"一场骚乱",似乎就是一场声势浩大的争论最终成为一场推推搡搡的较量,一方是群穿着草鞋、身着手工纺纱的六十多岁老人,另一方是一群(数目不详)严肃认真的年轻人。报纸上并没有透露详尽的细节,但大概是那些年轻人打算站在阳光正好照射到的那些矗立的石头上,那样他们大概就可以吸收太阳在夏至当天的能量,但这遭到了那些守旧的传统主义者强烈的反对。自从头一天晚上两队人都带着毯子聚集（有人猜测，还有可供保暖的饮品）在那里的时候，那些老者就一直在强烈地抗议，认为那块阳光感受石应该自由地接收阳光。因此，两个年轻人被选出来，向老者解释那是他们的仪式，后来被指控聚众骚乱的也是这二人。

其中的荒唐，和我之前料想的完全一样。如果那个农民言过其词，把更像是争论的事情说成了暴乱，那么多塞特那里发生的"自杀事件"是怎么回事？

他没有提到具体的日期，但我觉得一个德鲁伊教徒大概会选择在夏至这一天自我献祭——虽然是猜想，与他的宗教倾向有关的唯一证据，是从那个农民的来信中获得的。我翻了翻6月23日的报纸，并没有看到与多塞特或是德鲁伊教徒有关的报道。我拿过25号的报纸，又把它放下了，回头去找夏至前几天的报纸——也许尸体在那里已经有些时间了呢？

6月20日、6月19日，什么也没有发现，这可真是奇怪。我知道《泰晤士报》一直都非常尊重提供离奇事件的来信者，但他们应该不会去发表一些凭空捏造的东西吧？

有了，在那里。6月18日的下午，就在新闻提要的下面，巨人附近的自杀事件：

> 今天早上，在多塞特郡的塞那·阿巴斯白垩质巨人像脚下，两名游客发现了一具血淋淋的尸体。死者是位四十岁上下的女性，蓝色的眼睛，戴着金属边框的眼镜，一头灰色的短发，手上没有佩戴结婚戒指。警方说，她死于军用左轮手枪造成的一处创伤，手枪在尸体附近被发现，另外，她的衣着显示，她是来这里参观的游客。

这则简短的报道在末尾处还呼吁认识此人的读者可以联系

当地的警方，可是报道中描述的女人，在英国十个女人中就有一个是这样。她的死亡让人难过，却难以引起警方的重视。

我把报纸合上，关掉了台灯，这下好奇心得到了满足：夏至的事件与死亡事件无关，与巨石阵也没什么关系。我站起身，手停在了椅子的扶手上。他们现在确定了女人的身份没有？

有时候，好奇心真是一个恼人的同伴。

我又把灯打开，开始找6月份案发那周的报纸，看看哪天的还没有翻阅。当然，最后还是找到了：

> 6月18日黄昏，在塞那·阿巴斯巨人像附近发现的女人，身份被确定为普尔市的菲欧娜·凯特怀特小姐（四十二岁）。有人最后看到凯特怀特小姐是在6月16日那天，当时她告诉朋友自己要去见一位男性，那人的广告公司正需要一名打字员。朋友还说凯特怀特小姐最近总是意志消沉。

孤零零的一个女人，又没有工作，算是能想象到的最悲苦的一个人了。

真希望在这桩谜案解开之前，自己能就此打住。我为什么要卷入这样一则愚蠢的消息中？到底为了什么？绝不是因为无聊。这种美好的独处时光怎么能算是无聊呢？我把手中的一摞报纸随意地扔到原来那堆上：福尔摩斯自己会把它们分类的。

除非他决定跟着他的蜜蜂一飞冲天了。

没有别的小说可看，我伸手拿过福尔摩斯那本《维多利亚名人传》，上床休息了。

十一

**与天使较量（2）**：就在他表示屈服的一刻，天堂的大门在男孩的头顶打开，一道道光涌入他的身体，一直到溢了出来。当男孩从高高的山上走下来时，他发现自己已经留下了光的印记，而且他的身体将永远带着这些神圣的痕迹。

《证据》，1章：5节

"达米安，我觉得你该停一会儿了。你能坐一会儿吗？"

"你真的要把我们两个安顿在一个比昨晚还不舒服的地方？"

"这样才绝对安全。"

"那得看你在提防什么。很显然，你并不担心自己会窒息而死。"

"你不喜欢密闭的地方？"

"我不喜欢冒着窒息的危险。"

"你那么紧张，说明你有幽闭恐惧症。这一点，我现在觉得，也可以解释你在圣教堂村监狱时表现出的那种焦躁。我当时还以为你的身体需要很长时间才能摆脱药物；我们来这里之前你就该告诉我的。"

"我没有幽闭恐惧症！"

"如果你非要这么说，那随你便。"

"我很好，好吧，我坐这儿。现在我们能谈点别的吗？"

"我承认,在这之前,我还希望通过我们的努力能得到一些结果。"

"现在没希望了,对吗?"

"当然,今天没有什么进展,这需要我们重新考虑一下明天的策略。"

"也许是她一时兴起去了巴黎,或是罗马。她曾经向我打听过罗马。"

"最近吗?"

"一年,一年半以前吧。"

"如果你能估计出她身上带了多少钱,也许会有些帮助。"

"我之前跟你说过,我在家不管钱。尤兰达管这些事。那可以看出我多么……那是一种证明我信任她的方式。我唯一知道的是,她从来不从银行取什么东西,但她可能会把钱藏在什么地方,她喜欢用现金。"

"也可能是她把钱都存在另一个账户上了。"

"嗯,那该怎么办?你看,我那么信任她。我们结婚时,我就向她保证过,她可以过自己喜欢的生活。她是我的妻子,是我孩子的母亲;如果她有一个自己的账户能让她感觉更好——如果能过她自己喜欢的日子——那也是她的事,我不该干涉的。"

"你可真大方。"

"见鬼,我知道,把你卷进来就是一个错误。"

"达米安——达米安!你先坐下。"

"我想出去透透气。一个小时后我会回来的。"

"等等,我看是该让你出去一下了。"

"现在好些了吧?"

"你看,很抱歉,我有些……我沮丧的时候,最好让我出去走走，这样对谁都好。可如果我不是在画画，那样也没多大作用。画画能让我释放很多精力。"

"或者喝点酒。"

"我没喝醉。"

"你经常'沮丧'吗？"

"和别人一样。为什么问这个？"

"你手上的擦伤还有你一脸的刮痕是怎么弄的？"

"我的手总是会有些磕磕碰碰，但是这刮痕——你是说这个吗？"

"周一晚上在苏塞克斯时，那刮痕就应该有一天多了。"

"你在说什么？你在指责——"

"我只是在问——"

"我做了什么——"

"你是怎么——"

"对我妻子？对——"

"会有这些痕迹的——"

"我自己的孩子？"

"是因为暴力。"

"你怎么会以为我会伤害她们中的一个？"

"我没说我会那么以为。达米安，你想想，我不了解你。实际上，不同的环境已经让我们成了陌生人。现在，假如你实际上就是一个陌生人，他找到我，跟我说妻子和孩子失踪了，可他就是不想去找警察，那么，那就是我应该问的第一个问题。"

"你是说，我杀了自己的妻子？"

"到底是不是？"

"你觉得我会不会来找你——你，任何人——来需求帮助，如果我那么做了？看在上帝的分上，天啊，我是个画家，不是个演员！"

"你是两个很会表演的人的孩子，一个男人和一个女人，都惯用诡计和伪装的表情，我再问你一遍：你有没有伤害你的妻子？"

"没有！没，没有，没有，看在上帝的分上，你一定要相信我。我绝不会伤害尤兰达，我更不会去碰艾斯特蕾那可爱的头上的一根头发，不管我是喝醉了还是因为药物发狂，我都不会。我马上——我马上就砍掉我这双画画的手，也绝不会用它来伤害她们中的任何一个。"

"好极了。"

"你相信我了？"

"我觉得，我还没有昏朽到从一个人的誓言中听不出真话的程度。"

"谢天谢地。"

"那么你脸上的刮痕到底怎么来的？"

"你家的果园需要有牲畜在那里吃草。"

"抱歉，什么意思？"

"你房子周围的那些树。要是有头牛时不时地在那里，对它们是很有好处的，牛可以帮助弄掉一些矮一点的树枝。我母亲在法国的时候经常么做，如果晚上想在月光下的果园中散步，那样就不会刮到夜色中探寻的眼睛。"

"我明白了，很抱歉我疏忽了这一点，我一直不在家——什么事？你为什么发笑？"

"哦，是——是我刚才突然想到，如果你的观众听到咱们在谈论给苹果树修枝，他们会是什么反应？"

"我的观众？那如果我把超现实主义大师艾德勒现在的样子拍张照片，坐在一把加了厚垫的椅子上，穿着一件维多利亚时代的吸烟装，抽着他父亲那个老式的土烟斗，你的崇拜者们看到照片会是什么反应呢?"

"我觉得,他们会发现,那就是对超现实主义本身的解读。"

"啊哈,达米安,你的笑……"

"我的笑怎么了?"

"它让我想起了你的母亲。"


"你这次还希望开着灯睡吗?"

"好的。"

"我可以把头顶的那盏关了吗?"

"关掉我这儿的吧,你不介意吧?"

"它们是通电的,我们不会被闷死的。"

"我不该拿它打赌。"

"如果你能让它通宵亮着,我们明天就找个别的地方。找个有窗户的。"

"我死不了的。"

"嗯?"

"我提议,明天我们分头行动,只是临时的。"

"为什么?"

"我要去的地方,你还是不要看到的好,不要让它们使你想到你的妻子……"

"达米安?你睡着了吗?"

"我怎么会把那些地方和尤兰达联系起来呢?就是因为我在遇到她的时候正住在一家妓院里吗?"

"一个心甘愿的童妓,哪有这样的事,达米安?"

"呵,你猜到了。尤兰达的事。"

"我不是猜,我假设了一下,提出了一个理论,后来我证实了这一点。的确,我已经确认了这一点。"

"好吧，是的。很抱歉我之前没有告诉你。"

"一个男人不愿意透露自己妻子不光彩的过去，这不足为怪。"

"是令人厌恶的过去。那一点让她更脆弱，也更容易受到伤害，要比人怀疑她还要强烈。可你是对的，我不想让她的过去或者她……在你第一次见到她的时候，就让你看到她那些脆弱的地方。"

"吸毒？"

"没有多长时间。"

"你确定吗？"

"我知道的。"

"你还有什么事情没有告诉我？"

"什么意思？"

"关于你妻子，你还有事情瞒着我。"

"没有什么了。"

"我不信。"

"没有什么是你需要知道的了。和她失踪有关的就没什么事情了。"

"那就是你应该给我的结论。"

"我不能再跟你说了，你也不必知道。"

"达米安——"

"不行！天啊，我真该在几个月前就回上海。"

"你今晚还打算愤而出走吗？就因为我想说，隐瞒一些信息和放弃调查，两者都会极大地降低事情解决的速度。那你干吗不去喝点酒？"

"你一直都是那么个冷血的家伙吗？我妈妈以前到底看上了你什么？"

"我也经常纳闷。现在，灯光够用了吧？"

"是的。"

"我还是觉得,你明天最好别和我一起去。下次她再站在你面前的时候,那些心痛的场景就不会在你眼前出现。"

"我现在都开始怀疑我们还能不能找到她。"

"我们最终会找到的。"

"上帝呀,我几乎相信了你的话。可是,不,我还是想和你一起去。"

"那你随便吧。"

"晚安。"

"晚安,达米安。"

## 十二

**神志昏迷**：从山上下来的时候，男孩晕倒了，虽然身体中注满了光，却空无知识，直到他感觉有只手握住了他的手：一位导师找到了他。

《证据》，1章：7节

到了周四早上，我这种独居不再是意外的恩赐，而是一种既成的事实。我给自己做了份鸡蛋，没想到竟然像烤过的皮革一样，虽然没有完全糊掉，但还是得花上半个小时把煎锅中的碎屑清理干净。很长时间我都想不明白，还没有哪个实验像一顿便饭这样让我恼火。烹饪不过是个化学实验，对吧？为什么我在炉灶上就不能像在本生灯上那样高效呢？

煎锅的事看来是瞒不过哈德森太太了，那么在她回来之前我还得把它的表面再处理一遍，但是至少我把屋里的烟都放干净了。最后我把窗子关好，穿上了靴子。

我昨晚就想好了，不该让那个废弃蜂巢中的蜂蜜被别人弄走或是让虫子给糟蹋了，而且那天的辛苦付出对我来说还是有好处的。那可绝对是出于一腔好意，绝对不是因为无聊——我怎么会无聊呢，在这个地方？——那可以让我装满手推车，推着它走过挂满露珠的草地，向着远处的蜂巢出发。

挂满蜂巢的框架一层就够重的，总共算来该有一吨了。另外，我竟然忘了戴手套，那就意味着，等我再到花园的棚屋时，几个小时后，我的手掌就会磨出泡来，我的后背也会因为推着车子在颠簸的路上费力前行而酸痛。我蹒跚着回到家，在厨房的水盆那儿大口地喝下了三瓶凉水，对着水龙头冲着我发烫的脸庞。我从冰箱的盒子中取出一大块冰，放在另一瓶水中，把瓶子拿到屋外苹果树的树荫下。这次，这些忙碌的蜜蜂，与其说是我的伙伴，倒不如说是来骄傲地提醒我之前做过的事情。我怒视着那些工蜂。

"如果福尔摩斯不回来处理你们这些家伙，你们就只能一直这么把蜂蜜往里挤，直到把这个地方挤破为止。"我这么告诉它们。

它们没有回答我。

过了一会儿，我回屋去取福尔摩斯那个放大镜。我本来可能会等到晚上凉快下来，像这种天气的晚上还很暖和，蜂蜜很容易流出来，但我需要借着光来研究蜂巢中留下的证据。在把每个框架拆开之前，我先把它搬到阳光下，用放大镜仔细研究一下，希望能找到一些线索解释蜂巢反常的行径，但是一无所获。早期的框架整齐地摆在里面，一个挨着一个；我把每个都检查了一遍，之后就把它放到棚屋中，在蜂巢上方打开电热蜂蜜刀，再把它放到福尔摩斯自制的、带手柄的离心机中。

后面的框架就不那么完整了，随着夏天的到来，蜂蜜浓度变高，蜂蜜颜色改变，让这些框架看上去暗了不少。由于蜂后受到隔断的限制，到不了这些框架中，因此我可以探索里面：生长中的蜂卵；即将孵化成幼虫的小小的蛹，仅以少量的花粉为生；接着只是卵、食物供给，我封上了它们的蜂蜡巢室，没什么了。

我数了数，在蜂巢底层，总共有不到二十个空的蜂后巢室。它们无精打采地挂在那里，由于体积稍大，把一个个规整的六边形挤得不再整齐地排成一线。在我看来，数目已经很多了，因为每个蜂后的巢室既代表一支潜在的蜂群，也可能是一场在位的蜂后与崛起的处女蜂之间殊死的搏斗。总体说来，蜂后会将任何一个威胁王位的幼虫从巢室中清除，甚至杀死它们。福尔摩斯或者米兰科先生也许能说得清，这些蜂蜡巢室上面极小的印记究竟是在巢室里还是在巢室外形成的，但我不能。

这些框架，我还是留给福尔摩斯处理吧。

从蜂巢中取蜜花了我将近一天的时间，我一身汗水，像洗过一样，浑身黏糊糊的很难受，我全身的肌肉仿佛都在燃烧，皮肤上、鼻孔里，还有嘴里，都弥漫着蜂蜜那腻人的气息。自始至终，福尔摩斯在棚屋窗户上安装的纱窗那里都有蜜蜂在来回飞，它们是被我抢夺的这些战利品发出的浓郁香气引来的。

我全弄完的时候快四点了：罐子盖上盖、机器清理干净，框架摆好，以备下次使用。还有一个我特意放在一边的罐子。我拿起来，把脏乎乎的手指伸向里面那琥珀色的琼浆，接着把泛着油光的一大滴放进了嘴巴。

这些发疯的蜜蜂酿出的蜜，尝起来和别的蜂蜜没有什么不同。

我把罐子放在厨房的桌子上，上了楼，换上了泳衣。我推出自行车，检查一下，车胎还是饱的，便登上车沿着小路向海边骑去，在那里我发现——我之前一直希望的——白天那些度假的游客已经在陆续离开，我一路费力地朝崖边的石阶骑。我的车轮碾过一片鹅卵石，驶向一处人迹罕至的地方，周围的燧石发出的声音，就像潮湿的大理石在嘴巴里发出的一样。在那些时不时地冒出来的奇怪记忆中，那声音总是让我记起早已逝去的哥哥。

我把外套和眼镜放到叠好的浴巾上，然后从退潮时裸露出的游泳池走向那边的水域。和往常一样，我停了一下，眯着近视的眼睛看看水面。多年前，我还不认识福尔摩斯的时候，他就在这里遭遇了一只毒水母，那只水母是因为天气反常误入到这片水域的。自从他跟我讲过这个故事之后，我就习惯性地提防起来，以免再碰到一只——就好像那东西会把自己的背暴露在水面上一样。也许我该请华生医生把这件事写成一个故事，我觉得：即便不是苏塞克斯所有的海滩，至少这片海滩上的人会大大减少。

今天，我没有看到什么传说中的水母背，也没有什么半透明的气泡，于是纵身一跳，跳进了冰凉的水中。

我沿着崖壁游了一会儿，直到皮肤因为发冷而开始变得像胶皮一样，手指也开始起了褶皱。我来到一片没有孩子和太阳伞的海滩。我把卵石扔进一个被人废弃的金属杯子，通过让杯子离我的距离慢慢变远来逗自己开心。玩了一阵，我穿好衣服，爬上山崖，骑着自行车走过一段颠簸的路，最后回到了静寂的家中。到家后我先洗了个热水澡，然后倒了杯葡萄酒又回到水中——毕竟，酒精可以帮助肌肉放松。要不是水仿佛一下子变凉了，我可能会睡上几分钟。我从水中出来，穿上一件厚厚的毛巾布浴衣，然后就匆匆地来到楼下找东西填充饥肠辘辘的肚子。

我在冰箱的最里面找到了一块肉饼，虽然不怎么新鲜了，但闻起来还不错。我从门外的园子里摘了几个熟透的西红柿，又剁了些圆葱、加点奶酪、把它们拌在了一起。从储藏室拿了一瓶苹果酒，一片有点变味的面包加上新鲜的黄油，在这个小小的、无疑也是短暂的安宁岛上，我还是很满足的。我就在厨房那张刷洗干净的桌子上吃，吃完的碗碟丢到了水盆中，留到明早再洗。

没有感到无聊，也不是孤独：是满足。

我承认，这一天中有好几次我都在怀疑自己的努力，我费力地试着驱走空蜂巢弥漫的离奇氛围，试着把非自然力造成的空巢变成一件正常的自然事件。并且我发现，自己在这一天里有好几次都在想，福尔摩斯在哪里？

我打算在外面看书，直到天暗下来看不见为止，想到这个，我便跑到楼上去取那本斯特雷奇的《维多利亚名人传》，它就在楼上我床边的桌子上。经过书房的时候，我看到了达米安画的那幅蜜蜂茶壶，它被福尔摩斯斜放在门的底层书架上（很明显，他当时不想在把它放回实验室时吵醒我——可是，福尔摩斯究竟去哪儿了？）。我拿起来，把它带到了楼上。

把这幅画重新挂到实验室的墙上时，我在想，画中的意境真是古怪：这么一个几乎不可能想到的怪诞物件，通过一丝不苟的手法表现出来。表面看来，它似乎是一种智慧的诙谐，然而不可否认的是，表象的背后，是股令人不安的暗流。一把英式的茶壶带着一根恶毒的蜂刺。他这种作品只有这一幅吗？还是他总体的画风就是这样的？

奇怪的是，福尔摩斯就对这幅画情有独钟。

不，不奇怪：是不可能。

要找到福尔摩斯所收集的达米安作品很容易，我以前也想过要找找的——尽管在"失窃的信"那样的案件中，我可能会花上一个小时，可达米安的作品就在我的眼皮底下。我翻遍了保险柜、福尔摩斯书房的书架、他在实验室的收藏。我跪在地上，正打算翻翻他的衣柜，突然想到我当时找到这幅画的情景：他把它靠在书架上，那里有一些艺术品，包括一些专著，比如《伦勃朗时代的铅中毒事件》、《法老的死亡面具》、《意大利的大伪造者》，还有《苏富比文艺复兴指南》。

当然，在那边的书架底排，几乎是十分隐秘的地方，就在《西班牙宗教法庭画作》的后面，夹着一本薄薄的、大号的书，书皮是棕色的皮革面。封面上赫然写着达米安·艾德勒的名字。我把它拿到明亮的灯光下，打开了。

与其说是本书，不如说这是个画册，里面收集着一些画作的初稿，还有一些是把大一点的画拍成的照片，总共收集了九年间的五十幅画。第一幅画是一张栩栩如生的钢笔素描，画中的女人头发挽起，下巴骄傲地抬着，两眼中闪着笑意，也有满满的爱意——对于画者的爱意——这幅画大概能解释福尔摩斯从来没有让我看过这画册的原因。

画中的女人是艾琳·艾德勒。

画角标着的日期是1910年。那时候达米安十六岁。她两年后就去世了。

后面是几张法国街道的小素描：一个市场、流经巴黎的塞纳河、坐在公园长椅上打盹的老人。五幅画中有三幅是标有日期的，这些画都是在艾琳·艾德勒去世前画的。

接下来的画就很让人震惊了：翻到一页，映入眼帘的是一条空空的街道，阴影一直延伸到前线上一条着火的战壕。战壕的内壁若隐若现，危机四伏，就好像上面那些弹孔要把里面的人吞进去一样；天上高悬的月亮似乎在讥笑这一切。画的中央，一个人蜷缩在那里，用整个身体护着手中的步枪，好像一个受惊的孩子抱着自己的玩具娃娃；他身后有个人正用双手紧紧地抓着他头盔的边沿，似乎是想把它抢过去；画的右边站着一个年轻人，正在回头，他的胳膊伸了出去，那姿势可能是在表现一种强烈的情爱或是因为刑罚的痛苦迸发。作画的纸张沾满了已经变干的泥渍，整幅画是用胶带拼接在一起的。

一共有七幅战争期间的画作。虽然每幅图都没有标上日期，但很容易弄清楚它们完成的先后顺序，因为随着时间的进展，画的风格越来越清晰。最后一张画，是一幅细腻的特写，画中是一个白色的头骨，在泥土中露出了上半部分，画中阴影部分的细节处理就像照片拍出来的一样。

所有战争时期的素描中，绘画手法都非常怪异，两侧的物体既有些隐隐约约的轮廓，又似乎在弯曲地向中央延伸。它给人的印象是，艺术家似乎感觉这个凶险的世界要吞没他。

头骨后面的那页，画风突然改变，是一幅彩色的。这幅还有后面的几幅都是照片，大多数都是彩色的油画，上面的日期是在1917年到1919年之间。从照片的材质和均匀度可以看出，这些画都是同一时期完成的。我想，大概是在隆尚太太的指导下完成的，或者是她在的时候，由别的什么人指导完成的。

我以前觉得蜜蜂茶壶那幅画让人不安，但比起这些画中的影像，那真的没什么。

画册中剩下的三十页左右，经过仔细检查后，全部是源于九幅最初的画作，每一个系列都先从那副完整的画作开始，接下来它们的大小会有所改变，还有几页是原来画作中某一部位的特写。

这些画中有些景象很暴力，展现的是被肢解的尸体和血流成河的场景，但每一寸细节都是画家悉心完成的。其他的画作展示的是噩梦带来的惊恐：一个胸部丰满的女人，肌肤诱人，嘴角的伤口却在流脓；一个孩子手中握着一颗心脏，静脉和动脉还在地上拖着。1918年6月完成的一幅画中展示的是一个房间，那极有可能是一家精神病医院，就是达米安接受治疗的地方。整幅画都是苍白的色调：灰白的床、粉中透白的窗帘、一个浅棕色皮肤的男人穿着一件浅蓝色的长衫，一小块浅黄色的太阳正照耀着浅褐色的地面。这幅画给人的感觉，就像是意识在苍穹下慢慢退去的几分钟。

所有的画都让人觉得痛苦万分，所有的都让人焦虑不安。早一些的画对死亡的描绘更明显，后面的意境给人的感觉就像那种恐怖此刻正弥漫在房间外面，每幅画看起来都有种让人在恐惧中屏住呼吸的氛围。

最后一幅画是全家人在一起的素描：爸爸、妈妈、孩子。妈妈在中间，是艾琳·艾德勒。她左边是一个瘦瘦的、灰眼睛的男孩。她的右边是福尔摩斯。人物的姿势和传统肖像画很像，面向画家，妈妈坐在那里，爸爸站在后面，孩子斜靠在妈妈的腿上，姿势和圣母怜子像中的一样。他们身后的墙纸在顶部开始褪色，渐渐融入了深色的、星光点点的天空：男人的头顶是一个小小的太阳，在一个很远的地方微弱地散发着光芒；女人的头上顶着一轮大大的满月；孩子的头顶正好有一颗彗星飞过。在画的底部，壁纸和地毯交会的地方，如果仔细看那奇怪的颜色和绘画手法，就会清楚地发现，三个人正慢慢融入地毯，他们衣服的颜色正在渗入到地毯的纹理中，他们的鞋子再也看不见了，哪怕是大致的轮廓都没有了。

上面的日期是1919年10月。看来这是达米安在见过福尔摩斯之后画的，此后不久，他就离开了伦敦。

住在天国的一家人正在慢慢地渗入大地：另一方面，这可能也是超现实主义的创作手法，但是，在这里能清晰地感觉到，尽管他们脸上的表情平静，但是他们三个都很清楚正在发生的一切，而且马上就要滑到痛苦的边缘。

我望着窗外，发现太阳早就落下去了，我把书合上，放回书架，关上了实验室的门，甚至把球形把手也扣上了，以确保弹簧锁最后锁死。如果门上还有门闩的话，我可能也会把它插好。

客厅的黑暗角落里，似乎有种莫名的危险在逼近。我给自己倒了杯白兰地——奇怪,过去这几天我到底喝了多少——朝门廊走去的时候我随手拿起了一条旅行围毯。今晚应该是满月,天空也像洗过一样,实际上我可以读读报纸。我把毯子铺在帆布躺椅上,仰面躺着望着天空。也许在周二最壮观的那次之后,我还能看到偶尔出现的流星。

我的脑海中既空虚又满满的,所有的想法都在表层的深处翻腾着。我很快意识到,我已经出来了,来到了一个黑暗的门廊上,以至于我看不到自己在躺椅那端的双脚。今天晚上格外黑暗,还好满天的繁星在闪烁。月亮哪里去了呢?

我朝东方望去,希望能看到它那大团的光辉慢慢地从地平线上升起来,可是没有。那里只有微弱的一弯新月,看样子像是初二的月亮。

我的大脑就像一个马达,先是猛烈地敲击,接着突然转了起来。可是月亮竟是满月。这几晚我都在反复地思考这个场景,它每天都在变大,而且越来越大,差一点就圆满了。怎么,那么——

它在东方。一轮落日,还有一弯新月,都在东方?

我感到一阵剧烈的恐慌,让我确定的是,达米安那些毛骨悚然的绘画已经对我产生了极大的影响。我赶快晃动了一下身体,努力想找到一种解释,能让宇宙惯常的运行方式具体一些。

是月食。

我最近读了一些与月食有关的东西,但是今天在此见到还是没有做好心理准备。之前有条广告,宣传坐船去看月食。在这个国家的任何一个地方都能坐着看到月食,为什么还要坐船旅行去看呢?

我凝视着夜空,嘴巴张得大大的,随着月亮的最后一部分也被遮住,天空中只剩下一个模糊的环形,星星也好像消失了一样，只留下这样一个天体。天空暗了很长的一段时间，将近一个小时之后，一个微弱的弧形出现了。十点钟刚过，地球的这颗卫星开始移出地球的影子：一弯纤细的弧线；慢慢涨了一块；渐渐地鼓成了半圆；最后，一个小时之后，变得灿烂起来，圆圆的；半个小时以后，它终于又变成了光彩夺目的一轮满月。

  我之前有种原始人才有的担心，害怕月亮会消失不见，看到它又出现了，真是格外欣慰。月亮又安然无恙地出现在天空，我回屋了，实验室门口的那些画不再那么让我感到烦恼。那晚我睡得很沉，睡了很久。

## 十三

**求索者**（1）：一位艺术家把天青石磨好后制成蓝色颜料，用铅制成白色，让他画布上的作品有了颜色和维度。怎么才能让他的艺术生涯不再是拾人牙慧呢？

《证据》，1章：8节

"达米安？达米安？醒醒！达——"

"该死的杂种，你小心点——我一定会杀了你，你这个杂种，你——"

"达米安！"

"什么事？出什么事了？"

"灯灭了，你刚才做了个噩梦。是个噩梦。"

"别白痴了。我从来不做噩梦。"

"你刚才好像在战斗中被看不见的敌人困住了。我再去打开一盏灯。你好点了吧？"

"我当然很好。我就是需要透透气。"

"窗子开着呢。"

"我得出去一下。"

"达米安——"

"你要是拦住我，我就使劲撞你了。"

"我没打算拦着你。但是明天怎么样？到时候咱们分开吧。"

"这倒是挺可惜的。"

"另外，达米安？穿上外套。你身上还有汗呢。"

## 十四

**求索者（2）**：每个人，即便是像神一样的或是极有天赋的，也需要一个导师将他带入正轨，教会他如何像其他的艺术家一样取得成就，教他如何像其他的求索者一样找到自己的答案。

《证据》，1章：8节

周五早上，我坐在厨房的餐桌旁，看着周四的报纸，喝着浓浓的咖啡，吃了几片不新鲜的面包，加了些黄油和果酱——我现在多少有些吃厌了蜂蜜，而且再三考虑后觉得，一顿稍稍丰盛的早餐如果需要清理油烟还要清除煎锅中的碎屑就有些不值了。明天哈德森太太就回来了，生活又会回到以前，回到常态。

我站在门口望着唐斯的方向，心里想着在这最后一天的独居生活中我该做些什么。不知道福尔摩斯去了哪里，什么时候会回来，如果他这样能把一个谜团解开，对他来说也算是一件满意的事情。

我穿上靴子，锁好门，又一次朝着远处发狂的蜂巢出发。

一到那里，我就把帆布背包放到空空的郎氏蜂箱后面背阴的地方，接着一直朝东走，走了大约半英里后又回到出发的地方。我走得很慢，仔细地看着地上、空气中、周围的环境，想找出这个蜂巢有什么奇怪之处。

我来回走了几趟，突然注意到了一块孤零零的洼地。我爬过石墙，仔细地在这里翻看了一下，看是否有些带毒的东西，记下了附近生长的每种植物，这里出现的羊群，还有这里不长树木。

三个小时后，太阳开始炙烤这里，此时我已经彻底烦透了这个谜团。最后一滴已经变得温热的柠檬水也被我喝光了，我打算从头整理一下自己的想法。

这个蜂巢和其他的比起来，并没发现什么不同。实际上，除了一点，就是它是福尔摩斯的蜂巢中最远的一个，昨天我手掌上磨出的那些水泡完全可以证明这一点。

食物充足——框架上的蜂蜜可以向我证明这一点。一只繁殖力强的蜂后——而且并不缺少这样的蜂后。那还能是什么原因呢？为什么就不喜欢这个地方了呢？是什么让这个蜂群如此惊慌、失望，以至于会把正在孵化中的卵都丢弃在这里？

我不愿再耗在这个谜题上了，无奈地叹了口气，在蜂巢前面跪下来，用指尖翻动这里的草。

那里有些死蜜蜂，当然——工蜂的确只能活几周，一场伤感的葬礼可不是蜂群感兴趣的东西。我精心地把那些干得只剩一层皮的东西收集到一起，非常小心，避免被蜂针刺到。最后，我把它们都放在一张纸中包好，也许在显微镜下检查一下会发现是不是有寄生虫作祟。

弄好之后，我爬上了墙头，望着远处一直延绵到英吉利海峡的那片山坡。夏日的阳光下，今天的海水格外湛蓝；就一会儿的工夫，从我眼前经过的船，从轻巧的帆船到笨重的轮船，我数了数，总共有二十三条。

这片山坡就是另一番景象了。甚至在8月份，这里都很少见到漫步者的足迹，那些游客也很少来到这儿。最近的人家离这里也有一英里，没有什么能破坏这片草地，除了几处金雀花丛。

这个地方的孤寂，加上几天来独处的生活，让我的脑海中不知不觉有了一个小小的、还不成熟的想法。我若有所思地低下头看着纸包中的蜜蜂。

我从墙上跳下来，踏上了回家的路。我读了一会儿养蜂科学指南类的书，直到我确定它们都是工蜂，然后我走到存放蜂蜜的棚屋那里，拿回一个带着蜂后巢室的框架。我小心地把它包好，放到了自行车的车篮中，便朝着杰文顿出发了，米兰科先生的信就是从那里寄出的。

一个漫不经心地喂鸡的女人把我带到了养蜂人的屋舍，已经是这个村子最边缘的地方了。从墙头望去，一下子就认出了那个人，他正在苹果树下捡掉落的果实。他抬起头时看见了我，却一点也不惊讶。

"您好，福尔摩斯夫人。"

"你好，米兰科先生。"

"我正打算在被黄蜂发现之前把这些苹果都捡起来，"他解释了一下，"我可不想让那些黄蜂在我这些蜜蜂的地盘出没。"

"是该这样。"我说。我这才想起来，说来惭愧，福尔摩斯以前也曾经对我说起过这样的事情。也许想弥补一下对于家中那些蜜蜂照料上的疏忽，我弯身帮他清理起地上的苹果。

"有什么我可以帮忙的吗？"过了一会儿他问我。

"哦，是有些事情。"我把捡起的那些带瘀伤或是开始腐烂的果子放在推车上，从我的自行车上取来蜂箱中的框架。他把我领到一个光线充足的陶器制作架附近，挪走了上面的陶罐和碎石。我掸了掸上面的尘土，把我的框架放了上去。

"你能不能告诉我这些蜂后巢室怎么了？"

"除了它们是空的这个事实之外的事情？"

"你能不能帮我看看它们是从里面打开的还是从外面？"我把放大镜也带来了，但是他没有接过去。

他拿起框架,在阳光下来回地斜着看。这时,我把自己的推断说给他听。

"山坡上就这么一个蜂巢。离它最近的也在一英里之外。这就是我一直想不明白的地方。"接着我就把心中的想法向他和盘托出。

当整个蜂群到处乱飞时,在位的蜂后会把蜂群中最好的那部分一起带走,留下蜂蜜、整个蜂群中最有价值的那些工蜂幼虫,还有一只或几只其他可能会成为蜂后的雌蜂。留下的工蜂会一直守护蜂后的巢室,直到第一只幼虫孵化,这通常也是蜂后屠杀自己未来对手的时候。总体来说,蜂群会防止它把它们全部杀死,直到它从交配的飞行之旅返回蜂巢,准备好把以后漫长的生命都托付给蜂巢的未来。

它离开的几个小时,对于蜂巢来说是极其脆弱的时期。一只饥饿的鸟儿、一阵冷风——它们的未来将不复存在。如果整个蜂巢允许它杀死所有潜在的对手,那么它们的死期也就到了。

夏天要经历一些雨天,海边的风也是一件麻烦的事情,我想知道,蜂巢位置的偏远是不是会迫使蜂后比正常情况下飞得更久,这样才能让它自己巢中或是来自其他蜂巢的雄蜂追上它。

我说得并不是很详细,但我深层的意思是想表明,它们死亡的真正原因是荒凉的位置。

米兰科先生听着,流露出怀疑的神情,他慢慢起身,仔细检查着我拿来的框架。

我问他:"雄蜂怎么才能知道新的蜂后要一飞冲天呢?"

"实际上,在整个蜂巢中会响起一阵阵的嗡嗡声,这会起到事先预告的作用,蜂后也会像唱歌一样,发出巨大的声响。那样,一旦它飞起来的时候,它们就能看见它——通常,它会选择在晴朗的日子飞行。也有可能，它在用人类听不到的声音传达意思，或是通过某种情绪，甚至可能完全通过气味来传递信号。"

"一只雄蜂可以飞多远？"

"蜜蜂可以飞二三英里的距离。"

"如果什么东西使它巢中的雄蜂追不上它，那么会怎样呢？"

米兰科斜着眼睛看我，意识到自己正在和一个他孙女那般年纪的女人讨论蜜蜂的交配。他清了清嗓子，正色说道："通常情况下，附近的雄蜂都会对处女蜂的呼唤做出回应，它们有成百上千只。"

"那么，如果周围没有别的蜂巢呢？"

"附近总是会有别的蜂巢的。"

"在我看来，离那个蜂巢最近的蜜蜂，就是我们果园中的那些，也隔了一英里多的距离。"

米兰科望着我："你是不是想说，蜂后的飞行，呃，没有取得什么成果？"

"有没有那种可能？"

"更可能的是，它根本没有飞回去。那就是为什么蜂巢中出现了那么多蜂后巢室，就是为了防止失败。"

"可如果它嗜杀成性呢？它们阻止不了它杀死其他的对手呢？"

"把前任蜂后留下的卵养大，这对它们来说，也许太晚了。"我刚刚觉得自己已经成功解决了福尔摩斯留下的谜团，这时，他说道："可是，这些巢室是从里面打开的。"

"什么，都是吗？"

"我看到的这五个是这样。总共有多少个？"

"二十一个。它们都很相似。"

"二十一个？都这样？"

"我看到的是这样。"

"应该说，所有孵化的那些。"

"你是说，这个蜂巢已经抚育出了二十一只蜂后？每只都孵化出来了，并且为了王位厮杀了起来？"如果那样的话，可真是混乱。

"更有可能，孵化完成后，还飞了出去。只是还不完全确定。在一些巢室中，准备带着蜂群飞出去的蜂后巢穴和准备取代另一只蜂后的巢穴是不一样的——很明显的不同。"

"就是说，一个接着一个，蜂后孵化出来，就带着一群雄蜂飞走了？"

"是的，可是，你看到框架这个地方了吗？这些还在孵化的卵？"

"没有孵化完的蜜蜂？"

"还有蜂卵？"

当他指给我看时，我能看见它们。"那说明什么？"

"那说明，蜂后一直都很活跃，直到最近几天。当然，在我上次检查蜂巢的时候，里面就住着一只蜂后，就是三周前。"

"也就是说，所有这一切都是最近三周才发生的？二十一个蜂群飞出去了？"

"不，蜂群是在之前飞出去的。并且怪就怪在这里。你的蜂巢里有一只活跃的蜂后，却还在继续孵化处女蜂后。蜂后不仅不会杀死它们，也没有带着蜂群到处飞。它只是在蜂群围着自己飞的时候不停地产卵。"

"是不是工蜂不许它去杀死它们？"一个发狂的蜂巢，可真这样。

"以它们那逐渐减少的数目？它们要是有这能力才奇怪呢。"

"那么发生了什么？"

"看起来，你家的蜂后似乎仅仅是忘了自己杀死对手的使命，蜂群前仆后继地涌到它身上时，它也只是忙着自己的事情。"

这个蜂巢最后灭亡，是因为在位的蜂后还有它那二十一个可能会继承王位的女儿都过于心软，不忍杀戮同类，并且蜂巢最后也无力召集足够的工蜂来继续执行孵化的使命。

这真是让我一下子说不出话来。米兰科先生却并没有详细地解释原因。

"不管怎样，正如我给你丈夫提出的建议，重新引入一批也许会很快解决问题。如果还有位置偏僻的问题，他可以再加一个蜂箱。"听起来，他对我的理论半信半疑。

很明显，米兰科先生更关心解决的办法而不是理论本身。我觉得，福尔摩斯会更喜欢深层挖掘其中的原因——那让我一下子想起了他处理整个蜂巢的最初主张。他也许不会让这些哲学理论大行其道，完全不考虑农业中的实际情况。

不管怎么说，让整个蜂巢恢复生机这样的一个任务，我很愿意把它交给专业人士来完成。而且，在乡间搬着几千只活着的蜜蜂，这样的挑战我还真不打算进行。米兰科先生向我保证，他会一直密切关注，看有没有流浪的蜂群，那样就可以趁机给它们提供一个新家，我也说，我也会让福尔摩斯在第一时间再弄一个蜂箱。

从杰文顿到家的四英里路，我骑着自行车，格外开心，终于把发狂的蜂巢事件给解决了。

不久，我就拿着达米安作品的画册来到了门廊上，在阳光下再好好翻一遍。

他后期绘画中那些以死亡为主题的暗示，是不是都是我自己主观想象出来的呢？目前我这种独居的工作状态是不是让自己的判断出现偏差了？

我一页一页地翻着画册，咬着自己的大拇指指甲，陷入了沉思。

不对，我断定，我所读的这些东西并不是不存在的信息。达米安·艾德勒的画的确是疯狂的——尽管我一时还说不清楚，这是超现实主义刻意形成的疯狂，还是源自他自身的疯狂。

我在午后温暖的阳光下研究着它们，却想到了一些其他的事情：福尔摩斯或许也有同样的问题。

他可能也不会就这么满足于自己儿子艺术作品的名录。他也许会回到创作地，调查它的起源、影响因素还有影响力。

如果福尔摩斯曾经展开过调查，那么在什么地方就该有个案件档案。那也许是个档案盒；或者是一个信封，里面装满了便笺；也可能是个档案箱，用丝带绑好后封起来了；但是在他看来，那可能构成了一个案件的档案。

和画册不同，我找不到什么东西看起来和档案盒一样。

我找了几个小时：在实验室里，食品储存室、外面存放蜂蜜的棚屋，还有地毯下面。我敲遍了石头，直到关节开始疼起来；我把所有的床都翻了一遍；把书架上每本艺术书的里面都看过了。

快到半夜的时候，我敲打着酸痛的后背，不甘心地认为，他把东西特意藏起来了，或者是交给迈克罗夫特了。

我蜷缩在床上，闭着眼睛，努力地不去想那个被她儿子画出来的艾琳·艾德勒。艾琳·艾德勒，她在更早、更重要的案件中超过了福尔摩斯。艾琳·艾德勒，那个多年后他还去法国苦苦寻找的女人，却在他毫不知情的情况下，留给他一个孩子。艾琳·艾德勒,她的音乐生涯与福尔摩斯的相映生辉,那是我丈夫的生活中我无法分享的领域,因为我没有乐感,因为我不喜欢——

我一下子坐了起来。

音乐。

我快步跑到楼下客厅的书架旁,那是福尔摩斯收藏留声机唱片的地方。因为我没什么乐感,因此很少接近,别人知道福尔摩斯喜欢这些精致的物件,也都不去碰它。

书架旁边的地方有三分之二被一寸厚的布料盖着,是装着艾琳·艾德勒歌剧唱片的箱子。在第三张和第四张唱片之间的缝隙里,有一个马尼拉纸的信封,里面的东西有大概三十页。

第一页是达米安·艾德勒出生记录的复印件。第二张是他入伍照片的存档。第三张是一份逮捕表格,日期是1918年的4月27日。第四份是他在法国南特精神病医院的收诊证明,时间是1918年的5月6日。

十天前,他杀死了一名军官同事。

## 十五

**向导(1)**：向导并不是指社会上那些被请到游园会中的人。这个男孩的向导似乎更像一个粗野的暴徒，炯炯有神的眼睛，骄傲得不可一世的样子，就像曾经征服过群山一样：那都不重要，因为他既博学又智慧。

《证据》，2章：1节

"我是福尔摩斯。"

"迈克罗夫特，你有没有达米安的消息？"

"晚上好，夏洛克。你现在哪里？"

"有没有达米安的消息？"

"自从周六就没有了。你把他弄丢了？"

"周二时我们一起进的城，可他今天一早就离开了旅店，我晚上回到旅店了还没见到他，我想问问他有没有给你打过电话。"

"没有。哪个旅店？"

"在巴西特这里，我的老友、民兵贝利的堂兄经营的。"

"那也许就是原因。"

"他没有回来可能更多的是因为我们昨天做的事情，我们住宿的条件只是其次。我领着他去了一些名声不好的地方。"

"这和我们最后一次通话的内容有关吗？当时你让我帮你调查他妻子的背景？"

"肯定有关。有什么结果吗？"

"到现在为止,四十八小时都过去了,夏洛克——"

"迈克罗夫特,我们必须找到她。"

"我知道了。还有他。"

"还有一种可能,就是他得到了什么消息。"

"你是说《泰晤士报》寻人启事那一栏上的信息,措辞有些像是在给滋补的奎宁水打广告?"

"我就知道你会注意到的。"

"是不是这一家子人把你弄得昏头昏脑了?什么事都没有头绪是不是让你很恼火?艾洛斯这儿有让你喝上十天的奎宁水,想让你周五的时候来喝点。"

"就是那个。说到这种双关语,尽管人们会觉得能接受。达米安可能已经见过那个人了,十点钟的时候,在皮卡迪利广场的雕像那里。"

"我真的无法理解,夏洛克,你已经和皇家咖啡馆的那些人说过此事了?"

"达米安今天早上在那儿吃早饭的时候,有人把两天前就留在那里的一个信封给了他。不久,就有人看见他和一个男人径直去了摄政街,门童不认识那人,是个中等身材的人,四十岁左右,深色的头发,穿着考究的衣服,没留胡须,另外,在他左眼的附近有块伤疤。"

"现在你打算怎么办?"

"我在巴特西旅店给达米安留了张便条。他回来的话也许会去那里。今天我经过了他家两次,里面不像有人住的样子。我打算现在就去那里——破门而入之后在那儿睡一觉,天亮以后,在那里好好查看一下。我现在想不明白,找出一个中国女人和她孩子的踪迹竟然这么困难。"

"用不用我把贝利也叫上,让他给你当个帮手?"

"如果事情拖得太久,不得已的时候,大概需要。"

"知道了。如果达米安打来电话或是送来口信,我怎么找你呢?"

"到达米安家,如果你能的话。"

"我在达米安家的时候,如果你能设法给我发密码最好,那样我就知道是你。随后我再给你打电话,明天晚上吧——周六那天。"

"你还有没有需要我做的事情?"

"没有了。另外,如果那小子和你联系,你告诉他……我想不出来你能告诉他什么。"

"我会把你殷切的希望传达给他。"

"总之就是这些类似的话。谢谢你,迈克罗夫特。"

"保重,夏洛克。"

## 十六

**向导（2）**：看那些台阶，都发着明亮的光芒；那个男孩，内心备受煎熬，与天使较量，并且自己也有了他们那种飘忽不定的特质。因此，遇到向导的时候，他正发着光芒，像一团捉摸不定的东西，只要碰到火苗就能燃烧起来。

《证据》，2章：1节

周六早上，我试着说服自己，很久之前的两次暴力指控，都是在针对一个参加过战斗的人，这其实不是多大的罪过。1918年的那次打人事件中，达米安甚至没有受到指控，部分原因是两个人都喝醉了，并且目击证人也莫衷一是，说不清到底哪个人先动的手。说到底，一方面是因为达米安的伤势还在恢复阶段，他也被美化成一个英雄（这一点我还真不知道），而其他的军官不是身强体壮也是完好无损，而且都是出了名的喝点酒就爱寻衅的人；因此裁定他是炮弹休克症，并且安顿他到南特的精神病医院静养，并没有接受军事法庭的审判。

如果福尔摩斯愿意忽略达米安的过往，如果他也愿意接受那名军官的死完全是出于达米安自卫时的意外，那我干吗不能接受这一切呢？

我睡不着，便早早起床了，花了两个小时的时间把行李箱清理完毕，并把它们拖到杂物间。我做了些吐司，打算一边看报一边吃,但我的眼前全都是昨天晚上发现的东西,我在报纸中上下搜索着与死亡、疯狂相关的标题以及和蜂蜜有关的广告。突然,我的眼睛被一则私人公告吸引住了,是以"糊涂蛋"这个词开始的,我一下子把报纸推到一边,走出了房间,焦躁不安地在园中走来走去,感觉就像自己刚刚喝过了好几杯浓咖啡而不是一杯。

十点钟的时候,我一个人在福尔摩斯的房间里研究他那个没有打开的行李箱,决定在哈德森太太晚上回来之前把它们整理好。半个小时之后,房间里到处都是长途旅行后没有处理的脏东西,我看着手中磨破的袜子,头脑一下子清醒了起来。

我又不是福尔摩斯的管家;哈德森太太和他都不会因为我这么卖力而感谢我。

我偶尔做做家务的原因,一个我不得不面对的事实,是因为心神不宁:当我翻到福尔摩斯档案中的一页,看到那名死去的军官的照片,我当时想到的竟然是,那人长得和福尔摩斯很像。

那的确很荒唐。我并不担心,也不会因为独处的原因感到无聊或是孤独。显然,我需要做些事情来把我的时间填满,但绝不是在那里把袜子分类。最好是让自己忙起来。我原来还打算一周后回牛津,重新开始我在那里的工作和生活。不,我现在就走。

尽管我决定先在伦敦停一下,去找迈克罗夫特谈谈。但我告诉自己,那样做是一件非常明智的事情。

对于一个圣诞节前还到鬼门关走过一遭的人来说,福尔摩斯哥哥的气色看起来已经相当不错了。他的体重减轻了不少,从皮肤的颜色看,他应该很多时间都待在户外。

他没有理会我的祝贺，只是承认体重减了有"三四英石"，尽管在我看来快到五英石了，然后他就发起了牢骚，说身体锻炼是件极其单调乏味的事情，然后又说听说我加入了短发联盟。

我用手摸了摸头发，那是我在印度的时候剪短的。"是的，我需要打扮成男人的样子。福尔摩斯当时吃惊得几乎昏过去。"

"我能想象出当时的样子。可我还是没有想到吉卜森[1]很适合你。"

"谢谢。我还想呢，你是不是正打算出去？"我问了一句，把他那件棕色的轻便套装拿了起来。

"是件小事。"他说。"我最近养成了午餐后到公园转转的习惯，不再像以前那样打盹了。但是，今天晚点去我也很开心。"

"不，不，我马上就得去赶火车了，出去透透气我觉得挺好的。"

以不想昏昏欲睡为借口，迈克罗夫特做了个怪脸便拿起拐棍和草帽，接着，我们一起朝着鲍尔大厅走下去，在快到圣詹姆斯公园的时候拐了过去。

"最近见过你弟弟吗？"我问他。

"自从1月以来，我就没见过他，只是和他通过两次电话，周三下午的时候还有昨天晚上。"

"他在伦敦吗？"

"我想是的。不管怎样，周三的电话是从帕丁顿[2]打来的，尽管那可以有很多种解释。"

---

1 Gibson Girl，20世纪初开始流行的一种女装，当时工作中的女性开始穿着这种分体式服式，而且女性也开始穿戴胸罩。——译注
2 帕丁顿是伦敦西部的一个住宅区。——译注

"或者什么也说明不了。"帕丁顿地区有从伦敦驶出开往各个方向的火车,而它还是这个城市中地铁的主要中转站。"他为什么打电话?"

"之前的那个电话是要我帮助他调查一些国外的事情。"

迈克罗夫特那张古怪得有些陌生的脸上——现在能看出骨骼的轮廓,之前因为消瘦而松弛的皮肤——现在却因为一种我再熟悉不过的表情绷紧了:那是一种不置可否的清白。在这个行动缓慢的身体内部,那个反应迅速的头脑一直在等着,看我在他开口透露事情之前,是不是知道福尔摩斯最近在忙些什么。

"我猜猜,是上海吧?"

在英国本土,福尔摩斯的信息渠道是无人能比的,可一旦调查范围超出欧洲或是美国的范围,他的信息网就会有断裂的地方。不过迈克罗夫特一生都致力于在全球范围内构建信息网:当福尔摩斯需要的信息超出能力所及时,他就会向迈克罗夫特求助。

上海并不是我随便猜出的,这一点迈克罗夫特非常清楚。

"是的。我知道达米安这孩子去了苏塞克斯。"

"我们周一到家时,达米安到的那里,我周二早上起来时,他们两个就都不见了。我不知道他们现在在哪儿,但是昨天晚上,我发现了福尔摩斯收集的一些达米安的档案,我……当时很担心。"

"担心。"他沉思着,只是点了点头,没有抬头看我。

"1918年的时候,达米安杀了一个人,"我突然说漏了嘴,"不是他1919年受指控杀的那个人。"

"两起案件中,他都没有被判刑。"

"这两起案件,你都清楚吗?"

"是的。"

"为什么……"他没有继续说下去：他没有告诉福尔摩斯的原因，与他一开始没有告诉福尔摩斯达米安的存在是同样的，"你看过他的画吗——达米安的画？"

"只是其中的一些。我听说他在摄政街的画廊有一个小型的画展，正打算去看看。"

"他画的东西很疯狂。"

"我以前觉得现代艺术家的作品中都会有这样的主题。"

"多少有些是刻意的。但他的作品中，有些东西让人感到特别不安。"

"嗯。"迈克罗夫特说。

"说说昨晚的电话怎么样？"

"我弟弟打电话来，是想问我最近有没有见过达米安。"

"他找不到他了？"

"我也不知道用'找不到'这个词是否恰当，但是达米安离开了他们周五早上前一直落脚的饭店，并且到了昨晚十一点的时候还没有回来。我相信等那孩子再露面的时候，福尔摩斯会告诉我的。"

"我知道了。不管怎么说，去牛津之前我得和福尔摩斯谈谈，只想告诉他一声我要去哪儿，再就是看看他是不是需要我帮忙。你现在知不知道他大概在哪儿？"

迈克罗夫特伸手摸了摸上衣兜，拿出了一张业务名片，鲜红色的纸片上整齐地印着摄政街上一个巷道的地址。它的背面是迈克罗夫特的字迹，写的是另一个地址：波顿街7号，切尔西。

"我不知道我弟弟在哪，这是达米安画廊和他家的地址，你从哪个地方开始找都不会错的。"

我吃惊地看着他："你一直都随身带着这个？"

"当我听说你没和我弟弟在一起的时候，我就知道，过不了多久你就会过来看看的。"

我朝他粲然一笑,在他脸颊上轻快地吻了一下,然后就转身走开了。

"你的旅行包还在我这儿!"我听见他从身后喊了一声。

我挥了挥手便跑开了。

让我惊讶的是,出售达米安作品的画廊并不是离摄政街有好几条街远的那些狭小、破旧的小店铺,而是一家生意兴隆还有橱窗的商店,离皇家艺术学院仅有几步之遥。我进门时铃铛叮当响了几下,后面的隔墙里传出了声音,接着,一个四十岁左右的时髦女人从墙后探出了头,用那犀利的目光迅速地把我上下打量了一遍。我觉得我没有给她留下深刻的印象,因为在离开苏塞克斯的时候,我就没打算把自己打扮成购买艺术品的顾客。"马上就来。"她说话带着些法国口音。

"我很想四处看看。"我告诉她。她又继续自己之前的交谈了,谈话的内容与一幅画的运送有关。

画廊有两个房间。第一个房间陈列着一些画作,还有几件小的青铜雕像,在战前,那还被认为是一种危险的前卫艺术,可如今它们已是一种很容易接受的现代艺术。我认出了奥古斯塔斯·约翰的一幅肖像画,还有两件爱泼斯坦的青铜艺术品。隔壁的房间里是一些更高规格的作品:一幅用料非常厚重的油画,应该是画家把颜料板直接挂在了墙上;三张扭在一起的黄铜制品似乎是马头或是女人躯干的样子,但不管是哪种,看上去都像是因为痛苦而极度扭曲的样子;一个倾斜的、巨大的鸡尾酒杯,里面盛得满满的绿色液体正在涌向地板上的一个大坑。

一进房间,我立刻就认出了达米安的画作。那是一幅非常高的、狭窄的油画,十二乘二英尺的大小,乍一看还以为是从一张更大的完整画作中切割下来的：画的顶部是一些枝叶，一道绝妙悠长的树皮穿梭其中，画的底部，树长出来的地方，是一片修剪整齐的草地。

画的中央是一些让人费解的颜色和图形：一只伸出去的手，悬在草地上的一条腿和脚，更让人感到不解的是，一张人脸上，一只空洞地凝视着的眼睛。震惊之下，我突然意识到眼前的这幅画是从一幅更大的画中撕下的一条，原来画中展示的是一个吊在树上的人——虽然这只眼睛已经没有了生机，可那只绷紧了向外伸出的手却明显不属于一具尸体。

要是换作一个名气差一些的画家，我可能以为他把画中人的眼睛画坏了，如果我没有那么认真地考虑过，我还可能会认为画的作者也许不知道死人的手该是悬下来的。但这是达米安·艾德勒的画，因此，我仔细地看着那张打印着作品名字的卡片：

世界之树中的沃登[1]

如果我没记错，在挪威神话中，主神沃登——或欧丁神——就在那棵支撑世界的大树上，为了获取知识，把自己吊了九天之久。沃登的一只眼睛是瞎的。

我赞许地点着头，走到另一幅画前，那是镜中一只晃动的手——很巧妙，却只有这些。后面的一幅画似乎是一面结实的叶子墙，每一处都画得极为精致，看到后来才发现，那对朝一侧闪烁的亮点其实是一双眼睛：隐藏的画面渐渐地分解为古代异教中的绿人形象。

下次我走在树林中的时候，脖子后面一定会感到有什么东西在那里爬着。

---

[1] Woden，是北欧神话中的主神，掌管暴风雨。——译注

屋子远处的一面墙，刚一看上去似乎有窗户，其实没有。那里实际上是一幅画，画中是一扇窗口，带着突出的窗框，窗台里面还有外面的"风景"都画出了自然的阴影。画中显示了一条小巷，真的好像就在墙的那边存在一样：斑驳的红砖墙延展到画面顶部的一块天空中。画顶部的边缘处是一弯新月，在明亮的日光中显出半透明的样子。一个人正朝着画作右方的边缘大步地走着，头上的帽子向后斜着，他的右手朝前摆动，手里还握着什么东西，只是到了画布边缘被裁掉了一样——尽管如此，画中人的姿势很容易让人想到，不管他手中是什么，他此时也许正在被那东西牵引着。

这幅画让我觉得，我可以朝前走走，也许能弄明白那东西到底是什么。

近距离看，一切都变了。砖墙开始发出光亮并且呈现出有生命的物质才有的纹理，就像把皮肤从一面肌肉质地的墙壁上剥离了一样。再近一点，墙上的裂缝和灰泥像是变活了似的，一些微小的东西不停地蠕动着，露出细小锋利的牙齿：画面上部的角落中苍白的形状，现在看来不像是日光下的新月，倒像是一张嘴，就那么一直张开着。往回退一步再看它，感觉又像是在自然地回答着什么问题。

画的一角处写着签名：艾德勒。看到它我一点也不感到惊讶。突然间，我明白了它为什么看起来如此熟悉：如果砖墙是沙袋，再把那个商人换成三个士兵，我其实看到的就是他那幅1915年的画作：战火中的壕沟。

"很有魅力，不是吗？"我身后传来了法国口音。

"看起来让人不安。"我说。

"伟大的艺术家就是这样。"

我仔细想了想。这个时候说他就是福尔摩斯伟大的儿子，到底合不合适呢？该不该告诉她，达米安作品的奇特之处更多的是一个饱受困扰之人的心情流露,并非什么艺术家在艺术幻象方面大胆的探索?之前很多人也觉得福尔摩斯本人就有些精神失常。"不管他是不是伟大,我此刻已经不知道自己当时在家中客厅原打算怎么做了。"

这么说也不对。我回过身时,那女人已经一脸的恭敬和谦逊:"超现实主义表达思想的时候不会有什么原因,纯粹的艺术家创作主要来源于那些突如其来的想法,并不考虑理性或是美学的因素。也许您应该再好好看看另一个房间里的作品。凡妮莎·贝尔刚刚给我寄来了一件上好的画作,如果您把它挂在客厅的墙上一定不错。"

我赶快附和着女人的善意:"哦,不,我非常喜欢达米安的作品。因为那个原因,我也喜欢这个人。我只是说他的一部分作品是有些……怎么说呢?可能是有些太引人注目了?"

那个矮小的女人歪着精心打扮的脑袋看着我,若有所思的样子。她本身是个狡猾的人——不管怎样,完美的外表、对那些艺术家的同情之心,二者并没有密切的关系。最后,她得出的结论就是,我也不像外表看上去的样子。

"你以前见过艾德勒先生?"

"我认识他好多年了。"我说,那并不夸张,虽然不全是实情,"他有天来我家里吃晚饭。当时就听说您要展览他的作品,我想我该过来看看。这是他的另一幅画,对吗?"

另一幅画,在房间后面的墙上,还是他那特点鲜明的手笔:充满痛苦的、噩梦般的意境,以一种悉心、认真的笔触创作出来。你都想伸出手去触摸一下画的表面,来让自己相信这是在两个空间中。

又是月亮。只是这次画的是一对月亮。两双明亮的眼睛在夜晚的天空中,凝视着下面怪异的、略带蓝色的轮廓。很难说出画中景色的具体形状。一开始我以为那是一群笨重的人影正沿着没有路灯的街道前行。走近一些,我才注意到那些形状几乎是方形的:停电状态下现代城市中的高楼大厦?这幅画占据了房间中最黑暗的一角,这一点对观察画作多少有些影响。可当我近得快要贴到上面时,画中的细节就看清楚了。

这幅画展示的是史前的遗址,一组巨大的石头,垂直地耸立在地上,在一片月光照耀的山坡上大致形成了一个圆形。附近的草地是用上百亿个黑色和蓝黑色的线条组成的,那纹理很像猫的皮毛。

我抬头望着那两个月亮,发现那几近白色的表面上的环形山和一些图案已经被重新设计过了,目的是画成视网膜和虹膜的样子:两个巨大而又苍白的眼睛从阴暗的天空中向下俯视着。

要是我在之前见过这幅画,在月光照耀下的阳台上,我绝对睡不着。

"艾德勒画的月亮很有名。"法国女人说。

"精神失常了。"我低声地说了一句。

"您刚才说什么?"

"精神失常。因为月神,就是月亮。很久以前,就有人相信精神失常与月相有关系。"

"真有意思。"她冷冷地说了一句,"不过艾德勒可没有精神失常。"

"他没有吗?"

"和其他任何一个艺术家比,都不算精神失常。"她很不情愿地说,然后朝我尴尬地笑了一下,似乎是在承认,我们两个都在迁就彼此巧妙的打趣。

"在艺术上,越疯狂就越出色。"我附和着她,"你有没有见过他妻子?"

"那是当然了。还有他的孩子,一个迷人的小东西。"

我仔细琢磨着那句话,要么是这个女人不喜欢孩子,或者是她不喜欢这个孩子。

我们说话的时候,我一直在研究着那幅有两个月亮的画作,石头的形状,山坡那漆黑的纹理。这个画家技艺精湛,这点不可否认,他创作出了一件又一件让欣赏它们的人感到不安的作品,即便这样也没有影响它们在商业上的成功。

我正要转身离开,却停了下来,我眼睛的余光将画中的一个形状重新审视了一下。

在圆形的中央,我原以为是一块扁平的石头,现在看来,它连长方形都不像;细看之下,微弱月光下无数草叶反射出那个形状看起来似乎长着手脚的东西。我摘掉了眼镜,没有了焦距,这次变得更清晰了。那块石头有着人的轮廓,胳膊向外伸着,就像在月光中沐浴一样。

我再次戴上眼镜,那个人形的暗影变淡了,最后我自己都不清楚到底有没有。

"这个多少钱?"我问她。

她扬起眉毛,看着我身上那件穿了两年的衬衫,还有脚上那双没有打油的鞋子,然后给出了一个比我估计的三倍还要高的价码,随后又补充了一句:"既然你是艾德勒的朋友,我也可以便宜一些。"

"这个我买了。我再考虑一下其他的几幅。"

她瞠目结舌地看着我,但我知道福尔摩斯会喜欢这幅画的——但我或许会让他把画挂在某个我不常进去的房间。

我安排他们把画用船运回苏塞克斯,然后便离开了。我一直在思考那个与绘画有关的看法:"有些创意是没有什么缘由的,不过是纯粹的艺术冲动。"如果达米安一直以来都在努力地探索一种方法,以让自己区别于他那个理性的父亲,那么对他而言，最好的方式就是以一种超现实主义的风格来创作。

我搭乘皮卡迪里线来到南肯辛顿，下车后一直朝着波顿街的方向走。自从那个法国女人报出价格后，达米安家住在哪里就不那么难以理解了。

放浪不羁的艺术家往往在对金钱的鄙夷与人类对于安逸最基本的向往之间左右为难，艺术上的巨大成功被视为一种并不算光彩的成就，如果不是对于事业的彻底背叛，便说明他已经偏离到了资产阶级或是中产阶级的一边，只有将钱财（不管是赚来的还是继承得来的）与那些不够幸运的同类一起分享，才会被看成是合情合理的。但是以我对尤兰达渐渐形成的印象来判断，我怀疑达米安的妻子不会对他那些同类有多大的热心。

眼前的波顿街7号就在一个死胡同里，与公园只隔着一条街道，那片地带有几排相似的二三层小楼，整齐紧凑地排列着。的确，漫步在狭窄的街道上时，我开始感觉自己正走在人类世界的蜂巢中，一样的隔间中偶尔看到一个蜂后巢室。邻近的街区怎么也不会让人想到，那个留着胡须的画家，那个画出醒目的月亮和怪诞城市景观的画家，竟然会栖身于此——切尔西[1]，只适合那些穿着考究的有钱人，它与劳动阶层居住的费兹洛维亚区完全不同，在那里真正的艺术家会选择高尚地将自己饿死。

艾德勒家里不像有人活动的样子，但附近来来往往的人不少：这个时候若是破门而入的话，未免有些招人耳目。

令人愉快的周六下午，我选择了任何一个探员都会去做的事情：走上前去与周围的邻居攀谈起来。

---

1 Chelsea，伦敦文艺界人士聚集的地区。——译注

## 十七

**回报（1）**：在转变后不过几周的时间内，这个新生的人明白，即便是最短暂的学徒期，也会让向导那凡人的生活不受火焰以及狂乱的人世中那些纷争所侵扰：这就是回报。

《证据》，2章：2节

我走过了两户人家，他们的反应都让我觉得，我所说的自己的身份，他们一点也不相信。第一家的太太还有第二户人家那个看报纸的男人，都是在我刚刚说出这几个字的时候——"晚上好，我是7号住户艾德勒的朋友，我……"——他们盯着我那件仿男式的衬衫（这风格与艾德勒一家明显不是一类人），还有那条再寻常不过的裙子，脸上很快露出了礼貌性的怀疑之色。

第三次，在11号住户那里，这次对我表示出怀疑的是一个孩子，大约八九岁的样子。我敲了敲门，她开了门。那孩子一脸沉着地看着我，神情分明就是一家之主。我告诉她我是谁，我来这里做什么。她把头歪向一侧看着我。

"你看起来不像。"

"不像什么？"我问她。和一个孩子到底该怎么说话呢？这个我可没什么经验。

"不像艾德勒一家的朋友。"

"那么，他们看起来都什么样呢？"

"不像你这样。"她的语气中带着建议。

我低头看看自己的裙子,然后做了个鬼脸:"我知道了,我今天得去拜访父母,穿成这样是为了让他们喜欢。"

"你这个年纪了,穿衣服还为了讨父母欢心?"

"人到了多大年纪都得那样。"

她的小脑袋歪到一边,一副若有所思的样子:"他们给你零花钱,你就得一直讨他们欢心?"

"就是那样。"我父母去世快十年了,但那并不意味着我有时候不会去改变一下自己的形象,让其他那些在我心中有着重要地位的人能够开心。

"真是糟糕。"她说道。看得出,我刚才已经把她对于长大成人后自由的期望彻底扑灭了。

"的确,但那只是表面看来。我可以问你——"

我们关于无拘无束的讨论被那孩子自己家中的权威人物给打断了,在她手的上方出现了另一个人的手指,门被拉开了。最后,她的母亲出现了。

女孩探出头,说:"妈妈,这位女士正在找斯黛拉。"

"其实,我在找艾斯特蕾的父母。"

"是吗,他们做了什么?"

真是有趣的假设:"据我所知,没什么。我是达米安的一个朋友,今天碰巧经过这里,原以为尤兰达能在家,但家里没有人。我想问一下,您知不知道他们去哪里了?"

她上下打量着我:"说实话,你一点不像达米安的朋友。"

我正要叹气,那孩子说了一句:"她刚刚去看过她的父母,因为害怕他们以后不给她零花钱,就穿成了那个样子,就像我们在奶奶面前一样。"

听到这些,女人的脸上闪过一丝笑意,我从中看出了些许机智。

我赶紧补充了一句:"说实话,我认识达米安有些年了。我是在法国认识的他,那时战争刚刚结束。"

我的这番话要么是听起来很像真的,要么是里面有些实情是她所知道的,因为她低头看看女儿,说道:"维吉尼亚,去给你的那些娃娃倒些茶喝吧。我一会儿就来。"

那孩子很不情愿地转身回去了,一副沮丧的样子,肩膀向前倾着朝楼梯走去。当楼梯上传来了她的脚步声时,她母亲转过身来面对着我。

"有天来了个绅士,是过来打听尤兰达的。"

从她说话的语气中,我能听出指控的意味,便赶忙抢着编排一套无害的解释。"一个高个子老人?"

"是。你认识他?"

"我爸爸。应该说是继父。我之前打算过来的时候,叫他顺便来这里告诉达米安和尤兰达一声。他家的电话没人接,她还不怎么写信。当得知他没有找到他们时,我就想是不是碰巧错过了。"

"这样啊。"她说,没有表现出怀疑,"通常在周六晚上,我觉得你可以在教堂找到尤兰达,但我也有几天没见到他们两个了。也许他们离开城里了。"

"你最后见到他们是什么时候?"

"让我想想。你知道,尽管我最近还见过她,也总觉得好像很久没见了一样。大约是周日的时候吧,对的。他从街上走过来,还背着个旅行包,当时我们正打算去我妈妈家吃晚饭。他还和孩子们打招呼了。我没见到艾德勒夫人和他家孩子,你知道,自从大概十天前在公园遇见过一次就再没有……就是在雨停后不久。我们两家的孩子喜欢一起玩。"我觉得,刚才和我说话的那个眼睛明亮的孩子,不太可能会有兴趣同一个比自己小一半的幼童玩耍。她说的这种"一起玩"可能只是一个很好的理由，让两个妈妈一直坐在公园的长椅上闲聊。

"那大概是周三的时候吗？"

"我觉得好像是。"

"还有达米安，你见到他的时候是周日下午吗？"背着一个旅行包——打算到苏塞克斯去？

"是的。"

"你刚才说艾德勒夫人周六的晚上常去教堂，在哪儿？"

"其实，我也不太知道哪个教堂。那里不过是一个聚会的大厅，到处都是一些怪人。"

"它在附近吗？"

"我想应该是——是我丈夫告诉我的，让我问问他。吉姆？吉姆，你能过来一下吗？有个女士来找7号的艾德勒一家。我丈夫，吉姆。"她说话的时候，一个身材矮胖的四十多岁男人来到了门口。

"我叫玛丽·罗素。"我说，先是把手伸向了他，继而伸到她面前。

"吉姆，你能告诉罗素小姐，你看见艾德勒夫人去的那个聚会大厅在哪里吗，就是几周前的那个？"

吉姆想了好久。过了一会儿，从那张圆圆的脸上看来，他似乎有了答案："啊，是。很奇怪的那种。艺术家们的，你不知道吗？"

"那听起来的确像艾德勒一家的风格，"我愉快地附和着，"你还记得那个大厅在哪里吗？"

他搅了搅手中的茶，然后拿起杯子心不在焉地咕咚咕咚喝了起来。这个举动倒是让他想起了什么："有一天从电影院回来经过那里。那是，哈罗德·劳埃德，那家伙真是太有意思了。"我不停地鼓励他，希望能听到他说出当时所有的场景。

幸运的是，他的妻子说了一句："吉姆，到底是哪家电影院？"

"就在布朗普顿那里。"他很快地说。

"不是老布朗普顿那里吧？"

"不，就在'V和A'附近。"

"是克伦威尔路吗？"我问。

"有段时间叫瑟洛路。"她纠正道。

"不是瑟洛路，"他肯定地说，"还没到那里。"这个地方，我脑海中的地图告诉我，的确让我们有些混淆。我真是不知道一个陌生人怎么能在这个城市找到路，一条一英里不到的小街竟然有五个名字。

"就是说那个聚会大厅在布朗普顿路上吗？"

"就在这边。"就在两条街道之间，他们把范围又给我划窄一些，尽管我很了解这个地方，心中清楚那条街上并没有一个真正的聚会大厅，倒是随便哪个大楼一层的店铺上面，都可能会有一个很大的房间，而且他提到，在一家橱窗里摆着精美钢笔的"文具店上面"，确实是我开始寻找的好地方。我再三向他们表达了谢意并祝他们晚上愉快。

吉姆离开了，但他的妻子从门缝中探出身来，压低了声音问我："你说你是他的一个朋友？艾德勒先生的朋友？"

"一开始是他的，是的。"我小心地回答。

"但你对她了解不多？"

"不如对他的了解，只是一点。"一张照片和她丈夫的描述，大概只能说是一点点，但是那女人好像要告诉我什么事情，而且我觉得她正在等待我主动向她打听。

"她……我是说，艾德勒夫人踏实可靠吗？"

真是有意思的一个词："踏实可靠？"

她看起来有些后悔自己问了一个这样的问题，但还是继续说道："我是说，艾德勒先生看起来是个非常好的人，作为艺术家，我是说他，彬彬有礼，对小女孩也很好，可他妻子……哎，她呢，就有点古怪。"

"嗯。"我说，急切地盼着从她那里能听到有关尤兰达古怪行径的提示，"她那样是有些让人觉得奇怪，真的。这大概是因为她是个外国人。"

"确实，不过，她本质上还是个好妻子、好母亲吧？"

"啊，她的确很爱那孩子。"我说，语气中多了些肯定。

"啊，那是，那肯定是没有疑问的。只是，哎，他们到这里的几个月中，换了三个保姆了，并且中介——我也是通过那个中介找的保姆，当我需要找保姆的时候——他们就会对我说，现在保姆的工作可不怎么好干。那些人都不错的，你是不知道，就是……一个外国女人。她们总是弄不明白该怎么做事。不管怎么说，那就意味着达米安——艾德勒先生——不得不亲自照料孩子，而不是我们想象的那样。"

"尤兰达的确会时不时地出去。"我主动说了一句。

"就是呀。"那个不是艺术家妻子的人、作为孩子母亲的人说道。

"哎，"我说，"你了解那些艺术家的，他们的生活总是和别人不一样。我相信，达米安更愿意……当个父亲。"

她没有注意到我犹豫了一下，我没有说出来的是，达米安作为一个父亲所感受到的快乐，远远不只体现在那些我并不熟悉的词汇中：爸爸、妈妈，可那些给小孩子说的语言从我的口中说出来却并不容易。她的脸色柔和起来，还带着几分宽慰："的确，达米安对艾斯特蕾喜欢得要命。你得说，他带着她去公园绝对是因为他喜欢那样，而不是因为他妻子，呃，抛下他们父女不管？"

我努力让她相信，尽管他的妻子整日里忙着那些老天才晓得的事情，可达米安最喜欢的事情就是把白天所有的时间都用在和孩子在一起,我再次谢过她,让她回去照看孩子们的茶水聚会了。

我走下楼梯的时候在想,一个没有向客人透露自己姓名的女人,也许并不能客观地判断一个整日想着到外面去的女人。

在剩下的三户人家我并没有找到什么有用的线索,于是便开始考虑,要么在两个街道交会的地方开始搜索,要么直接去布朗普顿那里看看有没有什么聚会大厅。

我最后认定,在更远的几户人家展开进一步的调查,对于目标的实现几乎是没有什么意义的,所以我便按着吉姆的路线,沿着富尔汗路走出了切尔西,接着一直沿着布朗普顿弯曲的小路朝前走。一会儿我就看到一个楼道口,紧挨着一家文具店。文具店还在营业,可门却关着,一个指示牌挂在门口,上面是手写的字迹:

光之孩子,每周六晚上七点整

我凝视着文具店玻璃窗中的人影。里面那个年轻的女人并不像是光的孩子——光们,我纠正了一下自己,尽管我怀疑上面写成复数是搞错了[1]。不管怎样,进入会场之前,我必须把自己这身行头好好弄一下。

多年以前,我在这个城市有过一间公寓,但是我雇来维护它的那对夫妇自从退休后就离开了,维护它的麻烦远远超过了偶尔使用它会体现出来的价值。如今,一个人在城里,福尔摩斯又不在身边,在这种情况下,我倒情愿去他哥哥那儿或是到我的女性俱乐部去,那个名字古怪的"沧桑俱乐部"。或者,万不得已时,我也可以去福尔摩斯的一个藏身处。

---

[1] 原文指示牌上的光为复数,Lights,但光在英文中不可数,所以罗素认为是搞错了。——译注

还是最后一个方案能确保我从一个乏味的蝶蛹变成一只张开翅膀的蝴蝶；如果那样的话，在这附近就有一处。

我沿着店铺林立的街道一直走，来到一家百货商店，福尔摩斯之前在那里建了一个藏身处。我找到藏好的钥匙，打开隐形门锁，进了房间。他在这个城市的藏身处中，这一处比较闷热，昏暗还不透气，简直就像一个大衣柜。但是这里满满的都是各种衣服，顷刻间，我就拿出了一大摞适合这次任务的衣服，站在镜子前开始摆弄起来。

或者，也许用"不适合"来形容我身上裹着的这些衣服会更好些：一件半透明的裙子，下摆被刻意设计成不规则的样式；一件吉卜赛风格的衬衫，肩部的刺绣穿起来有些紧；一条猩红色的皮带，带着青绿色的扣环；还有一件柔软的披肩，是那种不太显眼的绿色，也许能让我看起来更加迷人。除了鞋子和眼镜，我身上所有的东西都十分抢眼，每件衣服都闪着光，每种色彩都显得极不搭配。

我在眼睛周围涂了一圈眼影，头上戴了一个孔雀翎的发带，我又考虑了一下，把右手腕上那条玻璃小球手链换成了银链。作为一件首饰，它既不漂亮也不舒服，但是鉴于之前遇到的情况，我觉得它能够在我和人聊天的时候带来更多的机会。我研究着镜子中的结果，然后核对了一下自己那块普通劣质腕表上的时间。

还有二十分钟七点。我可以绕道去"光之孩子"，或是"光们之孩子"，不去理会那些妻子们的眼光，直接去寻找达米安本人的踪迹。她们的这间教堂似乎是在极其特定的时间段里开放，而我要去的其他教堂却不会。

不行，我觉得，我应该赶快去聚会大厅，然后再去别的地方。只希望在哪个地方都不要遇见认识我的人。

当然，我也可以说，我是来参加一场化装舞会的。

## 十八

**回报（2）**：在向导的支持下，男人发现自己既拥有最初的天赋也拥有巨大的潜能，既拥有神的洞察力也拥有人类的理解力：人们把这称为通灵的能力。

《证据》，2章：2节

现在，文具店旁边狭窄的通道里已经聚集了很多人。三个穿着极其普通的年轻女人走了进去，这让我很怀疑自己今天的这套衣服。紧接着，一个披着件夸张的黑天鹅绒斗篷的男人，应该是风风火火地刚从出租车上下来，一闪就进去了，后面给出租车付钱的女人穿得只比我稍稍正常了点儿。我可以直接走上前去了。

通道上去是一段狭窄简陋的楼梯，上面传来了人群走动的声音。我走了上去，发现屋子比楼下的文具店要大两倍，一半的椅子都坐满了人，是一些五六十岁的求职者、诗歌专业的大学生、无聊的女人，还有一些热情的老处女。在这些人中，我无疑是穿得最花哨的。

一个热情的老处女在向我打招呼，是个皮肤不怎么好、头发染成黑色的女人，她的神态中透着一副常客的样子，浑身洋溢的热情甚至让我有些拘束。她双手握着我的手，告诉我她的名字（米莉森特·唐沃斯），一直都在反复强调她加入光之孩子（我注意到，光是复数）的悠久历史，还表示今晚我一定会深受启迪，而且我内心深处的那些疑问也一定会得到解答。我费力地把手抽回来，接过她塞给我的小册子，趁着她还在说话赶紧转身离开。

幸运的是，这时进来几个人，她才没有跟过来。我赶紧坐到后面一排，我一侧的那个女人长着罐头刀一样的鼻子，另一侧的年轻男人肩膀斜斜的，只只手湿乎乎的。

今晚唯一能看出有些宗教元素的地方就是那些桌椅，它们在房间中央被摆成两排，中间留出了通道，以方便人群进入。房间的三面墙上均是没有什么特点的壁纸，第四面墙上是崭新的木质储物板。中间的门被实用的挂锁锁上了。能够俯视街道的那三扇窗子也都拉上了厚厚的窗帘，尽管有人又把它们拉开试图让房间里的热气散一下，最后还是没起什么作用。如果今晚的节目只是拉上窗帘播放摄影短片，我就打算溜掉了。

因为我从房间本身并没发现什么。来参加集会的这些人，在我看来也不过是一群古怪和轻信的人。我打开了那个女人给我的小册子。

那"光"——复数的——就是他们所说的，似乎是指太阳、月亮、行星，还有星星。但也不一定非要是这样的顺序，我是把那本印刷粗糙却条理清晰的手写小册子读了一下才明白这一点的。就像顺势疗法中提到的，同样的物质，稀释过的会比大剂量的更加有效，那么遥远的星星和太阳、月亮相比，在影响力上其实是一样的。

我叹了口气。为什么那么多的宗教都建立在这些荒谬的理论之上呢？

我身边那个尖鼻子女人听到了我的声音有些恼火。"你看到了什么让你不赞同的东西吗？"她问了一句。

我马上摆出一副庄严的神情，眼睛睁得大大的："那是悲痛的声音，有好些年我都没有听说过这样的观点了。"

她一脸疑惑，最后还是相信了。还好，前门那里的活动吸引了她，她才没有进一步指责我。

一个满脸笑意的女人，轻快、整洁得像个护士。她穿了件长长的白袍，右手上还戴着一枚硕大的金指环，走到这个已经挤满人的屋子前方，打算在锁上的两扇门前发表演说。她中途出了点麻烦，变得越来越紧张，直到一个男人上前帮助了她，也许是她的哥哥，因为他也穿着长袍、戴着指环。就在他们中间，什么东西被挪开了，两扇门随即被推开。

今天晚上最先让我感到惊讶的就是后面露出的背景幕布：一幅达米安·艾德勒的画作。

我并不是立刻就认出来了。实际上，一开始我都没有看出来那是一幅画，看起来只是一大片黑色，上面点缀着一些白色的小点。从我这边后排的座位上看，我只看到一片漆黑的天鹅绒，很深邃的样子，但是之前几天对他作品的研究，让我马上断定那一定出自达米安之手。

两名助手已经将一把看起来摇摇晃晃的桌子拽到打开的门前，正开始用一块黑布把它盖上。那女人摆上两个香炉，用火柴点着，很快里面就开始冒出一团团的浓烟，这时，我真为自己坐在后面一排感到庆幸。那个男人从储物板上拿下一个银质烛台，把它放在桌布上之后，便开始往烛台上放蜡烛。那些蜡烛都是黑色的。

我一下子来了精神。自己是不是要变成黑弥撒的一员了？

我之前曾经在神学研究方面花了不少时间，遇到过各种模仿罗马天主教弥撒的仪式，包括傻瓜的盛宴，也有神坛上的狂欢。但是都不像在这里见到的这样极端，就在一个聚会大厅，还有在马路上邀请到的陌生人？

不。这些人，还有他们的态度，都不像是要在那张摇摇晃晃的桌子上狂欢的样子。失落感，或许是有些，不过很快就好了，我可不希望在突然的围捕中被抓。福尔摩斯那些在苏格兰场的对手可不会轻易放过我俩中的一个。

那对慌乱的兄妹花了好长时间才把蜡烛点着，黑色的细蜡烛上，烛火渐渐变得明亮起来。他们站起身，凝望着观众。整个人群——有些人是跟着别人慢慢地——都站起来，那些熟悉内情的人刺耳却不整齐地喊道："来自黑暗的光。"

房间里一半的灯都关掉了，虽然没起到什么作用，但屋子里的温度似乎让人舒服了一点，紧接着，一个穿着雪白连帽长袍的人影出现在中间的过道上，手中还虔诚地握着一本书。是米莉森特·唐沃斯。她的右手上也戴着一枚金指环，尽管我现在已经记不起来她一开始是不是就戴着。我朝下看的时候，发现我旁边女人的手上也戴着一枚硕大的、做工粗糙的金色指环。

唐沃斯小姐在前面坐下来，把书放到临时准备的圣坛上，抬起了头。她首先解释了一下这次的变动："主教今晚不来了，叫我来主持这次的祭拜活动。他捎来了他的爱意，并希望下周能回来参加。"

会场里所有的人看起来都有些不情愿，但还是坐回到座位上。她并没有啰唆，而是直接打开了书，深色封皮上隐约露出了一个镀金的简易图案。她用一种夸张的、虔诚的声音读了起来：

### 星星

那人还是个孩子的时候就开始听到来自星星的要旨，开始领悟深意中的精髓，感受它们的路径与人类之间微妙的关联。

天体的运动与伟大总是齐头并进的，这已经不是什么秘密。多少年来，上天已经见证了无数名人的诞生，让明星高悬以方便贤明之人找到年幼的耶稣。很多天体也会时不时与之合作，射出流星来传达上天对于世人竭尽全力的赞许，甚至还会对人类的活动伸出援手：征服者威廉走向王位的时候，头上正好有彗星划过；约书亚再需要几个时辰就能完成征服之举，太阳便逗留在天际为他照亮征途。

她的那些观众完全陶醉其中，尽管他们中有的受过教育，有的生活富足，尽管很多人之前早已听过这套说法。那个女人读的过程中，我旁边的一两个人甚至开始低声地跟着读起来。

她就这么一直读着，一直在读，个人的启示加上些从《圣经》中参考的东西、各地的神话故事还有一些历史事件，一切都旨在(如果可以用这个词)将"这个人"(显然，自传体中的第三人称)毫无争议地列入历史上的圣人之伍，将他的思想与伟大的宗教紧紧联系起来。里面提到的北欧神明倒是有些新意——大多数是将埃及和印度的一些神明综合而成，我没听到什么能将犯下的暴行辩解成合理的东西。房间里变得温暖了，那些香开始让人腻烦，这可真是漫长的一天；我不敢让自己在这里打盹，便开始给福尔摩斯写一封粗鲁的信，里面不仅错误百出，还谎话连篇。

最后她终于读完了，郑重地合上书，开始越过我们的头顶期待地望着房间的后面。过道处传来了脚步声，穿长袍的一男一女各端着一瓶透明的液体走了过来，那瓶子似乎就是床头桌上经常摆放的那种，另外还有一对普通的酒杯。他们把器皿放到米莉森特·唐沃斯的面前便站到了一边；很快，她就像个穿着睡袍的女人在半夜起来喝水一样，把里面的东西喝掉了。我差点笑出来，又憋了回去。我旁边的女人突然怀疑地怒视着我，我赶忙恢复了一脸的肃穆之情。

"谁要是渴望得到光，就大饮一口。"唐沃斯小姐大声宣布。我大吃一惊，几年前同我打过交道的一个宗教组织首领也说过一样的话。尽管这样，我很快断定，这并不是什么神秘仪式，而是场闹剧。会场中的人都纷纷起身走到前面，在那里虔诚地将液体吞下。其中有五个人，四个女人，一个男人，右手都戴着相似的金指环。

当所有人除了我和另一个人都得到了圣水之后，那女人自己也喝了一些，接着就把剩下的向地上一泼，然后宣布："去吧，朝着主教之光的方向。"

她把书塞在胳膊下，又扫视了一遍过道。这时我注意到，她的长袍上有一个小小的深红色图案，一个拉长了的三角形上面是一个圆圈，就绣在胸口的地方——这个图案我刚才在那本书的封面上也隐约看到了。

一个钥匙孔吗？还是聚光灯？是为了解释教堂的名字？

让我高兴的是，接下来的项目是享用一些茶水和饼干，是一个和他们类似的组织"母亲协会"提供的——以神圣的态度呈上来的茶水，即便晾着不喝也能很好地提提精神。可是那些会众似乎并不想等，也许是因为主教今天意外的缺席，也可能只是因为房间里太过闷热，所以我得赶快行动起来。

我转向了我的邻座，从理论上说，最坚实的果壳里面果肉才最甜美。

"刚才她读的那些东西可真是让人满意！你能跟我说说

吗？你刚才喝的就是水吗？"

"你刚才也可以喝一些的。"她说。

"哦，我刚才不知道，我还以为只是给那些新成员喝的。真可惜。下周我可一定要过去。"

她的态度温和了一些："那么，你还打算再来？"

"当然，要是没什么事的话，我很想来听听主教——你们是不是那么称呼他？我还以为他一直都在这里。"

"他通常都会在的，但有时候，他身体出现空虚的时候，他的肉身就不能来参加。但是，毫无疑问，他的精神是在这里的。"

"啊！"我尖叫了一声，就像身边站了个鬼一样，"好！真期待能见到他。尤兰达·艾德勒之前也和我说起过他。你认识尤兰达吗？"

"当然，她是我们这——我们这些人中经常来的一个。"我心里在想，她原本打算说什么。我们这里的一个新会员？光之孩子的领袖，还是什么？

"哦，会不会有人介意我到前面去看看那幅画？那是她丈夫画的，是不是？"

她已经开始收拾东西准备离开了，这时停了一下，凑过来看着我："是的。但是大多数人都没有注意到那是一幅画。"

"是吗？我还以为那很显然是一幅画呢。"我靠近了她，她只好让开一下，让我挤到中间的过道处。我以为她会跟过来，可却听到她对其他人说了晚安后就离开了。

那幅画几乎就是一片漆黑。从画的纹理中能看出成百上千个圆圈，有很小的圆点也有指甲大小的圆圈。全都是一样的灯的形状：像滴落在玻璃窗上的水滴，反射出了一片晴朗的夜空。每个圆圈里面都带着一道长长的光纹，像是被水滴的弧线扭曲的月亮，在条纹的周围点缀着一些小点，那些是星星。

这幅画精巧、复杂、摄人心魄。

我不知道自己在那里站了多久,都没有留意到房间里的人是什么时候走光的,屋子里的布置和烛台也都被清走了,最后,米莉森特·唐沃斯,现在身上已经没有了长袍和指环,过来拿这幅画,想把它放回门后。我有些不舍地后退了几步,看着那把并不结实的挂锁,忽然想到,我应该不会介意把艾德勒的这幅画挂到家中客厅的墙上。

但我现在是来调查的,没打算来偷艺术品。"哦!"我喊了一声(这一声还真是有用,因为它显得我这个人没什么头脑),"它就像玻璃窗上的雨滴!"

"是呀,很美,对吗?"她停了下来,我们两个都盯着它看,"你喜欢今晚的活动吗?"

我并没有刻意地表现得像一个没有头脑的狂热者,因为这个女人要比之前站在我旁边那个尖鼻子女人精明得多:"哦,它是那么让人沉醉,画的都是光和黑暗。画中的寓意就是这样,你不觉得吗?"

唐沃斯小姐就是这么想的:"很高兴你今天在这里能够开心。下次一定再来,把你朋友也带来。"

"哦,我会的,那是一定的。实际上,是因为一个朋友我才来这儿的——尤兰达·艾德勒,达米安的妻子。"我特意解释了一下,指了指那幅画。

"你认识艾德勒夫妇?"

"我和他妻子更熟,但都认识。他们来这里有一段时间了,是吗?"

"呃,艾德勒夫人当然是。艾德勒只是偶尔才会来。这么好的一个年轻人,看到他我就想起我弟弟,他被人杀死了。"她伤心地说。

"真遗憾，艾德勒夫妇今晚不在这里。"

"没来，也许是家里有事情。"

"那么，你没和她聊聊？"

"没有，最近这一周都没见到她。"她的话中带着一丝不解的语气，显然，她不但不知道尤兰达·艾德勒去了哪里，没见到她也让她感到惊讶。

"非常有趣的一个人，是不是？"我突然说了一句，"也很奇怪。她是从哪里来的？新加坡吗？"

"我记得是上海。"

"你说得对！一说到地理位置我就有些不灵光。但是我很喜欢她的口音。"

"很迷人，尽管有那么一点点，你把眼睛闭上，还会以为她是在伦敦长大的。"

"那么，她来这里到底多久了？"我漫不经心地问了一句，眼睛还在看着那幅画。

"一开始她就在这里。1月份，聚会开始的时候。尽管我得说，她似乎从来都不像我们这样对主教的杰作认真研读，在过去的几个月里，她似乎对此没什么兴趣了。"

"她有没有特别要好的伙伴，在光之孩子这里？我就是想知道，她是不是也是因为朋友认识的你。"

"我并没有注意到她和其他什么人格外亲近。当然，除了主教以外。实际上，我更觉得她以前就认识主教本人。"

然后她就伸手去拉门，要把达米安的画收起来，所以没看到我的嘴张得大大的。

"什么，在上海？"我的问题有点冒失。她回过身看着我，我赶快解释一下："我还不知道光之孩子竟然是一个国际组织。那可太伟大了！"

"据我所知，这里是唯一的中心。我的意思是说，艾德勒夫人在我们组织成立之前就认识主教。"

"这样啊，那是什么时候，你知道吗？"

"聚会是1月份开始的，第二个月我们就搬到了这个地方。现在，还有别的事情吗？"

"你知道下周主教一定会来这里吗？"

"谁也说不清楚。"她温和地说，还和我说了声晚安。

那温和的语气表明，她知道的已经都说了，不论是关于尤兰达·艾德勒的，还是与主教有关的。也许我应该多了解一下这位能干而貌不惊人的米莉森特·唐沃斯。

她离开聚会大厅的时候，我就等在街道对面。她是最后一个出来的。她转身锁门，有些笨拙的样子，手里拿着一个白布包裹，像是装着书和法袍。她锁好门后，把包裹紧紧夹在左胳膊下，便沿着街道走远了，街道上充斥着浓浓的汽油味道，很快，我头骨深处因为香薰引发的头痛便好多了。

幸运的是，这个住得距离聚会大厅不过几步路程的女人上了一辆公交车，并没有注意到机警的我——十五分钟后，她消失在一家即将倒闭的百货公司前门。我一直等到二楼西侧的灯开了才离开。

现在再去继续敲艾德勒邻居的门已经太晚了，即便我已经为此事特意打扮了一番，不过九点二十这个时间倒是非常适合去城中另一个地方的一户人家。

不过，我又仔细考虑了一下自己选的这身衣服。去光之孩子穿它们还是适合的，但是去攻击伦敦的先锋派据点合不合适呢？不该是这么孩子气的衣服，应该更引人注目一些。

幸运的是，在我去的路上有一个隐蔽的藏身处。

在今晚之前我就已经发现，巧妙地使用胸针或是胶带，就可以把福尔摩斯的裤子变成别的样子，我看起来才不像一个穿着父亲的衣服出来瞎闹的孩子。今晚我胶带的受害者是一件剪裁精巧的晚礼服，我得按照自己的身材把它改小一点，里面穿上一套衣柜里的雪白衬衫，再加上我在衣柜后面找到的奢华刺绣马甲。我这头金色的头发在2月份剪成了齐耳短发，现在已经长到耳朵下面了，所以我用头油让它们看起来整齐一些，又涂了些眼影，在脖子上围了条丝巾。

我看了看，已经够让人惊讶的了，我这时就像一个女人穿着男人的衣服。我打开保险箱，给自己备足了各种面额的现金，然后从笔筒中抽出一个象牙烟嘴和一支化妆笔放进了上衣兜中。我再次看了看镜中的自己，把嘴唇染成了明亮的红色，最后满意地点了点头。

我把自己的衣服叠好放进了一个黑色的包，又从衣柜中拿了一两件放了进去，以备不时之需。我出了门，伸手叫了辆车，前往被那些放浪不羁的艺术家奉为首都的地方。

## 十九

**回报（3）**：男人最后只知道那条路，却不知道探索的工具，他理解自己的神性，却没有把它展示出来的方法。

《证据》，2章：2节

周六晚上九点二十分，尽管外面布满了装修的脚手架，皇家咖啡馆的营业并没有受到影响。我等了一会儿，直到看见两个似乎是夫妇关系的人走到门口，然后赶紧凑到那个女人的身边，附和着他们一起评论起朵拉·卡灵顿。

我们聊得火热，这样我就可以顺利地混进门了——一个单身女人，即便在大白天，咖啡馆门口那些看门的也会满脸狐疑地上下打量的。我招摇地扔给门童一枚金光闪闪的硬币当小费，让他帮我把黑布包保存好（金质的基尼币已经过时，如今很少有人用，能给人留下特别的印象：正是因此，这东西在福尔摩斯那几个藏身处有不少），便迅速走了进去。

几年前我和福尔摩斯来这里的时候，客人可以选择特定的餐馆、烧烤间或者是楼下的酒吧间——被这里的常客所熟悉的是多米诺骨牌屋，什么时候都能听到从那里传出骨牌的咔嗒声。装修似乎把餐馆陈旧的魅力减去了大半，我下楼的过程中，还会停下脚步，担心餐馆的顾客会不会因此不再光顾。墙那边是镀金的女像柱和洛可可式的镜子，满屋的嘈杂声正在等着我：刺耳的声音、尖利的女人笑声，还有无休止的刀叉碰到盘子时所发出的咔嚓声，烟气缭绕中弥漫着香烟和酒精混合的味道，隐约中还透着这里特有的色彩，蓝色、金色，还有猩红色的墙布和长绒单扶手沙发。

餐馆领班有那种与生俱来的本事，即便阻碍重重也能表达清楚。我特意告诉他我在等一个朋友，并且把手腕抬起来核对了一下时间。

我这样身材的女人，穿着男人的衣服却涂着猩红的唇膏，穿着件花马甲，即便在那样的地方也很醒目。我环顾了一下房间，房间里的人也都打量着我，这时我才向那人点了一下头，对他说："我朋友现在还没来，我是不是可以坐在桌旁等她一会儿呢？"

如果桌子不是太小而且也没有放到合适的地方，尤其是放到了一群尖声粗气的人们后面，他本会给我另外一种建议，但在那神秘氛围的渲染之下，而且又是在这样一家生意兴隆的餐馆里，我只好站在那里。快半分钟的时候，那个人看来是知道了我给门童硬币的事情，他向前朝我鞠了一躬。不知是因为这个还是他认出了我（之后很久我才知道的），知道我是福尔摩斯的一个搭档，他最后让我坐了下来。

我点了一份饮品，拿出了象牙烟嘴，衣兜里的香烟已经没了。我皱了皱眉，弯身朝旁边桌上一个粗声粗气的人借个火。我进来三分钟后，手中便有了根烟，在这张拥挤的桌边也有了个座位；服务生穿着一件及地的白色围裙，迅速地把鸡尾酒放到我面前，此时我身边紧挨着二十个完全陌生的艺术家。

我特意选择这张小桌，是因为这吵闹的一群人明显是在围绕着一个大人物，由于外面层层围着谄媚者的原因，他们的人数又增加了很多。我坐在长桌中间的地方，虽然听不清那人说的是什么，但还是能看清他的容貌，没用多久我就知道了那人是谁。

奥古斯塔斯·约翰是一个成功的艺术家——曾经受邀于皇家艺术学院。也许正是那不墨守成规的风格促成了他的成功，对于20世纪的艺术家而言，惊世骇俗和标新立异都是他们追寻的目标——在朋友中称颂吉卜赛人生活的优越性，家中有两个农妇打扮的妻子，大大小小的孩子都赤着脚，却还在外面物色情妇、结交权贵，在伦敦各处行走时看起来就像个加拿大的毛皮猎人，一身天鹅绒的长大衣，这就是他们所说的特立独行的另类。

他还是个不错的画家，这对眼下的事情倒是很有帮助。

话题有段时间转移到了我这里，我坐下后吸了口烟，点头回应着他们围绕着一个印刷匠和一个小提琴家展开的政治和丑闻方面的见解（这是一个艺术圈的丑闻，因此还涉及对金钱和资产阶级的态度，但与金钱和性无关），还有希腊与法国南部相比之下的长处，便宜、温暖的景点散布在景色优美的乡下，很容易就可以找到一个冬天里画画的地方。

我的酒杯空了的时候，我就为旁边六七个同桌的人一起点了饮品。餐馆里的嘈杂声像海潮拍岸般汹涌，烟气也越来越浓，金色的墙壁已经不再闪闪发光。我左边的诗人已经靠着我的肩膀睡着了。我把他的头挪到桌子上；我对面的男人拿起诗人剩下的半杯酒喝了起来。他旁边的两个人，一直都在桌子下偷偷地将腿蹭来蹭去，最后终于忍不住离开了。一个穿着与我的套装相似的女人，在我身后站了一会儿，一直想和我搭讪，直到清楚了我并不感兴趣后便愤愤地走开了。坐在桌子最前面的大人物目睹了这短暂的一幕，在那个女同性恋走开之后，他看了我一眼。我耸了耸肩。过了几分钟，一块折好的纸开始在桌上传开。上面画的是个高瘦、戴着眼镜、女扮男装的人，看来那肯定是我了。我打开纸片，上面写着：

> 我可以和你这样的模特做些有趣的事情，有没有兴趣？

下面还写着地址。我抬起头，见他正望着我，担心自己会脸红，哪怕就一点点，赶忙勇敢地对着他举起了酒杯。

"Sastimos！"我朝桌子那边喊了一句，这让他扬起了浓密的眉毛。

"Sastimos！Droboi tumay，Romalay."他回应我希腊语的问候，大概是一种试探。这时我想到了福尔摩斯很久以前用希腊语说的一句话。

"Nais tukah."我礼貌地回答。

"Anday savay vitsah？"他问道，这句话要复杂些，不论是语言本身还是我属于罗马什么组织这个问题，我都不便回答。还好周围的喧闹和人群的声响掩盖了我的窘迫，他刚要把我叫到他的座位旁，我已经慢慢地折起纸片把它塞进了衣袋，似乎在告诉他我们可以改时间再聊。

（实际上，我之前并不打算这样做，不过既然这样了，我的确换了个时间和他见了一面，他最后给我画了个小素描。福尔摩斯对于这件作品当然是十分珍惜的。）

十点四十的时候，这里的夜晚达到了高潮，狂欢者们开始换到别处。一个身穿淡紫色衣服的剧作家站起身，向众人宣布，他觉得自己应该到布朗普顿那个他听人说起过的聚会上去，离开时，他每只胳膊都搂着一个女人。我对面的两对夫妇和众人握手之后也离开了，不过在我看来，出了门他们就会和彼此的另一位分别离去。最后，奥古斯塔斯·约翰起身出去了，走时他恼火地看着身后追随着他的那些崇拜者。

一直睡觉的诗人哼了一声醒了过来,拿起最近的酒杯一饮而尽,之后也蹒跚着朝门口走去。服务员过来时,我又点了份酒,虽然我的杯子中还有一半没喝,我问邻座的两个人愿不愿意再来一杯,他们欣然同意了。

"那人是奥古斯塔斯·约翰,对吗?"我问那个女人,她很瘦,棕色的皮肤,留着参差不齐的刘海,穿着一身极不相称的衣服。

"你要是连他都不认识,一定是新来城里的。"她的声音低沉,很迷人,因为吸烟的缘故还有些沙哑。

"我有段日子不在这里了,去了美国。"我告诉她。虽然这些年来,约翰在皇家咖啡馆一直是个很有分量的人物。

她问了我一些美国的事情,我给她编了些那里艺术圈中的故事,对此其实我也知之甚少。我又问起了约翰。

"我想知道,他是不是知道我的一个朋友在哪里,也是一个艺术家。他离开前我本该问问他的。"

"你在找谁呢?"

"达米安·艾德勒。"

"抱歉,不认识他。"

"是的,是这样。"她旁边的一个男人起身答道,"画家小伙,好像是个法国人,他妻子认识克劳利。"

"哦,对——是他,可是我也有段时间没看见他了。"

"阿莱斯特·克劳利,你是说他吗?"我问的这个人——是一个作家,我印象中是。然而是另外一个。

"是那个小伙子。"

女人插了一句:"莫非不是克劳利,是不是,罗尼?"

"可不,就是他。"他坚定地说。

"不,他们说的就是他,但我认为她并不认识他。"

"但是我为什么要——哦,你说得对,是贝蒂在谈论他,和她谈论他。"

我也不太确定自己是不是还能听得懂他们的醉话:"你是说艾德勒夫人当时正在和别人谈论阿莱斯特·克劳利吗?"

"贝蒂·梅。克劳利杀了她的丈夫。"

"贝蒂·梅的丈夫?"这听起来真是熟悉,尽管不是梅这个名字。

"拉乌尔·拉沃德。开始是在牛津,后来进了克劳利的圈子,因为药物或是什么的就死了,在克劳利意大利的修道院或是在希腊的什么地方。"

"西西里岛,"我随口说了一句。我是记得的,大约一年前在报纸上看到的这个消息:"那么,尤兰达·艾德勒在这里是和贝蒂·拉沃德谈论的那些事?"

"主要是她在说,好像是这样,"那女人说,"可怜的贝蒂,她很怕克劳利,不管什么时候,她遇到对他感兴趣的人,都觉得自己应该救救他们,让他们离他远点。"

"尤兰达对克劳利感兴趣吗?"

"是的,也许不是直接对克劳利感兴趣。"她机警地眨了眨眼,眼神中带着专注的神情。

"一个像克劳利的人?"我继续问道。

"还是她认识的什么人对克劳利感兴趣,也许她当时只是在调查一下看看他有多麻烦?抱歉,我记不太清楚了,有段时间了。顺便说一下,我是爱丽丝·怀特。这位是罗尼·苏特克里夫。"我握着她的手——紧实,带着刮伤,还有些硬茧——他的手则非常柔软。

"玛丽·罗素。"我说,这是那天晚上我第二次介绍自己了,"你是一位雕刻家,对吧?"

她一脸笑意:"你听说过我?"

我并不打算承认是她的手暴露了她的职业:"哦,是的,但是原谅我,罗尼,我记不清在哪——"

"罗尼是一个作家。他打算在本世纪改变文学的面貌,争取超过劳伦斯。"

"D.H.劳伦斯。"罗尼又解释了一下,看起来沾沾自喜。

我严肃地点了点头,很快就流露出不太友好的冲动之情:"那你出版什么了?"

"出版界那些人既市侩又都是有钱人,"他愤愤不平地说,"但我还在剑桥的时候,已经有几部诗歌出版了。"

"期待着能看到你的作品。"我安慰他。

爱丽丝一直记着我们刚才说的内容:"不管怎样,你找她干吗?"

"找尤兰达?我更想找到她丈夫,达米安。他是我的一个老朋友,认识好多年了,我刚刚说过,我最近才回到城里,一直希望能见见他。"

爱丽丝的嫣然一笑说明她完全误解了我见达米安·艾德勒的意图,但我忍住没有说出来。如果她以为我和这个艺术家秘密地住在一起,那她想多了也好。我耸了耸肩,似乎承认她是对的。

咖啡馆要打烊了,椅子被摆到了大理石面的桌子上,玻璃杯被擦好放回了架子上。和我们一起讨论的那几个人还围坐在剩下的三张桌子旁,很快,我们就会被礼貌地请出去,我也将和他们分开。

幸运的是,没等我想出一个继续缠着他们的理由,我的两个新朋友就替我说出了请求。

"你想继续喝点吗?"爱丽丝问道。

"到菲茨罗伊?"罗尼建议。

"我最近手头有点紧,"我对他们说,"不过我还是很开心……"

"要不我们回家？"爱丽丝打断了我，他们还没打算为今天晚上接下来的酒水埋单，"有人在那儿剩下了几瓶，巴尼可能还没喝。"

想到两人可能会有更多的消息，我欣然同意了。

外面的街道上，新鲜空气让我们三个都精神了一些。三人相互扶持着走在人行道上。我的一双脚漫无目的地四处乱走，但是耳朵里面没有了阵阵响声，眼睛中刺痛的感觉也消失了，我倒觉得这是一个愉快的夜晚。

爱丽丝扭头和我说着话，声音能传到周围的大楼里。她是一个现代女性雕刻家，她说，女性的观察力能洞穿一切男性的艺术堡垒。她的主要问题是，除了艺术界不愿严肃地看待女性，还得找到一个大工作室装她那些美好的作品。当我们到了他们的家和工作室，离索霍区半里地之遥的地方，我便明白了她所说的话。

她工作的阁楼大概在四层，通常是仆人居住的地方，不适合放置这些一吨多重的铁器。我跟着他们朝里面走，看到了地板中央放着的物体，一下子呆住了。在地板上出现这么大的斜坡，难道是我的想象？

"我把它称作'自由'。"爱丽丝骄傲地对我说。这个雕像的底座看起来似乎有些性的意味，到底它的手和足是很多女人的手夹杂在孩子们的脚之间，还是一群战马的马蹄，我很难分清。

"这是自传体风格。"罗尼向我解释，"螺丝刀在哪儿？"此时他正在一个抽屉里到处翻找，我以为他正在询问雕像上的一个部件。

"巴尼今天早上把陶罐放进窑炉之前还用它计算个数来着。"

天啊，还有个窑炉？"我们下面有人吗？"我问他们。

"只有巴尼,她听不到我们说话。"爱丽丝想让我放心,其实她根本没明白我刚才问的意思。

"怎么……"我停住了,不知该说什么好。

"怎么把它拿出去?我会请一群朋友上来,把墙弄出个洞,然后把它弄下去。"她似乎因为已经解决了难题,一脸得意的样子。

"老实说,下面有没有住着什么人?因为,我真的认为这个地板没那么结实,它也许支撑不住……你的杰作。"

这个问题可能让他们感到十分好笑,因为他们突然咯咯地笑了起来。罗尼开始在屋子里走了起来,去拿那个放在又高又长的工作台上的瓶子,路线是经过那件极其特别的艺术品——哦,不,地板上的斜坡太超出我的想象了。

"我们是这里唯一的住户,我们和巴尼,"最后爱丽丝告诉我,"她是房子的主人,实际上,她父亲都把她送上了法庭,想迫使她卖掉房子来支付一些费用。但如果老人成功了,我们就会告诉他,他就是把房子推倒了,我们也不会离开。"

她说话的时候没有看我,似乎是在等待法庭判决的结果,想看看楼房被毁坏的样子,但是让我感到欣慰的是,我们下面没有人。

"我也不是很确定自己会失去这栋房子。"罗尼一边说,一边在之前已经被他拔了出来的软木瓶塞上写着地址。

"这法律真是偏袒父辈。"爱丽丝向我抱怨着。

"哦。"我说。

"丈夫对妻子的财产也有支配权。"她解释道。

"那么,罗尼和巴尼结婚了?"

"当然,巴尼并不是她的名字,"爱丽丝欢快地说着,"我们那么称呼她是因为发现她是个狂热的积极分子,对于——"

"爱丽丝!"罗尼吼道。

她又咯咯地笑了起来，说完了整句话："——对于繁育后代。四年里生了三个孩子就足以说明了某种狂热，你不觉得吗？不过，是的，她、罗尼还有我，我们三个结婚了。是不是让你感到很震惊？"

我正要承认对他们这种自由恋爱的震撼，但马上又回到对这种新状况最初的担忧上去了。

"孩子们住在这里吗？"

"现在没有。巴尼的母亲受不了这样，就把孩子们接走了。"

我的呼吸都轻松了不少，至少我不会看到安全隐患的无辜受害者。

罗尼对着瓶子咒骂，爱丽丝把胳膊支在高高的桌子上观察着他努力的过程。我小心地跟在后面，一直沿着房间的边缘走。软木瓶塞已经裂开了，罗尼拿起手边的一个玻璃杯，杯子的边缘还有口红和食物的印迹。他向杯子里倒了些葡萄酒和软木塞的碎块，之后把杯子放到了我的面前。我小心翼翼地把它拿到唇边——从杯子里散发出来的原材料的味道，让任何污渍都变得美好干净起来。

"你是什么时候遇到艾德勒夫妇的？"我直接问了一句。漫长的一天，我已经很清楚这两个人绝不会耍什么花招。

"冬天。"

"在爱波斯坦的圣诞晚会上，记得吗？"罗尼说。

"雅各布·爱波斯坦举办了一个圣诞晚会？"我问道。

"和平时的圣诞晚会相比，也不算什么圣诞晚会，"爱丽丝主动帮着解释，"他妻子举办的晚会，想表明她不再和凯瑟琳怄气。你认识雅各布的妻子玛格丽特吗？她朝雅各布的一个情人开了一枪，因为她发现凯瑟琳怀孕了，尽管五六年前她还特别希望他能和别人生个小女孩。她平时很愿意让雅各布的情人和他们夫妇一起生活,但是因为某些原因,她就是不喜欢凯瑟琳。但是不管怎样,那件事现在已经解决了。"

天啊,我的生活太单调了:"那么你就是在那个时候见到达米安和尤兰达的?"

"尤兰达当时不在,是不是,罗尼?"

"不是吧?"

"是,我记得达米安当时不愿意聚会后和我们一起去乡下,他得回家,因为尤兰达如果听说他把孩子一个人留在家中会杀了他的。当时肯定是我们先到的——没错,那会儿找个保姆就像件荒唐的事。小孩子真是让人讨厌,是吗?为什么不能把他们留在家中让他们自己玩呢?"

"就是说,尤兰达那时候不在家?"

"好像是因为一些宗教方面的事,是不是呢?"他一边说,一边努力地回忆。

"大概是。"她同意地说。

"现在我的确想起来了。你当时想让他一起来,因为你想和他上床。"

爱丽丝大笑着看了我一眼;我打起精神准备好去听更加荒唐的事情:"真的,是罗尼,他一直都希望和他放纵一下,还希望我也能加入其中,当然,我也愿意。"

"我不会责怪你们这样,"我平静地说,"达米安的确很迷人。"

"你曾经——"

"不,"我赶忙解释,"不,我没有。没和尤兰达一起。"我又补充了一句,赶紧修复我那种放浪不羁的艺术家式的真诚,"我们也没有,他拒绝了我们,首先是一个,接着另一个也拒绝了。不是我放弃的他——他有阴暗的一面,实际上很耐人寻味。"

"哦，准确地说，阴暗的一面是指什么？"

"从道德方面看，达米安是个非常好的男孩，找个女人结了婚，还成了父亲，但是慢慢地了解他之后，他那阴暗的冲动就显现了出来，我是说，你只需看看他画的那些画。"

我不得不同意，"健康"这个词不是第一次用来描述达米安的画作，但我不知道爱丽丝是不是也了解达米安"阴暗"的一面，或者这些不过是一个被拒绝后的女人说出的一些浪漫而又无关紧要的话。

"他一直在控制着自己的脾气。"我大胆地说。

"大多数时候几乎看不出他有什么脾气。"她同意我说的话，但没有进一步地说出她的看法。

我之前呷了一小口杯子里的东西，也许是里面的酒有些烈，或者是我们的谈话有些让人困惑。我放下酒杯，把它放到一张带些肉汁污渍的报纸边缘，报纸上剩的东西估计是谁留着当午餐享用的。也许还要用来充当几天的午餐。罗尼伸过一只手，心不在焉地从一块干巴巴的牛肉饼上撕下一块皮来，全然不顾周围散落的老鼠屎。我打了个冷战，真想马上把视线移开，这时油渍斑斑的报纸上出现的字突然映入了我的眼帘：苏塞克斯。

爱丽丝问罗尼是不是把之前让他去取的鸡蛋和面包收起来了，他说了一句那件事他可不负责，这让她回嘴说自己饿了，他们就开始争吵起来。我可不想把这家的食物送进嘴，只是慵懒地把肉饼的皮推到报纸的一边，想从这份下午的报纸上看看这个国家宁静的南部发生了什么事情。

## 苏塞克斯神秘死亡事件

一具城市打扮的年轻东方女性尸体在南唐斯的威尔

明顿巨人脚下被人发现，就在伊斯特本的海滨度假胜地。

尽管巨人像是一个很受乡间漫步者欢迎的地标，但警方说那女人穿着一件夏天的连衣裙和一双轻便的鞋子，并不适合这条通往史前遗址的路。

继塞那·阿巴斯巨人像自杀事件之后，这是第二起死亡了。

文章的另一半沾上了棕色的肉汁，看不见了。

我把这页撕下来，拿给我的两个同伴。他们都沉默了。

"我必须走了，"我说，"这个我可以拿着吗？"

爱丽丝看着我手中这块油渍斑斑的纸，做了个手势，意思是随我的便。

我朝门走去，已经能清楚地听到脚下房梁传来的嘎吱声。在门口处我停了一下，看到那两个人正从后面迷茫地注视着我，也许是失望的眼神。

"你们不要再往地板上放什么重物了，"我劝了一句，"到一层的路很长。"

我走下楼的一路都很寂静。

二十

**火花（1）**：古人说每一位神的体内都闪着火花，不管多么微小，那火花可供滋养，能吸收养分，还可以被扇成明亮的火焰。

《证据》，2章：3节

我站在经过的一辆出租车前，伸出的手中还拿着几枚闪闪发光的基尼币。到了维多利亚站，我便以百米冲刺的速度跑过站台——边跑边拽着福尔摩斯那条裤子宽松的腰部——正赶上一辆驶往南方的火车当晚正要出发。售票员用难以通融的眼神瞪着我，但周六晚上，似乎还有其他衣衫不整的迟到者要从他身边的车门挤进去，我唇膏的颜色早已经蹭掉了，他肯定以为我也是个身着奇装异服的年轻人。

我在座位上坐了下来，难过地扯着身上的衣服，想着想着睡了过去。大约二十分钟后，我一下子醒了过来，凝视着窗外，开始考虑这次南部之行的意义。

周五晚上我突然感到一阵莫名的恐惧，或许是因为孤独，或许是因为一些阴郁的想法，或许——是，是的——是因为嫉妒。我丈夫的儿子，那个帅气、迷人、才华横溢、让人神魂颠倒的年轻人，走进了我们的生活，毫不费力地就把福尔摩斯给拐走了。我翻阅过他的档案，对他的印象就是一名凶手，我的脑海中早就用烟雾给他勾画出一个绞刑架了。

但他毕竟是福尔摩斯。夏洛克·福尔摩斯不会那么容易从一个自信满满的人变得不由自主地跟着别人乱跑。他绝不会把花言巧语当成真相，把忠心耿耿当成正直，或者把需要当成必要。他应该明白，我们还得再询问一下达米安本人，并且我们一定会这样做的，等确定他的辩解可以接受之后，我们才会继续调查下去。

假如，我是说假如，那个死于威尔明顿巨人脚下的女人最后确定是尤兰达。当然，不会这样的。

火车缓缓地向南行驶了几英里后，我望着窗外闪过的乡村景色，每个小镇短暂的停留都会把我拉回现实当中。我想过在波尔盖特下车，这一站离巨人最近，但是在外面瑟瑟发抖地等上几个小时才能天亮毕竟没有什么收益，还不如回到自己的床上。所以我一直坐到了终点站伊斯特本，下车后幸运地找到了一辆出租车，司机当时正在车轮后打着呼噜。

我让他把我送到车道的尽头，不希望车轮走在沙砾上的声音在周末的清晨吵醒哈德森太太。明亮的月光下，我沿着路边走着，听着引擎的声音逐渐远去，最后只剩下无尽的风声在耳旁拂过。

如我所料，房门锁着。我打开门走了进去——接着脑海中突然涌现出一阵惊喜：烟草的味道非常新鲜，绝对超不过五天。楼梯上传来轻微的咯吱声更是证明了这一点：福尔摩斯在家。

他此刻正站在楼梯的平台上，两手插在长外套的衣袋中，饶有兴趣地上下打量着我，我似乎能感到他那目光的碰触。

"可惜，"他语气温和地评论着，"我以前非常喜欢那件外套。"

我难过地看着松垂的裤子，裤边已经磨损得很厉害了。"我再给你买一件。福尔摩斯，你去哪儿了？"

"我也正要问你呢。"

"达米安和你在一起吗?"

"自周五起我就没见过他,你是从伦敦回来的?"

"最后一班火车。"

"我觉得刚才我就听出了那辆汽车的声音。哈利·威勒的车,对吧?"

"是,不过今晚是他哥哥开的车。福尔摩斯,你——"

他举起一只手,从楼梯走下来:"我建议你先上楼洗个澡。我一会儿给你把茶泡好,再拿块哈德森太太无与伦比的羊肉饼。我们一会儿再说。"

我突然意识到自己有多饿、多热,浑身还脏兮兮的:"福尔摩斯,你真是个天才。"

"那我就去准备了。"

洗澡的水热乎乎的;茶也是一样;肉饼,一想到报纸上那块被老鼠啃过的,让我打了个不安的冷战,但那完美的味道还是让我把刚才的对比渐渐淡忘了。之后,我裹了件长袍来到卧室。福尔摩斯正坐在那里凝视着窗外,手里拿着烟斗。

我走过去,靠着他的肩膀坐了下来。

"你听说巨人那里的尸体了?"过了一会儿,我问他。

"听说了。"

"你去看过了?"

"他们把它带到了刘易斯。我给那里打电话的时候太晚了,没有接通法医办公室的电话。你为什么问起这个?"

究竟为什么?

表面看来,我想知道这个东方女性死者是不是失踪的尤兰达·艾德勒,这就是最明显的原因。深层看来,等待出现的答案就像潘多拉魔盒即将涌出的灾难:如果不是她丈夫把她丢在那里,为什么尤兰达·艾德勒的尸体最终在我们家附近被发现?福尔摩斯为什么没有给我一个完整的答案,对于达米安周五离开他的详细时间避而不谈？我为什么没有马上问他是什么时间？为什么福尔摩斯没有怀疑她的丈夫，除非是他不忍心将这种可能性考虑在内？

我发现自己已经离开了他舒服的肩膀，为了掩饰这种不由自主的躲避，我走到梳妆台前拿起梳子，梳理着自己潮湿的头发，闷不作声地想着事情。可是，我在想些什么，不是刻意地去想，只是想知道福尔摩斯能否替他儿子辩护，这是他要说的第一句话吗？

"报纸上说那个女人是'东方的'。"我先开的口。

"这也是我想去看她的主要原因，越早越好。"

"那什么时候呢？"

"他们告诉我，法医十点钟的时候有时间。是赫克斯特布尔，我之前见过他一次，不过印象不深。"

"抱歉听到这些。我们是不是也可以去看看他们发现她的那个地方？我好久没去巨人那里了。"

"你想坐车去吗？"

"那样最方便。"

"当然，也是最快的。"福尔摩斯只好接受我坐车去的想法，不过这些年来，他一直都不怎么喜欢坐车。

"好。现在告诉我，这一周你在伦敦做什么了？"

"去爬阴沟了。"

"真的吗？"

"只是打个比方。"他答道，这倒多少让我感到一些宽慰。"周二我们去了医院、太平间、诊所，也去问了问她的一些朋友。周三我们去了达米安听她说起过的所有教堂，多得让人筋疲力尽。周四……周四我们走访了几处下流的宅院。"

"下流——你是说，妓院？"

"从那些地方的高层问起，一点点地查访。"

"她为什么会去那种地方？"

"罗素。"他责备地说。

"哦，是的，我一开始也猜到了，她以前可能是个……她本人可能从事这方面的工作，不过我怎么也想不通，一旦脱离了那里，还有谁会再回去呢？"

"不是那种生活，但一定是特定的原因，钱——"

"可达米安在赚钱呀。"

"——毒品。"

"是呀，"我不情愿地说，"可她带着孩子呢。"

"是呀，所以我直到周五达米安不在的时候，才去特意调查那些有孩子的地方。"

"哦，福尔摩斯，你无法想象……"我发现自己已经无法把整句话说完。

"这件事情上，我对尤兰达·艾德勒的了解太少了，我也许是在盲目地努力。"

"福尔摩斯，没有哪个母亲——"

"达米安觉得有那种可能，因为他妻子之前曾把孩子丢给一个朋友自己离开了，只有疯女人才把孩子交给陌生人，而孩子在家中还有个疼爱她的父亲，我假装同意那是可能的。我觉得不该告诉你，有些母亲，人人都知道……她们有些不负责任的行为。"

她们的确如此。如果尤兰达厌倦了孩子，或者被骗子带入歧途，或是受到金钱的诱惑，或者……我突然感到哈德森太太的手艺有些反胃，打开的窗户吹进来的风也凉凉的。

我把睡衣拽了拽，整个人都缩在里面，又拿过一个枕头靠在背后。"达米安为什么离开你？他说了吗？"

"他就那么离开了，天还没亮，他是被一场噩梦惊醒的。他之前也离开过一次；这次却没有回来。有人最后看到他是在周五十点钟的时候,当时他正和一个人沿着摄政街朝前走。"他凭记忆向我描述着那个人,就像以前描述他认识的某个人一样,但这次同样没有十分清晰的关联,"我相信,他收到个口信叫他去买份《泰晤士报》,在报纸上他看到了一份让他十分痛苦的通知,指示他参加聚会。"

"真糊涂。"我大声地说。

"你也看到了?"

"我看到了,不过当时我还以为那是个巧合。"没等他责怪我错过了一条线索,我就问起他关于那个人的事情,他告诉了我一些从皇家咖啡馆门童那里打听到的信息。

也就是说,福尔摩斯说不清他的儿子去了哪里。我的思绪一下子回到了躺在附近陈尸所中的那具尸体上:"福尔摩斯,我觉得很难找出对于某个人一致的评论……就像你说的,关于尤兰达·艾德勒,我这些天听到的关于她的说法也有很多种。她的经历很丰富,当然还有十分古怪的宗教信仰,但是,即便她的邻居怀疑她也许不是个很可靠的人,但他们却没有十分肯定地说她是个——是个——不在意孩子的母亲。我其实是想说,她的生活方式是比较新式的。"

"达米安也是这么说的。开始的那两天,他既恼火又着急。但不管什么原因,周四晚上的时候他的心情糟极了。他说到了毒品,还暗示说,自从6月末以来,她就心事重重的。"

"是的,毒品上瘾会潜伏一段时间,但绝不会彻底消失。"

"我们都很清楚,"他用干哑的声音说着,"那天晚上他对我们说起她做过的事情,我敢说,和实际情况相比,还有很多事情。"

我们静静地坐着,思考着一个年轻男人到底是怎么想的,会娶一个明知有毒瘾的外国妓女。

"哎呀,"我最后打破了沉默,"如果她又回到老路上去了,那一定发展得很快。十天前她和邻居在公园聊天的时候，孩子们就在旁边玩耍。"

他疲倦地揉了揉眼睛："我好久没去过城里那些乌七八糟的地方了——洗过两遍热水澡我还觉得不干净。不能说我去过城中每一个那样的地方，但是肯定大多数我都去过了。尤兰达和她的孩子不在那里。"

我努力地把思绪从那种场景中收回来："伦敦以外的地方呢？她会不会去了伯明翰，或是巴黎？"

"的确。"

或者去了苏塞克斯，结果却死在史前古迹的脚下。

到了明天，一切都会大白。

"你知不知道达米安去哪儿了？"

"好几个地方都有留给他的口信，他有可能去那些地方了。有人将一个写着他名字的信封在周三那天留在了皇家咖啡馆；周五早上他一出现门童就转交给了他。我昨晚溜进了他在切尔西的家——"

"哈！"

"怎么了？"他突然问了一句。

"昨晚早些的时候我就在他家外面，当时还打算晚一点再溜进去然后明天——也就是今天——周日白天在那里好好查看一下。"

"看来，我帮你省了这个麻烦，罗素，唯一能暗示他们两个人去哪里的线索就是一张打印的便条，上面写着'看周五《泰晤士报》上的私人广告'。其实我已经看过了那个奇怪的通知。只是太晚了。他的工作室里可能也有一个——我原来还打算今晚去看看的。"

"可是，你听说了威尔明顿巨人那里的尸体，就坐了晚上的特快专列，到这儿的时候已经很晚了，没办法再去那里调查，不过哈德森太太给你做上一顿羊肉饼倒是来得及。"

"三点钟的时候，报童在牛津街上叫喊报纸头条。实际上，我和哈德森太太进来的时间相差不过十五分钟。她是有事回来的，一到家发现空无一人。"

"我给她留了张便条！"我抗议地说。

"我重复了一下上面的内容：'福尔摩斯和我都有事外出了，我也不清楚我们什么时候回来，希望您一切都好。'是她没有发现这么重要的信息。"

"该说的我都告诉她了，"我大声说着，"比你强多了。"

"没错。"他表示同意，却没有一丝歉意。他翻着窗台上的杂物，想找点东西封上他的烟嘴，却发现一个钉子，之前他一直以为这可能是一个案子中的证物，但最后证明不是。"接着说。"

"我把你的蜜蜂谜案给破了。"我告诉他。

他对达米安的担心太强烈了，以至于茫然地呆了足足两秒钟："啊。是吗？"

"我以后再告诉你。但我还发现了那个你收藏达米安早期作品的小册子，在周五的时候，还发现了你收集的他的档案。"

"周五才找到？"

"之前我没有找，"我反驳道，"我一直都在忙你那些发疯的蜜蜂。我认为，如果你希望我帮你找达米安的妻子，就会叫我的。"

"是什么让你改变了想法并到伦敦去的？"

"也许是因为这么多个月以来，我们一直都在奋力向前，就这么静静地坐着感觉太奇怪了。另外，读完他案子的材料后，我有些不安。"

"那不能算作一个案子。"他不愿意听到我那么说。

"福尔摩斯，他杀了个人。"

我丈夫叹了口气，他并没打算为他儿子的行为辩护或是解释什么。既然如此，我更打算试一试。

"的确，他——"

他没让我说下去："你说得对。在激烈的战斗中杀人，他是战士。但是下了战场再杀人，他就是凶手。达米安当时精神失常，但那并不能作为他行为的借口。不管是不是因为无聊，我觉得你都不该那么快地认定，因为他在酒吧的争斗中失手杀过人，六年后他仍然是个危险分子。"

"我没有！主要是因为……那个死去的军官，他长得比迈克罗夫特还像你，我……非常担心。"

他凝视着我，然后慵懒地笑了起来："罗素，罗素，如果这件事情让你有了异想天开的想象，我们必须保证，没有经过调查的事情，不能作为判断的条件。"

"我怎么乱想了？"我盘问着，"你一句话也没说就消失了，即使迈克罗夫特都不知道你在——"

他慢慢地抬起手："是，是这样，我知道自己这样不妥，没有和你好好沟通，害你浪费了好多时间，也让你十分担心。我向你道歉。"

我的气渐渐消了，最后一点也没有了，突如其来的道歉还真能让人消气："我觉得，也不完全是浪费了时间。"

他走到窗台那儿，在下面的灌木丛上把凉了的烟斗刮干净："那你说说，除了蜂巢，你还去哪里调查了？"

"我先去了迈克罗夫特那里，他说你让他帮忙在上海调查一番。接着我去了达米安的画廊，看了看他的画，接着去切尔西和他的邻居聊了聊。画廊的人告诉我，他是个才华横溢的画家，非常喜欢令人不安的意境。他的邻居说，他家的生活非常传统，只是他的妻子会偶尔不在家。

"接着，我去了尤兰达常去的教堂。"

"哪个？"

"他们自称为光之孩子，在布朗普顿路上的一个聚会大厅里，还有一套混乱的仪式。是新的，1月份才开始，但是那天晚上的人有一百多个，尽管那天很热。我得说，那里的人都有些钱。"

"在周六。他们是登广告的人吗？"

"不太像。"我把大厅、参加的人还有整个仪式描述了一下，"光之孩子——光是复数——由一个自称为主教的人领导，不过他当晚不在那里。主持仪式的女人只是读了一些书中的内容，之后，她还非常小心，生怕我靠得太近看清这一点。她认为，尤兰达可能在伦敦聚会开始之前就认识那位主教——但不确定他们是不是在上海就认识。她还说到了尤兰达对宗教的兴趣，我以为那本书或是那个女人——她名叫米莉森特·唐沃斯——也许能让我找到那位主教，而他也许知道尤兰达在哪里。所以我就跟踪她回了家。"

"说说那本书。"

"那本书很大，上面有个图标，但封面上没有名字。我觉得是他们私下印刷的，从那华丽的黑色和金色的封皮看——"

"是。"福尔摩斯打断了我。

我一直靠着柔软的枕头向下滑的身体一下子扭动着坐直了："你看过它？"

"艾德勒家有一本，他家宗教秘本的数目惊人，那不过是其中的一本。我一下子就看到了它，就像你说的，它的封皮很吸引人。"

"你没看看吗？"

"没有，里面的内容没看。"

他声音中微弱的遗憾让我没有再埋怨下去：福尔摩斯对神学从来都没什么兴趣，这一直是我们之间争论的焦点。

我摘掉眼镜，把它放到床边的桌子上，便开始揉眼睛。真是漫长的一天，都是蜜蜂和艺术家、擦洗木床的孩子、最贫困的环境中的孩子。在我疲惫不堪的脑海中，闪出了一件件让人困惑的事实和令人苦恼的场景，直到睡着时我还在想着那幅我同意买下的画作：山坡上布满了黑色的猫毛；直立的石头围成了展翅雄鹰的形状；两个月亮向下俯视着。我实在太累了，脑子里一团混乱，这时我突然想到，那个伸展的身影不是在睡觉，它是死了。

## 二十一

**火花（2）**：在那些甘于献身的人身上，神圣的火花开始焖烧。再努力一下，不间断地专心致志，就会出现小小的火苗，贪婪地追求能量来壮大自己的力量：即将迎来一场转换。

《证据》，2章：3节

我时睡时醒，恍惚中感觉福尔摩斯就坐在窗口，皎洁的月光映出了他的身影。四点半的时候，他端来了咖啡；我们穿好衣服，东方刚刚露出鱼肚白，我们就坐车出发了。

巨人到我家直线距离只有五英里，但是走公路就有两倍的路程。在库科米尔附近向北转的时候，我问福尔摩斯："你打算让我也进入威尔明顿吗？"

"卢灵顿附近的便道人们更常走。我们先到那儿看看。"

过了卢灵顿半英里，我把车停在了路边的草地上，打算结束时再来取——也希望这个周日的早晨没有什么货车或是运草的马车从此地经过。我系着鞋带，福尔摩斯来回检查着便道和公路交会的地方。看得出，他没发现什么感兴趣的东西。

我们把车留在那里，沿着便道朝文德欧凡山走去。这是史前南唐斯路的一段，六千年来途经山脊的行人都从小路上走过，穿过这片温彻斯特和伊斯特本之间的白垩质地带。在这片山地中，散布着村庄、堤坝、堡垒、坟冢，还有一些遗址，比如我们将要去的那个地方。

随着很多古物在英国出土，巨人或称长人，它最初出现的年代、目的以及它的构思，都引发了激烈的争论。5世纪还是15世纪？他是一个农夫还是一位武士？起初细致的雕刻因为几个世纪的沧桑而模糊了，还是他从一开始出现在这片山坡上时就是一个几笔画成的图案？太阳历？宗教遗址？还是一个让它对面的修道院无视其存在的难题？

不论是在什么时候、为什么目的而出现，巨人现在就是一个光秃秃的大头人的轮廓，伸手抓着一些和他一样高的没什么特点的线条。不管这些线条最初是代表着农具还是长矛，或是别的什么东西，它只是引发了更多的争论。

"你知道休斯关于巨人的理论吗？在那本吉卜林的书中。"我边走边对前面的福尔摩斯说，眼睛留意着脚下的一切。

"说那是精灵雕刻出来的？"

"比那还神，是太阳神，弗尔，他严守着黑暗之门。"

福尔摩斯回头看了看："有这么一个太阳神弗尔存在吗？"

"中世纪的很多符咒都显示，弗尔就是巴尔德尔，巴尔德尔有时被人说成站在地狱之门的神。别忘了，波尔盖特[1]就在山那边。"

他没有理睬我说的话，想省点力气准备爬山。

新收割的干草、清晨的海风，空气中弥漫着二者混合在一起的味道。天亮了，鸟儿的叫声也开始了，和着羊群的咩咩声。天空的颜色由开始时暗淡的玫瑰色变成了万里无云的碧蓝，灯芯绒一样的文德欧凡山上，无数条被践踏出来的小路一层层地蜿蜒开来，山坡上呈现出各种不同的绿：我们刚到这里就感受到了八月的湿润。

早上的景色真是美极了，我可以一直这样漫步。几分钟后，我真的希望我们是来散步的。

---

1 地名，原文为Polegate。gate意为门。——编者注

女人曾经倒下的地方非常明显，不论是从密集的鞋印看，还是从其他痕迹来看。

"实际上，她是在这里被杀的。"我说。

"有很多可疑的地方，"福尔摩斯沉思着，专心致志地检查着那些可怕的血迹，"尸体是被人扛到这里的。"

"你是说她被人割喉了？"

"他们把这里踩得什么都看不清了，除了这片血迹，假设那边的痕迹是血迹，而不是某个笨蛋警察午餐盒里的番茄酱，那我可能会说是的，这段距离显示的是动脉血。"

"她有没有挣扎过？"

"只有看到她才能知道，还得看看她的衣服。这里的地面还有通过这里的路都被破坏了，说不好。"

他专心地查看那摊血迹的中心地带。我走开了，弯腰研究起周围的地方，看看有没有什么东西能暗示这个女人是如何、为什么死在这里的——一个陌生人，是的，但却有可能是个因为婚姻与我有联系的人。

我们在巨人脚下的四个区域勘查了将近两小时，收集了一些纸片、烟头、远足者野餐剩下的各种各样的垃圾，总之，任何近几天留下的东西。福尔摩斯用他那柄放大镜俯身搜罗着，他找到了一些奇特的深灰色的面包屑，这东西让他感到费解，不过我觉得它们看起来有些像小砾石，还有点像什么人的三明治中掉落的软骨。巨人双脚中间，离血迹边缘一米远的地方，他发现了一块没有被踩过的灰烬，便小心翼翼地收集到一起。他在一块宽大突出的岩石旁查看了很久，那里距离女人死去的地方十多英尺，他测量了地面上两个凹陷的地方，又画了草图，显然，有人曾经在那里坐过。最后他收集了两信封的材料——一段黑线、几粒沙子。

我放在信封里的东西包括：一个意大利杏仁燕麦饼干的

包装袋，被吹到山下的；一条精美的丝帕，上面绣着字母I或是J；一块干了的啃过的土鸡腿。

我们继续沿着那条经过巨人通向费肯顿村的小路查看，没什么有意义的发现，只有一些烟头。

"你想不想到附近的住户那里问一下？"我问他。

他仔细地看了看附近的建筑，摇了摇头："我们应该先去看看尸体，然后再做决定。不管怎么说，我觉得警察应该已经问问过他们了。"

回来时，我们沿着巨人上方的山脊走下来，这里分布着一些名胜古迹——一处古老的火石矿、几处采石场、几个古墓堆，还有古罗马栈道的遗址。我坐下来，倒出鞋里的石子；福尔摩斯也在我身边坐了下来，凝重地望着我们脚下这片壮丽的风景：山坡、树林、库科米尔山谷、远处的维尔德河。新鲜的空气中回荡着远处教堂的钟声，若不是想到前面还有使命等着我们，我一定会贪婪地饱尝这里的秀色。

"我把阿尔弗雷德·沃特金斯那本关于英国古道的小册子给你了吗？"他问我；我还没有回答，他接着说道，"是在一部早期作品基础上完成的，是一个叫布莱克的疯子的作品，书中提到英国有一些特有的几何图案，与史前古迹和古罗马栈道都有一些关联。沃特金斯把它们称为草地图案，他认为那些人造的地标反映了土地自身的结构。"

这种漫无目的的闲聊往往没什么意义，不过是福尔摩斯转移注意力的一种方式。我早就了解这一点。

"在这里还有在伦敦，你都没发现艾斯特蕾那孩子的踪迹吗？"我问他。这其实不是什么问题，但福尔摩斯摇了摇头。

"处理那么小的尸体该有多容易，"他伤心地说，"此外，人人都知道的一个事实就是，孩子越小，就越引人注意。如果这个女人是尤兰达·艾德勒，很可能在我们找到她女儿的时候,她已经死了。"

这个美丽的早晨突然让人感到阵阵痛苦,还好,福尔摩斯迅速起身,朝着巨人脚部附近那片陡峭的山坡冲了下去。

快九点了,太阳高高地在头顶照耀着。我抬起头最后望了一眼这个人形图案,然后朝着我们停车的路边走去。刚走了十步,福尔摩斯就蹲了下去,拿出了他的放大镜。

那大概是个鞋跟的印记,鞋子留下的凹痕"不能充分证明小路上发生了什么",这是报纸上曾经说过的。这也可能是手杖或是一只羊留下的痕迹,但是福尔摩斯发现了好几个,他按照其中最清楚的那个的尺寸把它还原在一张报纸上,接着在上面放了一块石头,以便按此做出一个石膏模型。

"这可能说明她是自愿来到这里的。"福尔摩斯弯腰时,我对他说道。

"这说明,她来到这里的时候,头脑是清晰的,"他纠正了一下我刚才的说法,"那就另当别论了。"

还有五分钟十点的时候,我们到达了当地验尸官的办公室,实际上那里是个医用手术室。教堂中召集信徒的钟声终于不那么嘈杂了,我匆忙地梳理了一下自己被风吹乱的头发,检查了一下自己的双手和裙子,才跟着福尔摩斯来到了门口。

很显然,接待我们的那个人早早就想去参加教堂的仪式——当然,他对自己的工作应该也有着非常认真的态度。他自我介绍了一下,自称赫克斯特布尔医生,接着他握了握福尔摩斯的手,然后是我的手。

"请进,请进,我一直都在为您的到来做着准备。进来吧,这是我的办公室,请坐。你们是喝茶还是咖啡?"

这一路奔波真的让我口渴了,福尔摩斯还没来得及拒绝,我便赶紧欣然接受。医生从桌后的座位上站起身来,走出了房间,这让福尔摩斯朝我做了个鬼脸,可我们很快就听到了一个女人的声音,看来他不用亲自忙这些事情。的确,他很快就回来了。

"我妻子一会儿就把茶水拿来,壶里的水刚开。先生,我得说,您能来到我的诊所,对我来说真的是件荣耀的事。我妻子也一样——实际上,当我告诉她您要来的时候,她一直都希望能见见您。您之前说您可能认识这位年轻的女士。这是不是您正在调查的一件神秘案件,将来会不会被登在《斯特兰德》杂志上?"医生极力地想掩饰自己对于名利的热衷,却还是暴露无遗。

"如果她的死是案情的一部分,抱歉,我不能向您透露细节,好吧?"福尔摩斯平静地说。

"不,不,当然不用,我当然同意您的说法,我没想那样。也许我该说明白,我是个发过誓的、被国王授封的公仆,要是……可能证明我更有资质……"

福尔摩斯只是看着他。

还好,门开了,医生的妻子走了进来,着迷地盯着福尔摩斯,以至于差一点把茶具放到桌沿外面。我赶紧走上前把它推回桌面。看见杯子晃动得出了声响,她突然惊得笑了起来:"哦,天啊,看我真是蠢极了,差点把它们掉到地上。"

我真是后悔自己竟然想在他这里喝茶,滚烫的茶水中掺了不少牛奶。福尔摩斯像网球冠军一样,答复着他们那些好奇的问题,我的空杯刚一碰到茶托,他便站起身来。

"我们去看看存在你这儿的东西?"

毫无疑问,这就是尤兰达·艾德勒。

福尔摩斯伸手拿开她脸上的布;我迅速地转过身,来到另一头检查她的脚。

它们纤细、整洁,保养得很好,虽然能看出它们大部分时间都穿着或适应着不合脚的鞋子。最近几年来，它们享受的待遇要好得多，这双脚上几乎看不出很多女人都得忍受的老茧和拇指囊肿。不过，她最近穿着不合脚的鞋子走了一段路程：她的脚尖和脚跟都磨出了水泡。

"我能看看她穿的衣服吗？"我问了一句。

"哦，我们把那些乱七八糟的东西烧掉了。"

我们都转过身看着他，几乎说不出话来。赫克斯特布尔看着福尔摩斯那双眯着的灰色眼睛又看了看我那双瞪大的蓝色眼睛，结结巴巴地辩解着："衣服上满是血迹，特别吓人，我可不能把它们放在这个地方，真不能。是件精美的长裙，我妻子有件，和它很像——我可不想让她每次穿上它的时候都会想起那件。而且她穿着非常漂亮的，你知道，内衣，不过——"

"你把她的内衣也烧掉了？"福尔摩斯气愤地问。

"上面都是血迹，我就把它们从她身上剪了下来，那就没剩什么了，我把它们也放到了火炉里，没——"

"你，有没有听说过证据这个词？"

"是，当然了，不过警方已经给它们拍了照片，他们也记下了这些衣服的样子，甚至包括那件长裙后面的标牌——是从塞尔福里奇百货公司买的，和我妻子的很像。我没有想过有人还问这个。"

"她的鞋子呢？"我问他。

他感激地转向我，终于不用看着福尔摩斯冰冷、谴责的神情："是的，哦，我当然有她的鞋子，还有她的袜子，是<u>丝</u>绸的袜子，一点血迹也没有，所以我就没有扔掉，就为了有人来查看尸体。当然，还有帽子。你想——"

"是的，谢谢。"

医生赶忙跑到隔壁房间，取来一个纸包。我扯开上面盘绕的麻线，从里面拿出一只漂亮的浅棕色皮鞋，把鞋跟放到了福尔摩斯摊开的那张路边凹坑的草图上：完全吻合。鞋子非常新，上面还没有折痕。右脚那只在脚趾的地方有处溅落后风干的血痕。鞋底和鞋跟沾着一些潮湿的白垩质土和草叶，这和我下车后靴子上沾到的一样。

我拿起左脚的鞋子，穿在她脚上。和我想的一样，在她脚跟后面还有插进两个手指头的空隙。

"这鞋子的码也太大了。"我告诉福尔摩斯。他咕哝了一声，继续仔细地检查着她那小巧、柔软的双手。

我把她裸露的双脚盖好，然后又仔细把鞋子包好。我把袜子拿到灯光下仔细看了看，两只都显示她的右膝盖曾经跪在柔软的地面上，留下了一处绿色的痕迹，在袜子的网眼上还蹭出了一个小洞，只是还没有扩散而已。那顶帽子是夏天用的女士钟形草帽，和鞋子一样新，仔细检查后发现，一小块草叶沾在了左边的帽檐上，旁边还带着些白色的土末：帽子曾经从她的头上滚落在地上。

我有些不情愿地将注意力转移到台子上远一点的地方，一下子看到了她身上的一个印记。我把布单拽到她肚脐以下，看到了一个深红色的文身，一寸半长，如果不是之前在其他地方见过，现在我会以为看到的是阴茎的形状：

它在她身体的中央，肚脐和胸腔中间的地方，从它柔和的边缘可以看出，它已经在那里好些年了。我把它指给福尔摩斯，当时他正在专心地检查她左手的指甲（我注意到，她的手上之前应该是有枚婚戒的，已经不见了）。

尽管医生极力反对，我们还是把整张布单都掀掉了，并将她翻了过去，但是没有看到其他的文身，她身上的其他痕迹也早就被处理完了。

我们把她翻回来，盖上了布单。盖上头部之前，福尔摩斯把她的头稍稍推向一边，让我看她左耳后面的皮肤：一小撮头发已经被剪掉了，露出了铅笔那么粗的一块头皮。我点了点头，绕过去看她右边的手臂。她手腕靠里的地方有块瘀伤，不是新的，已经开始消退；她精心修剪的指甲有一个弄破了；她的中指上有块灰色的污渍。

"墨水吗？"我把它指给福尔摩斯看。

他点了点头，把她那婴儿般光滑的手指掰开仔细检查。"是的。"他把她的手又放了回去，但是他自己的手停在了她手上。他仔细地观察着她，这个他儿子爱过的女人。

"我想知道她以前是什么样的。"他低语着，然后一把拽过了布单给她盖上。

"你什么时候解剖尸体？"他问赫克斯特布尔。

"原打算今天下午，不过——"

"如果能把结果的复印件寄给我一份的话，我将非常感谢。你有我的地址吧？"

"有，不过——"

"你们这里负责调查的警官是谁？"

"呃，本来是归威勒总督察负责的，不过我知道这案子现在已经被移交给了苏格兰场，因为……一些特殊的原因。那就是我刚才想说的，这个可怜的女孩可能会被送到伦敦进行尸体解剖。他们说周日晚餐前会告诉我到底采用哪种方案。"

"我明白了，今天晚一点我会给你来电话，那时再看看到底在哪里吧。祝你愉快，赫克斯特布尔医生。"

我们匆忙离去，以至于快到门口了，赫克斯特布尔才想到一开始就该问问我们来这里的原因。

"呃，抱歉，"他喊了一句，"捎来的口信说，您也许能弄清她的身份——"

"不！"福尔摩斯喝断了他，"我们不知道她是谁。"

我盯着他，但他很快就出了门，只剩医生在那里结结巴巴地不知所措，似乎想知道我们为什么会对一个陌生人有这么大的兴趣。

上了车，我坐在方向盘后面，正想转身问福尔摩斯为什么说不认识她，但是刚看到他的侧脸，我就决定还是伸手发动车，马上开车上路。

那表情使他的脸更加冷峻，他的眼睛里满是怒火，我从没见过他这样。

愤怒，只有强烈的愤怒。

## 二十二

**研究(1)**：接下来的几年都用来研究转化：凡人怎么控制这个过程？什么工具能影响转化的发展，什么方法能让转化发生？

《证据》，2章：5节

开往波尔盖特的路上，福尔摩斯终于动了几下，伸手拿出衣袋中的香烟盒。香烟点着了，他用手指捻灭了火柴，把它扔到窗外随风飘走，这时他才意识到我们的车在动。

"你去哪儿？"

"回家。如果再不和哈德森太太打招呼，她可能就会回萨里，再也不回来了。此外，刚才你脸上的表情，我猜你也希望平复一下。"

"这是我儿子的妻子。"他的声音冰冷，"一个年纪轻轻的女人，她凭着自己的智慧从贫民窟中走了出来。我还一直期望着能帮她的丈夫找到她，到头来，却发现她像个农场上的动物一样被屠杀后摆在那里。"

"你在她指甲中有什么发现吗？"

"如果她挣扎过，那她的手指既没有抓进地面，也没有抓伤攻击者。"

我觉得这是个好机会来告诉他我看到的一切："这鞋子非常新，也不是便宜货，但是一个女人是不会给自己买一双那么不合脚的鞋子的。鞋子把她的脚磨出了水泡。而且她穿的袜子也太长了。她得把吊袜带往下挂才能钩住袜子——其中的一只已经磨坏了。

"还有一点不太可能的是，一个有艺术家气息的人竟然选了双丝绸袜子和一件满是花朵的夏裙。我在她家的衣柜里可没看到类似的衣服。"

我又想了想和邻居孩子的对话："也许她穿成那个样子是想给人留下非常正经的印象。"

"可是，如果像你说的那样，她不是自己选的衣服和鞋子，那么她也不会穿别人衣柜里的衣服，或者穿别人给她的衣服。"

"还是一个不太熟悉她尺寸的人给她的。"我脱口而出。让我感到惊愕的是，福尔摩斯没有任何反应，尽管我说的话明显是在暗示，达米安了解妻子尺寸这个事实应该予以考虑。他只是吸着烟，满眼怒火地望着窗外闪过的风景，而我只好低头开车专心驾驶，以免撞上哪个心不在焉的去做礼拜的人，或是周末出来散步的人。

和哈德森太太寒暄就用了一个小时，在此期间，福尔摩斯对着电话吼了一阵，又到实验室里叮叮咚咚地鼓捣了一通。直到他吼叫道打算十五分钟后出发，我才终于摆脱了哈德森太太在那里列举萨里友人的种种不是。我抽身跑到楼上，把各种东西扔进包里，趁福尔摩斯进出各个屋子的空当和他说上几句。

"得和伊斯特本那里的局长说一下，还有波尔盖特和西福德那里的，给他们看看她的照片。"

"可你有她的照片吗？"

"不然我怎么给他们看？"

"抱歉，你觉得我是不是该带上武器？"

"你的那把刀不错。"

只是看了一眼尤兰达·艾德勒象牙般白皙的脖子上那道刀口，我就害怕得发抖，只好把我那细长的飞刀放进刀鞘，一并堆到床上的行李中："福尔摩斯，我今晚想亲自去看看艾德勒的家，如果我们在那儿过夜的话，我是不是可以在白天看看那本书？"

"要是知道你感兴趣，我给你偷偷拿回来好了。"他的声音从楼下过道附近储物间的门口传上来，我还听到了重击和碰撞的声音。

我提高了音量："我感兴趣是因为她感兴趣。他们两个人，都有一些——达米安的作品将神秘的符号和传统融合在了一起。"

福尔摩斯的回答听起来只有两英寸的距离了，我一下子把几幅地图扯开了散在地板上。"的确，宗教有时候是件危险的事情。"他忧郁地说着，又走了出去。

我跪在地上，把掉在床底的几张地图拽出来："你知道苏格兰场谁负责她的案子吗？"

"你的老朋友和崇拜者，莱斯特雷德。"

"真的？我还以为他那么高的级别不会调查一起乡间无名女尸的案子。"

"我还没有和那位总督察本人谈过，不过我有些预感，那些报社正在鼓动那件骇人听闻的'亵渎英国古老圣地'事件，让接下来出现的塞那·阿巴斯死亡事件和巨石阵暴乱事件都需要苏格兰场出面做些事情，才能制止一场轰动。"

我发现自己竟然在笑："让莱斯特雷德去调查德鲁伊教徒的自杀案件，我都能想象出来他会说些什么。"

很快，他就出现在门口，把头伸进门框问了一句："那个在塞那·阿巴斯巨人像自杀的女人是德鲁伊教的吗？"

"报纸上说，她是个失业的秘书。德鲁伊教的事是在一个农夫写给主编的信中提到的。"

"真让人失望，"他说着上下打量我，"之前遇到的那起德鲁伊教徒自杀案件，我还不怎么了解。"

"那是让你回来的最特别的办法。"

"一群宗教狂人聚在一起。"他说，几乎要笑出声来。然后突然停了下来，他的眼神又恢复了专注，"罗素，你准备好了吗？"

现在轮到我上下打量他了，这时一个模糊的想法在我的脑海中不断闪现。一群宗教狂人以及有着某种联系的死亡事件；福尔摩斯此时正坐在月光下的窗前；令人吃惊的月食；猫毛一样的山坡上的两轮满月；一次谈话：疯狂并与月亮有关。

"呃，福尔摩斯，我可能要等一会儿。在我们离开之前，你介意去看看果园中的蜂巢吗？我觉得，它们中的几个需要加上储蜜箱，我们不在家时，它们要是因为这个到处乱飞就太可惜了。"能看得出，案子的紧急加上一直以来的奔波，让他有些疲惫。我对他说："福尔摩斯，现在是周日，你觉得我们多长时间才能到伦敦呢？"

"一小时，"他说，"顶多。"

我等在窗前，直到看见他走进果园，赶快跑到楼下的书房查了一下1924年的年历。我突然感到口干舌燥，把年历放回原处又跑到楼上，朝窗外望了一眼，确定他还在那儿忙着后，我拿起了楼下储藏室的钥匙。

那是一个特大号的储物柜，福尔摩斯把它称为储藏室，里面全是一些没什么大用的生活用品，等着没准哪天作为证据或原型重见天日，或者成为某个难解谜案的关键（里面包括各种致命的毒药——也包括这把锁）。我着实花了一些功夫才找到他收集的那些旧年历，在一个茶叶盒里，十几本都放在那里。我不能确定满是战事的1918年的年历是不是也在这里，还好有一本，虽然比别的要小一些，纸张也是便宜的浆纸。

我在一个非洲木鼓上坐下来，小心地翻阅着年历松软的纸张，想找到关于月食的记录。

1918年的4月，月食出现在26号。

就在前一天，年轻的达米安在酒后争斗中杀了一个人。翻到下一年记录月食的那一栏时，我的手不住地颤抖。

月食：1919年8月11日。

四天后，达米安因为卖药人的死亡被捕，在距离巴黎十五英里的地方——最后被释放了，不是因为有不在场的证据，而是因为证人作伪证。

尤兰达·艾德勒死于1924年的8月15日，当晚天空也出现了月食。

还有我在楼下的报纸上看到的：普尔市的菲欧娜·凯特怀特小姐在6月17日死于枪伤：那晚也是满月。

我感到脖颈上的汗毛在动。

达米安·艾德勒，一个以月亮和疯狂为素材的画家。

房子中的什么地方传来了响声，我迅速地把年历放进盒子，砰的一下盖上了盖子。我格外小心地锁上储藏室的门，把钥匙放回实验室里的挂链上，然后使劲地拍了拍裙子上的灰尘。

荒唐。达米安不是精神病。

要是我弄错了呢？1918年，达米安·艾德勒正在疗养，因为炮弹休克症，还有醉酒把他击垮了。如果那个军官是清醒的，更年轻些，更强壮些，达米安可能就不会获罪，不过是酒吧里的斗殴，而不是杀人。那些满月，一直以来月亮不过是这个艺术家创作时的灵感，并不是命案的诱因，只是让人想到命案而已？

那么另外的命案呢？菲欧娜·凯特怀特和尤兰达·艾德

勒不过是巧合而已？我不相信巧合，就像福尔摩斯一样，可事实是，它们的确发生了。菲欧娜·凯特怀特的死是自杀，不是吗？

"好了吗，罗素？"

楼上的声音吓了我一跳。我把衣服扔到床上，开始往准备好的箱子中塞东西。

对于我的……我什么也没有说，我甚至不能称它们为怀疑。病态的想法。这可是福尔摩斯的儿子。如果有证据，福尔摩斯会查下去的，而且福尔摩斯也绝对不会不承认的。我什么都不会说，尽管这些日期就像一滴酸液，开始慢慢地在我心里腐蚀。

我拿起包，朝楼下走去。

"我在这儿，福尔摩斯。我再看看有没有什么东西是哈德森太太希望我们从城里带给她的。"

## 二十三

**研究（2）**：虽然步履中带着绝望和饥饿，但他还是紧紧跟随着昔日圣人的足迹。经过多年之后，他发现了最初的要诀：

基本要素和献祭。

《证据》，2章：5节

我刚坐到方向盘前，就注意到我搭档的手上有几处红色的伤痕，这是蜜蜂不愿受到打扰给人留下的痕迹。"蜂巢还好吧？"我问他。

"五个蜂巢都需要加储蜜箱。"他回答。

"你能关心它们，米兰科知道后一定会开心的。"

"我不在的时候，他把它们照料得很好。"

"我很喜欢他。"

"你们见过面？"

"我们周三遇到的，在那个被废弃的蜂巢那里。我告诉过你，我把那个谜团解开了——应该说，是他和我一起解开的。"周日伊斯特本的车很少，我们一路顺畅，我给他讲起了那群失踪蜜蜂的调查情况。我们中途分开了一会儿，我把车停在车站，他去买票，还要把尤兰达·艾德勒的照片给负责的人看一下，最后我们在火车上的一个空隔间又会合了。

"今天上班的人没有一个在周五那天值班，"他向我抱怨道，蜜蜂的事情我也就没有继续说下去，只是把我的结论说了出来："福尔摩斯，整个蜂群都死掉了，是因为蜂后太心软了。"

我解释完蜂巢的毁灭后,他哼了一声;过了一会儿,我才感到自己的声音中透着一丝惆怅,我从眼角看了他一下。

刚才哼出的那一声不是轻蔑,而是打鼾:昨晚凝视了一晚上月亮,前天晚上找了一夜儿子,福尔摩斯就这么睡着了。

一个小时之后,他的声音打断了我的思绪:"我想你没有告诉米兰科先生你认为蜂巢是因为抵挡不住孤独吧?"

"没说那么多,没有。尽管他也认为蜂巢的消亡有可能是因为距离别的蜂巢太远了。"

"罗素,仅仅是住处偏远不会让一种动物发狂的。坦白说,我不觉得蜂后过度仁慈能说明什么。米兰科换掉蜂后的做法,最终会被证明是十分残忍的。你猜今天莱斯特雷德会不会在苏格兰场?还是我们应该到他家里找他?"

"他也许在办公室,不过你最好还是先打个电话,别透露你是谁。"

"的确,但凡我插手的案子都会花上他不少时间。对他父亲来说也是如此。"

小莱斯特雷德早已追随父亲成了一名警察,后来又进了苏格兰场,因此不可避免地会和夏洛克·福尔摩斯有些接触。去年夏天,在一件复杂又让人不安的案子中,由于涉及古代手抄稿和现代继承权的问题,我和莱斯特雷德经常照面。我也不能确定他是否会渴望和我们中的一个再次合作。

"你认为他们会不会调查她脚上出现那些水泡的原因?"我问他。

"不能确定。"

"但你不想告诉他们她是谁?"

"我只会说这是苏塞克斯境内的一起犯罪,我是在替一个匿名的组织调查,别的就不说了。"

"福尔摩斯,如果你——"

"这件事我不想让他们帮忙，"他怒气冲冲地说，"这案子中有很多地方我到现在还没有弄明白呢。"

"好吧，"我说，"如果我能找到她的鞋子是哪里来的，大概就能弄清是谁给她买的了。"

"你今天是不是就可以沿着这条线索开始往下查了？"

"我可以开始查，不过商店没有开门。"

"能做什么就做什么吧。我去找莱斯特雷德，看看从他那里能打听到什么。"

"我还想把你那张照片复印一下。"

他把手伸进上衣口袋，迅速地拿出一个皮夹子，把达米安给他的那张照片新复印的一张递给了我。上面的面部细节没有原版的清晰，但对我而言，这已经足够用了。

我仔细看着它，就像是第一次看到一样。实际上，尤兰达没有我印象中漂亮。她的脸有些方，眼睛太小了，但是那顶土气的帽子下的脸庞是那么有活力，能感到那闪烁着的聪颖，这让她的五官比任何人都迷人得多。她怀中的孩子有些看不清，头歪向了一侧，但是，她的眼角能看出亚洲人的痕迹，尽管那光滑的头发不像她妈妈密实、垂直的发质。

在她们旁边，达米安的右手放在尤兰达的肩膀上，这让照片中这一半的他看起来带着维多利亚时代家长的样子；另一半的他则用胳膊抱着前面两人，看起来惬意又有现代气息。他看上去很幸福、富足、骄傲，那件不相称的双排扣长套装看起来有一些顽皮。

我注意到，尤兰达的裙子没有印花。它的剪裁和下摆在我看来都有些过时，和他的大衣相比，又没有那么古香古色。当然，艺术家的夫人不一定会穿最新潮的衣服。"真想知道他们为什么会选择那么传统的衣服和背景拍照。简直就好像是在刻意乔装打扮。"

"或者是化装舞会的装扮。"福尔摩斯说。

"是的,尤其是看着他们脸上的表情时,更觉得是这样。"

我刚要把照片放进口袋,福尔摩斯却拿了过去,把上面到达米安肩部的地方折了下来。他用拇指指甲用力地划过折痕,然后把它递了回来。达米安现在只剩下一块黑色的背景和一只搭在孩子身上的手了。"如果你去打听她,他的肖像只会让事情复杂。"他告诉我。

的确如此,比起一个留着胡子的男人在后面,单身的女人更容易被注意到。而且,我马上就明白了这么折一下的另一层深意:福尔摩斯不希望调查的过程中涉及达米安。

我们到达维多利亚的时候,福尔摩斯已经迫不及待地要去忙自己的事情了。他直接走着去了威斯敏斯特和苏格兰场,而我只好在那里排队等待出租车。我皱着眉头看着他的背影渐渐消失在街角,然后拿出照片仔细看了起来。

是因为有过犯罪前科,还是因为担心,他才这么坚决地不让达米安卷进来?

打听时装界的事情,我的女性俱乐部——沧桑俱乐部,并不是一个理想的选择。不过既然来了,不妨试一下,一会儿的工夫,我就和俱乐部经理的一个外甥女坐在那里喝起了茶,她是个瘦得出奇的人,穿着件香奈儿长裙,那裙子对她而言真是太大了。要不是最近生病,她本来在负责管理伦敦一家大型百货公司的女帽销售部。

"我在查寻一双鞋子的出处。穿鞋的女人死了。"在她建议我可以问问鞋子主人之前,我又补充了一句。我详细地描述了一下那双鞋子——形状、皮革的质地,还有鞋跟上小小的蝴蝶结:"看起来不像是成品鞋子,可如果是定制的,应该是给别的什么人而不是穿鞋的女人。它们不合她的脚。"

她噘了噘嘴，那瘦削的脸上露出了反对的神色。"你该提一下鞋子上是不是有识别身份的名字。"她说。我同意她说的话，是该这样。"蝴蝶结上面有一条新增的特征线，加的夫那里每一家制造的鞋子上都有。哈罗兹百货公司进了一批，有好几种颜色和款式，不过我认为，塞尔福里奇公司也打算进一两款带那种特征线的鞋子。"

"那女人穿的裙子是塞尔福里奇百货公司的。"我小心地说了一句。

"那么，也许你可以从那里开始查起。"

"我打算今天早上第一个就去那里。"我小心地和她握握手，不想表现出太大的热忱，至少不会弄疼那小鸟般的骨骼。

听到附近威斯敏斯特教堂传出的钟声，我赶忙来到街上。令我惊讶的是，今天经历了那么多的事，现在竟然还不到四点半。街道上空无一人，而且，就连牛津和摄政街也只听到了空荡荡的回响。伦敦的周日，你可以在此散步、做礼拜，或者完善自己。

我选择最后一种，便朝泰特艺术馆走去，在那里的画作中徜徉了一个小时。要不是最近看到了达米安的画，那里的作品可能看起来还算有些现代气息。

终于熬到了快关门，我发现了一家提供所谓的晚餐的餐馆，在那里打发掉傍晚的时间，然后沿着河边慢慢地散步，一路来到切尔西，等到八点半的时候，天完全黑下来，我就可以神不知鬼不觉地溜进艾德勒家。

除非我遇上点小麻烦。

警察抢先一步到了那里。

二十四

**要素（1）**：一个词（空气）被写在一张纸上（土）燃烧（火）成灰烬，和杯中的水搅拌在一起，等待着一个人的喉咙。不过杯子装不了这个词的精华，除非它用了时间和意志这两个要素。

《证据》，2章：6节

走到波顿街入口的时候，我看到了惊人的一幕。原以为这条死胡同最里面的那座屋子会一片漆黑，没想到整条路都挤满了看热闹的人和警察的汽车，7号的每盏灯都亮着。我挤到街上，和一队频频向我示好的邻居站在了一起，先和他们闲聊一会儿，问一些无关紧要的问题。

一个孩子说，警察半个小时之前就已经到了这里。他们带着锁匠，弄了十多分钟才把门打开。一个女佣连忙说道，11号的住户在下午茶时给警察打过电话，前一天晚上有个女人在打听艾德勒一家的事。

我在那里观察了几分钟，就通过一条小巷绕到了房子后面。我踮起脚尖朝墙里张望，厌恶地看到了屋子被彻底搜查的景象：从客厅窗户那里可以看到四处走动的警察，楼上卧室里的警察更多，警察说话的声音夹杂皮鞋的声音从里面传出来。

我打算先在这等一会儿，可还不到五分钟，我就听到身后有人跑过来的声音。我赶忙躲进灌木丛中，倒霉的是，里面长着不少扎人的刺，这时我注意到那人迅速地跑过来，不仅没拿手电筒，而且像是要悄声跳到满是尘土的墙头上。他刚要纵身跳起，我看清了他的轮廓，朝他大声地"嘘"了一声。

他的脚马上停住了，不过身体的其他部位没有。他的胳膊挥动着，身体沿着疏松的地面滑了几英尺。他没有滑倒，只是很快地退到我站着的地方。

"好极了，福尔摩斯。"我崇拜地说。我一点也没想到我的这个小策略居然奏效了。

"警察在调查她。"他小声地说。

"我的错，恐怕。昨晚我找过的一个邻居——"

"我原以为还有些时间。"他急迫地打断了我。我的心跳也加快了。

"什么的时间？"

"有样东西我必须在警察发现之前弄走。"

"什么东西？"

"一会儿再说，罗素，你来。"他把我拽到门口，抬起头向里面望了望，然后踮起脚、胳膊使劲往下压；我听到了门锁的声音。

这栋房子有两扇门是朝花园开的：一扇是在客厅附近，另一扇在右边的厨房那里。厨房的门已经被打开了，灯光从里面透出来，不过此时那个地方外面没有警察。我们溜进花园里，慢慢接近门口，福尔摩斯指了指楼道，从厨房上面的窗户可以看到那里。

"五分钟后，就会有人从楼梯下来。再过一分钟，我就上去；用不了三分钟，我就能回来。我在里面的时候，如果有人想从这里上去，就需要你转移一下他们的注意力。不管用什么方法都行，只要你别被他们抓到。被警察带走可就惨了。"

"福尔摩斯——"

"罗素，我们没时间了。一会我们在迈克罗夫特那儿会合。"

"好，转移注意力。你去吧。"

让我吃惊的是，他没有去屋子的方向，而是退到了门外的巷子里。我拍着脚下的地面，摸到了土、卵石、一些碎骨头，还有一个软软的、吓我一跳的东西，仔细一看才发现是个孩子玩的娃娃。最后我的手指摸到了一块硬邦邦的石头，接着是一块拳头大小的砖头。隔壁房子的门口传来了微弱的玻璃打破的声音。过了两分钟，在艾德勒的家中，响起了电话声。

客厅中那两个穿着制服的警察回身朝房间里看了一下，谁也没有去接。电话又响了起来，另外一个警察走了过去。他说了些什么，可其他人还是没有动。这时我感到我的右边有些声响，好像有人翻过了墙；就在同时，我看见一个棕色的人影匆匆来到半掩着的窗户前，快步走下楼梯。是莱斯特雷德，身后还跟着两个警察；我看到这几个人从厨房后面的过道走过来，然后进了客厅。莱斯特雷德一把抓起电话，这时，福尔摩斯迅速跳上厨房那儿的台阶潜入屋内，转眼就在楼道消失了。我开始数数，数到五的时候，他的身影突然闪过那扇半开的窗户，直接上了楼。

莱斯特雷德对着电话说了几句，皱了皱眉，又说了几句，然后伸手按断了电话：二十三秒钟。又过了六十四秒，电话中的交流让这位总督察得到了他所需要的信息。他放下电话，在那里站了七秒钟，认真地思考着。

然后，他对一个穿着制服的人说了些什么：花了三十秒钟。那人离开了房间，肯定是去隔壁打来电话那座空房子了。莱斯特雷德原地站了十九秒钟，和那些人说了几句话，然后就走到门口，出去了。

我无法肯定他是否会回到楼上，但我朝草坪那边挪了挪，以防被发现。果然，几秒钟后，我看到一个棕色的人影穿过门厅朝楼梯的方向走来——福尔摩斯还有两分半钟的时间了。

我赶快跑过草坪，朝客厅窗户扔出一块石头；很快，砖头又在花园门旁那扇狭窄的窗户上打出了一个洞。把玻璃打碎的声音最有效了，在晚上能传得很远；客厅里的警察刚一出动我就跑出了门口，来到远处的巷子里，然后减速变成了快走。我一直这样走到了街角，然后从容地散着步，直到安全地混入了波顿街围观的人群。

五分钟过去了，福尔摩斯并没有被戴着手铐拉出来，我的手潮湿发抖，在裙子的前摆不停地摩擦着，最后只好故作不理地走开了。

那天要不是周日，我可能会直接走进一家酒吧，喝上一两杯。

可那天是周日，我得等到了迈克罗夫特的住所再喝。我一路走着，经过了光之孩子的聚会大厅（今晚那里锁着，里面漆黑一团），然后沿着骑士桥走了一段，绕过白金汉宫到了保罗百货公司。我心里一直期望福尔摩斯能从身后追上我；可他没有。

迈克罗夫特赶忙拿出一些喝的，又解释了一下福尔摩斯突然出现在波顿街的经过：莱斯特雷德打来电话的时候，他正好在这里。

"总督察问我有没有见到我弟弟。我自然告诉他没有。"

"那是当然。"毕竟，为什么要那么配合警察呢？

"夏洛克行动的时候，我一直都没有帮忙提供什么信息。莱斯特雷德早已知道夏洛克今天下午出现在苏格兰场附近，正在打听在苏塞克斯发现的一个东方女人的尸体，他想说的是，如果夏洛克正在调查那个女人的身份，就不用操心了，苏格兰场不仅知道她的名字，还有她的地址。很明显，是一个邻居向警方反映有一家人失踪了，其中包括一个年轻的东方女人。然后莱斯特雷德就派人拿着停尸房女人的照片去了那里，邻居证实了就是她。总督察还主动提出，如果夏洛克感兴趣的话，上午可以去看看档案。"

"可是，福尔摩斯却像房子着了火一样离开了这里。"

"我得说，比那还要急。"

我一口干掉了杯子里的东西。迈克罗夫特什么也没说，又倒了一杯。我告诉他："福尔摩斯刚才在那里，就在达米安房子的后面。他一路跑来，让我帮他制造一点混乱，然后就进去取东西了。至少，他是那么跟我说的。"

"你对此有些怀疑？"

"迈克罗夫特，我不知道该怎么想。他说会和我在这见面，还解释了一通。我一个小时前就离开了切尔西，还以为他会在我之前回来。"

"你什么时候吃的东西？"

"吃？我不知道。我不饿。"

"虽然如此。"他站起身——轻松地，不像一年前那么费力地发出哼哼声——穿过房间来到电话旁，把可能的情况与这栋建筑物深处某个地方看不见的工作人员讨论了一番。

他在那儿忙的时候，我打算冲个澡——像福尔摩斯这样的人，我最好随时做好他会在顷刻间启程的准备，而且我也真是脏透了。我把自己关在迈克罗夫特宽敞的浴室里，那里的水又热又冲；我出来的时候，食物已经端上来了，福尔摩斯还是没有回来。

我默默地大口吃着。想从我丈夫的哥哥这里听到更多的消息，关于达米安、艾琳·艾德勒、福尔摩斯的过去——所有的东西。但是催得太紧会让迈克罗夫特为难：如果福尔摩斯打算让我知道这些事情，他自己会告诉我的。这么询问迈克罗夫特是不公平的。

另外，他已经说过了，他才不会无缘无故地透露消息——给警方，也许也不会透露给我。我也不希望被他拒绝。

现在最好别发火。

一个小时之后，迈克罗夫特去休息了，这时候，担心、恼怒一点点地在我心头堆积起来，汇成了一阵阵反复无常的情绪。可是，当福尔摩斯最终走进来的时候，只看了他一眼，我所有的气愤都平息了。

他把一个粗粗捆在一起的包裹放在门口的桌子上，帽子朝椅子上一扔，将外套挂在最近的沙发背上，然后坐下了。我把一大杯白兰地默默地递给他。他喝完之后，我换上了一盘冷肉还有一份不太新鲜的沙拉。我以为他不会吃，但他勉强吃了一口，接着就埋头吃了起来，用牙齿撕咬着变了味的肉卷。

我转身去迈克罗夫特的厨房煮咖啡，很快就弄好了，因为他为此特意弄了一部崭新的、非常精巧的机器，一个用玻璃和银制成的东西，看起来像是实验室里的器具。当我拿着托盘出来时，福尔摩斯的脸色看起来不像原来那么灰白。

我把加了些白兰地的咖啡递给他，自己在旁边坐了下来。

"周六早上我在那里搜查，"他告诉我，"注意到有一个包裹是寄给我的，在达米安家更衣室的架子上。当时我就想把它拿走：如果让达米安选择，他也会给我的。可是，如果莱斯特雷德发现了它，我和达米安之间的联系就会让事情变得格外复杂。没有发现它，莱斯特雷德就会按照正常的渠道开展调查。"

"但是他会通过达米安·艾德勒查到艾琳·艾德勒身上。"

"要是迈克罗夫特不出面干涉的话。"

"哦,福尔摩斯。正常的干预就像公牛见了红旗一样。如果莱斯特雷德发现你在阻碍调查,他以后再也不会和你说话了。"

"如果莱斯特雷德发现我对这件案子的兴趣是出于个人原因,他不仅会让我迅速撤出,还会不停地扰乱我,对我步步紧逼。更糟的是,他会把所有的精力都放在达米安身上,拒绝接受我们提供的任何信息,或是怀疑我们发现的证据。这种不为人知的介入意味着艾德勒这个名字会吸引他的注意,那有什么呢?艾琳婚后的名字是诺顿,而艾德勒又是一个极为常见的姓氏。如果莱斯特雷德没有发现什么联系,他就没有理由妨碍我的调查。不,最好就是这些信息不复存在。"

我思考着他的话。我知道,在为了调查而对付别人时,福尔摩斯会变成一个不择手段的人,有时候甚至有些无情,但是这次与他个人有关。坦白说,我觉得他做不到。

除非,也许,是为了保护我。

现在,是达米安。

我不希望这样。福尔摩斯一直以来都在充当法官、陪审团成员,甚至是行刑者的角色,但是他从来没有这样不在乎自己要付出的代价。

他放下手中那个喝剩一半的杯子,仔细地打量着它:"达米安总做噩梦。每天晚上他都会半夜惊醒,浑身湿透,不停地发抖。他睡觉时必须开着灯,需要把窗开得很大,即便冬天也是一样。从他的话语中,他的作品中,我觉得他梦见了战壕的两壁正在把他压垮;梦见他在深深的井底,抬头看着那一小块星空;梦见他被困在一艘船上,听到了船体碰撞的巨响;梦见他在棺材中被活埋。"

"这其中关键的就是封闭。一种对于被封闭起来的恐惧,被困在某地，看不见天空。我认为，那可能就是他经常画天空的原因。"他叹息着说，用力地搓着脸。"罗素，达米安·艾德勒是一个在坚实的基础上受损害的人，他妻子的死会威胁到他所建造的一切。如果他的女儿也没有了，我不知道他还能不能恢复过来，把他关起来的话更是如此。他一旦被捕，我担心他会神智失常。可如果他们找到了他，一定会逮捕他。我必须和莱斯特雷德保持敞开式的沟通，以便知道他们在做些什么，而且这样我也可以帮他们找到杀死尤兰达的凶手。因为你知道，苏格兰场的调查不会只停留在达米安身上。"

我什么也没说，他抬起头看着我的眼睛。那眼神中透着坚定的决心。

"达米安没有杀死他的妻子。"他坚决地说。

"福尔摩斯，你不能——"

"我必须这样。他没有杀她。是的，他有杀人的可能——我们之中谁没有呢？——但在这起案子中他不是杀人犯，不会冷血到去屠杀自己的妻儿。"

我看着他那双灰色的眼睛，慢慢地点了点头："好吧。"

他的紧张渐渐消失了，站起身去拿那个放在门口的包裹。看着他穿过房间的时候，我想，如果在其他人身上，那种放松可能是因为心中的宽慰，通过劝说妻子达成了一致。可我太了解他了。福尔摩斯身上的这种紧张不是与其他人——甚至是我——出现分歧的迹象——而是与他自己。就像他说的，"我必须如此"。他必须相信自己的儿子没有做出那么可怕的事情，并且我，这个时候，也必须和他的决定保持一致。

但是，那并不意味着我必须相信它。

他把那个平平的包裹放在我面前的桌子上："我没时间去取你要的那本书。等警察都撤走了，我们再回去取。"

这也是一本书，用棕色的纸包着，上面捆着麻绳。麻绳是被弄断过又重新系上的,纸包得很随意;上面的痕迹表明,它那么放着至少有几周的时间了。

里面是一个精美的册子,皮革质地的封皮上,印着烫金的达米安的名字。

我打开册子看到了里面的东西,才明白今晚福尔摩斯为什么用了那么长时间才回到迈克罗夫特家。

"他跟你说起过这个吗?"我问他。

"他从来没有提起过。我猜他很久之前就做好了,打算在我们回来的时候寄给我。"

"而且,考虑到他此行的目的,他也没打算带着它去苏塞克斯。"

"没有。"

那是一本达米安的速写和水彩作品的册子,每张都裱好后精致地装订在一起,八英寸长,六英寸宽;有些是复杂精细的钢笔素描,还有一些是随意的铅笔素描。尽管那些水彩画很显然描绘的是春天的景色,但其中却透着惆怅的秋意。这些画中没有一幅画着月亮或是战壕;没有一幅是他现在的风格。有一幅水彩画画的是艾琳·艾德勒在花园中的椅子上,显得特别出众。

"在他画中出现过多次的那个小房子是哪儿?就是园中挨着池塘的那个。"

"是他母亲的家,在巴黎郊外的圣教堂村。"

"他就是在那儿出生的。"

"是的,我们去监狱看他的那天,我也去那里看了看。"

我翻着册子,一下子认出了那是被常春藤覆盖的圣教堂村监狱的门口。一个高高瘦瘦的中年英国男人站在门口,脸被阴影遮住了。

我翻到最后,又翻回第一页,仔细地思考着。从表面看来，这个册子是儿子在向父亲展示自己的技艺和过去的经历。但远远不止这些。

就拿第一幅图来说：艾琳·艾德勒的肖像画。福尔摩斯其他的画册也是以她的画像开头，那个美丽的充满活力的女人；在这里，她还是那么可爱，却带着一种饱受磨砺后的遗世独立之美。她凝视的神态看上去充满了忧郁。那个特别的女人真的是那样的表情吗？艾琳·艾德勒真的遗世独立吗？

下一幅素描画的是一个深色头发的小男孩坐在一片废弃的海滩上，画面带着同样孤独的氛围。

另外，仔细观察的话，会发现拘留所门口那个男人刻板得有些不近人情，在繁茂的藤树和旧石墙的暖意中显得那么冷漠。

不对，这些作品装订到一起并不是要讨父亲的欢心。每一页的纸张都是一样的，从头到尾：每一张都是特意为整本册子设计的。

究竟为了什么？达米安可以在回家的时候把它展示给那个他一直想要了解的父亲？还是达米安可以将他昔日困苦的生活和他今日的成功一起当着父亲的面展示出来？华丽的封面遮盖了里面作品的艺术性，这种过火的举动，让人察觉到了精美之中的愤怒。

这本册子就是为了让福尔摩斯退缩而设计的。

我合上封面，看着福尔摩斯。他整个人倒在椅子上，伸出的脚踝交叉着，双眼紧闭。这个时候不适合说与孝心有关的问题。

"你真想——"我刚一开口，他就打断了我。

"他没有想过要喜欢上我，"他说，"他是硬着头皮来找我帮忙的，他把自己的感受放在一边是因为他爱自己的妻子。我陪着他的这三天让他变了不少。我不太确定他会把那本册子给我，在最后的时候。"

"达米安是你儿子的事情，你觉得能瞒住莱斯特雷德？"

"那就需要一些没用的信息加上一些存档出错的信息。迈克罗夫特会安排好的。"

"我希望你知道自己在做什么，福尔摩斯。"

他突然睁大了一只灰色的眼睛。"我亲爱的罗素，"他轻松地说，"你还没出生的时候，我就开始蒙骗那些警察了。在那方面，我是专家。"

## 二十五

**要素（2）**：这个人学着操纵这些要素。就像向导之前教他如何控制自己的弱点一样，现在他内部的向导引导他把这些要素变成他神圣的意志。

《证据》，2章：6节

周一一大早，我们就一副什么都不知情的样子来到了苏格兰场，等了半小时左右之后，莱斯特雷德过来把我们带到了他的办公室。

那天早上报纸的头条新闻写着：**史前古迹第三起骇人听闻事件**。里面提到了尤兰达死亡的细节，但是没有提到她的名字。

"福尔摩斯先生。"莱斯特雷德说，他愉快的样子虽然有些刻意，不过倒是件让人宽慰的事情：他并没有怀疑我们的出现与周六那个打听尤兰达·艾德勒的年轻女人有什么关联。"他们告诉我昨天你们来过，抱歉，没有见到你们。我给你哥哥留的口信你收到了吗？"

"是的，没过多久就收到了。那个女人的身份确定了吗？"

"哦，是的，"他侧着头说着，"这一点毫无疑问。她丈夫也失踪了，还有他们的孩子。"

"孩子也失踪了？真是太不幸了。你觉得会不会三人都死了？"

"我初步认为是他杀死了她，并且带孩子逃离了这个国家。

他是个外国人,你知道——尽管他持有英国公民的证件。"

"当然,经常有些丈夫这样,尤其是外国人。不过,我猜你不会把这一点当成犯罪动机吧?"

"福尔摩斯先生,他是一个画家,是个彻头彻尾放浪不羁的艺术家。也许还是个布尔什维克,他们中很多人都是。"

"是的,那当然能解释得通。你们要验尸了吗?"

"是的,今天晚些时候,尽管死亡原因已经几乎没有什么疑问了。"自从我们进入他的办公室,他就一直在那儿扶着门。

"我明白了,不过,吸毒的可能……"

"她吸毒吗?"

"我怎么知道?"福尔摩斯惊讶地说,"我连她是谁都不知道,只知道她是在巨人那里被发现的。"

"她不像个吸毒的人。"

"我顺着安眠药这条线索想得太多了。"

莱斯特雷德脸上的怀疑慢慢消失了:"可即便我们发现她经常服用可卡因,对调查也没有什么影响。"

"那就是说,你们只怀疑她的丈夫。"趁福尔摩斯还没有发火我插了一句。

"啊,夫人——呃,罗素小姐,您考虑得不错。我发现您可真算得上是个聪明人。这发型。"他解释说。

"莱斯特雷德总督察。"说着,我伸出了手。

"呃,您快坐下。现在,福尔摩斯先生,再解释一下您为什么对这个女人感兴趣吧。"

"实际上,这是我调查的方式。"

"但我想那大概不是你这么做的理由。'方式'不过是记者想象出来的虚构的事情。证据表明,塞那·阿巴斯的自杀事件就是那样,巨石阵事件是一伙宗教狂之间偶然的暴力事件。

接下来你会知道,他们会发起一场运动,为牛津郡的白马山和哈德良长城那一带设防。其细节,报纸上都有。"

"我发现你桌子上有两份文件。我能否看看它们,然后告诉你是不是有什么东西引起了我的注意?"

从莱斯特雷德脸上的表情看,他是想起了福尔摩斯指手画脚的习惯,虽然不是对他的生活,但至少是在他案件的调查方面。毫无疑问,他更愿意我俩现在还在美国。

"我不知道我是不是该允许你那么做。"他开始说。

福尔摩斯看着他的指甲:"如果你愿意,我可以,请你上级推荐一下,或者市长大人,首相大人,甚至——"

这位总督察无奈地叹了口气:"福尔摩斯先生,那倒不必。我就不在这里提醒您别从这两个文件中拿走什么东西了,也不打算提醒您不要向别人提起此案了。"

"那是当然。不过,我能问一下吗?是不是还找到了一只公羊,在坎布里亚郡那个地方?"

我们都瞪大了眼睛看着他。"公羊?"莱斯特雷德询问着。

"是,有一只——"

"您认为苏格兰场在调查家畜吗?"

"除非有——"

"福尔摩斯先生,我从没去过伦敦以外的地方,但我知道,有时候羊会死掉,是被狐狸和狗吃掉。但没有哪只羊是被谋杀的。"莱斯特雷德的椅子向后划出了尖锐的声音。"现在,如果你们能谅解最好了,我得去调查一下,我打算抢先新闻一步。那些艺术家,"他对我们说,"去询问那些艺术家真是件让人头痛的事情。"

让我非常惊讶的是,他没有安排穿着警服的警察监视我们,以确保我们不会在他的办公室里胡作非为。

"你觉得他怀疑我们多久了?"我低声地问福尔摩斯。

"尤兰达死后不久,你和我都在到处打听她的时候?他询问周围邻居的时候,就知道这一切了。"

"那你觉得我们该怎么跟他说?"

"我觉得我们得一直跟着他的思路走,直到他对这个问题没了兴趣的时候。"他说着打开了那份稍旧一点、稍厚一点的档案。不过我得先问问:

"福尔摩斯,你说的那只羊是怎么回事?"

"去年春天发现的,在坎布里亚郡一个叫长梅格和她女儿们的石圈里。"

"是今早报纸上登的吗?我怎么没看到。"

"你没有读那些信。"

"哦,福尔摩斯,不会又是一个愤怒的农夫写的信吧?"

他没有回答我。想到福尔摩斯的手段,有时候我甚至同情莱斯特雷德。我凑近去看那份新的、不久前才贴上尤兰达·艾德勒名签的档案,小心翼翼地打开了封皮。

里面有一沓在山坡上发现她时拍的照片。她身上那件裙子已经破烂不堪,我想自己如果面对着那样的衣服,大概也会忍不住想赶快摆脱它以及旁边那块斑驳的草地上变干的血迹。

我刚看完这份薄薄的档案,福尔摩斯就把他看完的菲欧娜·凯特怀特小姐的那部分推了过来。我饶有兴趣地拿起了那几页文件。

菲欧娜·凯特怀特小姐四十二岁,是一位未婚的文秘兼打字员,最初在曼彻斯特居住,战后不久才搬到普尔市,当时她的雇主法斯特船运公司在那里开了一家分店。1921年,公司负责人高登·法斯特去世,公司被出售,凯特怀特小姐就被另一个年轻一些的女人取代了。

从那时起,她先后从事了几份文秘工作,去年夏天,她在一家职业介绍中介登记,那里为她安排了八份临时的工作,主要是在秋天和冬天的几个月里工作。中介公司为凯特怀特小姐安排了一场和新客户的约会，与亨利·斯迈思先生在6月16日见面，那天是个周一，但是并没有听凯特怀特小姐说起她是不是接受了那份工作。

斯迈思先生是个销售员，在各地跑纸张货物方面的业务，来自"北部的某个地方"（中介公司的说法）。他在普尔的一家酒店打电话咨询，找一位文秘为他在城里帮两三天忙，他特意提到（也是中介公司的说法）要找"一位不要太年轻、不能太轻浮的女士"。

以后就没再听说过斯迈思先生这个人：底部的一条注释标明了具体日期，上面显示，莱斯特雷德那天上午要求对斯迈思的公司和去向进行调查。

凯特怀特小姐的哥哥目前仍然在曼彻斯特居住，据他描述，妹妹因为没有稳定的工作常常情绪低落，想到自己惨淡的未来时时心中不安，不过最近她写的几封家书非常奇怪，信中提到了神力对平常生活的重要影响。"她喜欢一些古怪陈旧的宗教物品，"他说，"可能是希望自己的运气能有好转，能很快找到一份好工作。"

从档案的字里行间看得出，即使是菲欧娜·凯特怀特的哥哥，也相信那是一场自杀事件。

尸体解剖的描述非常草率，唯一一颗子弹的路径只有寥寥几笔，远远不及她身边武器的描述，并且最后结果是同意陪审团给出的自杀鉴定。胃部残留物只是草草地写着结果"正常"，不管那意味着什么，她的皮肤鉴定结果同样与事实不符，赫然写着"没有暴力伤害迹象"。可是，奇怪的是：她的左手掌上有一处深深的伤口，是新留下的，也没缠绷带。

福尔摩斯快速翻开了尤兰达·艾德勒的档案。

"你觉得菲欧娜·凯特怀特手上的伤口是怎么回事？"我

问他。

"法医大概是以为,她是在上山时掉到死去的地方弄伤的。由于没有照片,没有事发地点的详细资料,甚至不知道她的衣服是否因为这个伤口而染上了血迹,我们只能把她的死亡鉴定归结为法医的能力有限。咱们走吧?"

我把凯特怀特的档案整理好后,迅速地看了一下手表:"我想趁着莱斯特雷德还没时间调查,去看看尤兰达穿的鞋子。商店应该开门了。"

"我得给达米安当年在巴黎的律师写封匿名信,告诉他警察可能会给他打电话。要不我们还是在我哥哥家见面?"

"皇家咖啡馆怎么样?"

他惊讶地扬了扬眉毛:"我们得把护照盖章,再去找那些放浪不羁的文化人。那一点钟的时候见,罗素。"

我步行了一会儿后就上了沙丁鱼罐头一样拥挤的公共汽车,我的足迹从威斯敏斯特出发经过白金汉宫,再一次来到了布朗普顿路,不过没有光之孩子的聚会大厅那么远。

哈罗兹百货也是一个宗教聚会场所,不过这里格外繁华。在这种浓重的氛围中,我在那些装饰性的门里煎熬了二十分钟,手指开始痉挛,眼睛在数不清的展厅间张望,真想马上出去。不过,我来此并不是为了流连于各家店铺消遣购物的。

虽然脑海中有着特定的目标——女鞋——但不免会心生旁念。想来双散步的便鞋、长筒靴、平底舞鞋、打猎穿的鞋、网球鞋——啊,还是穿裙子时配的高跟鞋,白天穿的、晚上穿的,还是进出法庭时穿的鞋子?

最后我找到了标有加的夫设计的货品区:那款鞋子就在那里,光滑、没有一点草叶和血迹,后面小小的装饰性的蝴蝶结有些俗艳。它看起来本该是一副哀婉的样子,如今却让人格外勇敢。我认识一个战时志愿救护队的护士，她每天早上去病房前都会精心地涂上口红，为了让那些孩子振作起来，她说。我手中的鞋子如今有着同样的意义。

"那是双不错的鞋子。"身后有人说。

"是啊，不过不适合我。"我说。

"还有一款黑色的。"

我把鞋放下，转身朝那女人笑了。从她鼓励的表情中我能看出她一直在盯着我的脚，我明白，唯一能穿一下这双鞋子的方法，就是我得自己订制一双。

虽然这里是哈罗兹百货，她大概也能安排好一切。

想想福尔摩斯的表情，这也还算值。

"实际上，"我说，"我正在找一个人，她是最近买的这双鞋。你这里是不是有人能帮个忙？"

她伸手挪了挪那双展示品，把我刚才随意地放回去的鞋子归位。这个举动更加证实了我的猜测：她一直在这个销售区。

"这个，我可不知道能不能行。"她回答。

"我跟你解释一下。我姐姐比我年长两岁，是我家最优雅的女人，却没有什么判断力。今年春天的时候，我出国期间，她喜欢上了一个名声不太好的男人。长相还算不错，你能理解的，还非常善于花言巧语，不过，我们得说，那样对我姐姐可没什么好处。莱丽——我们都那么叫她，她名叫尤兰达——总是太容易轻信别人，我一直都看着她，怕她会做蠢事，现在也是一样。

"我必须和她谈谈，但那个男人否认现在正和她在一起。上周我一直跟着他们到了巴黎的一家酒店，但他们很快就离开了，肯定是察觉到了我在跟踪。唯一的线索就是床底下的一只鞋子，就是这款。"

那女人先是不相信，现在有点听入迷了——不过还是有些不太确定，想要她相信她的鞋子上凝结着一段错爱的浪漫和深厚的姐妹情，得再添油加醋一番。

我伸出手指，抚摸着那小小的蝴蝶结："不过，我得说，我们找到的那双没有这款好看。看上去好像莱丽穿着它们踩过水坑。"

"可这鞋子她才买了一周呀。"她急忙解释。

我努力掩饰着脸上胜利的表情："是的，我之前还觉得它们看起来挺新的。一周，你是说？"

"差不多就是这个时候。上周一它们才售出的。我那天的第一单生意。开始的几单我都留意了。"她把这些都透露给了我，"自那以后，一直卖得不错。"

"她是自己来买的吗？"

"不是。"女人回答。

"那就是一个男人，高高的，瘦瘦的？"

我刚说到第二句，她就开始摇头——我突然惊住了，意识到自己听到她的否认竟然宽慰许多，因为我刚才模糊的描述很像是达米安："鞋子是一个女人买走的。"

"是吗？不是一个东方女人吗？"我一下子屏住了呼吸。

"不，是个年纪稍大一点的女人。而且，说实话，"她补充了一句，把声音压低了些，以免被哈罗兹的领导听到，"我看不像是那种会对这种鞋子感兴趣的人。"

一个人，不是年轻的女士，有点意思。"她什么样子？那大概是他的秘书。或是他姐姐。"我赶忙补充了一句，把两类人都说上。

"可能是他秘书，大概是，不过我倒是觉得那位绅士并不怎么了解现在的社会状况。她穿着一条旧裙子，脸上的脂粉倒是挺引人注目的，"售货员悻悻地说，"她那一头染过的黑发，看着像个擦鞋匠。"

是米莉森特·唐沃斯。

光之孩子代理领袖居住的二楼公寓没人——至少，门口唐沃斯名字旁边的门铃摁了半天也没有回应。我把满满的购物篮放在楼梯平台，眯起眼睛看着一页纸。几分钟后，一个住户从楼梯上走下来，似乎要出门。

"哦，抱歉，"我连忙说，"我似乎挡路了。来，我马上挪一下——不，还好，我刚才只是在灯下把这个再读一遍，看我笨得都没想到——"在我谦卑的道歉声中，门砰的一下关上了，那人从我的身旁走下楼去，边走边摇着头。

没有什么比一篮子青菜和女人一副柔弱慌乱的样子更能让人放下戒心。

我把那张纸——一张理发沙龙的广告——放到衣袋里，拿起篮子（里面多数都是生菜叶，因为最轻了）上了楼。走廊是空的；虚掩的楼道门嘎吱嘎吱地响着。我听了一会儿，什么动静也没有，我一直走到了尽头，轻轻地敲了敲门。

没有反应，我把篮子放到走廊的桌子上，迅速地撬锁。

米莉森特·唐沃斯的公寓有三个房间：最大的一间包括客厅——几把带软垫的旧椅子，一张斑驳的松木桌子，还有一个无线电收音机——厨房——小小的空间里只有煤气炉、橱柜，以及一张只够两人吃饭的桌子。侧墙上有两扇门：右边的门里是间卧室，只有一张窄窄的单人床，一个廉价的白漆梳妆台，一个过大的衣柜。另一扇门后是一个带洗手盆的小盥洗室。浴室应该是走廊那头公用的。

我在房间里看了看，确认主人不在家，又确认了一下这里唯一逃脱的出路，如果我被发现了，只能直接跳到下面的人行道上。然后我开始工作，先从卧室开始。

衣柜里的衣物像客厅的那几把椅子一样破旧，尽是些印花的连衣裙和麻袋片似的短裙,唯一一件还算像样的,就是她那天在聚会大厅穿的白色长袍。梳妆台上没有什么吸引我的东西,只有一个首饰盒,那可能是个十三岁孩子的生日礼物。里面的东西没有什么出奇的,也不贵重,只有一件例外:上次她戴的那枚粗制滥造的金指环。我的手指能感觉到它内侧的刮痕,便把它拿到窗前仔细观察。我看到了交叠在一起的三角形和环形,很像她长袍上的刺绣,和尤兰达·艾德勒腹部的那处文身也很像。

除此之外,这个指环上没有什么特征。我把它放回原处,盖上了那个有些孩子气的盒子。

盥洗室里没有什么东西,只是些没有药效却邪恶的药方——水盆里没有药物,在浴巾中间也没有看到密码本。

客厅里的椅子有些平淡无奇,却是米莉森特·唐沃斯记录秘密的地方。桌子上的日记中没什么有用的信息——每一周都和之前几乎一样,其中有几处标了出来:1月末以来,每个周六的晚上都标着"孩子"字样;3月份的每个周三都加上了圈,都是在八点钟的时候。其间还标着两次约会,分别在两个周日写着"牙医"和"午饭,妈妈"的字样,还有一次"孩子"的早会是在周六,30号那天。我看见的唯一有趣的东西是去年的八个月中5月14日的标记。在那次周三例会记录中有一条十分显眼的补充说明——宣言和指环:光之孩子。

迅速翻阅着这些毫无价值的纸页时,我想不明白的是,她为什么要花时间去写这样的日记。是因为她做事有条不紊,还是她生活空虚,要用这些有规律的标记来让自己安心呢?

我把日记整理好,小心地放回发现它的那处桌角,接着打开了桌子侧面第一个抽屉。

抽屉包了黑天鹅绒的边——一看就是她自己做的,抽屉的各个角也不平坦,针脚走得很笨拙,上面还有用锤子草草砸过的痕迹。抽屉的中央是她周六晚上读过的那本书，封面有同样的标志。我伸手摸了摸，然后犹豫了一下，知道自己一旦打开它，就会错过桌子里的其他物件。我先把那个抽屉推上，然后拉开了下面一层。

里面装的是一些文件。第一份是唐沃斯个人收入和支出的记录，都记在一个1924年的账本上，同样精致的字体，和聚会大厅门口贴的布告字体一样。房租、报刊经销处、杂货店、肉铺这些地方的费用，都记录在开销那一栏中；收入记在另一栏，过去三个月的数目非常规律；不过之前的，从数量和日期上看都有所不同。账目是从1月份开始的，可以说是对一段单调无味的生活无声的见证。

下一份文件标着：光之孩子。

我把它放在桌上打开。里面也有一笔账目，记录着每周的茶水、点心、大厅房租、报纸上刊登的广告等诸多费用。每隔几天就记录着几笔小的"物资费用"，但没有标明具体是哪种物资。最早记录的是大厅租用的开销，是今年1月份支付的。后面还写着一个人的名字，标上了承建人的字样——可以肯定，说的是会议厅那个定做的储物柜。

购买达米安·艾德勒那幅画的费用在这里没有记录。

账目后面的一半是一列长长的清单，有名目、日期，还有数目。其中一半的名目是重复的，有的每周都会出现，数目在十英镑到一千英镑之间不等。我吃惊地看着，因为粗略地汇总一下，光之孩子在七个月里的进账将近一万二千英镑。我把那些捐款超过一百英镑的人的名字都抄了下来，总共有四十七个。

账目后面是一个普通信封，里面装着各种各样的纸片，包括8月11日在哈罗兹百货购买那双鞋子的收据。和它钉在一起的还有塞尔福里奇百货公司买的一条裙子的收据，另外一张是一双袜子的收据,也是塞尔福里奇百货公司开的,还有一顶草帽的,是在牛津街上离塞尔福里奇百货公司不远的一家店买的。

信封里还有一张便条,上面写着几笔账目,不过看不出是什么缘由;一小张带横格的纸片上面记录了几次时间,同样也没有什么解释;一家药店的收据上写着"混合剂";还有一张特殊的便条上写着:

两张一等舱返程票,维多利亚到伊斯特本
福特南·梅森公司的一个野餐篮,待取

我看着这几行字,心里升起模糊的念头,三岁大的孩子是否需要买票?

我抄下了药店的信息、那个野餐篮,还有总计费用,然后把信封放回文件上面,最后把它们都放回抽屉。我看了一眼其他文件,没发现什么让我感兴趣的东西,我把抽屉推回去,又拉开了上面的抽屉,这次把里面的书拿了出来。这是件美丽的东西:手工装订,厚重的纸张让人愿意触摸,上面的标志也是一样。我翻到有标题的那一页,本以为它会叫什么《光之书》,却看到最中央的地方写着——证据。字的下方还是那个标志,不过这次它旁边有个号码,是用棕色的墨水手写上去的:

书上没有出版信息,这一点倒没有让我感到惊讶;我更

感兴趣的是，上面竟然没有作者的名字。我翻开了第一页，迅速地浏览里面的内容：

## 第一次出生

　　这个男孩子出生在一个群星璀璨的夜晚，一颗彗星划过苍穹，夜空抛出无数颗流星来通报他的到来。

　　分娩是一个连接的过程，其间各种要素汇集到一起，形成了新的东西。土和气，水和火，混合再转化，创造出了新生体，是潜力的化身，炽热地喷薄出真神的光芒。

　　男孩的母亲躺在产床上，看到了流星雨，知道这是一个预兆。当她承受着最痛苦的阵痛时，她也没有感到惊讶，天上的一位神父降临人间，就落在屋子下面的池塘中——一道火光冲入水中发出一声巨响，激起热气腾腾的巨浪——刚给新出生的生命喂过奶，她就从血迹斑斑的床单上起身，想去看那块被抢下来的难得一见的金属残骸。尽管落在水中几个小时了，但它还是热的。

　　看到第二页第三行的时候，突然出现的声音让我打起了冷战，更可怕的是，声音越来越近了。而且关着的楼道门随之吱嘎吱嘎地发出声响。我赶紧把书放回抽屉里，然后一把抓过记好的笔记，将椅子推回原处，向卧室跑去。

　　"好的，我一定会和威尔伯哈姆先生说一下这些管子的事情，反复捶打的声音真是让人受不了，另外如果你——哦，看，米莉森特，这是你的购物篮吗？"

　　米莉森特没有回答，至少我没有听到，但那个声音大声地说着什么人把一篮子生菜放在走廊的桌子上就像一团怪异的插花，此时篮子的主人正迅速地躲到卧室门后，心怦怦地跳着。随即,她听到了钥匙插进门锁的声音。

公寓的门开了,那个女人还在念叨着那篮子打蔫的蔬菜究竟是谁的。米莉森特·唐沃斯走了进来,我听到另外一个女人说着:"希望你能好受些,这样的事情真是太意外了,我——"

门关上了;声音渐渐变小,我隔着门努力去听,只听到从走廊传来的重重的脚步声。远处的门砰的一声关上了。我皱起了眉头:米莉森特·唐沃斯为什么站在那里?难道她察觉到家里进了人?

让我松了一口气的是,最后终于听到了声音:是低声的叹息或是强忍住的哭声,接着是报纸碰到桌子发出的轻微拍打声,然后是钥匙还有别的什么东西的声音。她的脚在地板上噼啪作响,接着走过铺着地毯的那块地板,然后又在油毡上留下了噼啪声。水流进了水壶的声音。我用手指抓住了险些碰到我髋部的门把手,以防门慢慢移动。

她把水壶放到垫圈上,只听火苗砰的一下着了起来。又听到了她脚跟触地的声音:走过油毡、地毯、地板,然后从我身旁走过。我紧张地站在那里,鼻子贴在木门上,几乎不敢喘气。

大衣柜的门咯吱一声打开了,已经泛黄的一边都碰到了我的左肩。衣架刮出了刺耳的声音;门咔嗒一声又关上了;她又从我身边过去了,她的脚步声很快向右边转了过去。我听到灯开关发出了啪的一声。

我慢慢地吸了口气,然后吐了出来。数到二十的时候,我松开门把手上的手指,让门滑开,然后绕着它迈出一步进了卧室。盥洗室里传出的声音让我相信米莉森特·唐沃斯接下来的半分钟左右会待在那里。我紧紧地贴着两扇门之间的一小块墙壁,脖子稍稍向前探出一寸左右——然后放心地笑了：米莉森特这个女人，即使一个人的时候也会把盥洗室的门关上。门没有关严，如果她碰巧从缝隙里面向外看的话，可能会看到我的一举一动，但是我不想平躺在她床底下，现在是逃跑的最好时机。

我的胶底鞋迅速地朝门口迈出了一步，然后停住了。里面的叮当声音已经停了，但就在茶壶发出的咕咕冒泡声中，我听到了别的声音：哭声。米莉森特·唐沃斯在轻声地哭泣。我的脸一下子沉了下来，视线缓缓地移到了她连同钥匙和手包一起放在桌子上的那张折起来的报纸上。这就能解释她流泪的原因：

**艺术家妻子在巨人雕像被杀**
**"艾德勒"和他的幼女双双失踪**

门把手在我手中轻轻地发出了咯吱声；我身后的公寓似乎完全静了下来，她也许能听到门朝里打开的声音，但是没有，她真的没有听到。

我没有动放在那里的菜篮，赶忙跑下了楼梯，看到那则头条之后，往日里成功入室行窃的快慰和欢欣一点都没有了：我们身后那些紧追不舍的记者可不会大事化小。

外面，渐渐升温的热气，让人萎靡的味道，再加上湿气，更是让人提不起精神。在唐沃斯小姐公寓的搜寻实际上只成功了一部分。我好想要那本书，以至于曾想过把它从桌子上抓过来偷走。要是没有其他办法，我真有可能去冒险。

但我还有别的选择——尽管不是在白天。

这让我想起了福尔摩斯。我走到街角叫了一辆出租车，让它把我送到了皇家咖啡馆。我比约定的晚到了一刻钟，发现福尔摩斯正在这个艺术家聚集地调查。

## 二十六

**顺从的献祭**：要清楚的是，献祭是全心全意的，否则就什么都没有。代价是沉重的：亚伯拉罕献出了自己的儿子；沃登将自己吊在树上；人类的儿子愿意接受痛苦的死亡。代价越大，转换时释放的能量就越大。

献祭是把休眠的能量点燃成火焰，让世界毁灭在碰撞引起的滚滚浓烟里，然后慢慢静下来。

《证据》，2章：8节

还以为在皇家咖啡馆也许不会再有人玩多米诺骨牌了，但福尔摩斯却召集了一群人。此时，他正在和伦敦最好的一位庄家玩牌，看起来要赢了。我小心地留意着对面的桌子，希望不要在这里撞见爱丽丝和她丈夫罗尼，幸运的是，他们两个今天不在这里。

毫无疑问，咖啡馆里的人知道尤兰达·艾德勒死亡的事情，也知道达米安目前的状况，他们说，警方来这里问过话。从各方兴奋的语气看，此事是聊天最好的话题。

周六晚上领我进门的那个绅士这次把我护送到福尔摩斯桌前，离开时低声说出了我的名字。我惊讶地看着他的背影。

"我以为那天晚上只有我认出了他，"我对福尔摩斯说，"他没表现出来他竟然也认识我。"

"当然不会，"福尔摩斯说，"皇家咖啡馆的这些员工都非常谨慎。"

我点了些不含酒精的饮品，不耐烦地等着福尔摩斯玩完这场骨牌游戏。一个纠缠不休的记者只赢了第一局就因为违规被淘汰了。最后，福尔摩斯接过了输牌人的两英镑，解释了一下玩牌要领又把它们递了回去，放到一个名为蜂后的东西上，希望下次玩的时候还能再赢。两个人握了握手，那个招揽生意的骨牌高手拿起啤酒和自己那套显眼的方格套装，穿过房间去了另一桌，那桌的人和他穿着相似的衣服。

我拿过杯子喝了起来。"我在唐沃斯小姐的公寓只有几分钟。"我告诉他，却发现他的注意力明显不在这上面。他放下杯子，抬起头，眼神中带着应酬的随和与少许的笑意。

我转动了一下红色的长绒椅，看到一位娇小精致的女人正走过来，一身极具吉卜赛风情的衣服，深色的眸子在淡褐色皮肤的衬托下炯炯有神。她浑身带着伦敦本地佬的派头，当她走过来迅速握住福尔摩斯的手时，我一点都没惊讶；就算是旁观者也看得出他们是老朋友。

"拉沃德夫人，"福尔摩斯说，"再次见到您真是高兴。这位是我的妻子，玛丽·罗素。罗素，这位是贝蒂·拉沃德，也有人称她为贝蒂·梅。"

我刚想说"我听说过您"便打住了，因为我从别人的谈论中听到的事情并不怎么让人舒服。不过，我只是露齿一笑，实际上，在我看来，她可能早就习惯充当别人的谈资了。

福尔摩斯给了她一把椅子，给她点了份饮品又点了烟，然后才转身面向我："拉沃德夫人认为，艾德勒夫人被杀是因为她对宗教方面的事情感兴趣。"

她把娇小的脸庞转向了我："您知道阿莱斯特·克劳利这个人吗？"

"就是那个宗教——"我突然顿了一下，赶紧把"骗子"改口，"——领袖？我从来没见过他本人——"

"绝对，绝对不要接近他！他就是一个披着人皮的恶魔。我神志清醒的时候几乎不敢冒险来这个地方，他时常会在这里物色新的受害者。"

我看着福尔摩斯，大吃一惊，但他还是若无其事地吸着烟。

"呃。"我说。

"那个神秘兮兮的家伙杀了我最亲爱的丈夫拉乌尔。他先是引诱拉乌尔，让他精神恍惚后，便把他带到了西西里岛的地狱。"她大声说道。

从她讲述整个经过的速度看，那事情已经说过不知多少遍了。我不太确定福尔摩斯为什么要我知道这些。他就在那里吸着烟、喝着酒，过了一阵儿，他给服务员使了个眼色，点了三份餐，此时我们这位艺术圈中的老水手正在滔滔不绝地说着毒品、病痛还有她知道的一些可怕的事情，说年轻漂亮的大学生就是因为那个可恶的克劳利，正自降身份沾染了道德污点。

我们点的餐上了，我开心地大吃起来，每当她说到克劳利在西西里岛修道院的一些细节时，我都会专注地点点头，在那里，膜拜仪式的焦点就是性和毒品，那里唯一的神就是克劳利。在宗教方面，这其实不是什么新鲜事——不过真正让人感到恶心的是孩子的出现。

她说话的时候，我不方便离席，而我又想不出个好办法让她停下来。我专心地吃着饭，没心思去听她说那些讨厌的故事，突然我感到有一只脚用力地碰了一下我的脚趾。抬头一看，福尔摩斯正看着我；我只好乖乖地把注意力集中到那女人身上。

"他让我的拉乌尔精神恍惚，用毒品把他体内的力量都吸走了，最后拉乌尔再也没有足够的意志力抵抗，只好听命于那个神秘人干起了杀人的勾当。"

"杀人?"我重复了一遍,吃了一惊。

"是的,一个脾气很坏的女人。她很娇小但是没有什么恶意,只是有一天神秘人吓唬她的时候,被她抓伤了,他就告诉拉乌尔,她是个邪恶的神,需要拿来献祭。拉乌尔就照办了。"

"我的天啊。"

"是!拉乌尔!平时连只苍蝇都不愿伤害的一个人,只会抓住它让它飞到外面去。他们召集了所有的人,穿着长袍开始唱歌,接着拉乌尔不得不拿起了刀,而且他们……他们还把血喝掉,我可怜的拉乌尔自那就一病不起,最后死掉了,就是因为喝了那个可怜女人的血。"

我目瞪口呆地看着她,忘了正在吃饭、忘了周围的环境,甚至连福尔摩斯也忘掉了。看到我的反应,她像是受到了鼓舞,继续说了起来,说起自己做的噩梦,梦见丈夫就死在她的怀中,说起了他的葬礼,说她回家时这一路上如何恐怖。

我原本还打算向餐馆的常客打听一下达米安·艾德勒,如今一点兴致也没有了。我放下餐具,告诉福尔摩斯:"我想我已经听到了所需的一切。我在外面等你。"

街道上的热浪一阵阵地从我身上拂过。那个火爆脾气的女人被杀的场面让我一下子想到了尤兰达,我感到一阵阵的恶心,我想自己可能要在大街上出丑了,但是一阵愤怒很快就涌上心头,先是因为这个叫梅的女人,竟然在餐馆里讲这些恶心的故事,好好的一顿饭,就这么给糟蹋了;还有就是克劳利,这样的一个人竟然在英国逍遥法外。福尔摩斯从餐馆门口出来的时候,我赶快迈出步子,朝牛津马戏团的方向走去。很快他就追上了我,过了很久,我才把胳膊拄在他的胳膊上。

"我们要过多久才能回去？"我问他。

"哦，她肯定还会在那里待几个小时。不过，很高兴你能听她说那些。"

"你究竟为什么要让我听那些恐怖的事情呢？"

"我承认，我没有考虑到吃饭的时候说这些会有什么结果。可是，我觉得让她说说现在这些宗教信仰中的极端做法是值得的。"

"人们都说克劳利是全英国最邪恶的人。"

"当然，他自己也那么说。"

"你觉得那都是给别人看的？"

"不完全是。他就像个任性的孩子，到处挖空心思地搜罗最讨厌的说法和想法，只想证明自己是最聪明的也是最优越的。你知道，他那个所谓的教堂居然借用地狱之火俱乐部的座右铭。"

"为所欲为，"我小声地说，"做你喜欢的事。这句话的意思是说，如果你足够富有，就能把所有的罪孽和一切颠倒的是非掩盖。"

"克劳利不算有钱人，只是装成富有的样子，一部分是因为他极有感召力，他的那双眼睛，很多人都说难以抗拒。不过可以肯定，他这人很有头脑，也很有能力——他曾经是一名非常优秀的登山运动员。十七岁的时候，他没用十分钟就爬上了比奇角。不过这些都是他自己说的。"

"你觉得把尤兰达和这个克劳利扯上关系纯属无稽之谈，你有什么依据吗？"

"如果他在国内的话，我真想走到近处好好看看他，但是他已经很久不在这里了。我真不该认为克劳利就是你们的那个'主教'。"

我这才从他们杀死那个暴脾气女人的场景中回过神来：

"我来之前你有没有什么重要的发现？"

"达米安自从上周五早上从这里经过，就再也没有出现过。"

"他会去哪里？"我大声问道。

"你有什么发现吗？"他问，根本没注意到我语气中的哀怨。

"是的，着实不少。"

我们在摄政街昔日庄严的石廊柱间曲折前行，周围一片嘈杂的喊叫声，夹杂着夏日城市的喇叭声，我告诉他自己在唐沃斯小姐公寓的发现：光之孩子的账目，尤兰达死时身上所穿衣物的收据，还有不经意间听到的哭声。

"不过，福尔摩斯，"讲完那些之后我对他说，"我想象不出那个女人会拿刀划过尤兰达的喉咙。"

"她不够独立、没有勇气吗？"

"我是想说，她还没有疯狂到那种程度。"

"说到底还是一回事，她不过是那人的下属。"

"绝对是。那人应该是个男人，不是女人。"

"我以前也遇到过这种老处女，她们是那种虔诚的信徒，大体上来说，她们不过是受骗者。她们心甘情愿地被榨取所拥有的一切。"

"不过唐沃斯小姐也没什么东西。"

"她的才智、精力、她那可以感受到的单纯，还有善意。"

"是的，还有那些。不过，福尔摩斯，说到那本书——《证据》，她还有一册，就在抽屉里，她用天鹅绒把那个抽屉包了边，有点像神龛的样子。我当时没来得及好好看它。"

"你想再去一趟达米安家。"

"我得去看看那本书。你说莱斯特雷德不会把它拿走了吧？"

"这一点我倒没想过,不过他可能会留几个人守在那里,希望达米安回来时能见到他。"

"你觉得会有好几个警察吗?"

"这个不大可能。要不我俩扔硬币来决定这次谁去引开他们?"

"你知道——"我停了一下,想重新考虑一下自己该怎么说这些话,"你知道那本书在哪儿,所以应该是你去那里取书。而且,我还想看看艾德勒家有什么其他的收藏。"

"宗教是你的特长,我可不行。"福尔摩斯说。

"你说得对,我比你更适合。"

"那我就尽力把警察的注意力引开,你偷偷溜进屋去,看看他们家那些奇异的工艺品。"

"福尔摩斯,我觉得留守的警察不会带武器的。"

"他们不过是拿着大棒,一副正义凛然的样子。"

"有了麻烦迈克罗夫特会来保释你,你要是受了伤,我会给你带药。"我安慰着他。

十一点十五分,我们两个在艾德勒家的两侧各就各位了。

我在后面。我柔软的鞋底走在小路上一点声音也没有。我用一只手摸了摸门闩,却发现了第一个障碍:现在这扇大门从里面锁上了。

不过,我是有备而来,一把窄光束的手电加上一身黑色的衣服,还临时弄了个垫脚的东西可以让我翻过围栏。我找来一块木头,把末端插进土里,在适合的位置塞住,上面的一段倚在砖墙上。我一只脚蹬着这个,身体一纵,便翻上了墙头。

我在那里坐了一分钟,打量着里面的房子,庆幸的是,之前的住户没有在墙头随意地插一些碎玻璃。房子的大部分漆黑一片,只有客厅里面灯火通明。

由于天热，房子后面的草坪都干枯了，踩在上面发出干脆的声响；我每走一步，帆布背包和衣服都发出沙沙的声响，在屋子里听不到，却给我带来一阵阵的紧张。偷偷潜入一个中年女人的家中，可远远不像闯入一座被警察看着的房子那么困难。

麻烦又来了，我看到了之前说过的警察，他已经占据了厨房，离我要通过的后门只有十英尺的距离。他正坐在一张椅子上，领口敞着，双脚搭在另一张椅子上，读一本侦探小说，手边放着一把茶壶、一个牛奶瓶，还有一个杯子。他身后的架子上摆放的厨具都是英国家庭中最常见的：一个宽口曲面锅，就是常说的炒锅，一个竹质的蒸笼，一排没有把手的小茶杯。

我和福尔摩斯商量好，先给我十五分钟把门锁搞定，之后他才开始捣乱吸引警察注意；看来我现在什么也做不了，只好看着那个警察一边喝茶一边翻书。

似乎过了很久，门铃响了，又响了，一共响了三遍。第一声的时候，椅子上的人惊讶地扔下书狠狠地骂了一句。就在他双脚落地的同时，第二声铃响咯咯地穿过夜幕，响到第三声的时候，他正走过门廊，同时双手系着衣领的扣子。

我跳到门口，小心地把撬锁工具插进了锁芯。

福尔摩斯向我保证，他第一次捣乱最多能坚持四分钟。到五分钟的时候，在我满头的汗水和无声的咒骂中，锁终于打开了，我转动把手，让我极为欣慰的是，里面的门闩没有闩上。

我轻轻地关上门，这时听到前门砰的一声关上了。我赶紧跑到楼梯那里，没等那个警察的椅子在下面发出咯吱声，我就已经到了二楼。

在黑暗中就安全了，我弯下腰，将双手放到膝盖上，呼吸着房子里的异国气息——檀香和生姜的气息,而大多数邻居家都是一股白菜味和浓浓的肥皂味——这时我剧烈的心跳估计都快达到每分钟一百次了。

过了八分钟后福尔摩斯才会开始第二次骚扰。

我一路小心地来到书房,尽量不让脚下的地板发出咯吱吱的声响。刚到那里,我就打开窗闩,留出一道小缝(如果我受到干扰,一定要保证窗户能打开),然后才在门的底部放了一块小垫,还在门扶手下放了一把椅子。我打开手电筒,那窄窄的光线在外面是不会看到的。

我直接找到了那本书:《证据》。这本也是一样,题目那页只有名字,没有作者,没有出版社,没有日期——尽管整本书看起来漂亮而且精美,但标题那页似乎是在孩子玩的时候滴上了巧克力,留下了一块怎么也弄不掉的污渍。我翻了几页就看到了里面的第一幅插图:一个小小的屋顶,上面是夜晚的天空,空中舞动着一道道的光线。这幅画没有签名,但作者是谁再明显不过了。

翻了几页后,我又看到了一幅精心绘制的画,找到第三幅的时候我才停了下来。我把书轻轻地放进帆布背包,然后继续寻找——找什么东西,准确地说,我也不太确定。我发现了一个占卜板,是向神灵问卜用的,还有几尊小小的东方神像,其中一个华美的中式象牙雕刻上刻满了佛教生活的场景。墙上有几张画,没有一张是达米安画的,都是或明显或隐晦的宗教题材。书架上并没有摆满书籍,一方面可能是因为艾德勒夫妇并不是酷爱读书之人,还可能是因为,他们到这里不过几个月的时间,但是在那些书中,我发现了最新的一套柯南·道尔小说,旁边还有一本杂志。看到它是《海滨》,我一点都不惊讶,是1月份的那期,我记得上面有华生医生束手无策的苏塞克斯吸血鬼那一集。

两层的书架上摆满了宗教书籍，有一些是我熟悉的，另外几本我拿下来看了一眼，确定和我要找的东西无关后又放了回去。有两本看起来需要我仔细翻翻，我把它们塞到帆布背包中和《证据》放到了一起。有一本是克劳利写的，我把它放回了原处。

　　书桌似乎很少用，不过上面的几张便条和一份书单证实了达米安在苏塞克斯给我们看的信的确出自尤兰达之手。

　　福尔摩斯第二次骚扰的声音突然打破了房中的寂静：是铜铃的叮当声，接着是警察的脚步声，两分钟的时间里，他大声地把一个酒鬼轰开了，之后传来了回屋的脚步声。

　　福尔摩斯会一直留意我安全出来的信号，如果没有看到，他会再等二十分钟，然后第三次弄响门铃。在那之后，他将冒着被这个愤怒的警察逮捕的危险：如果那时候我还没有出来，我们说好了，我就自己见机行事。

　　书架旁边是一个窄窄的壁橱，里面都是一些宗教用品，那里我发现了一条白色的长袍，左胸处绣着光之孩子的标记。我目测着衣服的长度：它大约到我的小腿那里，就是说，如果达米安不是把它当作学士服短短地穿在身上，那它就应该是尤兰达的。那里没有看到金指环，却有一件怪事：一张小小的模糊的画，画中的老人披着斗篷，戴着一顶宽檐的帽子，他的左眼被帽檐严实地遮住了：这是达米安的画作。又是沃登？为什么要把它挂在壁橱里面呢？我把它从钩子上取下来，把背面也检查了一下，却没有发现什么反常的地方。也许是尤兰达喜欢可达米安却觉得是一个画面不清的败笔，不想把它摆在外面？总之很奇怪。

　　我轻轻地关上壁橱的门，把帆布包挎上肩头，然后拿走门上的障碍物，让它正常地开着。

　　前面没有发现满脸怒火的警察。

我紧紧地贴着门厅的一边走,以减轻脚底发出的吱吱声,我查看了一下其他的门,把头探进了每个房间,迅速用手电照一下分辨里面的物品。艾德勒夫妇的卧室有一张宽大的床,两边都有床头桌和阅读灯。她的床头桌有个抽屉,上面有几瓶护手霜和几个指甲锉。他床头桌的上方挂着一幅带框的尤兰达的照片,她穿着中式传统的高领长裙,与之前照片中穿着西式的长裙相比,这张看起来更加随意。

旁边是尤兰达的衣帽间,里面有各种颜色鲜艳的时尚服装,但没有一件是带花的,我注意到:尤兰达死时穿的衣服是米莉森特·唐沃斯喜欢的风格。

达米安的衣柜和我想象中的有些不同,因为它们有着鲜明的风格,而他到苏塞克斯穿的衣服却根本没有体现出这一点。我怀疑他是不是特意挑选了那些邋遢的衣服,想要彰显自己放浪不羁的艺术家身份,或许是他想表明,他根本不在意福尔摩斯看见他的时候穿着什么衣服。

在两个衣帽间当中的地方是一个奢华的浴缸和一个富有现代气息的盥洗室,这里有一个摆放药品的小橱柜,很多药包上面都贴着汉语的标签,几个带木塞的瓶子里装着草药,上面没有标签,还有几种现代风格的药瓶,可以看出达米安患有支气管炎,而尤兰达需要经常吃药来抵抗妇科病痛。另一个卧室,是个精心装饰的婴儿室。

娃娃,书——很多书——一篮子浅颜色的玩具。一个搪瓷小盘上放着一个四岁大孩子用的杯座。虽然杯子不见了,却还是很漂亮,是那么精美。一张整洁的床和一个小衣柜。房间的墙壁吸引了我,我走进来主要是这个原因:墙上的画都是达米安画的。

即便是借着手电的光一点点地看这些画,整个房间的墙壁都让人惊叹。房间似乎坐落在山顶上,蓝蓝的天空上偶尔有几朵棉花团一样的云,好像就在头顶飘过,变化的风景向各个方向伸展,脚下绿色的地毯让人想到一片片的草地:你仿佛能感到一阵清新的微风拂过脸庞。北面一点的地方是海湾边的一座城市,从那里的船只可以看出,它的位置是在比伦敦还要遥远的东方:也许,是上海?然后看到了一片热带的海滩,画中的椰子树和鸟都格外奇异,仿佛不是在自然之中见到的那种。南面是一片农田,不像是英国,法国的气息要更浓,远处是托斯卡纳式的山间小镇。接着是一片丛林,里面的猴子和一只大眼睛的鹦鹉正在注视着孩子的小床。那里的每样东西都那么栩栩如生,仿佛置身其中一样。

那一定得花上他好几周的时间才能完成。

我真想开心地在那里站上一个小时——真想开心地爬上小床睡上一觉——要是没有听到第三声也就是最后一次门铃的话。我依依不舍地从房间里退了出来,轻步快速地跑到走廊里,这时楼下传来了那个警察大声的咒骂。

我一直等到他猛地拉开前门,直到他对着福尔摩斯吼了起来才小跑着下了楼梯,跑过厨房。福尔摩斯正在那里大声地道歉,完全一副喝醉后故作清醒的样子:"我妻子说,我该把这给你拿来,这是她今天下午烤好的,还让我告诉你,很抱歉打搅你了。她说得对,我不知道自己当时在想些什么,我应该知道自家前门在哪儿的,不过这个明显不是。"

面对着这样公开的道歉还有那一大盘饼干(就是为了这个才带着的,是迈克罗夫特那个看不见的厨房现烤的),那位警察一脸的怒火消了不少。我溜出厨房的门,随手把门锁好,迅速翻过墙,把那块系着绳的木头扔进了最近的一堆废墟中,此时那个警察还没有把他的第一块饼干蘸着牛奶吃完。

福尔摩斯正在事先约好的地点等我;看到我拐过街角,他紧绷的肩头终于松了下来。

"我到的时候,那个警察正在厨房里,"我解释了一下。"没想到,在离他十英尺的地方撬锁,还真是不错。"

"我本该想到他会待在那里的。"他说。

"不管怎么说,我拿到了书,还有几本别的。我还发现了一件白袍,和唐沃斯小姐那天晚上穿的那件很像,达米安穿着可太小了。不过——你在那里的时候,有没有看看那孩子的房间?"

"大致看了一下。"

"非常特别,是不是?"

"我……儿子。"他犹豫了一下;这是第二次,这些年来的第二次,我听到他说出那个词。现在他又重复了一遍,他平静地说:"我儿子很爱他的女儿。"

## 二十七

**第二次出生**：很多人都只有一次出生的体验，不知道那是美好的还是邪恶的。那些经历重生的人——精神上的重生——在走出花园第一步的时候，就洞察到了美好与邪恶之间的不同。

《证据》，3章：1节

周二下午快要过半的时候，看完了《证据》的最后一页，我抬起头，这才发现迈克罗夫特家竟然空无一人。我早上起得太晚了，走出客房的时候，发现福尔摩斯和迈克罗夫特都出去了。迈克罗夫特去了那个他工作了大半生的办公室；福尔摩斯，照餐桌上留给我的那张简洁的便条上所说，"去塞那·阿巴斯"了。迈克罗夫特的管家库珀夫人（她的时间经常变幻无常）给我做好早餐后就离开了，只剩我一个人在那工作。两个男人走的时候，不知哪个带走了我从米莉森特·唐沃斯账本中抄下的四十七人名单，我现在要忙的是看看昨天晚上偷来的那本书。

六个小时之后，我合上了封皮，此时学术上的超然冷静开始褪去。我看了看封皮上的标志，眼前浮现出女尸腹部的文身。我给自己沏了杯茶，突然听到房间后面有些声响。我跑到迈克罗夫特的书房查看了一下，似乎又听到前门打开又关上。我检查了一下，门是锁着的，接着我又在整个公寓里检查了一遍。当发现自己正弯腰朝床底使劲看的时候，我大声地骂了一句离开了，手里只拿了把钥匙。

我沿着蓓尔美尔街走了一阵儿，穿过克利夫兰街，朝绿园的方向走过去，接着又拐到皇后街，然后继续走了一阵儿。我突然意识到自己刚刚绕了一个大三角形，这个形状在与光之孩子有关的所有事情中都起着极为重要的作用。我迫不及待地穿过圣詹姆斯公园，之后放慢脚步，仔细地看周围：先是蓓尔美尔街，然后是骑兵卫队路，再沿着鸟笼街返回——让我感到震惊的是，不仅圣詹姆斯公园的分布有些像三角形，而且还有个圈——维多利亚纪念馆——在它顶端的地方。

我迅速离开了公园，赶往维多利亚堤岸。

《证据》里写的东西简直荒谬极了，有几个地方简直是蠢话连篇——想到米莉森特·唐沃斯讲到的那些露骨的性爱意境，尽是故弄玄虚，我竟然忍不住笑出声来。很多描写都是陈腐的异端邪说，还有一些是把外国的东西改编了，又在此基础上用偶然闪现的那点想象力和洞察力发挥了一下，我发现作者格外喜欢华丽的辞藻，也喜欢妄自尊大。

那它为什么还让我感觉自己仿佛读了什么色情杂志呢？

我刚问完自己这个问题，脑海中就闪出了一个答案：尤兰达·艾德勒，穿着新衣服，在古遗址的脚下被用来献祭，他们用的武器大概就是作者称为工具的东西。

我走了很久，最后，脊背上那种恶心的感觉终于散去了。我来到附近的一家书房，查找斯堪的纳维亚和印度教的资料。五点半的时候，我朝蓓尔美尔街往回走，最后到了迈克罗夫特的公寓。我正在给自己倒茶的时候，他回来了。

"下午好，玛丽。"

"你好，迈克罗夫特。你知道福尔摩斯晚上打算回来吗？"

"我觉得他之前就做好了打算要在普尔待上一晚。"

"他是不是打算问问菲欧娜·凯特怀特小姐去过的那家中

介公司？"

"那要看他在塞那·阿巴斯那里有什么发现。他借走了我的微型相机，虽然我也不知道他打算用它记录什么。"

"他怀疑那是一起谋杀？"

"如果不是亲眼所见，我弟弟不会接受任何说法。"

的确，死于枪伤，手部的伤口却解释不清，这足以让他质疑警方的裁定。"桌子上的名单是你拿走的吗？"

"我在上面加了个人。明天应该就会有一个完整的报告。"

"上海那头怎么样了；有没有什么消息？"

"我上次发电报到现在还不到一周。"他微微抗议了一下。

"这周真忙。"我说，也算小小的道歉，不过，我一直在想，找一些档案能用多长时间呢？"来，喝杯茶，库珀太太煮了不少呢。"

"我刚才一直在考虑修改计划，想出去查访一下。"

"用不用我陪你？"

"是我自己打算完成这份苦差事的，如果你能一起，那我当然很高兴了。"他大声地说，然后脱下了那身在城市里穿的黑色套装，换上了更适合在公园中漫步的衣服。

一路走过蓓尔美尔街那些敞开的橱窗，我们都没有说话，但有一次走过树林的时候，他问我："你从那本偷来的书上了解到了什么？"

"它让我一阵阵的恶心。"

"我明白了。"

"不管是谁，私自印刷了那么多文字，都应该被枪毙。"

"是作者书中的措辞让你恼火吗？"

"作者那种嚣张的自负和臆断让我感到恼火。他在书上的那句题词'一切都是命中注定'让我很反感，他那些混乱的思想让我气愤。他所描述的意境既狂妄自大又蛊惑人心，能感觉到那种潜在的威胁和目的……"我意识到自己说的话都是福尔摩斯哥哥常用的，于是简单地总结道，"他的愚蠢吓了我一跳。"

"说说怎么回事。"迈克罗夫特说。我朝前走了几步，整理了一下思路。

"那本书是关于一个人的精神成长的——有人会以为是作者本人，可实际上是另外一个人——从一个出生时就带着征兆和迹象的孩子讲起，他的灵魂经历了黑暗的夜晚，最后受到指引，精神获得顿悟。全书共有四部，每部有八个话题——在传统意义上，八是个具有重要作用的数字，虽然它有时候没有具体的意义——还包含一部，是结尾部分。开始部分描写的是一片让人抓狂的黑暗。第四——他把它称为第四部的一部分——主要写他的'巨作'，既有神奇的转换之术也提到了凡人的献祭。在三十二个标题中，只有两个是重复的——'献祭'和'工具'，书中分别通过顺从和引起变化这两个方面来解释'献祭'。我不太肯定，但也在一直思考，我怀疑工具可能就是一把刀，是用流星中所含的金属锻造的。"

"一把献祭用的刀。"他说。

不熟悉迈克罗夫特·福尔摩斯的人可能会将这句话理解为一个简单理性的结论，我却能听出，这句话中不仅有厌恶，还有深藏的痛苦：他，也和我一样，眼前总是闪现出尤兰达的样子。

"他没有用太多的篇幅来描写，"我告诉他，"当他提到像原始人一样野蛮地挖出并且吃掉敌人的心脏时，听起来似乎把那当作一种比喻，不是真正去做。《证据》里的每样东西都是借用神话中的说法，作者就是要把它编成一部宗教圣典。"

"又见识了一个自大狂，"他打趣地说，"我想，你一定熟悉阿莱斯特·克劳利这个人吧？"

"过去这几天，他的名字出现了好多次。"

"如果那些文字代表了这个圈子的品位，那么想象得出。"

"福尔摩斯认为，克劳利的宣言更多地是想欺世盗名，想满足他自己唯我独尊的自负心。如果克劳利是那个神——或是撒旦，他就要与之十分相像——那么他的信徒怎么会违背他的旨意，不管是在性欲、金钱、还是仅在对他诗歌的尊崇这一点上？如果他的欲望被认为是合理的，那是因为他是神；如果他是神的话，那么他的欲望就被认为是合理的。"

"一套合适的信条。"迈克罗夫特表示同意。

"不过，我得说，《证据》的作者也许真的相信他自己那套冗长杂乱的说辞。他相信自己实际上就是神。"

"你出现在这里，我可不可以因此猜想一下，说明你还没有确认作者的身份？"

"这件事情的证据扑朔迷离，我也不知道目前掌握的这些证据中哪些是可靠的——他似乎非常喜欢用灵活的叙事顺序来书写，即便这有时候会显得极为混乱。例如，他宣称自己出生的时候，有颗小陨石坠落在他家屋外，还提到他母亲亲自找人把它打捞了出来，说那东西几个小时之后还没有冷却。当然，比起不折不扣的事实，大多数宗教文本都会更加重视象征性的真理，就像时机——当事情准备就绪的时候——比时间要更真实，时间不过是单纯地来记录事件。"

"也许你应该收集一些更具证据性的词语，那样我们是不是就可以从它们入手了？"

"呃……"

"你已经弄好了？太好了，那继续说。"他只是听着，两只手紧紧地扣在背后，手杖也在后面不断地摇摆，就像大象的尾巴一样。

"他取材于《旧约》和《新约》、诺斯替教、佛教、印度教、拜火教、炼金术,还有各种各样的神话,尤其对北欧神话感兴趣。不得不说,他的确读过不少神秘主义的作品。这类书我在达米安家也看到了。就像我刚刚说过的,作者宣称,他在一场流星雨中降生,不过天上还有颗彗星——也许事实真是那样,或者就是一场为了凸显神的旨意而实施的献祭。想到这,"我笑着说,"他们使用的那个图案,一开始我还以为是探照灯,没想到竟然是颗别具风格的彗星。"

"他游历过的地方——他提到了法国和意大利、远东,还有太平洋,我觉得,他非常引以为荣的是,在英国形形色色的文化遗产中找到了灵感。在两三个地方,他采用了艺术的象征手法。另外,我……嗯……"我呼出了一口气,"在那本书里,有八幅画是达米安画的。"

我们走过皮卡迪利大街和公园路交叉的十字路口,已经进入海德公园了,迈克罗夫特才开口说话。听起来似乎是偏离正题的话语,实际上却正是我一直想告诉他的东西。

"我弟弟只允许寥寥数人进入他的防线。在过去的六十三年里,可以说,只有四个人:我、华生医生、艾琳·艾德勒,还有你。对于他深爱的人,夏洛克是绝对忠诚的。换作别人,可能会认为那简直是盲目的。我们四个中的任何一个,都可能会无情地杀人,在特拉法尔加广场,在光天化日之下,而他,绝对会拼尽全力去证明那么做是正当的。"

"现在有五个人了。"

"我没有看到我弟弟和我侄子在一起,但是发现达米安也进入了这个阵营,我绝不会有一点惊讶。"

我们默默地走了一会儿,后来我主动把话题引到了别处。

"福尔摩斯有没有告诉你去年春天在旧金山发生的事情?"

"他向我说起过,你收到一些关于你的过去的信息,让你感到非常意外和恐慌。"

"我怀疑他是不是表述得有些委婉。那些童年时代的事情,我之前觉得对它们已经很了解了,却发现自己完全错了。在我家人死后,我把自己封闭起来,想要忘记一切。从字面上理解,'恐慌'这个词用得并不贴切——我的感觉是,脚下的地面顷刻间变成了流沙。它让我开始怀疑自己的判断,怀疑是不是该相信任何人。"

"包括夏洛克?"

"他,我还是相信的。可我就是忍不住会想,达米安的母亲已经巧妙地占尽了上风。有两次吧。"

"是的,虽然夏洛克遇见她的时候,没把她当成什么好人,可实际上并非如此。这完全不同于起初以为她天真无邪,最后却落入恶棍的圈套。"

"你觉得他不会被达米安欺骗?"

又是很长时间的沉默,然后他叹了口气:"你觉得这本书是达米安写的?"

"你知道他哪天出生吗?"

"1894年9月9日。"

英仙座流星雨那时候应该已经结束了;我应该去查查那年是不是还有彗星出现:"那么他母亲呢?她是在满月的日子去世的吗?"

"她是在1912年6月去世的,但是具体哪天我不清楚。和这本书有关系吗?"

"我希望达米安除了这些画之外,与这本《证据》没有什么关系。不过,如果我的直觉信不过,我就得用脑袋了。我的脑袋告诉我,有些疑点我不能视若无睹。"

"或许,你应该把它们都列出来。"

"首先,是月亮,几乎他所有的画中都有,他身边的两个人死于月圆之夜,现在又加上了他的妻子。他出生的房子附近有个池塘——我看到他画中有。《证据》的作者没有父亲，是被女人抚养长大的；成年后，他受尽了虐待，曾经一度昏迷，他把醒来后的样子称为'神圣的耻辱印记'。达米安成长过程中没有见过父亲，他在战壕里受了伤，他头上的伤疤大概就可以看成是和基督一样。《证据》中的那个人经历了一段黑暗的时期才最终找到一个'向导'，他握着他的手，给他指明前方的路。达米安杀死他的两个战友之后，被送到了南特的精神病院；在那里他遇到了安德烈·布勒东，他把无意识活动介绍给了他。达米安的画和《证据》都充斥着神话元素，尤其是北欧神话中的主神沃登。而且，他有一幅自画像，上面画着福尔摩斯、艾琳·艾德勒和他自己，还画着太阳、月亮和一颗正在他们头顶划过的彗星。

"达米安对于自己艺术风格的解释是，他通过接受疯狂变得神智正常，在丑恶中发现美好。这部书既有疯狂的一面也有丑恶的东西。

"最后，是那孩子的名字。他和尤兰达给她起名为艾斯特蕾，或者说是星星。《证据》中大量提到了星星的影响力。"

"也许吧。不过，艾斯特蕾也是我母亲的名字。咱们的母亲。"

我转过身盯着他："真的吗？我以前真不知道。达米安知道这个吗？"

"那就得问夏洛克了。"

不过问夏洛克就意味着把整个没有想通的问题毫不保留地告诉他。没有确实的证据之前，我们两个都不愿意那样做。

我们已经穿过了蛇形湖，茶馆里一群人在热闹地欢呼，似乎在嘲笑我们刚才所说的话。

"有没有什么相反的证据？"

"首先，最重要的一点，它简直就是胡说八道。一堆胡乱堆砌的垃圾。我想象不出达米安的脑子里会想出那些东西。"

"除非,"迈克罗夫特说,有些故意和我唱反调的样子,"写出这些荒谬的理论是故意的,就是想引发一些特定读者的想象。"

"想象福尔摩斯的儿子创作出这样的东西,我得说这更让人不安,也更让人感到恐怖。"

"那就把它说成这个世界上任何一个家庭里都可能会出现的惊人的谋杀案。"

"好吧,那我这么跟你说,福尔摩斯已经考虑过达米安杀死尤兰达的可能性,后来又放弃了这个想法。"迈克罗夫特沉默着,这无异于同意他们的清白确实有待证明,"还有尤兰达当时所穿的衣物——那件难看的裙子、鞋子,还有丝袜,对她来说都显得太大了。这些东西都是米莉森特·唐沃斯买的,是别人指使她去买的,但还没有证据显示她是为达米安买的。不过,他应该知道他妻子鞋子的大小和裙子的长短。"

"除非这些衣物就是为了转移怀疑的目标,也是在挑战他父亲的智商。"

我们对此都没有争论。

他补充了一句:"还有一种可能,达米安与此事只是间接有关。他只是一个次要的……不管是哪种情况,我们还得再等等看。"

同样没人争论这一点。

"那本书的作者,"我最后解释了一下,"不管他是谁,要么是个危险的江湖骗子,要么是个更危险的精神变态者。"

迈克罗夫特什么也没说,他在等我最后把想法说出来。

我继续往下说:"不论哪种情况,他给人的印象都是,擅长花言巧语,样子又十分迷人。"

没说什么,就是同意。我深深地吸了口气。

"问题是，福尔摩斯会不会被这样的一个人骗了呢？"

"任何人都会被骗，如果他愿意相信的话。"

这次，即便是陌生人都能听出他声音中的痛苦。我摇了摇头，与其说是反对，还不如说是拒绝接受。

"是的，"他强调了一下，"即便是我弟弟。骗术的关键就在于找到目标的弱点。"

"我在达米安的工作室待过几个小时，不过我得说，如果他是那本书的作者，我看到的应该是疯狂，不是欺骗。虽然——"我不得不清了清嗓子，我觉得这样才能把这一连串的想法最后说清楚，"那本书的作者绝对可以肯定是与……"

"艾斯特蕾那孩子在哪儿呢？"迈克罗夫特说，他的声音很柔和。

我又一次摇了摇头；这次，这个姿势中有无尽的绝望。

迈克罗夫特不知不觉地停下了脚步，他倚着拐杖，眼神空洞地望着肯辛顿宫的方向："唯一一线渺茫的希望就是，如果真的和满月有关的话，到下一次，我们还有二十三天的时间。当然，这三周的时间，我们可以把重点放在这个年轻人身上。"

他是福尔摩斯的儿子，我想到了这点，但没有说出来。我不用说出来，不必在福尔摩斯的哥哥面前说出来。

我突然注意到，福尔摩斯的哥哥正在盯着我。

"怎么了？"我问他。

"你今天吃东西了吗？"

"我觉得好像吃过了，但是记不清。"

"我觉得没有。我见过你全力以赴时的表情，你都顾不上吃饭。当然，至少，我们可以补上一顿。"

说话间，他挥手叫来了一辆出租车。

福尔摩斯兄弟有一个惹人生气的习惯——他们总是对

的。现在迈克罗夫特就在吃饭的事情上证明了这一点。并不是说一顿饭就能展现出这个世界美好的一面,此时他不过是一个对此并无需求的聪明人,让我稍稍缓解一下,理一理自己的思绪,好好制定一个计划。

也许我对福尔摩斯的依恋,加上他又那么想护住自己的儿子,才让我那么想给他这个儿子定罪。我对达米安的怀疑,尽管是有正当理由的,却也夹杂了我个人强烈的情感,就是说,自从1919年发现福尔摩斯竟有一段我不曾涉足的生活,我心中的那股怨愤就一直挥之不去。我想生孩子似乎是不太可能了:福尔摩斯有一个孩子的事实,就已经让我们之间有了隔阂。

不仅仅是因为处于嫉妒的痛苦边缘才让我站到了达米安·艾德勒的对立面。福尔摩斯在达米安的事情上投入了大量热情,几乎超出了我的想象。如果情况不是那么糟的话,我大概还会因为有这样的机会感到高兴,因为这可以证明福尔摩斯也难免会出差错;可另一方面,不论是从经验看还是出于感情的忠诚,都要求我坚定地站到福尔摩斯的立场上,竭尽全力去证明他儿子的清白。但是,达米安的命运使第一种选择变得极为矛盾,而尤兰达的死又使第二种选择变得极不可能:如果我也同他们一起,认定达米安是清白的,那么就没有人为死者讨回公道。

苏格兰场似乎也有了自己的立场;福尔摩斯和达米安则站在另一面:这种关系就需要一个平衡点,需要只忠实于客观事实的头脑,需要一颗不偏不倚的心。

现在就需要我找出中立的事实,我,还有迈克罗夫特。

说到观察力,福尔摩斯一直以来都十分钦佩他的哥哥,他甚至说哥哥收集整理证据的能力世间无二。迈克罗夫特从来不会以调查者的身份接近福尔摩斯,因为他非常不喜欢自己的公寓、俱乐部和办公室的小天地受到打搅。不过，我现在需要的并不是一个调查者，而是一种纯粹的信息收集技巧。这样一来，查阅那些过期刊物就用不了那么多天了。

如果月亮是最重要的线索，那就意味着得从塞那·阿巴斯6月份那起疑似自杀案件之前查起。迈克罗夫特在椅子上坐下来，手里拿着眼镜，等到他那支芳香的烟草最后在烟灰缸中燃尽的时候，我开始问他。

"什么，"他说，"月圆之夜的前后有没有别的谋杀案？没有——没有值得注意的案子。"

"也不用非得是谋杀案，事件也行。比如，福尔摩斯提到过，在坎布里亚郡死过一只公羊，虽然那只不过是一名愤怒的乡绅在写给《泰晤士报》的来信中提到的。"

他那双浅灰色的眼睛盯着我，过了许久，他眼中那种习惯性的朦胧感才渐渐退去。又过了一分钟，他双手交叉放在马甲前部，眼皮不知不觉地半闭了起来。我拿出了钢笔和一片纸。

"3月21日，"他开始说起来，"那是个周五。在周四的晚上，伦敦发生了一起死亡事件，一名六十九岁的老妇在史特普尼街被一辆卡车撞死。卡车司机被捕，后来又被释放了，因为那个老妇几乎又聋又瞎。第二天，一具男尸在老贝塞纳格林路被人发现，没有他杀的迹象，当天晚上一直下雨，而且那人喝过酒。周六没有发现什么尸体，不过芬斯伯里的一处房屋，之前一直都是一座不太正规的印度庙堂，有人在它的门上写了一个不敬的词。"

他停了一下，伸手摸了摸脑袋，像是去拿另外一沓整理好的档案，然后继续说了起来："那三天，在曼彻斯特，没有死亡报道，没有与宗教有关的犯罪报道，但是警方逮捕了一些人。在约克郡……"

这将是个漫长的夜晚。

## 二十八

**血**：出生总会有血与痛，经历重生也少不了这二者。脱离无知的子宫，赤裸裸地站在世界的风暴前。经历重生的人会感受双倍的痛苦：这就是出生的神秘。

《证据》，3章：2节

周三早上，迈克罗夫特一点也没有因为昨天晚上展示惊人的记忆力而显示出丝毫的疲惫，可我从头到尾读起那些不太连贯的笔记时，却仍然感到明显的倦意。我的笔记中似乎有数目庞大的犯罪记录，我真怀疑满月前后这一周的数目怎么能与之相比——一想到还要再经历一次，真想马上逃避掉这一切。

3月份的时候，一个名叫丹尼森的男人在康沃尔的一个渔村被人刺死，他的尸体在满月次日的清晨被人发现，凶手至今没有确定。4月的时候，一个牧羊人被报死亡，到了5月18日出现了一条有趣的消息：在奥克尼群岛一个大型墓室的入口处发现了血迹。当农民上前查看的时候，发现一只羊死在了墓室里面，它的喉咙被狗猛烈地撕咬过。

好吧，我想，我可以让莱斯特雷德去调查一下。不过那倒提醒了我："福尔摩斯的那只死羊怎么样了？那件事可不在我的笔记中。"

迈克罗夫特眨眨眼睛："也许他当时不过是和莱斯特雷德开玩笑呢？"

迈克罗夫特的眼睛盯着桌子中间的咖啡壶，很快再次进入事件回忆的状态。二十分钟后，我自己也盯着咖啡壶开始考虑，如果再给自己倒一杯的话，是不是能分散一下他的注意力。他搅拌着咖啡，之后把已经凉了的咖啡拿了起来。

"新闻中唯一提到过的死羊，或者说是我听过报道的，就是坎布里亚郡的那只，不过那是5月份的第一周发生的事情，不是在月圆期间。我也可以再问一下我在农业部的朋友。"听起来他似乎有点尴尬，好像在承认自己的失败，我赶忙安慰了他一下。

"其实也没什么大不了，只不过我们如果调查月圆期间发生的离奇死亡事件，尤其是当它与古遗址有关的时候，那么福尔摩斯就是对的，我们应该把家畜也纳入考虑范围。"

他点了点头，不过看起来还是有些不自在，就这样一直把早餐吃完。他离开的时候，胳膊底下夹着那本《证据》。

我仔细研究着他向我提到的这些事件。

每个提到的日期都与伦敦市内或是周边发生的事件有关，然后刚要提到往北一点的地方就又回到了南部地区——这说明，在迈克罗夫特的心中，这些事实早已被整理了一遍，绝对不是照述一遍报纸上的东西。

我开始逐条研究这些记录，在每一条值得仔细研究的记录后，我都会划一个×，尤其是那种在古迹附近发生的事件。

3月份快月圆的时候，牛津郡的一处田野里发现了三只死羊，距离罗尔莱特石群不到一英里；康沃尔的渔民丹尼森被杀；虽然没有提到矗立的石群或者类似的东西，不过康沃尔那里的史前古迹随处可见，已经没有特意提及的必要；一名老妇在梅德斯通郡一座乡村教堂的长椅上被人发现，是在周日做完礼拜之后；同她一起的教区居民没有打搅她，都以为她在祷告或是睡着了，最后才发现，她在周五就平静地去世了。

4月份的时候，约克郡的一个牧羊人被发现时已经冻死，没有提到什么古代的坟冢或是德鲁伊教的祭坛。

5月份，这次是奥克尼郡的一只母羊在墓室中被发现，不过稍稍有趣的是，就在同月，两只死羊在新石器时代遗址被发现。我感觉，迈克罗夫特从农业部同僚那里得到的报道会让我获得更多信息：死羊和矗立的石群更多的是在荒无人烟的地段被发现，理由很相似：宝贵的农田早已被耕种，田中的石头不利于耕种的，要么被农民弄碎，要么被他们运回了家另作别用。

6月份出现了菲欧娜·凯特怀特的死亡报道，是一个月圆的日子，不过月圆之后一周，到了夏至的时候，在巨石阵那里才出现了因为信仰冲突发生的骚乱。

7月最值得关注，因为这个月出现的案件最多，也许是因为白天渐渐变长而且天气也越来越暖和，更多的人想要四处走走。在月圆的那天，在哈德良长城沿线至少有三起人身伤害事件，因为（按照迈克罗夫特的说法）当地的一家旅行社决定发起一项夜间沿长城徒步的活动，没想到出现了这么严重的后果。参加徒步的人一个也没有死亡，但有一人因为脑部受伤至今还在医院里，目前还不清楚他是自己摔伤还是受到了袭击。7月17日，奥克尼郡的柯克沃尔教堂祭坛上发现多处溅落的血迹，尽管当时没有发现与之对应的尸体，最后认定是一只猫将自己的猎物带到那里，亵渎神灵地大吃了一顿。我注意到，这已经是第二次提到奥克尼群岛这个地方，不过我发现了一个更有意思的地方，那就是奥克尼郡的教堂：在那遥远的地方出现的宏伟景象。

8月份值得注意的就是发生在威尔明顿巨人那里的尤兰达·艾德勒死亡案件；报纸还报道了这个郡的其他几起事件，不过唯一一起可能有关的死亡事件是在月圆之前的周二发生的，有个人为了排解自己丢了工作的苦闷，去了约克郡一处荒野中偏远的古迹，在那儿割腕了。我特意在这个事件后面做了标记，打算找出迈克罗夫特从报纸上了解到的那些信息之外的细节。

我努力地把这一桩桩的案件都塞进脑袋，正在思考着如何能更好地把它们联系起来进行调查，突然电话响了起来。管家拿起了电话，然后我就听他说到了我的名字。

是福尔摩斯打来的，尽管隔着一段距离，几乎听不清他的声音，我的心还是跟着跳了起来，因为终于可以放心他的安全了。

"玛丽，是你吗？谢天谢地，我花了一个小时的时间，才让接线员相信我的确需要接通这个长途电话。达米安有没有什么消息？"

"一点也没有。不过，从一早到现在，报社的人都在强烈呼吁要马上找到他。"

"我看到了。我正在去巨石阵的路上，然后——"

"福尔摩斯，挂断之前，我得告诉你我和迈克罗夫特正在调查的事情。"我快速地把我认为最有联系的事件简要地向他说了一下，从罗尔莱特石群那三只羊的死亡到约克郡的自杀事件在内的十六个事件。

快说完的时候，线路断了几秒钟，警告我之前所说的大部分事情他都不能听到，可之后他的声音又传了过来。

"谢谢你，玛丽，我知道在接下来的几天里我该去调查它们当中的多少，我会从巨石阵开始的。我已经去过了普尔的中介机构，事情还不算复杂，我会把他们的描述发过去——"

听筒中的声音消失了。我在桌旁站了一会儿，随手翻了翻那里的报纸，又拿起一张读了一会儿，最后还是决定不等了。我告诉浴室里的库珀太太，如果他再来电话就叫我。穿好衣服、戴上帽子、拿起包之后,我过去告诉她,如果福尔摩斯来电话,一定帮我记下他说的内容。

"好的,夫人。"她说,"您需要我把那封信的事情也告诉他吗?"

"什么信?"

信是我在浴室的时候收到的,薄薄的一页纸,是用邮局的笔写的,先是寄到了苏塞克斯,然后经哈德森太太之手转寄到了伦敦。上面的邮戳显示,信在周四早上就寄到了伦敦。没有寄信人的地址,从字体上看我也不能断定写信人是谁,只好打开信封读了起来:

周五晚,15日
亲爱的父亲:

我已经收到了尤兰达的口信,说她和艾斯特蕾正与朋友一起在乡下,她希望我能去那里找她们。很抱歉我让您跟着担心了,还把您从苏塞克斯难得的休息中拖了出来。我本该想到,这次不过又是尤兰达一阵甜蜜一阵疯狂的表现之一。我只希望您收到此信后,不必再花那么多精力来应付我给您惹来的这个追踪游戏。

不过,这些天以来,我已经多少对您有所了解,甚至是在一些极为棘手的形势下,对此我就不向您道歉了。我已经猜到——您并不会感到惊讶——我们之间发生了一些事情,可实际上它们让我们更投缘了。等一切安定下来的时候,我一定会联系您,我们之间重新开始,找个合适的机会见面,到时候把她们都介绍给您。我坚信,您此次和尤兰达"照面"的情景不会严重地影响到您和她以后的关系。

达

> 附：关于我母亲，您说的是对的。她是个非常特别的女人，她的笑非常迷人。

我坐下来，又看了一遍。

接着我摘掉帽子，慢慢地把这封信再看了一遍。

周五写的，周六的时候被邮递员从邮筒取走，周一晚一点的时候寄到了苏塞克斯，周二的时候又被寄回了邮局，然后就到了伦敦。

最后，我告诉自己，这是一条证明达米安清白的证据。

或许，到底是不是呢？这封信会不会是一个异常聪明的罪犯的杰作？用它来迷惑视线的？

冷酷的事实和客观的分析指向了两种可能性：其一，周五下午的时候，达米安·艾德勒还在伦敦，在与妻女重聚之前写了一封言辞恳切的信给他的父亲；其二，周五下午的时候，达米安·艾德勒的同伙把之前就写好的信寄掉，为其布置好不在犯罪现场的假象。

如果这封信是一个罪犯的作品，那么他就不只是异常的聪明（而达米安当然是的），而且极其老练：福尔摩斯本人也创作不出如此让人放下戒心的一封信。

不对，这证明不了什么。

我看着沉默的电话，心中因为这封信来得不是时候而默默苦恼，然后又想到了它大概要让我今天的计划改变一下了。

今天是周三，米莉森特·唐沃斯桌子上的日记中记着，这几个星期以来，每个周三晚上都有例会。如果警察还没有将尤兰达·艾德勒的照片发给伊斯特本、波尔盖特和锡福德的铁路部门，询问那里的工作人员她是否经过那里，并且和什么人在一起，那么这封信就使我更加紧迫起来。

不过，赶往苏塞克斯的三个城镇，会让我很晚才能赶回伦敦，这样就不能尾随着唐沃斯去她开会的地方。看来，今天我不能南下了。

我极力抑制着要把此事告诉福尔摩斯的冲动，但是我并不想借助库珀太太来传达信上的内容——不想通过她告诉福尔摩斯他的儿子是安全的，也同样不想告诉他，他的儿子很有可能遇上了危险。

我只是把信放到了信封中，又戴上了帽子，然后出去了，我得找到一个女仆、一名药剂师，还有一个能提供一流野餐的地方。

艾德勒家的仆人萨莉·布莱克告诉我很多与艾德勒夫妇有关的事情，这一点有些出乎我的意料（不过福尔摩斯倒是猜到了）。尤兰达是个反复无常又有些特别爱好的人（"这一家人吃的东西！"萨莉很大声地说，"每样东西里都放大蒜！而且艾德勒夫人从来不碰肉，你能想象吗？一个人光吃坚果类的东西怎么能活下去呢？"），而且兴趣也非常怪异，她喜欢孩子，却又不许孩子干扰她生活中的重要事情。家里的保姆来来走走地换了好几个——其中只有三个坚持了六个月，都是因为受不了她家古怪的食物、特别的规矩和奇怪的教育方式——要不是她丈夫的坚持，艾德勒夫人早就拉着艾斯特蕾去参加那些集会了，去听吠檀多社那些没完没了的讲道，周末还有瑜伽打坐、占卜和埃及冥想，五花八门。

其实并不是她丈夫阻止她去做自己喜欢的事情——根本不是。他鼓励她去，只不过要她在去剑桥和萨里之前安排好艾斯特蕾，保证她有人照料。如果集会时间不长，通常是交给保姆；要是她需要离开一段时间的话，经常是达米安亲自照顾孩子。

"他不介意这样，我其实不想说，他竟然一点也不介意，他可是一个艺术家，你知道吗？一位有名的艺术家，怎么能让这样的一个男人在画画的时候有孩子在旁边呢？而且艾斯特蕾是个可爱的孩子，我倒不是想说她不懂事，她很聪明也很友好，但是那么小的孩子总是有自己的想法，如果她不想安静地坐着玩那些娃娃，她就会很难哄，也就是说，当他妻子不在家的时候，他其实完成不了多少画作，这一点你大概也能猜得到。"

丈夫和妻子本应该和睦相处（"在这儿我并不想说些别的，不过你能明白我的意思吧？"），即便有时候会偶尔出现意见上的分歧甚至吵上几句，可太太会时常捡起东西摔到墙上——或者摔到达米安身上——但他从来没有用同样的方式回敬她。她从来没见过达米安打过哪怕是对妻子说些威胁的话，他只是看上去很疲惫的样子——"一副逆来顺受的样子，你知道我什么意思吧？"——然后回自己的工作室去。

从这个年轻女人对自己雇主的说法上判断，尤兰达与仆人相处得并不是很融洽，因此才一会儿专横霸道一会儿又过度关注。达米安要自然得多——"一直一副和善的样子"——却划出清晰的界限，不会让萨莉踏进他的工作室半步，比如，一天她在公园中遇到一位绅士朋友，一下子忘了艾斯特蕾的事，竟丢下她在公园中到处乱走，他事后只是告诫了她一下。要是换作别人很可能直接把她解雇了，这一点我和她都很清楚。

她已经和警察说过了，她还告诉了我她跟他们都说了些什么，其实和达米安向我们讲的大体一样：周五发现妻子失踪，周六发现了信件。自从警察在周日控制了房子，萨莉就再也没有去过那里，所以她也说不清她的雇主是不是回来了。

药剂师就不那么愿意提供信息了。他觉得自己在未经允许的情况下，不应该向别人提起自己为客户开过的处方。我便拿出了早上写的一封信，是模仿米莉森特·唐沃斯桌上资料的笔迹写出来的,又重复了一遍自己的故事:米莉森特·唐沃斯姑姑不小心,把"混合剂"一下子撒在了满是肥皂水的水盆中;在明天和那些教众出发去博格诺里之前,她需要拿到这些药剂,不过她现在实在太忙,无法脱身,因此让我带着她的亲笔信来。

如果他那里有她的电话,打算拨通后求证一下的话,我就会马上溜掉,还好他没有,而且很明显,他也不是十分了解她的字迹,并没有看出来那是我写的。

他一边发着牢骚,一边把瓶子倒满,然后贴上标签,接待我的前后,他一再郑重地告诉我,这种事情绝对不许出现第二次。

我温顺地点着头,在他的分类记录单上胡乱地填了些东西就离开了。来到街上,我从裹着的棕色袋子中取出那盒药剂:佛罗拿,一种高浓度的巴比土酸盐。她的药柜中没有别的东西;不过这种药只需十到十五粒就可以让一个女人不省人事,继而将其杀死。

最难应对的挑战就是福特南·梅森公司,在那里顾客就是国王,信息是绝对不会随便被泄露的。如果无法从他们那里套出我需要的信息,我就不得不把这个任务交给我的一个朋友,他的名头应该会让那里的员工擦净地板殷勤地为之服务。如果自己能够解决,我还是不想把他卷进来——还是越少的人知道福尔摩斯和艾德勒夫妇之间的关系越好,而且这个十分业余的侦探还会将整个计划打乱。

我硬着头皮来到前台订野餐篮的地方,紧张地用一副贵族的派头攀谈起来。

"您瞧,最近有次花园聚会,就在下个月初,我们本想准备些寻常的香槟酒和鱼子酱,不过说真的,那能有什么意思?"我眨了眨蓝色的大眼睛,那位绅士只好一副同意的样子。"因此，一个朋友，嗯，我觉得应该是那个朋友的秘书，不过那没什么要紧的吧？这个朋友的秘书——她的名字是米莉森特，米莉森特·唐沃斯，还很特别的——她碰巧订了一份野餐篮，原打算把它送给两个人的，没想到出了些事情，谁能想到呢？所以她就把篮子放在了外面的桌子上，看谁喜欢就随便吃些，要不好东西糟蹋了多可惜！而且我一晚上都和珀佩在一起——你认识珀佩的，她家所有的聚会都用你们帮忙——我们俩回家的路上就顺便去看了看朋友，在那里就看到了那个放在外面的篮子，我当时就感到饿了，绝对是饿得发狂，就吃了这块小脆皮，真的是非常非常好吃，以后只要我一想到这次花园聚会，我都会对自己说，伊芙——你知道，那是我的名字——伊芙，那个脆皮小东西可一定要有。所以，我就赶过来想问问您，能不能帮我查查那个小东西到底是什么？还有，我们能不能大概订二百个左右？还有，每个篮子再放一块。当然，您能不能再放一些好吃的东西？比如说桃子或者上好的香槟，也可以放一些鹌鹑蛋什么的。"

我眨着眼睛，等他从我这一连串的话语中挑选出对他有用的东西，不过他一下子就筛出了二百个昂贵的野餐篮，马上对我报之一笑。

他拿出订餐簿，在之前的记录中找到周一那天出现的唐沃斯的名字，又找出一个小册子，上面清楚地记着篮子里东西的名字：原来那个小东西叫美味素食家。

我的眼睛迅速地扫过下面的记录，搜寻着任何可能提供线索的细节，突然底下一行出现了一个记录，让我的眼睛眨了一下。

"谢天谢地。"我随口说了一句。

"您说什么？"

"哦，没什么，我只是……"我赶紧回过神来，皱了皱眉头,"您知道,我看到这篮子并且品尝这些小点心的时候,那天不是周一,我确定不是。"

"不是,女士。那天大概是周五。单子是在周一订的,但是那位女士特意交代,她哥哥会在周五的时候过来取。"

我抬头看着他,吃了一惊:"她哥哥?"

"嗯,我想是的。那人的名字是唐沃斯。要不就是我弄错了。我当时也觉得她实际上要比她哥哥年纪大得多,不过,当然后来——"

"哦,她哥哥,是啊。一个高高的年轻人,长头发——一看就是艺术家的那种?"

"不,"他缓缓地说,"那人四十刚过的样子,头发也很普通。一点也不像是我们说的那种'艺术家'。他的眼睛附近有个刀疤。"他在左眼附近的地方用手指了指。

"哦,他呀,"我说,"她的另一个哥哥。我总是记不住,我只见过他一次。他来的时候带着妻子吗?一个非常瘦小的中国女人?"

"我没有见过您描述的那个人,我可以——"

没等他问我为什么对一个朋友秘书的哥哥如此感兴趣,我赶紧说:"不过,如果他们订的是那个野餐篮,那么里面还有什么是我尝过的?"

他仔细地看着单子上的内容,才试探性地问道,那或许不是蓝莓馅饼,不过很显然,他一直在一些更吸引人的点心中挑选,以为是那些东西吸引了我的味蕾。

"哦,就是这些!您真是个聪明人,一定就是这些!谢谢您能看懂我的心思,您让我整个聚会添了不少乐趣,真是帮了很大的忙。关于细节,我能不能让我的秘书用电话和您说?是的,我真该那样的,她这方面比我强多了,既然我已经了解到,你已经领会了我的意图……"让他困惑不解的是,我都走到门口了却还在说个没完，手里还紧紧握着那个小册子。

如果他发现我来到街上就停下来又看起了小册子，他可能会更加困惑。是的，我又仔细地看了一遍，包括盐、果酱、三种风味的奶酪、餐后甜点是一袋杏仁燕麦饼干，意大利的。

一个饼干袋正放在苏塞克斯家中实验室的桌子上，希望福尔摩斯能注意到。

因此，一个头发修剪得整齐的男人，四十岁左右，左眼附近有个刀疤，名字很可能不是唐沃斯。这人明显不是达米安·艾德勒，听起来倒是很像他们看到的那个和达米安一起在摄政街上走路的男人，那也是他们最后一次看到达米安。

我想，哪一天我们应该发明出一种方法，可以通过指纹锁定一个人，就像现在警方各部门间传阅的照片那样。到那时候，在法庭上，罪犯留下的指纹会至关重要，成为盖棺定论的铁证。

看来，在我们弄到一个匹配的指纹之前，饼干袋还得在苏塞克斯再等上一阵。

## 二十九

**众神(1)**：人类用故事、智慧和知识的结晶来教育他。最早的故事与众神有关，他们有着非凡的力量和冷酷的道德观，当中也有愚蠢、轻信他人、贪婪之徒。不管是希腊诸神的英雄事迹，还是北欧神话中那些骗人的花招，诸神之中最极端的故事也就是经验教训所在的地方。

《证据》，3章：3节

那天早上离开迈克罗夫特家之前，我就装好了入室行窃用的装备，从三明治到短撬棍。我把它们用一件深色的衬衫和裤子裹好，然后用两条头巾包在外面——一条是鲜艳的红白相间棉格围巾，另一条完全不同，是带着柔和蓝绿图案的丝巾——最后把整个包裹放进一个普通的购物袋中。我把这个购物袋寄存在了帕丁顿的一个行李存放处，我知道，即便它不是很重，整天背着到处走也容易落在什么地方。

我现在就去帕丁顿取它，然后坐地铁去一家会计公司，在过去的几个月里，米莉森特·唐沃斯个人分类账目中"收入"那一栏都写着这家公司的名字。这条街道很久以前是一条商业街，因为一栋大楼而渐渐繁华起来，在三个世纪以前，那里是个可换驿马的驿站。

收入清单显示，她整周都在此处工作。既然她上周一整天的大部分时间都请假出去，为尤兰达购置她赴约被杀时所穿的裙子、鞋子和那个餐篮，我觉得她不可能这么快又请假不来上班。

我的猜测是正确的,她在那儿,从前面的玻璃窗很容易清楚地看到她的办公桌。我找了一家咖啡馆喝了杯咖啡,然后走进了隔壁的书店,在前面窗户旁看了几本新出版的小说。一本名叫《印度之旅》的书一下子吸引了我,以至于差点错过了唐沃斯小姐从对面办公室出来的一幕,我从书页上方望过去,她已经到了街上,而且走得很快。我赶忙放下书迅速跟在她后面,把方格围巾严严实实地裹到了帽檐的位置。

不过她只是去了最近的公交车站。我侧着头,放慢了步伐跟在后面,我一直在猜测,她会不会是那种喜欢爬到公交车顶层的女人。如果那样的话,不被她发现就是一件困难的事了。如果她不喜欢,我没准还可以趁她不注意迅速地溜上去。

然后怎么办——如果看到她下车,就从上面的窗户跳出去?

好吧,如果真会那样的话。

或者我现在也可以打一辆出租车,再编一些故事,让追着一辆公交车在城里时走时停这件事有个合理的解释。

一辆公交车开过来了,从这辆车的号码可以确定,它行驶的路线要延伸到很远的郊区。米莉森特·唐沃斯走上前去,我也赶紧跟了过去,低着头从一个个绅士的帽檐下挤了过去,还要小心地在我俩之间保持一定的距离。

她上了车,朝前面移动着。我慢慢地跟着排队的人群,买好票后迅速到了上层。

车停了几站后我才弄到一个靠窗的座位,那里可以看到下车的乘客。为了这个座位,我把有力的推搡和迷人的微笑都用上了,最后抢先一个老妇人一步占到了位置。我没有理会她那怒视的眼神,只是摘掉帽子下鲜艳的围巾,把它塞进了腿上的购物袋中。

我们还在漫无边际的伦敦郊区穿行,途中经过了十多个站点,不断地有上车下车的乘客,却一直没有看到唐沃斯小姐在下面露面。我甚至开始怀疑她会不会摘掉帽子——甚至换了全身的衣服,就像我自己这身装扮?还是她已经认出了我,在坐在窗户这里之前的那一小段时间中迅速溜掉了呢?

车上的乘客越来越少,最后只剩下几个人。之前一排排的街巷变成了一片片的房子,然后又成了一栋栋半独立的屋舍。第一片农田出现了,接着又是一组房屋,到最后,我成了顶层唯一的乘客,我们又停了下来,米莉森特·唐沃斯走到门口。她转身和售票员相互寒暄——听起来他们是老朋友了——这时我赶紧低下头。她有没有看到我的头突然在视野中消失了呢?汽车再次开动的时候,我冒险向她那儿瞄了一眼:让我松了口气,她并没有困惑不解地朝着我这边看,而是朝另一个方向看过去,一面高高的砖墙里面长满了葱郁的草木。这面墙可不是一个完美的长方形,只是让这条路在这里出现了一个奇怪的拐角,围住了这个废弃的乡村院落,这样倒是不会有人再朝里面张望了。

只是这对于我所要做的事情来说,就没那么有利了。

我摇晃着从车的上层走下来,告诉售票员我打算在下一站下车,那里正好是村子的中心,就在前面半英里的地方。我大步流星地走过一排店铺,似乎已经拿定了主意要去什么地方,可实际上我还在举棋不定:就在这儿一直徘徊到天黑下来,并且错过那个院子里发生的事情,还是返回,却冒着被看见的风险?

另外一条商业街上的标语牌让我最终做出了决定:房地产代理,它提供的服务是产权转让。

这家公司就要关门了,现在差十分钟六点,但我还是迅速地溜了进去,悄悄地把包放在了靠近门口的椅子上,然后朝着柜台后的那个人走了过去，我的手都已经伸出来了。

"抱歉，小姐——"他开口说道，却没有把手向我伸过来。

的确，他能怎么做呢？一个热情的年轻女士，一下子握住他的手，大声宣布他就是自己一直在寻找的人。她是莱德森·坡普菲夫人的秘书，夫人一直都在物色一座更大的房子来安置她的家人和那位美国侄女，她那位侄女因为刚刚移民的原因，希望能住在乡村，同时希望那里像个不受打搅的城镇，这个地方看起来一定能让莱德森·坡普菲夫人满意。

一想到为我找到一处大房子便可以让自己这个月的收入大幅提高，这位绅士靠坐在椅子上，赶忙表达没有帮我倒杯茶的歉意，还解释说这主要是因为助手已经回家的缘故，接着拿出了铅笔记下了关于房子的细节，主要是关于那位夫人要满足她侄女的一些条件。

非常有趣的是，这位杜撰出来的贵妇人所希望的，正好和那面高墙后的房屋在各方面都非常吻合。他的脸突然沉了下来。

"呃，嗯，非常抱歉您没有在去年夏天来我们这里，那时候我们还能帮您弄到那里的房子。是，我知道您所说的那栋房子，实际上，那时候它还是我经手办理的——房子当时签了两年租用合同，现在还没到期，得一直等到 11 月 25 日。不过，我相信，我们可以——"

"你是说，得等到 11 月？你觉得那里的租户会不会现在就已经住厌了？或许我可以去问问他们。"

"不会的。我是说，我不建议您那么做，他们当时说得很清楚，他们只图个清静不受打搅。"

"哦，怪神秘的。他们是本地人吗？"

"看得出是一位从国外来的绅士，尽管他的经纪人是本地人。他们在那里开会，我觉得像是一种新式的宗教团体。"

"或者他们是一些裸体主义者,你知道,他们在院子中赤裸着狂欢。"说到这儿他有些分神,"你见过那个人吗?我在想我是不是认识他?莱德森·坡普菲夫人也对塔罗牌占卜和唯灵论有所涉足。"我特意向他透露了一下。

"呃,抱歉,您是说见过他吗?没有——只是看过他一次,是个长得不错的家伙,不过我绝不会……"

"你知道他经纪人的名字吗?"我问他,心里想着,这次千万别让我插嘴,你就查查你的记录好了。

"冈德森,"他心不在焉地说,"是个鬼鬼祟祟的人,你看,我注意到时常有女人进出那栋房子。实际上你都想象不出,他们——"

"我一定能帮你查清楚,通过莱德森·坡普菲夫人的那些朋友。你是说,冈德森?"

"对,没错。我记不住他姓什么了,很傲慢……"

"或许档案中有记录?"我向他建议。

他迅速起身走到柜子边,回来时拿着一份薄薄的文件,然后把它放在桌上打开——这个可怜的家伙一点都不介意在自己负责的一处房屋出现裸体狂欢的事情。

"在这儿,马卡斯·冈德森,尽管他留的地址是一个旅店的名字。"

我检查着文件:"你当时没有向他要封个人介绍信吗?"

"他说,他的雇主是个外国人,不想等着两国间相关信件公函的往来。但是第一年,他提供了银行出具的房租缴清证明,是没有问题的,而且房子也空着很久了,里面的陈设也跟着闲置着。所以我就租给了他。"

"房子里面是有些家具的,对吗?"

"嗯,那是当然,尽管不怎么好。之前的主人是个老太太,在她死后一直存在着继承权的争议,他们就让我先帮着租出去,等到法院结果出来再说。"

我写下了上面的名字,还有与银行和旅店相关的细节信息,这样就没什么再需要了解的了。

因为不想继续打听下去了,我对他说:"你能告诉我一些与冈德森那家伙背后的人有关的什么事情吗?因为莱德森·坡普菲夫人的那些朋友——或许他们能知道他整天都在干什么呢。"

"我刚才说过,我从来没有正式地见过他,只是有那么一两次见他和冈德森开车经过村子。他看起来是个很整洁的人,大概四十岁,黑色的头发,胡子也刮得很干净。"

"哦,谢谢——"

"呃,他的脸上似乎有道伤疤。"

我看着他,然后举起了左手,在眼角外面的位置从上到下画了一道:"是这里吗?"

"没错——那么,你的确认识他?"

"还算不上。"我说。

"可是你了解他的一些事情——那请你告诉我,有没有什么事——"

"当然没有。"我说。我要做的最后一件事情就是给这个热切的房地产经纪人透露些消息,满足一下他的好奇心,"他绝对是个正直的人,不过你知道,他也是一个非常喜欢幽静的人,实际上还特别害羞。他是一个——一个发明家,你可以想象他们该有多么——据说,如果有陌生人去打探他的工作室,他会连夜从那里搬走。"

那个房地产经纪人终于松了口气,他并没有质疑我的那位贵妇人雇主怎么会认识一个发明家,只是赶紧向我保证,他怎么都不会去打搅那位绅士的。

我对他表达了谢意并告诉他,如果他能找到几个合适的宅子，一两天左右我会过来看看它们的。我拿起那个装着潜入他人屋子的工具包，离开了那里。

    时间刚刚过六点；如果天还没黑我就冒险潜伏到房子周围的砖墙上，周围三面都是光秃秃的田地，只有一栋孤零零的房子，对面是一片修剪整齐的树篱，我这样非常容易暴露自己。

    我沿着商业街走了一会儿，看到一家很像客栈的地方便走了进去，在那里吃了一顿非常有趣的晚餐，一边吃饭，我一边透过镶着铅条的小窗望着窗外的街道。还不到八点时，就有四辆车驶进了砖墙的大门，接着是三个在公交车站点下车的女人一起走了进去。我付完账后，又问了店家卫生间的位置，在那里换上了买来的黑色衣服。

    夜幕降临的时候，我沿着墙走过了那片田地。确定没人注意之后，我爬上墙头，悄无声息地落在了里面的院子里。

    刚松口气，我突然有种特别奇怪的感觉，觉得福尔摩斯也在某个地方做着几乎和我一样的事情。

## 三十

**众神（2）**：故事的力量在于它的极端：英雄奥德修斯也许有些残酷无情和不择手段；懦弱的骗子洛基是沃登的弟弟，他给了雷神托尔猛烈的一锤。神话的教育意义不在表面，只有那些愿意追随众神的人才能真正领悟。

因此《证据》就是凡人获得力量的历程。

《证据》，3章：3节

院子里没有人看守，至少看起来像是没人的样子，黑沉沉的夜空下，一棵几十年树龄的杜鹃在那里绚烂地绽放。我仔细听听，没有守卫和狗的声音，于是小心翼翼地向前摸索着：此时此刻，我的脑海中浮现出了达米安画布上那个流光溢彩的绿巨人，我必须赶走从脖子后向下滑落的那种感觉。

最后，树篱断开了，出现了我之前看到的那片草坪。还是没有听到狗叫声或是守卫的叫喊声，我便朝着灯光的方向溜过去。

我觉得那些玻璃窗里面就是客厅，里面灯火通明，我甚至可以听到有人低声说话。而它上面的房间不仅亮着灯，连窗子也开着。那些窗子是上下开的，没有百叶窗，这样的话，声音就不容易传进去，只是我需要非常小心地溜过去，还不能走进灯光照到的地方。

在离房子四十英尺的地方，我踩到了一块石头；靠左一点的地方，我突然看到了金属和玻璃窗反射出的光：原来是几辆汽车停在那里。我沿着另一个方向绕着房子走了一圈，直到脚下又出现了那片草地，这样才能接近屋子的外墙。

客厅的窗户也开着，不过却拉着窗帘，离地面也有一定的距离。我又绕到了院子后面一处离房子远一点的地方，刚到那里就发现了我一直寻找的东西：一只边缘结实的大桶，虽然桶底已经不那么坚固了。

我抱着大桶，蹑手蹑脚地回到早已没人注意的前院，慢慢走向透出灯光的房间，还没走近就听到了里面传出的声音，有男有女，正在一起闲聊。我把桶翻过来扣在一处空地上，将随身带来的装备轻轻放在旁边，然后小心地站到了大桶底部的金属边沿上。

如果踮起脚尖，我就可以透过旧窗帘中间的空隙看到房间里窄窄的一块，他们的衬衫上都有撕扯过的痕迹。我看到的不过是这热闹场景的一小部分：只是一个后脑勺，一只握着半杯绿色液体的手。这些不值得我这样踮着脚看，我又平稳地站在桶沿上，听这十一二个人在说什么，多数是女人。之前的低语现在开始大声起来，说的速度也快了不少。

我低着头，聚精会神地听着里面的声音，努力地听出了他们在谈论一个人：

"还以为她早就知道——"

"很迷人，真的，不过我一直在想——"

"他也不能怎么样，对吧？"

"认识一些艺术家，就是不知道——"

他们在谈论尤兰达的死，还有达米安也卷进来的事情。考虑到他们不到八点就在这里了，而且现在已经过去了半个小时，他们已经过了表达震惊和伤心之情的第一阶段，现在应该早已进入"我怎么说来着"和"她这样也是活该"的阶段了。接下来的环节应该和他们杯子中的液体有关，那东西看起来并不像是水果潘趣酒——如果是的话,早就有人往里面掺烈酒了。突然传出了一阵笑声,然后又止住了,几分钟后笑声再次响了起来,这次没有突然停住。过了一会儿,谈话的内容已经完全与尤兰达无关了,他们谈到了手包、学校的教学、一个姐妹家的孩子,还有赛马;很快,十二个人的声音听起来热闹得像有两倍的人在屋里一样。

快到九点了,里面的声音更加欢快;此时我的脚踝越来越累。没什么有价值的信息,我从大桶上迈下来,换个自然的姿势缓解刚才的紧张疲惫,靠在窗户下的砖墙上让肩膀休息一下。

村里的钟敲了九下,顷刻间,里面的声音大了起来,我担心这会不会意味着他们要离开了,后来才发现正好相反,他们正在和一个刚进来的人打招呼。

没有人从碎石道进来,不论是走着还是开车,这就是说,这个刚进来的人是从房子里面进屋的。我探着头从窗帘缝偷偷望去,但此时里面讲话的人正背对着我。我只能看到其他三个人,他们的脸上都洋溢着同样入迷的表情。

我弯下腰,从包中拿出那条薄薄的杂色丝巾,用它松松地包住整个头部,这样我眼镜反光的危险就减小了。我在附近摸索着找到了一根树枝,之后又爬上了大桶,尽可能地把胳膊向远处伸去。

树枝碰到了窗帘柔软的衬料,这样我就可以小心地把窗帘向一边拨开一寸左右的缝隙了。

现在两块窗帘间的空隙有两寸宽了,我可以清楚地看到说话那人的背部。

算是看到了他的一半。他是个健壮的男人,黑色的头发中有几缕白发,身上穿着剪裁考究的黑色套装。当他稍稍面向灯光的时候,我一下子看到了他的皮肤:是英国人的皮肤,只是在热带地区待过，晒黑了而已。他的声音低沉却有种不可抗拒的魅力，既透着友善又带着威严。他应该是在北方长大的，英语中带着点苏格兰的口音，但他似乎刻意用清晰简短的语调来遮掩这一点，这和我之前听到的达米安的声音很像。

我心中不禁在问：你究竟是谁？你在达米安的生活中都做了什么？

我一点都不怀疑他就是主教本人。

他先是问候众人，接着感谢他们在过去的几周里努力做事，还为近来的几次缺席表达了歉意。他特别提到了"我们的姐妹米莉森特"，着重强调了她所做的努力，我朝里面扫了一圈才看到她，此时脸上红红的，一副满足的样子。随后他提到了尤兰达，也用了一个"姐妹"，他表达了对其死亡的哀痛之情，并且希望在场的所有人，还有整个光之孩子，能够因为曾经认识她而更加有力地团结起来。

对我而言，他的话听起来假惺惺的，不过那时候，我也做好了假惺惺的准备：宗教竟然成为许多恶棍的庇护所，一旦有人怀疑这一点，等着他的，只能是被证明他错了。

主教一直说了有十一二分钟，内容多多少少都是《证据》上提到的语录和情境，这又让他的那些追随者不停地点头称赞。

他所说的话中几乎没什么算得上有用的信息。他所有的看法，还有大部分的语句，都只是让我想起了那本书而已，它当时摆在圣坛上，两边的烛台上还点着黑色的蜡烛。也可以说那就是米莉森特·唐沃斯当时大声诵读的东西，现在不过因为他本人的出现而更有吸引力了而已。

在那之后的事情，我觉得很难理解。也许只是因为我没有在他的凝视之下，他那迷人的声音对我起不了作用而已，可屋子里的人却并非如此。每个音节他们都不会错过，每个人的瞳孔都在变深，就像被激起了性欲一样，他言语中哪怕只是一点点的巧妙与幽默都能让他们顺从地微笑。从我现在所站的位置来看，我注意到他迷住了五名成员：米莉森特·唐沃斯就是其中之一，她今天穿着一件暗绿色的亚麻长裙，不过一点也没有起到提亮肤色的作用，还有和她一起的另外两个女人，也都五十岁左右，一个瘦削，一个粗壮，两人都穿着带花的裙子——那个壮实的女人，才看出来，竟然是被我当成护士的那个女人，周六晚上是她和她哥哥一起布置的圣坛。离她们稍远一点的女人，就是和我说过话的那个尖鼻子女人，穿着一条短裙和一件剪裁讲究的衬衫，头发卷成了十年前流行的样式。在她旁边的是个健壮的红脸庞的男人，五十岁左右，穿着一件套装和马甲，这样穿在屋子里可是很热的。米莉森特、那个护士，还有尖鼻子的女人，她们的右手都戴着金色的指环。

我真想知道，她们每个人的肚子上是不是都有文身。

我这时才看到了第六个听众，在后面昏暗的角落中，我还在想自己怎么这么久才发现他——这个人明显和屋中其他人并不是一类。他高高大大，一身灰色的薄夏装稍显宽松，只是在肩部和大腿的部位有些发紧；他的脸看起来并不会让你想到罪犯，反而感到舒适放松。

也许他会觉得他的想法隐藏在一副正直的面孔下，绝对不会被那些信徒察觉。可是，当他在那里监视着这群膜拜黑衣人的信徒时，根本不需要什么明灯就能明了他眼中的轻蔑。他靠着书柜前面的玻璃门站着，把他的傲慢和蔑视明明白白地表露了出来。他看起来像个匪徒的保镖，他的样子便是黑道人物这个词最好的诠释。

是马卡斯·冈德森？

我感到腿部的肌肉在一阵阵地颤抖，聚会开始显出要解散的样子——不对，只是换了个活动。那群人把空了的杯子放到附近的桌子上，接着朝圣坛对面摆着的那排椅子走去。黑色的背影走开了，不过我把窗子往高处推了推，因为很快他就会转过来面向他们，还有我。

"汪汪汪！"一阵狗吠穿透夜色，我吓了一跳，身体抖了一下，脚底一滑摔了下来，倒在了灌木丛上，一只脚掉进了烂桶里。着地时，我的脚后跟那里发出了很大的一声响动。

"芭比丝！"屋里传出了女人的叫喊。我赶快把桶从脚上踹开，又踢了一些土遮住痕迹，然后一把抱起桶和包，迅速地朝房子后面跑去，这时，芭比丝正歇斯底里地一路狂吠着追了上来。

到了离房子远点的地方，我一脚踢开了一处简易的门，抓过那只尖叫着的畜生，把它扔了进去，随即把身后的门拽上。幸运的是，他们还以为芭比丝是在追一只老鼠，把自己困在了里面。

然后我就消失在了夜色中，一瘸一拐地快速前行。

某个侦查员被一只名叫芭比丝的哈巴狗赶跑了。

我的脚像是踩到了捕熊的钢夹一样疼，不过，就在那条血迹快要干了的裤管里，开始在整条腿上蔓延的痛楚让我更加相信，我也许会死于破伤风，而不是失血过多。

躲在茂密的杜鹃花丛中，我注意到他们陆陆续续地从门口出来，开始在院子里走动。那个穿着花裙子的壮实女人迅速地在前面走，听到后面传来痛苦的叫声，她才回过身去；接着院子里的灯亮了；狗叫声停了下来。他们又停了一会儿，肯定是在讨论刚才发生的怪事，然后才回到房子里。

我一点也不感到奇怪，过了不久，那三个人就从前门出来了，包括刚才的女人，她的小狗，还有那个像她哥哥的人。他们进了一辆车，之后突然朝草坪的边缘开去，然后又猛地调转方向。其他人也是两三个人一辆车。

我始终在原地没有动。和我料想的一样,等别人都走了,两个人,主教和他的大块头助手,拿着手电筒出来检查窗户下的地面。在白天的话,我那么踢几下也许不能完全把上面的脚印遮住,不过还是希望借着手电的光他们看不出来,的确,二人似乎都没有发现那里刚才还有人在暗中监视过他们。

他们进了房子。我在背包旁坐了下来,等着看看接下来有什么动静。

过了一会儿,没有发生什么,除了楼上的一个房间拉上了窗帘,防止黑暗中有人朝里面张望。我真的很想再次爬到刚才的地方去看看里面,可是从那个大块头的态度上似乎能感觉到,他并没有被那些踢上去的土蒙骗住,他也许正等着我再一次接近那里。

直到里面的灯关了很久,我还是在外面等着,就待在原地没有动。

十点钟,村庄里教堂的钟声敲完了。又过了半个小时,突然,前门有灯光透了出来,三个人走下台阶,拿着行李箱。

只有一个人除外,是个高高的、瘦瘦的男人,满脸的胡须,之前并没有和那些人在一起,他转过身,就像再看一眼心爱的家园一样。他面对着房子和里面的灯光,有五秒钟之久,这已经足以让我认出他了,也看清了他怀里抱着的,并不是一个手提箱,而是一个熟睡的孩子。我有足够的时间改变一切。

我刚要行动,穿着黑套装的男人说了些什么,达米安便上了车;主教坐在了方向盘的位置。

我站起身,刚要喊出来却一下子停住了,因为我注意到那个灰衣人的姿势:他穿的外套很宽松,那是因为衣服里藏了一把手枪。

我站在那儿没有动，一直等到他也上了车，我便飞快地沿着草坪朝车道跑去，想要拦住他们。汽车换了方向一下子慢了下来，接着司机开始加速，猛然间车后扬起了一阵沙尘。我跑到车道附近的时候，已经太晚了，只看到了车牌上最后的两位数字。

没有汽车，甚至连个自行车都没有，想去追他们几乎没有可能。我转身又回到了那栋房子，撬开门锁后，悄悄地溜了进去。然后我静静地听了一会儿。

怎么才能断定一处房子空了呢？因为没有声音，还是没有响动？也许是气味？却也是最敏锐的感觉。怎么才能断定一个人是清白的呢？——全然不顾所有的证据和理智——仅看他抱着孩子的双臂，还有灯光下那张回头张望了五秒钟的脸吗？

蜜蜂的语言，绝对不是唯一的、最神秘的交流方式。

这栋房子明显感觉已经空了：我感觉不到一点的响动，唯一听到的声音就是我自己的心跳。我看到了电话，便给迈克罗夫特打了过去：如果说谁能在整个英国范围内找到一辆车的话，那只有他了。

我把号码给了他，又把车子描述了一下，另外告诉他，前边副驾驶上的人手里有枪，又把那天发现的大概情况跟他说了一下，接着我就开始勘查这栋房子。

迅速地查看了一下楼下，更证实了房子是空的，所有的房间都是，除了客厅里摆放了一些陈旧又满是灰尘的家具，看样子这里有很多年没人用过了。厨房里有一个样子很新的冰箱，里面的架子上还有一些东西，是一些饼干和果汁，很可能是这里的人专门买来喂给小孩子吃的。

到了楼上，我直接去了最边上那个开着窗子的房间，在那站了一会儿，想看看这过去的五天里达米安被藏起来的地方：两个钢制的床架，一个镜子斑驳的衣柜，一个抽屉柜，上面的好几个拉手已经没有了，还有一把扶手椅，上面盖着一条破旧不堪的毯子。房间铺的地毯破旧得几乎看不出上面的图案，更别说颜色了。在一些胡乱摆放的旧家具中，有一张办公桌是用门板支起来的，上面堆放了很多个人用品和绘画用的材料。我一眼就看到了达米安的围巾，就扔在一把破旧的餐椅靠背上，那些胡乱扔在那里的画笔，还有那几管几乎还是满着的颜料，这些都是谁的，或者说谁在这里作画，这已经可以肯定了——虽然有些出自小孩子之手，是用鲜艳的蜡笔画出来的。就是这个孩子，她被人从这张小小的凌乱的床上带走了，她那看起来崭新的泰迪熊就那样被丢弃在一堆睡衣中，那双鲜红的中式便鞋就在我脚下不远的地方——一定是她那匆匆离开的父亲抱着她经过门口时掉落的。

我正要弯腰捡起那只鞋子，却突然间僵住了。

一阵风吹过我的皮肤，房子里的空气流动了一下，不过只是短短的一瞬；我不可能注意不到的。

我紧张地听着下面的动静。什么也没有：四分钟，五分钟——接着从破旧干燥的楼梯那里传来了一声微弱的嘎吱声，很快又停住了。

我小心地从靴筒中拔出刀，慢慢地把它展开；他和我都在等着对方先暴露自己。

我瞄了一眼窗户：我到那里这段十五英尺的距离会发出多少嘎吱声？那个大块头跑上楼梯会用多长时间？——或者，跑回门厅再到前门那里——去堵住我的退路？

刀柄在我的手中都攥热了，接着变得潮湿。我迅速地把它换到右手，擦完手心后又握了回来，我用手指紧紧地捏着它。

女人特别容易处于下风，因为生理和生长两种共同的因素都更容易成为受害的一方。一旦恐惧袭遍周身的血管，我们就变成了兔子，闭着眼睛蜷缩在角落里，只希望不被发现。而一个带着枪的大块头更是一个可怕的东西。我有些后悔来这里，不停地骂着自己竟然没有带上个帮手；我无助地站在那里，等待着死神从楼梯走上来。又一次判断失误，只好拿着这把满是汗水的飞刀对着枪口。

我感到后脑勺仿佛被幽灵击了一下，听到了福尔摩斯鼓励的声音：罗素，拿出你的机智，那才是最有用的武器。

突然间，我的大脑一下子在越陷越深的恐惧中挣脱了出来，我的眼睛到处寻找着可以代替子弹的东西。

刀，是的，不过这个房子里到处都是致命的物件，包括椅背上的那条围巾，那盏电灯，那只就在我脚下的尖尖的铅笔，以及所有各种各样的重物，我可以用它们重击、连续击打、戳中这个跟踪者这样大块的目标。天呐，如果我能把他弄倒，我甚至都可以用泰迪熊把他闷死。

铅笔。我看了一眼身边墙上的灯开关，便弯腰去够画笔，那把刀在不经意间已经又滑进了我的靴筒里。

开关眼下正处于开着的状态。我转过身面向它（谢天谢地，地板上没发出什么声音）然后用右手的拇指摁了一下关掉的按键。把笔尖插在按键和外壳之间的空隙里，我吸了一口气之后，飞快地推了一下开关，猛地折断了缝隙中的笔尖，它死死地卡在了那里。走廊里的灯光透过门缝照在了对面的窗户上。

沉重的脚步声传了过来——是朝着楼上来的，不是向下的——我赶紧趁着响声躲进抽屉柜里。走廊里暗了下来，那个气愤的人越来越近了，他一边摸索着开关一边因为无法让它打开而大声咒骂着。我一把抓住抽屉上的一把梳子，然后把它轻轻地倚在两面窗帘搭着的地方。

他听到了声音，隐约地看到帘子在动，迅速地跳到屋子里，扯开窗帘，头部和肩膀都探出了窗外，手中的枪指着楼下的地面。

我此时已经做好应对准备了，一手拿着刀，另一只手迅速地扯过达米安的围巾。他听到我过来，想在我击倒他之前赶忙从窗口那里抽身回来，我已经把他一半的身体砸得探出了房间，然后猛地拉下上面的窗户，正好压在他的脊柱上。他痛苦地号叫着，使劲往里撞。窗户框和玻璃都裂开了，突然间他静了下来，因为他感觉到了我的刀尖顶着他，可以随时用力地捅他一刀，捅到他最敏感的部位。

"放下枪！"我厉声吼道。见他没有反应，我使劲地扭动了一下手中的刀子，一声尖叫过后便听到楼下花坛那里传出了砰的一声。"现在伸出右手。"

他的身体紧紧地绷着，以防自己掉下窗子，右手迅速地在破碎的窗户外晃了一下。太好了。我用围巾捆住了他的脚踝，然后用一只手打了一个复杂的结，非常结实。

着实费了好大的劲才把这个大块头从窗户那儿弄下来，还不能让他随意乱动，他的块头几乎有我两个大，最后，还是用他的腰带、三条领带，外加一条睡衣上的带子才把他捆好。他流着血、怒吼着被牢牢地捆着了。

我还是有些不安地走到灯开关那里，松开按键，撬出了银色的笔芯。他就在那里一直挣扎着，想要挣脱那些捆在身上的带子。

打开灯的时候，我已经不想再对他用些最狠的招数了，如今，我面对的是另一个难题——怎么处置他？我是说，我已经知道如何处理他了，可是——怎么让他开口说话呢？

我见过太多像他这样的人，他们往往在吃了不少苦头之后才会开口说话。如果我是福尔摩斯，或者是莱斯特雷德，问什么他都会照实回答的。如果我拿刀对他进行更狠的威胁，那可能更难让他相信，仅仅一个女孩就可以让他害怕。

他那么想也对。为了福尔摩斯，我愿意去折磨一个恶徒，可如果换成达米安和他女儿呢？

现在，那人正在地板上一动不动地躺着；我能感觉到他盯着我的背。我慢慢地在房间里绕着圈，让他有时间考虑自己的处境。现在他既不咒骂也不问我是什么人，这就说明他很有头脑，一点也不像那身大块头显出来的那么笨。

我低头看着用门板支起来的桌子，还有上面随意扔着的油彩和画纸，突然感到我正在审视着我自己。

不是镜子中的那个我，而是纸面上一个简单的、流畅的线条画出来的形象，优雅得就像一个日本的大师。那不是一副草图，而是完成的作品，是在一张厚实、昂贵的纸上画出来的。左下方是它的题目:《父亲的妻子》。签名是艾德勒。

我刻意地想把它从脑海中挥去，便伸手去够一管颜料，拿起它把玩了一会儿才放回桌上。我把刀放在它旁边，回到了我俘虏的身旁。他眼中充满了怒火和蔑视之情，正合我意。接下来我还要看到他的恐惧。

我一把抓起他的衣领。他得意地假笑了几声，以为我会费力地拽起他的大块头，不过肾上腺的分泌物既可以转换成力量，也可能转化成恐惧，我拉起他，朝后拖了两大步，把他拖到了那块破地毯的一角，然后用力一扔，他的头部重重地摔在光秃秃的地面上。

"该死，你到底要干什么，小妹妹？"

我在房间里来回走着，有条不紊地把家具堆起来，直到那张地毯不再是一种累赘。

我把他卷在了里面。

他在不停地咒骂，几乎要喘不过气，大肆谩骂的内容简直恶毒至极。我还是一句话都不说，回到桌边拿起刀子，然后跪在他头部旁边的地板上。我把满是红色的刀片拿给他，让他好好看看。他看着刀——再也控制不住自己了，那薄薄的、小小的刀片上满是猩红——可还不相信我会用刀。

我刚才当然没有用。不过，我一边盯着他的脸，一边把刀放进了嘴里，然后慢慢地、很享受地，把它舔干净了。

当然，上面的并不是血，而是达米安颜料管中鲜红的东西，不过那却比血迹还要有效。我拿出手帕，小心地擦了擦嘴唇，然后让刀片滑进了靴筒。

这意料之外的一幕可能很吓人。他的眼睛里再也没有那种轻蔑的神色。

"你刚才不该骂人的。"我告诉他。

能看得出，他还不太适应这样的开场白："什么？"

"如果你刚才换成是做个深呼吸，你现在的空间会大得多。你看看，现在感觉肺部捆得很紧吧。这样的话，过不了多久你就会一命呜呼的。"

"女士，你这下麻烦大了。"

"他什么时候来救你呀？"

"随时都会来。"我一直盯着他的脸，看出他在撒谎。

"我可不觉得。"

"他现在都开到车道附近了。"

"我却觉得他根本不会来，他哪有时间来救你。"

"你根本不会对我动刀子的。"

"当然不会，我根本没必要这么做。告诉我，你的呼吸现在怎么样？是不是容易一些了？你觉得你会完好无损地等到你那个老板来救你吗？"

他的眼中第一次闪过不安的阴影，从这一点上，我就知道自己接下来要做什么了。

"我可不认为他正往这赶呢。下周三的时候,那些善良的人还会来开会。你觉得,他们会坚持不懈地找你,直到进入这栋房子?也许他们不过是礼貌地敲敲门,发现没人应答,就离开了。"

他的呼吸突然急促了起来。

"你明白了吧?我根本不需要什么刀子。我什么事情都不用做,只需要从这里走出去,锁上前门后一走了之。"

"你到底想干什么?"他说的时候用了更下流的话,不过我根本没去理会他的用词,只是说出了我的问题。

"我在哪里可以找到那个刚刚开车离开却把你留下的男人?"

他问我为什么要知道这些。

我叹了口气,然后站起身。见我这样,他不安的神情又出现了。

"哎呀,"他说,"坦白说,我真的不知道。他只告诉了我他的名字,我也只知道他平常的住处,但他从来都不告诉我他在做什么,也从来不让我去他家。"

"可你自从去年秋天就跟着他做事。"

"是的,不过仅此而已,为他做事而已。我开着车带他到处游荡,替他做些事情。他从来不问我的想法,只是告诉我需要知道的事情。"

我走开了,他突然喊了一句:"等等,不要——"我不过是到椅子那儿取来一个垫子。他小心地看着它,见我把它扔到地板上坐了上去,他才松了一口气。

"告诉我你都知道他的什么。"

"如果我说了,你会怎样?"

"得看你有没有撒谎。如果你不说,我就走了,你也可以碰碰运气,看看有没有人听到你的叫喊。呃,还有,我会先用带子捆住你的双腿。你是不会从地毯中滚出来的。"

他开始说了。

他的名字的确是马卡斯·冈德森,他称他的老板为教主,这个称呼带着一半轻蔑还带着一半敬重。这个教主曾经自称为托马斯·布拉泽斯,而且教会中所有的人都知道那个名字,但冈德森在11月的时候曾经帮他用那个名字办过身份证明。

"他真实的名字是什么?"

"不知道,我真的不知道。"

"他怎么找到你的呢?"我问他。

"有个公司是教会资助经营的,专门帮助一些刑满释放的人。我到那儿找工作的时候……"

"你当时刚从监狱中放出来。"

"在斯克监狱服了四年刑。"

斯克监狱以囚犯需要吃尽苦头而闻名。"所以,布拉泽斯就以一名教友的身份出现,愿意给一个犯过罪的人第二次机会。"

"是这样。"

"可实际上,他给你的是第二个职业。你上周五有没有开车送一个女人到苏塞克斯去?"

"周五?没有,周五那天他给了我一天的假,还有周末。"

我紧紧地盯着他,虽然我能看出他隐瞒了一些事情,但我觉得他倒不至于撒谎。

"还有今天晚上,他没打算回来找你,是吧?"

"没有。"

"那你怎么找到他们呢?"

"我不会去的。"

"什么,他就那么开车走了,把你留在了这里?"

"如果他需要我的话,他知道到哪儿找我。"

"我才不信呢。"我说,虽然我心里想的是也许会的。

"他是个特立独行的人。我替他做事,却不是他的搭档。很多事情他都不告诉我,也有很多事他都不用我跟着。"

看不出再这样问下去能有什么收获——要么是他一直在撒谎,而且会继续撒下去,也有可能他说的是实情。我决定先忽略这点,便让他说说自己的背景,说说教主,他的伤疤,那本《证据》,说说他知道的事情,另外也说说那些他不知道的事情,只是猜猜就行。大约二十分钟后,他的回答越来越简短,他的眼睛开始睁得大大的,呼吸也急促起来。

"你得把我放出来。"他说。

"我不能那么做,马卡斯。"

"我会死在这里的,那样的话,你就成了杀人犯。"

"放松,慢慢地呼吸,你会好一点。"

"我告诉你,我现在无法呼吸了!"

"你大概是渴了,不过,你看看这里的灰尘。要不来点饮料?"

"天啊!"

"茶?还是啤酒?"

"女士!你这样的可真是少见!"

"谢谢。"

离开房间前,我用带子把他的腿又捆了一下,这样他就不能在地毯中乱滚。我刚离开还不到五分钟便回来了,他害怕得已经浑身是汗,怕我把他扔在那里不管了。

我进门的时候,他正在那里不停地骂着,只是不像先前那么起劲了。我漫不经心地用脚踢了踢地毯卷,让它滚了一下,然后把装着啤酒的杯子拿到了他嘴边。谩骂声停了下来,不过他脑袋下面的地上湿了一大片,杯子里的东西大多数都顺着他的喉咙流了下去。

我们又谈了十分钟，我心满意足地从他那里获得了我需要的信息，而且他一时半会儿也不会到别的地方去了。我解开他身上的带子，轻轻地踢了踢他，直到他毫无力气地挪到地毯上，之后我便下了楼，再次给迈克罗夫特打了个电话。

"抱歉又吵醒你了。"我说，然后告诉他这座房子的地址，然后让他在苏格兰场找个人，惊动莱斯特雷德，让他到这里来带走马卡斯·冈德森。

"不过你得两个小时之后再让他知道这些，"我说，"我找到了佛罗拿，布拉泽斯给尤兰达用的可能就是这个。而且，以其人之道还治其人之身——用它对付那个大块头一样有效。"

## 三十一

**魔力（1）**：这个世界就是一个巨大的经书蒸馏器，在这里，基本要素会被赋予力量。要素成了一种特殊的力量，纯净、简单。要素越重要，它聚集的力量就越大，只有智者才能随意地汲取这些力量。

《证据》，3章：5节

"莱斯特雷德之前打来电话，问你是不是在这儿。"迈克罗夫特第二天和我打招呼的时候提了一下。他正准备终止另一项计划；昨天晚上我到家的时候没有把他叫醒——或者说是凌晨的时候。我当时只是看了一眼钟表。

"准备好了？"

"他看起来已经打定了主意。"

"我相信你，你肯定告诉他我不在这里吧？"

"我几乎不直接跟警方撒谎，"他回答说，然后为了让我放心，又补充了一句，"我只是说，我有段时间没见着你了。"

"他会知道的，这么多年来，他已经学会了怎么听福尔摩斯说话。"

"哦，你会发现的确如此。不管怎样我都觉得，总督察不会完全相信我。"他把头斜靠在窗户上，我大口地喝着库珀太太给我倒的咖啡，在窗帘后找了个地方，望着窗外的街道。三十秒后，我就看到了他，"该死，他已经在那儿抓了一个人。我得向库珀太太借套衣服，赶紧离开这里。"

"根本没必要掩饰，"迈克罗夫特说，"上次那事之后，我原想着弄一个后门可能会更方便，但到现在也没弄。只有两个隐蔽的出口——一个通往圣詹姆斯广场，另一个通向天使球场。"

"不要告诉我入口就在书房那个可移动的书架后面。"

"我承认，我当时没忍住。"

我忍不住大笑了起来，不过听到他接下来的话，却再也笑不出来了。

"我担心莱斯特雷德也在派人四处查找达米安。"迈克罗夫特把晨报递给了我：首页中央是达米安的脸。报纸这样将照片刊登在上面，很明显是在通缉艾德勒，绝不只是为了警方的询问，而且，他也被认定为危险分子。

"危险分子？"我大声地质疑着，"莱斯特雷德没去看看那座围墙里的房子？没有提审冈德森吗？"

"警方看到达米安去了那里，但之后就不见了。另外，他们现在还不能审讯冈德森，他还睡着呢。"

"见鬼。"我说。现在唯一的希望，就是报纸上达米安的照片显示的是一个刚刚修剪过头发和胡子的人，下巴是整洁的；而我昨晚见到他的时候，他的头发已经和衣领一般齐了，满脸胡子。

"我可不可以这么理解，你已经觉得达米安有可能是清白的了？"迈克罗夫特问道。

"没有报纸。"我说漏了嘴。他的眉毛突然向上扬了起来，我这才意识到，这一点我的确需要慢慢来。我开始去整理那些从围墙里面的房子中带回来的东西，再出来时，库珀太太已经把早餐拿到了我面前。见她又去厨房了，我便继续整理了起来。

"嗯，昨天晚上的确是光之孩子核心成员的一次聚会。"我说，这时突然冒出了一个想法：圈子。当时的样子不是和他们用的形状有些联系吗？我摇了摇头，把一个瓶口封得严严实实的玻璃罐放在了迈克罗夫特面前，里面装的是一种绿得扎眼的液体，还浮着各种颜色的东西，看起来有些像鞋子上的皮革："这就是那几个人当时喝的东西。我在储藏柜里发现了好几个这样的瓶子——他们是用蜂蜜酒泡的，别看颜色是那样的。从他们的反应上判断，效果要比蜂蜜酒强得多。你能不能找人鉴定一下里面还有什么成分？"

他打开软木塞，把瓶子放到鼻子下面："一种非常奇特的饮料。"

"没错，不过我不知道这和福尔摩斯有没有关系。"

他把瓶子放在一边，我继续说了下去。

"他们称作主教的人当时也在那儿——另外，是的，冈德森和那个房地产经纪人都提到了他眼睛附近有道疤痕，还有，冈德森印象中，他就是《证据》那本书的作者。他说自己还帮忙从印刷厂运过那些印完的书。可惜的是，我只看到那主教一眼，还是从背后看到的。这个布拉泽斯，不管真名是什么，在那里和他们谈了几分钟，不过就在他们要举行仪式的时候，一个参会成员带来的狗发现了我。"没必要告诉他那畜生的大小，可能放到他大衣的口袋中正合适。

"我最后甩开了那只动物，不过开会的那伙人也离开了，然后冈德森、布拉泽斯，还有达米安，上了一辆车，之后就开走了——我给你的车牌号就是那辆车的。达米安当时抱着个孩子，头发是黑色的。"

"啊，那还能让人感到些宽慰。"

"是呀，我进了屋子，查看了一下他们待过的地方，但是冈德森又返回了，我只好对付他。"

"但是，这其中有三件事情碰巧……'让我改变了看法'，因为我还没有最终形成结论，我们只能说，让我的看法发生了改变。第一件事,达米安抱着孩子出来的时候,故意脸朝房子站着,似乎说明他知道有人也许在观察他们,同时也让我们放心。第二,这个。"我把当时发现的那幅钢笔画拿了出来——我已经仔细检查了那个房间,任何可能会把达米安和福尔摩斯联系在一起的东西都被我清理了,但是这幅特别的画,我怎么都得拿回来。

迈克罗夫特掸了掸手上可能沾着的碎屑,然后拿着那厚重画纸的一角,把画接了过去,仔细地看着我肖像上的黑色线条,就像在分析指纹一样认真。

"看出什么没有?"我问他。

他想了想这个问题,又考虑着自己的答案,然后把画放回桌子上,才回答我:"达米安·艾德勒的这幅画,完成的时间应该还不到一个月。"

"确实如此!"我兴奋地说,我们两个的看法竟然一致。一副非常精美的画,用精致的线条描绘出人物的神态,手法真是令人惊叹:我从未感觉我与画中人有多么相像,但让我极为开心的是,达米安会把我想象成这样:"福尔摩斯认为,在他和儿子共同度过那几天之后,儿子对他的不信任在慢慢退去。我得说,这幅画表明,达米安的心里发生了巨大的改变:如果他对父亲的妻子已经接受到那种程度,那么几乎不用怀疑,他已经接受了他的父亲。"

"很难想象,一位出色的艺术家竟然也会那么小心地掩饰自己的感情。"迈克罗夫特附和着说道。

"第三,就是报纸。达米安在那座房子里已经待了好几天了——也许周五以来就在那儿,这么长的时间里,他当然向他们要了一些画画用的东西和一张书桌。可是,整座房子中我只找到了周六的报纸。自从周一早上起,报纸上就满满的都是与尤兰达死亡有关的报道,如果达米安从那时起就藏在那里,如果他没有看到报纸,他也许现在还不知道这件事情。"

迈克罗夫特又回顾了一遍我们知道的事情,他眼中专注的神情慢慢消失了,他把与此案有关的线索逐条在记忆中理了一遍,将它们又进行了一番对比。最后,他点了点头:"我现在还做不到完全同意你说的,不过我能看出来,你已经不想再把关注的焦点放到达米安身上了。"

真是莫大的欣慰,迈克罗夫特从我的判断上看到了可靠的依据:"尽管如此,我还是弄不太清布拉泽斯和达米安之间的关系。布拉泽斯是在10月份雇用的冈德森,并且之后不久才创立了光之孩子这个组织。布拉泽斯是个英国人——我听到他说话了——可冈德森却认为他是最近才到英国的,还说他对伦敦并不熟悉,到这里也没有很长时间,当然不是战争时来到这里的。

"米莉森特·唐沃斯是在11月被雇来的,负责做几个小时的文秘工作——我知道这一点是因为她的账本上只有1月份以来的单子,而且,从那时起,她似乎就已经是光之孩子的信徒了。应该说,她和冈德森两个人,他们的主要任务就是替布拉泽斯出面做事。很多事情处理的过程中,他只是隐藏在这两个人后面,不管是造一个假的身份证明,还是租用一个会议场地。"

"给尤兰达·艾德勒买衣服。"迈克罗夫特补充道。

"对——看来得有人再去询问一下米莉森特·唐沃斯。好了,达米安直到1月份才到这里,那么——"

"是12月,他们圣诞节前到的。"

"是吗?他说他们是在法国的海岸上与我们错过的。"

"他也是那么告诉我的,但实际上,他们的船是在12月20号靠的岸。当然,这些事情我特意查过。"

"你知道他一开始就跟你撒了个谎?"

"人要是撒谎,往往会有很多种原因。这件事情上,我猜,他是用了很长时间才鼓起勇气去找他的父亲。没有想到会耽搁那么久,他也的确很尴尬地承认了此事。"

"我猜也是这样。"我又喝了些咖啡,感觉到虽然这一早上阴云密布,不过我的心情还算不错。一想到福尔摩斯的判断正确,达米安是清白的,总算松了口气,感觉心中那种乐观的情绪开始高涨了起来。

"你不打算和莱斯特雷德说说这件事情吗?"迈克罗夫特问了我一句。

我叹了口气:"你知道福尔摩斯是怎么打算的吗?"

"我弟弟是不会向苏格兰场透露任何事情的,直到他觉得他们彻底不会插手这件案子了。"

"我也是担心这一点。"

"不过,当他不在的时候——"

"不,我们还是照常进行,直到他自己觉得有必要的时候再说。这样的话,我觉得我得改变一下计划,今天我得出发去苏塞克斯。"

"玛丽,这里有没有什么事情需要我做?"

"嗯,我们需要找到布拉泽斯的家。他并不住在围墙后那个坟墓似的地方。他和冈德森以前经常在查尔顿街会面,就在尤斯顿路和菲尼克斯路之间。"

他看了我一眼。

"我知道,"我说,"三个火车站还有六条地铁线,再走上五分钟的路。还要——"

"——怎么都得去,"他把我要说的话补充完整,"我会派个人去盯着那里。"

"那人得非常谨慎。"

"没错。"

"抱歉，你当然知道那一点。谢谢。告诉库珀太太，我也说不好是不是能准时回来吃晚饭。"

我准备好了之后，迈克罗夫特让我从他书房那个可旋转的书架出去，告诉我蜡烛和火柴在哪里，以及如何打开出口的机关。蜂蜡散发的蜂蜜味道一直引着我走出了昏暗狭窄的迷宫；我出来时，一个莱斯特雷德的人也没见着。

过了好几个小时，我熄灭了里面的蜡烛，沿着原路从他书房的书架后又回来了。我走进客厅时，迈克罗夫特便和我说了起来，虽然那时他还背对着我。

"我该想到你可能会需要一杯果酒。我打开了夏洛克的一瓶酒，来尝尝怎么样。"

"不用了，"我说，然后缓和了一下回答时的语气，"我觉得自己已经腻烦蜂蜜了，一件又一件事里都有这东西。"

"那么来杯波尔多，很不错的。"他温和地说着，递过来满满一杯。我把手中的包裹放到桌子上，看着他放在我面前的盘子，却一点兴致也没有：库珀太太做的饭菜在炉子上温了两小时后还能有多好的味道。

"不想吃了，多谢，"我告诉他，"不过，为免莱斯特雷德突然搜查你的公寓来找我，也许你该把那个信封锁起来。里面有我在家里找到的所有相关资料，它们可能会显示福尔摩斯和达米安之间的关联。"

那天早上我到达苏塞克斯时，发现警察已经去过了我家的房子，但被哈德森太太严厉地赶走了。不过，如果继续这样下去，用不了多久他们还会来的，这次他们是经权威部门授权来实施搜查。如今，有人愿意让他们这么做。

迈克罗夫特收起桌上的包裹要把它拿走，但我告诉他："这里还有一个饼干袋。最好的办法就是把它送到一个实验室去提取指纹。"

迈克罗夫特点了点头,把证物拿到了他的书房,回来的时候手里是空的。

"福尔摩斯那儿有什么消息吗?"

他迅速从柜子中拿出一封信递了过来。信是寄给他的,上面是福尔摩斯的字迹,打开之后却发现里面没有任何称谓,措辞也简洁得像电报一样。

**周三,21号**

菲欧娜·凯特怀特在塞那·阿巴斯的死亡不是自杀,是谋杀,细节见面再说。

普尔的职业介绍所描述的斯迈思是个中年男子,身穿考究的套装,黑头发黑眼睛,谈吐优雅,左眼有道疤痕。没有发现他所说的公司。

到索尔兹伯里和巨石阵的游览车两分钟后就出发了。我已经贿赂了售票员让他先去后面的地方。这已经是第二次有人告诉我说我像夏洛克·福尔摩斯了。真心地祈祷,我不必因为谋杀一个到英国古迹来参观的游客而让你来保释我。

夏

我读完信就笑了起来。迈克罗夫特又递给我一封真正的电报:

去坎布里亚调查死羊。需要与周四在约克死亡的阿尔伯特·锡福斯有关的信息。

"福尔摩斯是怎么从咱们这里获得消息的?"真是不解。

"不管怎样,我把电报中所说的需要理解为他觉得那很关键,尽管不是马上要的那些信息。"

"你这么理解很可能是对的。还有,最好让他知道莱斯特雷德要发火了,所以近来可以低调一些。"

"夏洛克在什么事情上都是很低调的。我很满意,你这一天下来,竟没让他们捉住。今天莱斯特雷德都打过两三次电话了,听起来他越来越恼火。"

"明天我用公共电话打给他,看能不能平息一下他的火气。看来,你的人还要找到布拉泽斯,或是斯迈思,不管他是谁。"

"几个店主和住户觉得,听描述有些熟悉,只是没有照片,哪怕是画像也没有,他们还是一下子想不起来。明天他会继续找,再扩大范围找找。"

"我今天的运气也不怎么样。"

我很快就到了家,不过已经是第三次惹哈德森太太不高兴了,因为没能好好陪她说话或是好好吃顿饭。我拿了需要的东西就离开了,但是我拿着尤兰达的照片打听了一下,没有哪个司机或是火车上的工作人员见过她。我又问他们是否见过一个黑头发、眼睛附近有疤痕的人,但都觉得这个描述不够具体,印象不深。

"不过,我倒觉得这种没有结果可以理解为一种带着乐观成分的无果:如果尤兰达上周是坐火车去的苏塞克斯,就会有人记得她,"我告诉迈克罗夫特,"而且,冈德森说,他的老板在周四晚上到周一早上的这段时间,曾经开车出去过。他没有注意到汽车跑了多少英里,不过他说,教主自己开车出去并不是什么奇怪的事情。只是不知道莱斯特雷德从他那里获得的信息会不会比我多呢?"

"我在苏格兰场的耳目告诉我没有,还说冈德森只是为了钱才替人做事的。如果他知道布拉泽斯和达米安去了哪里,他会为了自己努力争取机会而弃他们不顾的。"

"他们没有打算放了冈德森,是吗?"

"目前看来,单凭他拿的枪,他们就不打算放了他,苏格兰场一直打击重犯持枪。我猜,尽管如此,他还是会向莱斯特雷德供出那位亚马孙女战士的,那个把他捆起来还在他皮肤上捅出个洞的人。"

"莱斯特雷德很快就会有所行动,"我后悔地说,"除了寻找布拉泽斯的住处,你还有什么发现吗?"

很明显,他在等着我问这个:那天他一直在忙,一边是他在苏格兰场的耳目给他传递情报,一边是自己的密探开始搜寻工作,着实让他忙得很。托马斯·布拉泽斯主教出现于1923年12月,名下的护照是英国籍,是在出现后四周签发的,还有相当大的一笔银行存款。他的人在追查这笔存款还有开过的支票,但是初步结果是,这个布拉泽斯非常喜欢使用现金,即便大宗交易也是如此。布拉泽斯要么是有个满满的保险柜,要么就还有另外一个账户,他一直把纸币存到那里。

可是,正如冈德森之前提到的,并没有托马斯·布拉泽斯进入这个国家的记录——或者购买房屋、汽车的记录。迈克罗夫特已经布置人从这些记录着手开始调查,任何在冈德森被雇用之前的两个月内来到英国的人,都要查一下。

"我另外还查了一下我们收集的阿莱斯特·克劳利的资料。"迈克罗夫特告诉我,"就像你之前所说的,克劳利和这个案件并没有直接的关系,不过我希望这能为我们指出另一条调查路径。"

"和《证据》中有几点相似,但是在我想象中,那些生活在两种信仰中的人,都认为这些教义中所写的人就是自己,都相信自己就是神。有一件事的确引起了我的注意:克劳利1906年在上海待过一段时间。他还讲了一件在那儿耽搁的事情,正是这件事情让他没能在那年的4月份到达旧金山。"

我吃了一惊,抬起头:"是因为地震还是火灾?"

"他当时说,要不是在上海的延误,他本可以按时到达。"

"你是说,《证据》中提到的作者'保护向导那凡人的生活免受来自愤怒的地球上那些动荡和火焰的影响',其实就是在说克劳利和旧金山吗?"

"这只是一种可能。还有一点有意思的是,这人也提到了流星和彗星。我在皇家天文协会的线人建议,如果我们在调查一个中年男人的出生日期,最有可能的就是1882年8月到12月之间出生的人。9月彗星刚出现的时候,英仙座流星雨已经结束了,但它很快就达到了最亮的状态,不需要想象力的延展就能早早地在天空中看到它。"

"那我们可以寻找一个四十二岁的英国人,1906年的时候在上海。也许你可以——"

"问问我在上海的朋友,让他们按照这个线索开始搜寻。"

我刚想问一下我们什么时候能知道结果,突然又想,迈克罗夫特对这个问题应该和我一样关切。

"还有一件事,"他说,"饼干袋上没有达米安的指纹。"

"你找人确定了?比对完了?"

"这已经够了。如果他碰过,他把它清理干净之前已经至少有三个人拿过那个东西了。我让福特南·梅森公司的工作人员提供他们的指纹做了比对。其中一只手很小;提取出指纹的时候,我觉得那是尤兰达的。我打算再看看能不能弄到围墙房子中的指纹,拿来比对一下。"

"不是达米安的,"我说。"谢天谢地,老天保佑。"

那天晚上上床的时候,我虽然觉得那并不是证明他清白的有利证据,不过还是能让我安心地睡个好觉了。

## 三十二

**魔力（2）**：这是什么意思呢？是要鼓起勇气、释放出来，然后吸收到自己的身体里吗？一个词说出来、写下来、被烧掉，然后和水搅拌在一起；这就是能量，一个孩子的魔力。但也包含着一些真理。

《证据》，3章：5节

周五一大早，我就被莱斯特雷德打来的电话吵醒了。迈克罗夫特是在早上六点四十五的时候接的电话，当他的眼睛向我这边四处张望时，我立刻就知道了打电话的人是谁。我回到他的书房，摘下了另一部电话的听筒。

"——才不相信，福尔摩斯先生，您不知道您弟弟和他妻子在哪里？"

"总督察先生，我非常震惊，您竟然指责我向您撒谎。"

"我敢打赌，您就是在撒谎。我想知道罗素小姐为什么要把冈德森这个恶棍捆在地毯里，然后又跑掉了。我想知道，您弟弟和尤兰达·艾德勒到底是什么关系。另外，我真的很想问，他是怎么知道了我们在尤兰达胃里发现的食物？"

"是吗？"

"确实。里面有坚果酱和饼干，是就着果酒吃下的。"

"你可真聪明。你有没有幸运地找到在冈德森之前离开的那些人？"

"他们把车丢弃在——等一下，如果您弟弟不在这儿的话，您是怎么知道这些的？"

"总督察先生，自从周二以来，我就没见着我弟弟，我说的这些不过是大家都知道的事情。"

"我可不这么认为。也许我该把您带到局里好好问一下。"

"您真的认为您有权力那么做吗，总督察先生？"迈克罗夫特的语气中更多的是打趣而不是威胁。

莱斯特雷德没有说话，毫无疑问，他在考虑有没有可能动用更高的权贵来制约迈克罗夫特·福尔摩斯。不过，非要指出别人的局限，终究不是什么好办法。

"我或许没有。不过，我正打算签发对您弟弟和弟媳的逮捕令。他们正在泄露至关重要的信息，而这是我无法容忍的。"

他砰的一声挂断了电话。我回到迈克罗夫特的客厅时，他正看着电话，一脸尴尬。

"我的一次新体验，"我说了一句，"被警方通缉。"

"抱歉，玛丽。我本该想到那么和他说话会让他恼火的。"

"我不确定那能有多大影响；反正他已经在到处找我们了。"

"如果夏洛克在回家的路上被捕，我会去找他们理论的。"

"福尔摩斯能应付。"

"如果他没能躲开他们，那我家门口就会被打探消息的媒体记者挤满。"

那天早上我先是去了拯救灵魂监狱改造小组，去查接受改造的罪犯名单。到的时候，警察还没来，这让我的行动容易了一些，这甚至让我确定，他们只对达米安·艾德勒感兴趣。改造所的负责人是个瘦瘦的、脸色苍白的人，双手一直抖个不停，制服的领口敞开着；我问他是不是有个黑头发、带伤疤的人曾经来过。

"哦，是的，"他耸了一下肩膀，"斯迈思主教，我记得很清楚，他非常渴望能提供一些帮助，为我们这里做了不少贡献,他还见了几个之前在我们这里改造的犯人,打算在其中找个人为他做事。"

"最后找到人了吗?"

"我记得是。对,是冈德森。我不是第一次在这里见到那个可怜的人。"他伤心地告诉我,很快又好了起来,"不过自从那次之后,我就再没见过他,所以也许,他最后找到了自己的出路,一条通向光明的路,上帝保佑。"

我并不打算告诉他实情。

也不想让他知道,在英国任意一所教堂的名册上,都没有那个斯迈思主教的记录。

周五下午,一大波可靠的信息传到了迈克罗夫特家。

阿尔伯特·锡福斯,福尔摩斯电报中提到的名字,竟是一名失业的约克郡教师,5月末的时候被开除了,因为他的一名学生告诉父母,她的拉丁语老师在和她套近乎。上周四早上,有人看到他笔直地靠着一块矗立的石头,望着约克郡一片人迹罕至的荒地。他的手腕被切开了,刀子还在他的手中。

"他什么时候死的?"我问迈克罗夫特,他正从办公室给我打电话告诉我这个消息。

"大约一天前。"

"他已经在那里一天了,就没人发现吗?"

"他唯一的邻居是羊。"

我看了看接电话时记录下的信息:锡福斯,5月19日被开除,手中拿着刀。如果这人又是一个受害者,那就证实了这种犯罪模式不是单独作案。

一个小时后,迈克罗夫特又打来电话,说他的专用实验室分析了那伙教众所喝的东西:蜂蜜酒、荨麻利乔酒(一看颜色便知)、大麻(我猜到了),还有蘑菇(这个倒是没想到)。

"蘑菇。是一种毒蘑菇吗？"

"它们之间的区别并不明显，而且样品也有点变质了，不过菌类学家还在努力。"

挂断电话，我挠了挠头部，然后收拾东西准备出发，不过一分神差点忘了从前门出去很危险。我停了下来，改变方向，五分钟后我出现在圣雅各广场。这次我打算从大英博物馆的阅览室开始查访。我把票递给门卫的时候，心中闪过片刻不安，还好莱斯特雷德没想到通知这里，而且他们也是多一事不如少一事，那个人毫不犹豫地挥手让我进去了。

闭馆之前我找到了需要的东西，不过在朝天使球场入口走的时候，我差一点碰到莱斯特雷德布置在杰明街那里的警察。所幸，我先看到了他，赶紧躲开了。

我带着一身烧焦的蜂蜜味出现在家里时，迈克罗夫特正从走廊里走过来，他刚刚散步回来。

"啊，玛丽，"他看到我一点也没惊讶，"我有东西给你。"

"我也有给你的东西。"

我们坐在客厅一边喝着东西，一边交换资料：我读着他那位农业部朋友发来的报告，里面详细地记载了六个月来牲畜的死亡情况；而他呢，皱着眉头看着我那些潦草的笔记，上面写着瓦尔哈拉殿堂[1]上那些亡灵的食物，让他们准备好投入与狂暴战士的混战：那些食物中就有蜂蜜酒和毒蘑菇。

我把他的报告放在一边，拿来铅笔和另外一份记载着月圆事件的笔记。

"今天下午夏洛克来电话了，"他说。"非常糟糕的联络，从泰恩河畔纽卡斯尔打来的，不过我会设法通知他，让他在必要时向警方低头。"

"他在做什么？"

---

1 Valhall，北欧神话中死亡之神奥丁款待阵亡将士英灵的殿堂。——译注

"他刚要告诉我他打算去约克郡的沼泽地,电话就断了。"

"呃,至少还有种可能,你也许不用去纽卡斯尔或者同样偏远的地方去保释他。"

"是有可能。"

吃完饭,我坐在餐桌旁,开始认真地翻阅那篇家畜报告。和我预料的一样,有几十起动物死亡的事件,很多个郡都相继出现了,而且没有一起是明显的宗教献祭。也许我们要找的这个人另有目的,也不是宗教中的血祭,而且我怀疑,他并不用死后的牲畜。(4月份在康沃尔就有三只死掉,一个接一个地倒在一处荒废的锡矿中。)或许这是针对人的:他对女人充满了恶意——而与约克郡的这次自杀事件并无关系。(一整群还在产蛋期的母鸡一夜之间消失了——不对,后来在邻居的鸡舍里发现了它们。)或者菲欧娜·凯特怀特和阿尔伯特·锡福斯这两个人,因为什么事情是有关联的,或者因为遗产问题,或是因为工作地点。(一头公牛被一辆卡车撞了,卡车逃离了现场,不过没逃出多远,因为撞了公牛那么大的块头,足以让引擎慢慢熄火,最后彻底停下来。)还有可能"斯迈思"实际上真的需要一名秘书,可是菲欧娜又能力不够,他就打算再找一个男性的秘书——不过别太胡扯了,罗素(7月的时候,威尔特郡的农民杀死了一头猪,因为它闯进了他家,还怎么赶都不走),根本没有斯迈思这个人,你的大脑太累了,上床睡觉吧。

我查了查。还有一些事情要处理。锡福斯被炒了鱿鱼,菲欧娜·凯特怀特也一样——还有马卡斯·冈德森。我放下了铅笔。"我得去趟约克郡,"我突然喊道,"现在。我知道自己在哪儿落脚后就给你打电话——你看看能不能帮我和那边的人说说,让我到警方那里看一下与锡福斯死亡有关的档案。还有,不要逮捕我。"

"你到车站酒店找个房间,一有消息我就在那里联系你。"

还好，我最终赶上了火车，到达约克郡的时候，车站酒店还有人进进出出。他们给我留了一个房间，还有一张便条：

*科萨总督察，中央警察局，上午十一点。*

我几乎没睡，很早就吃完了早饭，九点钟，我就走进了名单上列的约克郡的第一个职业介绍所。我来这儿要问清楚的事情是，凯特怀特、锡福斯、冈德森，还有唐沃斯，他找到他们的时候他们都是无业状态，布拉泽斯是不是喜欢利用职业介绍所呢？

十点半的时候，我终于找到了那家：小小的、破旧的、很明显，一直以来专门为无业人士介绍工作的中介。

"是的，我清楚地记得他。"这个瘦瘦的、苍白的、长着龅牙的男人，动了动尖鼻子上那个钢架已经破损的眼镜，"锡福斯先生之前的工作遇到了麻烦。"

"他因为乱拉关系被开除了。"我直言不讳地说。

"嗯，是的。我的建议是，如果再找一份学校的工作可能过于乐观。当然，除非他离开约克郡。我们这里能给他的唯一机会就是辅导一个十四岁的男孩，他之前因为在学校的教室纵火被校方开除了。"

换句话说，锡福斯的职业生涯彻底跌入了谷底。

"那么，他会自杀就一点也不奇怪了。"

"是啊。"

"你见过那个男孩吗？"

"哦，没，没有，只见过他的爸爸。"

"你能告诉我他长什么样吗？"

"你为什么要——"

"求你了,只要你告诉我我就离开,再也不来打搅你了。"

也许行得通,还真是。

"他很讨人喜欢,四十岁刚出头,黑色的头发和眼睛,一身考究的套装,看起来非常喜欢他的儿子,对于孩子的所作所为,他也感到很困惑。"

"他有没有伤疤?"

"伤疤?是的,我记得有。像是溅上什么烫伤的,就在眼睛上部。我记得当时还在想,他可真幸运,竟然没有影响视力。"

"眼睛上面——不是下面吗?"

"不是,真的不是。一片深色的三角形,延伸到发际线那里,上面很宽的一片。我自己亲爱的妈妈脸颊上也有那么一片。"他解释道,"是一锅热油烫的,不然我不会注意到。"

"我明白了。"我不知道这件事为什么重要,尽管越详细的描述越有帮助,而且,如果伤疤一直向下延伸而不是向上,大概还能唤醒一个目击证人的回忆,"这个绅士有没有留下名字,或者什么方式能让你联系到他?"

"他名叫斯迈思,是最近才来到这里的,目前还在寻找住处,但他对儿子格外关心。他把我推荐的几个人都记下来,还告诉我如果确定了人选会再来联系我。"

"有多少个名字?"

"呃,只有这一个。"

"对了,还有,你知道斯迈思是怎么找到你这儿的吗?"

"我猜,他是看到了街上的牌子。我没在什么地方贴过广告,而且按他的说法,他是刚到此地不久,还有——嗯,坦白说,他和我见到的客户不太一样。"

这就说得通了,一个人专门物色那些饱受欺凌的失业者——这样的男男女女,自杀了也不会让人觉得意外——一定会在街上四处溜达,寻找这种毫无生气的破旧店家。

在街上，我突然想道：一只眼睛附近有一道长长的三角疤痕，这一点很像那些书中的符号，在那些指环上，还有尤兰达·艾德勒尸体上的文身，都是这个符号。

不过，那有什么意义呢？

我比约好的时间早到了一些，但科萨总督察已经在等我了。他把我迎到办公室，然后递给我一份薄薄的档案。"没有多少。"他说。

但他们已经做完了尸检，并且认定阿尔伯特·锡福斯是周二晚间或是周三凌晨，就是在8月12号或是13号死亡的，死因是手腕部位的伤口流血至死。他的死因还在其次，案发现场的照片中，他拿刀的那只手告诉了我想知道的一切：刀片上满是血迹；他的手指却非常干净。

病理学家不但进行了彻底的检查，而且详细地做了记录：中年男性，没有肌肉紧张，没有疤痕，左肩有一颗痣，除了腕部没有其他伤口，等等。在第三张照片中，我突然看到他左耳后面有一块半英寸大小的地方头发被剪掉。如果菲欧娜·凯特怀特的尸检报告不是那么敷衍的话，我相信，我们也会看到一个相似的标记。

我把档案还给科萨："您有必要和苏格兰场的莱斯特雷德总督察说一下。让他好好看看第三张照片。"

对于这个没有一看到我就把我逮捕的人，我只好这么做了。

我坐的火车要在傍晚到达伦敦，一路上我都在想着满月和这几起谋杀事件。

在火车朝南开的过程中，天渐渐黑了下来，等我们到达终点站国王十字站的时候，那种逼近的不安氛围预示着一场暴风雨的到来。我赶紧拿着行李箱钻进了一辆出租车，给那人出了两倍的价钱,让他用平时一半的时间赶到天使球场。他使出浑身解数,我终于在第一滴雨打在车窗上之前回到了迈克罗夫特家。

见我匆匆进来,他惊讶地望着我。

"我得去光之孩子看看那里的仪式,"我穿过房间的时候跟他说了一下,"我不介意你和我一起去。"

我回过头,看到了一双瞪大的眼睛:习惯很难改掉,除了自己规定的去海德公园散步,他这一辈子,懒惰的样子是不打算改了。

"福尔摩斯有没有消息?"我喊了一声。

"还没有。饼干袋上的指纹,和在墙后的房子中发现的对不上。另外,你对于饮料中蘑菇的怀疑被证明是合理的:是伞形毒菇,不是松蘑。"

"那么,就是迷幻药。"

"你发现的饮料,如果有人喝了几杯,是的,就会那样。"

"你是说,还要从大麻上着重调查一下?"

"的确。还有——你这次去有什么收获吗?"

"布拉泽斯肯定是通过中介来物色目标。"我说,然后把发现的那些东西扔给他,自己翻箱倒柜地找些合适的衣服——要比上周的衣服正式一些,但还是要有些怪异的。尽管天气糟糕,我最终还是穿了件男式衬衫,配上一条鲜艳的南美手工编织皮带,还有一条同样鲜艳的印度围巾,而且戴着的钟形夏帽上,也缠着一圈鲜艳的丝带。

迈克罗夫特停下手头的事情,用了很长时间评价我回到家中和要出去时所穿的衣服,可以肯定,我一直以来都在不停地乔装扮。今天晚上,他只是看了一眼那些艳丽的配饰,并不想对不搭配的颜色做出太多的评价,他还祝我这次出去能有好的收获。

## 三十三

**力量（1）**：如果万物都能连接起来，如果上帝已经用神奇的丝线将万物连在一起，那么力量就开始在那里集聚了。原始人征服敌人之后把他们的心吃掉时，就明白了这个理念中的预示。

《证据》，3章：7节

我在聚会大厅对面的马路上站了一会儿，直到确定并没有警察监视着入口。雨小了些，预示着要停了，也预示了秋天的到来，不过穿过晚上川流不息的马路，还是能把我打湿。

在门口那里，我又犹豫了一下，在上楼的过程中，我一直都处在高度警觉的状态。前厅那里空无一人，只有一张放着宣传册的桌子，我把门推开一条小缝，朝里看去。

仪式快要结束了，里面没剩几个人：上周有一百二十个人参加，这周只剩了三分之一。我觉得那并不是因为下雨。

米莉森特·唐沃斯还在读着，在两支黑色的蜡烛之间，穿着一件白袍子。她读的内容是一个充满罪恶却又极为自由的东方城市，在那里作者的知识开始积累起来，开始领悟到光明和黑暗之间、真理和谎言之间的关系，但我觉得，她并不关心这些词语的意思。她读得很快，只是随口而出，没有一点让听众听清的打算。她时不时地停下来，似乎是喉部被卡住了。她弯着腰，几乎贴在了书上，没有抬头看一眼，只是紧紧地握着手中的书。

她很害怕，或者说很气愤。或者两者都有。

这一章读完的时候，她才第一次抬起头，急切地望了一眼后排一个高大的身影，那人身体前倾，披着一件灰色的大衣。我仔细地看了一下，注意到他周围全是空椅子，还让人把门虚掩上：莱斯特雷德已经派人来了，而且光之孩子的人知道他是谁。

通往集会大厅的走廊向另一个方向延伸。我把最远处的灯打开，坐在一节台阶上，在那儿等着仪式结束。没过多久，那里的门开了，里面的人快速朝楼梯走去：没人在那儿闲聊，没有饼干，没有茶水。过了一会儿，那个便衣警察出来了，几分钟后，上次圈内会议那几个核心的兄弟姐妹也跟着走了出来。

走廊里的人都走了，我走进会议室，看见了米莉森特·唐沃斯，她正在把那些小册子装进他们那些带着鲜明标志的箱子里。她抬头看了看，见我走来，吃了一惊。

"抱歉，来晚了没赶上仪式。"

"刚才没有什么仪式。以后也许也不会有了。"说着，她把一些卡片噼里啪啦地堆在那些册子上。

"我听说了。我是说，关于尤兰达的事。我知道，想必那一定搅得人心惶惶。"

"这还不是最关键的，不是，"她说，"当然这件事很糟糕，但现在到处都是警察，旁敲侧击地询问——"

她突然停住了，抱起箱子搬到了储藏柜中。我跟着她帮忙收拾那个折叠桌。我们把门关上，挂锁也锁上，她才转身对我说：

"你想知道什么？"

"我来是想谈谈光之孩子。"我说。

"你，还有别的所有人！"

"我和警察不是一起的,也不是报社的。我只是一个朋友。"

"可不是我的。"

"也许会是。你看,"我非常清楚地告诉她,"我注意到隔壁有家咖啡馆,我们可以去喝碗汤,或者来杯咖啡,好不好?"

她犹豫了一下,不过就在这时,老天发表了意见,一声响雷,伴着拍打在窗上的一阵急促的雨点,这无疑是在警告她,如果现在走着回家的话,她会湿成什么样子。她同意了,还是有些勉强,我们在雨中迅速地跑向咖啡馆。我的胳膊在眼前挥动,双手拽着帽子以防被风吹走,不过警方的探子似乎只是等着看布拉泽斯会不会出现,发现没有他,就都回家去了。

米莉森特——我们很快就开始亲密地称呼彼此的名字——没有客套,点了份可可;我也随着她点了一份,虽然自从大学毕业我就再也没有喝过这种甜得发腻的液体,而且坦白说,我本打算两人都喝些有劲的东西。我力劝她一定要精神饱满,她便又点了一份松糕:"不过,我也知道不该再点了。"

"最近点它的人不多了,是不是?"

趁她还没转移话题,我赶紧抓住机会:"虽然维多利亚这个名字还没过时。那倒让我想起了什么。哦,知道了——这一周,我一直在想艾德勒家的孩子,艾斯特蕾,也是一个不太常见的名字。真是让人跟着难过,是不是?你觉得达米安现在怎么样了?"

她拿起那个装着她法袍的小包,摇了摇头。她还是觉得自己不该说这些。

"我才不信他会和她的死有关系,虽然报纸就想让我们认为是这样,"我紧追不放,"我是说,他人虽然古怪,但不是那种人。"

她一下子坐直了身体:"我觉得非常有可能。达米安,他是个非常奇怪的年轻人。他们越早发现他,把那孩子放到安全的地方,就越好。"

"真的吗?嗯,看来你比我了解他。但是那一定给你带来了不少麻烦,我是说,在光之孩子这里。有尤兰达这样的一个信徒,加上达米安又失踪了。另外,你们的首领——那个主教,你们是不是这么称呼他?要是让他也失踪,可不是件容易的事。"

"只要我们需要,主教就会来的。"她突然呵了一声。要不是那服务生的出现,她甚至会气愤地离去。这时候,可可和松糕已经在我们面前摆好了,我试着把话题引向别处。

"我非常想见他,一等到事情平静下来就去。你说,除了参加这种仪式,还有没有什么类似的学习小组,也能读到你用的这本书?"

"我们也在考虑这种需求,之前……大约一周前,我们还找时间安排这件事。光之孩子的一些高级学员每周都有例会,但就像你说的,这种需求是针对初学者的。目前主教正在准备一个入门性的教义,就是《光之讲义》,是《证据》中的一些节选,但在形式上会更容易理解。"

"哦,真是太好了。"我表现出了极大的热心。

"真是太好了。"她边嚼着蛋糕边说。

实际上,松糕已经不新鲜了,可可又那么热,以至于上面都起了一层皮:我记得上大学时就觉得这东西太腻了,但是米莉森特喜欢。

"你对《证据》似乎特别精通,"我说,"你研习多久了?"

"5月份的时候,我得到了一册,不过在那之前的几个月,我就对它有所耳闻。这是一本值得仔细研读的好书。"

"跟我说说主教吧。他一定是个非常有魅力的人,竟然能把这么一群有趣的人召集在一起。"

她的脸一下子红了:"为光之孩子服务是一种荣耀。"

"那本书,《证据》——是他写的吗?"

这么说有点不对:"它不是'被'什么人写的,就像《新约》一样,不是由任何一个人写的。书中的内容是经过主教传播给世人。"

"那是当然,我明白。就是说,我也觉得,主教根本不需要花钱来找人帮忙,你说是吧?我一直都主动找事去做,也很愿意帮着打些字,去买些东西。你能做吗?"

"他要是有需要,我也会的。"

"哦,我明白了——你也替他做事。那就好,不过你要是需要帮忙的话,一定记着找我。"我这次喝下了一大口,现在不那么烫了,我在想还能从她那里打听些什么。想到这一点,她刚才非常明显地回避了那个问题。

"你觉得,下周的仪式主教会不会来?"

"由于光之孩子的工作需要,他可能还会离开一周时间,不过之后他就会回来的。"

她把杯子推开,显然是在告诉我,我们这次茶点和聊天应该结束了。我叫服务员来付账,并向窗外望了望,看是不是还在下雨。一个瘦小的人穿着深色的雨衣站在窗前,正朝里面张望;雨点从他的帽檐滑下来,但不是成股地流。米莉森特不会冒雨走回家的。

我们一直聊到服务员拿来账单,钱是我付的。她谢了谢我,我告诉她,我非常期待再次见到她。我们慢慢地穿上潮湿的外套。走到门口,我说:

"你不用等我了。现在雨小了,你应该可以在雨再次下起来之前到家。"

她抬头看了看天空，打开雨伞迅速地跑了出去。我刚才本打算和她一起打辆车然后陪她回家，但是窗口那张面孔让我放弃了这个想法。等她安全过了马路，我走上前去和那个戴着帽子的人打了声招呼。

"你是在找我吗？"我问他。如果他是警察的话，我早就从后门溜走了。

"迈克罗夫特先生派我来找你。"

"那个皮包骨的官僚主义者想把我从街上拽走吗？"

这个人奇怪地看了看我，但马上就明白了我这么做的原因。他伸手把帽子斜了一下作为回应。"我从来不说福尔摩斯先生皮包骨，"他答道，"而且蓓尔美尔街离此也没有多远。"

他认识迈克罗夫特；坐上他的车一起走是安全的。

我朝街上望了一眼，发现米莉森特·唐沃斯已经走了，于是便坐上了迈克罗夫特的探子开的车。

## 三十四

**力量（2）**：清晰地分辨出天堂的样子需要实践的思维和纯净的心灵，释放力量来点燃神圣的火花。操控基本要素是一生的工作。

《证据》，3章：7节

"他要做什么？"我问。

"福尔摩斯先生没有和自己下属分享那种信息的习惯，"那人说，然后发动了汽车，"不过，可能与上海来的人有关系。"

终于！

我们转眼就到了迈克罗夫特家后门的那条街。我下了车，回头看了看司机："你不进来吗？"

"我只是被派去找你的。晚上好，罗素小姐。"

"晚上好，呃……"

"琼斯。"

"又是一位琼斯兄弟，"我注意到，"那么，晚上好，琼斯先生。"

的确，凡事光看根本无法领会其中的精彩。我不在家的时候，迈克罗夫特家发生了意想不到的事情。首先是福尔摩斯回来了，看上去晒黑了，脚酸痛、关节僵硬，无疑是睡在地上引起的。从他面前桌子上那一大盘狼藉的三明治看，他应该也饿坏了，看来，想要从迈克罗夫特那儿了解最新情况得等一等了——与调查相关的档案文件已经被动过；达米安那封被重新寄出的信被放到了上面。

我和他打了招呼，而迈克罗夫特，我们感情的唯一见证人，此时比我还要沉默。他向我点了点头，便把注意力转移到了房中的第四个人身上。

这个新来的人看起来比福尔摩斯还疲惫。他身材矮小，被雨水打湿的亚麻布套装此时皱得就像一位百岁老人的脸，从这件衣服上看得出，衣服的主人很多天吃饭时都一直穿着它，而且至少有一顿是靠着油乎乎的机器吃的。他不仅是睡觉的时候穿着这身衣服，可以说这些天他都没有换过衣服，就这么穿着它走了很远的路。

这个从上海来的人并不是为我们提供证据而来。

"我感觉，您之前一定是在上海。"我想都没想就脱口说道。

这三个人都看着我，就好像我说话的样子像个从月球来的大人物。我淡淡地笑了笑，走上前伸出了手。那个瘦小的人也起了身。

"不用起身，"我赶忙说，"玛丽·罗素。"

他恭敬地坐下了，一只手紧紧地握着盘子，另一只手礼貌地握了一下我的手，这倒和他一身的狼狈有些不相称。

"这位是尼古拉斯·路福特先生，"迈克罗夫特说，"就像你说的，刚从上海来。"

"见到您很高兴。"他流利地说，口音很像瑞士人说的美式英语。

他附近有股难闻的气味，难怪迈克罗夫特在他和自己之间留出了一些空间；看来，我最好也退到福尔摩斯这边，而不要坐到他们之间的椅子上。

迈克罗夫特拿着酒瓶绕着桌子走了一圈，一边给桌上的杯子倒上酒一边对我说："路福特先生在东方时常帮我做些事情。

当时碰巧他在上海，所以我就把要找的信息托付给了他。"

但我还是不明白路福特先生为什么坐在迈克罗夫特家客厅的椅子上，是因为他答应要找的信息太过敏感不能打印出来吗？我刚想把自己的推断说出来，迈克罗夫特说道："他收集的这些信息很奇怪，由于太长了，不能用电报发过来，写信通过皇家邮政寄过来则会耽搁，得这周中间才能收到。"

"因为护照就在我的衣袋里，我便自己到了机场，就像我把邮票贴在额头，把自己寄过来了一样。"那人说，他看起来很开心，眼神中流露出一丝幽默，对这样一个因为疲惫而蜷缩着身体的人，那也许不过是眼睛中闪烁的光芒。

"没必要道歉，路福特先生，我的情况和你差不多。"

"我能理解。"他说，这倒让我很惊讶。我还没来得及问他是怎么知道的，他就转向了迈克罗夫特："收到您的命令后，我花了几个小时才从之前的任务中脱身，不过上海并不大，如果您理解我所说的。我没用多久就找到了您要找的人。"

他停了一下，看了看我和福尔摩斯："我的主要任务是尽量找到一些与一个名叫达米安·艾德勒的英国人有关的信息，还有他的妻子尤兰达，这人之前叫什么不详。除了艾德勒的名字，还知道他的大致特征、出生日期和地点，他母亲的名字，还有就是，他可能是个画家。我目前了解到的就这么多。

"我这次非常幸运，因为他去年出入英国大使馆好几次，先是补办他丢了的护照，接着是去填他妻子和女儿的信息。您之前没有说到他女儿，不过我觉得应该是他，所以从那儿开始调查。

"在我详细叙述之前，你们想不想知道我是怎么弄到这些信息的，或者说，按时间顺序给你们讲一下？它们多少还是值得听听的。"

没等福尔摩斯回答，迈克罗夫特就说："我们给你足够的时间，你想说什么，我们都洗耳恭听。"

福尔摩斯肯定是想让他挑有用的说，把推理过程留给他的观众。但迈克罗夫特很了解这个人，而且瑞士人的思维，如果按照时间顺序，也会更加清晰。路福特又拿起一块三明治，咽了一大口葡萄酒，便开始讲起来：

"非常好。大使馆就是我的资源库，警方的几个部门，还有艾德勒的朋友圈和一些业务上的熟人。我也想和艾德勒夫人的家人谈谈，不过那得一天的路程，并且我觉得时间要比彻底了解情况更重要。

"达米安·艾德勒最早出现在上海，应该是在1920年6月。我走访时遇到的一个人，认为艾德勒早在那之前的几个星期就到了上海，但他是在6月份的时候开始使用那位……哥哥的那处房子，"他说着看了我一眼，"是一座寻欢作乐的房子。房子的主人有个习惯，就是让一两个健壮的、相对持重的年轻人住在那里，租金很低，就是帮着招揽客人。我问过他，这是不是就像让一个胖乎乎的男孩来掌管巧克力店一样，他说是的，还有一个目的，呃，就是，先享受一下这些货物，不过，他发现，让一两个可靠的邻居住在这里，还可以让那些女孩子有家的感觉，如果客人太过粗暴，她们可以避一避。"

我没看福尔摩斯，不想看到他被达米安这个版本的往事伤害的样子，不过当他听到"先享受一下货物"这句话的时候，我还是感到他在有意回避。他唯一的反应是把杯子里的酒喝下了一大口。

"尤兰达·陈——就是后来的艾德勒夫人——在艾德勒搬进来时还不在那里住，尽管她似乎几年前就在那里出现过。那里的老鸨说，这个女孩是在1905年和1906年间来的，她那时十三四岁。恐怕，她那时就是个妓女。"他看了看我们没有表情的脸，一边整理思绪，一边呷了一小口酒。

"当她在1912年结婚的时候——"

"你说什么?"福尔摩斯惊呼了一声,我和迈克罗夫特也差一点喊出来。

路福特惊讶地看着他:"可事实就是这样。"

"你确定吗?"

作为回答,他伸手拿过一个小旅行包,从里面取出了一个马尼拉纸的信封。他解开上面缠着的细绳,在里面翻了一会儿才发现要找的文件。"这上面记着她的年龄是十六岁,不过她在登记的时候多说了三岁。"他把那页文件放到了福尔摩斯桌上;我从福尔摩斯的肩上望过去。

是一张结婚证书,日期是1912年11月21日,上面的两个人,尤兰达·陈,十六岁,还有詹姆斯·哈莫尼·海登主教,三十岁,是个英国人。

这次,惊呼一声的人是我。

"1882年出生——你知道这个海登长什么样吗?"

路福特拿过信封,从里面取出一块正方形的报纸,上面是庆祝某次捐赠仪式或是授奖仪式的场景:纸已经很破旧了,但还能看得出上面的两个人正面对着镜头握手,左边的人穿着一身正式的黑衣服,戴着一顶丝质的帽子,右边的男人笑容满面,穿着轻便的套装,戴着一顶软帽,还戴着教士的硬白领。

"右边的这个人就是海登主教。这是他的教堂用筹集的资金资助建立一所贫困儿童学校时的场景。"

除了笑的时候露出的牙齿,能看出他是詹姆斯·海登的特征就是,他是一名高加索白人,而且他的眼睛是黑色的。页面上本该看到他左眼附近的一处阴影或是一处印刷瑕疵,但我非常肯定的是,没有。

"他眼睛附近有块疤痕。"我说。

"与他相关的信息中的确这么说,"路福特同意我的说法,

"我没见过他,但我弄清楚了,他在1905年年末的时候出了次事故,一栋房子倒塌了,里面的电线还通着电。他伤得很重。也就是在接下来的一年中,他成立了教会,当上了主教。"

"不用任命吗?"福尔摩斯问道。

"也许是任命的。上海的宗教团体太多了。"

"是他。"我说,眼睛盯着剪报。我没见过他的脸,无法考证他眼睛的颜色和他的发型,但我确信就是他。

"我也这么觉得。"福尔摩斯说。

路福特等着我们解释,发现我们并没有,他便接着说了起来。

"他在市里公共租界的边缘地带租了一块地,开始了宗教活动,是一种将熟悉的仪式和外来的仪式混合在一起的宗教活动,从基督教中精神领袖的,到瑜伽中有益健康的东西都包括。我觉得,他们的读心术用得最多。他声称自己能收到布拉瓦茨基夫人——就是那个能通神的人——的指令。不久,他彻底把那栋房子买了下来,这多亏了社区中那些说英语的无聊的女人们,是她们让他过上了养尊处优的日子。"

"把印度教、瑜伽和神秘主义融合在一起,是不是那样的东西?"

"没错。"他说,然后没等我细问就接着说了下去。

路福特又从信封中拿出了另一张纸片,把它递给了迈克罗夫特。看完后,迈克罗夫特把它放在了第一张上面。"他们1920年离的婚。她的说法是他抛弃了自己和孩子。"

福尔摩斯清了清嗓子:"孩子?"

"是的,这是一个女人说的,她是尤兰达离开后还保持联系的一个朋友——就是那个寻欢作乐的地方,她在1913年有的孩子。"他又把信封拿了过来,这次是一封简短的电报,"这次调查中有很多重要资料,我不得不留给别人,你明白,时间最重要。这个我一直放在开罗。"

尤兰达·陈，1893年生于奉贤；多萝茜·海登，1913年生于卢湾，与奉贤的外公外婆一起生活。

读着这个，福尔摩斯的鼻子轻轻地动了一下，也许是在叹息，也可能是在抽泣。

路福特继续说："看起来，她和海登并没有住在一起，因为他在租界有处房子，中国人在那里不受欢迎。当然，他们在1917年3月就已经分手了，那时候她已经开始做女招待的工作，距离……她之前工作的地方只有两条街。这里我得说一下，这段时间，看不出她带着个孩子。把孩子交给外公外婆抚养是很常见的……对于在城里住的女孩来说。

"到了1920年，达米安·艾德勒到了上海。我说过，他找了个房子——也许不该把那称作房子，那是很多个住处组合在一起的复合体，那种格局拉近了住户的关系，就像一个大家族一样——曾经在那里住过的女孩还记得达米安，如今想到他还是充满了敬意和喜欢。他在那里有段时间经常酗酒，1920年，两个月中，月亏的时候他还被逮捕过两次。"

到目前为止，福尔摩斯都没有眨过眼睛。

"第一次逮捕是因为他喝得太多，发现他的汽车司机还以为他死了呢。"

"喔，"我小声地嘟囔了一句，"他只是说他再也不吸毒了。"

福尔摩斯并没有理会我的评论："第二次呢？"

"嗯，那是在一个月之后，更严重。1920年9月，艾德勒与人发生争执，把那人痛打了一顿，因此被捕。但是那人三天后出院的时候，并没有提出上诉。艾德勒接受警告后就被释放了。"

路福特这时看着福尔摩斯,似乎在等着他问其中的细节。福尔摩斯看懂了他的意图,便问了一句:"我们认识那个受害者吗?"

瑞士人的嘴角露出一丝微笑,他又拿过信封。这次的文件是两页纸,用别针钉在了一起。迈克罗夫特用了整整一分钟的时间才翻到下一页。这份警方的报告单记录的是约翰·海科的伤势:脑震荡、锁骨骨折、肱骨出现裂缝、皮肤挫伤、牙齿掉落——非常标准的一份酒吧斗殴材料。福尔摩斯翻到第二页,是那个被揍的受害者的照片,他的五官肿得厉害,到处都是瘀青,恐怕他妈妈都很难认出他来。

"约翰·海科,是吧?"福尔摩斯沉思着说道。

"他给医院的住址是假的。"路福特说。

这个人的头发是黑色的,但是看不清他的眼睛附近是不是有个伤疤。

福尔摩斯仔细地看着照片,然后摇了摇头,"真是可惜——"

他停了一下,目光落在路福特握着的那个几乎空了的信封上,"你没……"

作为回答,这个一身破旧套装的人取出了一张光滑的照片,然后起身从容地把它摆在福尔摩斯面前的桌子上。他坐了回去,一脸疲惫中透着满足。"这是我在上海一家报社认识的记者亲手交给我的,就在我搭上飞机的九十五分钟之前——"他迅速看了一眼迈克罗夫特,"可以说,我碰巧知道一架军用飞机正要起飞,而且我觉得,那可能是把它带到伦敦最好的机会了。"

"这是哪天?"我问他。

"周日。"

我们两个都直勾勾地盯着他;迈克罗夫特看着自己的杯

子，但是他的嘴角却流露出了一点点满意的神色。

"六天的时间里横跨了两个大洲？"我惊呼道，"太不可思议了！"

"如果不是有了便宜行事的权利，这是不可能的，包括调用飞机和重新安排火车。这期间我用了七架飞机、三列火车、十八辆汽车、两辆摩托车、一辆自行车，还有一辆黄包车。"

迈克罗夫特终于说话了："我的部门一直致力于一种被称为快捷旅行的实践。路福特先生一直保持着纪录。"

"还赢了十英镑，"我们这位20世纪的墨丘利[1]小声地嘀咕了一句，"哈里森和我打赌，说我八天的时间里是完成不了的。他是我在上海的搭档。"他解释道。

福尔摩斯继续看照片，见我正从身后看，便把它放斜了一点，方便我看到。

"我的记者朋友是在一年前开始对海登感兴趣的，当时他听到了一种传言，就是那位能干的主教正在变卖教堂的财产——几栋房子，都位于城中不错的位置，很多股票和贵重物品，是教中成员捐赠用于慈善但还没有送出去的那些。还有更坏的流言，据说他的信徒中有人死亡了。这张照片是在去年9月10日拍下的；第二天，主教就坐着船去英国了。这个记者猜想，很多官员都得到了贿赂，只是没人管而已。虽说海登不会被起诉，但从另一方面看，也没人欢迎他回来。"

海登的样子很清晰，身体健壮，举止傲慢，穿着一件剪裁考究的薄外套，衬衫是普通的软领，打着领带。他手中拿着草帽，正打算钻进一辆停在路边的汽车。一定是什么事情吸引了他的注意，因为他稍稍转过头来，正好面对着相机。他看上去有些似曾相识，尽管我只记得见过他的背影。他深色的眼睛有种不可抗拒的力量，他的嘴唇饱满，黑色的头发

---

1 Mercury，罗马神话中诸神的使者。——译注

闪着光泽。他的左眼被一块黑色的皮肤拉长了些，就像一条彗星一样的伤疤。似乎是在光之孩子反复看到的形状。

福尔摩斯把照片递给了迈克罗夫特："我们需要复印件。"

"当然。路福特，你还有什么要告诉我们吗？"

"几张从报纸上剪下来的他教堂的照片，就这些了。"

我向前挪了挪，三双眼睛突然都望向我。不是因为我想那么贪婪，不过还得问一句："艾德勒夫妇有个孩子。艾斯特蕾。你有没有看到她的出生记录？"

路福特疲惫的脸自责地沉了一下："我接到命令去调查达米安·艾德勒的妻子，尤兰达，便抓紧一切时间开展行动。我以为就是让我调查她婚前的背景。我没有拍他的结婚证，或者他们的银行账户，还有和孩子有关的证件。如果你们需要的话，我可以在一天后弄好。"

"我们现在唯一急着获得的信息是，她是不是还有一个孩子，在1913年出生的多萝茜·海登之后，在她嫁给达米安之前？"

"我可能因为匆忙错过了一些细节。老实说，即使有一个这样的孩子，我也不知道自己能不能找到他。"

"好吧，谢谢你。"

迈克罗夫特站起身："我们得让你好好睡一觉了。你有房间吗？"

"旅行者俱乐部那儿有一个。"他站起身，身体有些僵硬，然后和我们一一握手。迈克罗夫特把他领到门口，这时福尔摩斯突然说道：

"路福特？"那人回头看了一眼，"总之，这次你立了大功。"

那个年轻人的脸上突然绽放出了笑容："的确，不是吗？"说着他便离开了。

迈克罗夫特回来的时候，手里并没有拿照片。

## 三十五

**第三次出生**：只经历一次出生的人不知道美好与罪恶的区别。经历了第二次出生的人，看清了美好和罪恶，不论是内在的还是外在的。几乎没人能经历第三次出生：他诞生在神界，知道美好与邪恶并非对立，而是纠缠在一起的礼物，它们让燃烧的心灵有了力量。经历第三次出生的人无异于天使，他就是上帝的样子。

《证据》，3章：8节

迈克罗夫特把空盘子和酒杯拿走了，回来时拿着一个样子特别的瓶子和几个更小的杯子。刚刚喝过的可可和红酒已经在我的胃里翻腾，我拒绝了他的好意。

"我一直留着给你尝尝，"迈克罗夫特告诉他弟弟，"我本打算拿出来给路福特，但是看他那样子，太烈的酒会让他失去意识的。"两个人一边品着酒，还发出了赞赏的声音，一边谈论着地区的形势和布尔战争前的葡萄酒，我故意夸张地看着自己腕上的手表，才让我们的注意力重新回到手头的任务上。

"今天，我又接了莱斯特雷德的两通电话，"迈克罗夫特说，"第一个电话中，他通知我，实际上，他已经发出了对你们二人的逮捕令。第二个电话中，他问我，你是不是和达米安一起逃离了这个国家。"

"达米安已经逃离了这个国家？"我问。

"据我判断，莱斯特雷德之所以这么说，是因为苏格兰场的人找不到他。所以，夏洛克，你在古遗址那里找到了什么？"

福尔摩斯从他的椅子底下拽出了一个帆布包，这一路上它已经有些脏了，解开上面打的结之后，他把里面的东西都倒在了桌子上：三个大大的、鼓鼓的马尼拉纸信封，每个上面封口的绳子都紧紧地系着。

迈克罗夫特到他的书桌上拿来一打白纸。福尔摩斯拿起第一个信封，解开了上面的结，从里面抽出六个封好的标准信封，厚度各不相同。

他从一端把它们一个个撕开，把里面的东西抖到刚放在桌上的纸上：一个里面是沙土；另一个里面是枚硬币；两根燃过的火柴；一把树叶和草叶，每一片上都沾满了血迹；四个深色的小球，看起来像是卵石；一张带着两枚不同脚印的包肉纸，一个是女人的高跟鞋留下的，另一个是一个高大男人的靴子留下的，都是福尔摩斯用石膏模型提取的，印完之后就扔了——在乡下，带个石膏模型到处走很不方便。

六张纸上摆满了物品，他等我们仔细地看过之后，又开始把它们装回信封。我拿起一块卵石，发现它比石头软很多，也许是蜡，或者——是中午野餐剩下的软骨？是的，这样的东西我以前在哪里见过。

第二个大信封里的东西占用了四页纸：一张上面是一些同样染上血迹的草；一张上面是一块棉质的布料，不到半寸长；第三张纸上是一撮双色的土，浅棕色和深棕色两种；第四张纸上看起来没有什么东西，我只注意到福尔摩斯格外小心地把信封倒了倒。他把自己的放大镜递给我，我蹲下来仔细看，看到了两个小东西，几乎和纸的颜色一样，和眼睫毛大小差不多。像是剪下来的指甲，但不是弯的。

我小心地把纸推到迈克罗夫特那边的桌子上，把放大镜递给了他。我们看完之后，福尔摩斯又把这个马尼拉纸信封包好拿走，然后取来了第三个。

这是最厚的一个，里面的东西和其他几个差不多：溅上血迹的草叶；几张捻弄过的纸，里面包着三种不同的土，其中一种是纯粹的沙子；四根一模一样的火柴；一张口香糖包装纸；六个烟头，各不相同，而且其中两个还带着口红的印记，一个是粉红色的，另一个是浅橘色的；六七块软卵石；一枚靴子印记，看起来和第一个信封中的一样；一条白线，以及把它刮下来的树枝；最后一样东西，福尔摩斯先是用棉布把它包了起来，接着用周五的《泰晤士报》把它卷成了一个结实的管子。他剪掉绑着外层的细绳，露出了一个脏兮兮的石膏模型，大约六英尺长，弯成一道邪恶的弧形：这是一把巴黎刀的刀片模型。我把它拿起来，睁大眼睛看着福尔摩斯。

"这是我在约克郡荒野中一个偏远的地方找到的，那儿有一个石头围成的圈，人们称之为普利司通高地。阿尔伯特·锡福斯就是在那里自杀的。我觉得有意思的是，他割开自己的手腕后，竟然在土中把刀蹭干净了。"

"他被发现时，手里拿着刀，"我说，"刀刃上有血迹，而他的手指上却没有。那把刀不是这个形状。"

福尔摩斯说："刀柄在地上留下了一个椭圆形的印记，中间有道缝。你可以看看石膏上沾了血迹的地方。"

他把信封收了起来，然后说道："我们还需要从苏塞克斯案发地点那里采集的证据。"

"在我的保险柜里，"迈克罗夫特说，"我去取。"

"当我听说莱斯特雷德开始介入这个案子时，我就把东西都拿到这里来了。"我告诉福尔摩斯，"我担心留在那里会被他发现。上面有指纹，就在——"

"就在饼干的包装袋上，迈克罗夫特告诉我了。"

"我很开心。福尔摩斯，我真是开心，我冤枉了达米安。"

"我比你还要开心好几倍呢。"他回答道。

"周三晚上的八点半你在做什么?"我突然问了一句。

"周三?我可能正在爬过彭里斯教堂的一面墙,为了躲开一只狗。你问这干吗?"

可是这个时候,迈克罗夫特拿着包裹回来了,我只是微笑着摇了摇头。

还是和刚才一样,福尔摩斯打开了信封和文件:一些草木、沙土、烟头、一块黑线、两根火柴、三块软卵石,还有一块奇怪的碎片,有点像指甲。这次其中的一块因为放在了白纸上,更容易看到上面红褐色的线,虽然已经有些褪色了。

"这些东西是什么?"我等了一会儿问道。

"迈克罗夫特?"福尔摩斯喊了一声他的哥哥。

"我好些年没见过这个了,但感觉像是羽毛笔上的。"迈克罗夫特说得很慢,明显话里有话,我很快就明白了。

我立刻拿过那棕色的小片,感觉脊背上似乎有根冰冷的手指滑过:"羽毛笔?天啊,你是说他……"

我还没有说完,福尔摩斯便说了出来:"用羽毛笔蘸一下受害人的血,然后来写字?看起来是这样。"

"非常奇怪。"迈克罗夫特低声说。

"可是……我是说,疯子才会用受害人的血来写字,可是,就在当时吗?把他的笔剪下一块,而尸体当时就在他的脚下,血还……"

我吸了一大口气,没说出下面的话。

"血液过不了多长时间就会凝固,"福尔摩斯说,"六天前我就应该想到的:白垩质土上的沙子已经暗示了我。"

"什么?就是说,有人在去巨人那里之前先去了海滩?"

"这不是海滩上的沙子,罗素。这是吸墨水的沙子。"

"哦,"我说,"天啊。"我憎恶地盯着羽毛笔上掉下来的那些小东西，直到福尔摩斯重新用纸把它们包好，接着，我拿起他的杯子，喝了一大口白兰地。我一下子呛住了，不停地咳嗽，眼泪都出来了，我把迈克罗夫特珍藏的好酒糟蹋了，但是他一点也没有责备的意思。

"这些东西是哪儿来的？"他问，指着几个信封。

"第一个，里面有两个脚印，是从塞那·阿巴斯巨人那里提取的。第二个是从坎布里亚郡的一个巨石圈那儿提取的，那里被称为长梅格和她女儿们；5月1号那天，有个农民听到他的狗一直在叫，等他出去看的时候，他看到了那片巨石圈里似乎有烛火在闪动。走过去一看，邻居家的一头羊正躺在巨石圈中心，喉咙已经被割断了。第三个信封，里面全都是烟头，是从普利司通高地那里——不幸的是，就在阿尔伯特·锡福斯死的前两天，一辆满载女性水彩画家的长途客车去过那个地方。第四个信封，你知道的，是在威尔明顿巨人那里收集的。"

"一样的靴子，一样的火柴。"我说。

"一样的蜡烛。"他补充了一句。

"就是说那些软卵石是脏了的蜡？"

"不是脏，是深色的。"

"深色的？你是指黑色的？就像光之孩子用的那些蜡烛？或是黑弥撒？"

"真的有黑弥撒这个东西吗？"迈克罗夫特问，"有人听说过它，当然，我总觉得，那不过是一些义愤填膺的人编出来的故事，不过想让人相信他们敌人的种种罪行确实存在。"

"克劳利就弄这一套，"福尔摩斯告诉他，"你忘了去年那个年轻的拉沃德是怎么死的了？"

"拉乌尔·拉沃德死于病毒感染，就在克劳利位于意大利的别墅，不过他妻子却说是克劳利用魔法杀死了他。"

"是的,他是与黑弥撒接触后才死的,在那里他们用猫来献祭,喝掉它的血,"我说,"我们见过拉沃德的妻子,不过,她和我们说起那里用来实验的一些药品,我并不觉得有什么惊奇的,但是她所说的那些仪式倒像是真的。"这时我突然想到了一件更可怕的事情,"福尔摩斯,《证据》中提到过,原始人会吃掉敌人的心脏。你不会觉得布拉泽斯……"

"也喝掉那些受害者的血?"福尔摩斯想了一下,摇了摇头,"我没有发现相关的证据,比如,没有发现在什么地方有这样的痕迹表明杯子因此被特意擦干净了。而且,如果血是教众一起喝掉的,那他一个人行动的时候,还会这么做吗?"

我希望不是。我真的希望不是。

过了一会儿,我回了房间。正刷牙的时候,福尔摩斯进来找他的烟斗。

"你怎么还没睡?"我问,其实根本没必要问,他找烟斗就意味着他还要思考事情。

"我得读一读《证据》。"

"你怎么看路福特提供的这些信息?"

"你说哪部分?"

非常好;如果福尔摩斯不打算表态,我也可能会装糊涂:"福尔摩斯,就是达米安的妻子曾经和犯罪嫌疑人结过婚的那部分。达米安知不知道她以前结过婚?知不知道她和海登有个孩子?而且她一直在去他的教会?还有他画的那些画,用作那人书中的插画?"

"我觉得他知道,是的。"

"可他为什么还要跟他们在一起?为什么不让你知道?"

"我觉得他没有告诉我,应该是同样的原因,他不想让我知道他妻子那段不堪的过去:他怕我知道她以前的身份,我可能会把她看成一个最不入流的、靠色相骗取钱财的女人，我会立刻从这件事中抽身不管。毕竟，当我第一次见到达米安母亲的时候，我多多少少就有点那么看她。"

"可我们已经肯定这个女人是——之前是？"

我刚要反驳，又马上闭上了嘴。尤兰达·陈迫不得已走上娼妓道路时，还是个孩子；当她嫁给一个中年英国人的时候，她也没有长大成人，没想到那人竟是一个骗子，而且也许更糟糕。我有什么理由觉得尤兰达自己也是一名罪犯呢？没有。我有什么理由相信她背叛了达米安，就算是她参加了前任丈夫的教会？没有。

福尔摩斯看出了我脸上的矛盾。"我们很容易把事情想象成这孩子被那些坏人利用了，但是没有证据，罗素，他爱她，现在也是。如果你的想法是对的，他也不知道她死了，可他还是爱着她。"他总结道，"我们必须从这一点出发来想问题。"

"而且你觉得他知道这一切。知道她还在继续和布拉泽斯来往？"

"他知道。你应该记得，那些艺术家的生活实际上不只是达米安表现出来的样子。"

我想了想他的话，又想到了皇家咖啡馆中的那些人：两对夫妇，却都在和别人的另一半勾勾搭搭；爱丽丝，罗尼，还有他们之间的巴尼；爱泼斯坦的家务事，妻子、丈夫、丈夫的情人，还有家里一个个的孩子；布鲁姆斯伯里团体中各种各样的组合，那些情人、丈夫，妻子的情人成了丈夫的情人或是丈夫的情人成了妻子的情人；所有事情都是那么自然、公开；都是为了在更大程度上解读人性。

是的，达米安一定非常了解，了解并允许——甚至是赞成——他的妻子和她的前夫继续来往。

我笑了起来，有点伤感："看来，二十四岁了，我还在假正经。"

"谢天谢地，你是。"

"另外，"我说，"我之前觉得，如果达米安知道了尤兰达和布拉泽斯之间的关系，那么她失踪了，他就会去问布拉泽斯。"

"是的，我想，他的确这么做了。周三晚上，他离开了酒店一段时间。当时我还以为是因为幽闭恐惧症。"

"他有幽闭恐惧症？"我一下子想到了达米安和艾斯特蕾在围墙屋那里居住的房间，晚上的时候，那两扇大大的窗户也开着，"他离开的时间够不够到围墙屋一个来回？"

"够，打车的话。"

第二天清晨，我很早就醒了，模糊地看到了迈克罗夫特的会客厅在黎明中的样子。我翻了个身，却发现非常安静。这里是伦敦。

见鬼，又到周日了。

我喝到第三杯咖啡时，福尔摩斯才露面，接着是他的哥哥。迈克罗夫特兴致很高，至少，这是我见过的最高的时候。但福尔摩斯只是冷冷地看了一眼窗外，就像我刚才一样。

周日是最不方便的时候，尤其是开展调查。

不过，倒也不是一点收获都没有。第一件事，十点过八分时，我们正在吃着面包蘸果酱，突然传来几声用关节轻轻敲门的声音。我去看了一下，发现是"琼斯先生"，他的手中正拿着一个厚厚的包裹。他看了我一眼，确认迈克罗夫特在家之后，才把东西交给我。

我将它交给迈克罗夫特。他打开包裹，拿出了一张便条，看的时候，他的脸色越来越令人费解，我心想会不会是什么坏消息。

"病理学家对菲欧娜·凯特怀特和阿尔伯特·锡福斯检查

后发来的报告，在两个受害人胃里的食物中没有发现佛罗拿。"

"他们大意了。"我大声地说。

"也许对凯特怀特小姐可能是，但是对锡福斯的检查应该很仔细。他应该是被人用了药效很强的佛罗拿才会失去意识。"

他把报告结果递给我，上面说菲欧娜·凯特怀特是在之前的什么时候喝了一杯茶后才开枪自杀的，而阿尔伯特·锡福斯是喝了大量的啤酒。我不得不接受这个结果，因为如果里面有浓度很强的佛罗拿，病理学家应该会发现。这就意味着，布拉泽斯用的药我们得重新查起。

"还有，"我说，"他一定是用什么方法给锡福斯用的药。我不相信他这种身材的男人会坐在那儿任由手腕被人割开。"

"佛罗拿也有液体的，"福尔摩斯解释了一下，"我猜他给尤兰达用的是粉末状的，因为他事先有机会将它搅拌到果酱里。在一个繁忙的咖啡馆或是酒馆，把它从瓶子里滴几滴到茶杯里或是酒杯中，都不困难，可是在空旷的山坡上，那就需要一种非常隐蔽的手法。"

一幅令人毛骨悚然的画面：男人若无其事地将涂满果酱的饼干和一杯果酒递给了他曾经的妻子：两个人坐在草地上，脚下还放着野餐篮，背后就是巨人像，而此刻男人的刀都已经准备好了。

迈克罗夫特把信封里剩下的东西递给了福尔摩斯。是一些照片，包括上海记者拍摄的海登主教照片的复印件，还有两卷胶卷，是福尔摩斯在谋杀现场拍的。他把它们分别装在四个档案袋中，每个地方的都分别装，还把展示巨石阵那些庞大石头的挑出去了。我们凝视着它们，一个个地看，又整体地看，可是除了能向我们展示英国乡村迷人的风光之外，并没有看出其他的信息。

"所有的，都是荒凉的死亡地点，"我说。

"应该可以认定，它们是被特意选定的地点。"福尔摩斯说。

"嗯，如果他打算在到处都是人的古迹作案，很难找到地方。目前这类古迹都位于偏远之地——英国中部也许还有一些这种矗立的巨石和墓碑，比如在康沃尔和威尔士，但是英国中部的人，很多需要用这些石头盖房子或是砌墙。"

"当然，我发现这些地方的位置都非常偏远。"

我并没有说我听到了他昨晚睡觉前那声宽慰的叹息，我当时都已经睡了好几个小时了。

吞下最后一片面包后，我拿起了上海照片的复印件，看起来还是很熟悉，但就是说不清原因："我想去趟牛津，晚饭前应该能回来。福尔摩斯，你要向我保证，这次不要再消失了，好吗？"

"我今晚六点前尽量回来，"他说，又添了一句，"倒不是说我白天一定能碰上好运气。"

"你想查查我们这位主教还有别的什么镇静剂？"这并不是什么高明的推测，因为说到伦敦的黑市，福尔摩斯总是以各种理由不让我接近它。

"药商在周日不休息。"他说。

"我会记住你说的话。还有，迈克罗夫特，你要——"

"我打算调查一下布拉泽斯主教的经历，还有他可能会去哪里。不过，你，玛丽，你去牛津干吗？"

我戴上帽子，拿起手提包："去河边的话，今天应该天气很好，我也许会叫上个朋友去划船。"

我没有理会这两个男人茫然地看着我后背的眼神，他们是不是觉得我也有点疯了。

## 三十六

**伟大的作品（1）**：只经历一次出生的人，希望一直简单地生活。经历了第二次出生的人，希望获得真正的理解。经历第三次出生的人，具有神力的人，希望能塑造这个世界，让忽明忽暗的神旨发出光来。

《证据》，4章：1节

实际上，在河上泛舟这样的事情，我已经想了很久，尽管它更多是一种手段而不是结果。

大学时的爱好（可惜在过去几年被忽视了）是公元前神学法典领域的研究——通常被称为《旧约全书》，我们中一些人所在的宗教组织可以追溯到拿撒勒人耶稣之前，他们一样精通《希伯来圣经》。

尽管我对以前的东西感兴趣，但那并不意味着我们对现在的，甚至未来的神学分支一无所知。我的朋友，有的是中世纪教会的专家；我也去听过几期与19世纪宗教运动有关的报告；我还认识一些对当代宗教的新动向非常了解的人——他们中有的人的确非常狂热。

所以，与黑弥撒有关的问题出现时，我是非常清楚该去哪里的。

克拉丽莎·莱杰德是赫胥黎——托马斯·亨利的一个远亲，就是那个"达尔文的支持者"，他的孙子阿道斯，被视为文学界最新出现的鬼才。克拉丽莎·莱杰德也被人称为莱杰德教授，圣希尔达的沃登，她写了十四本宗教题材的著作，从中国的道教到阿拉伯半岛的苏非派都有涉猎，是个有着强烈好奇心的女人，果敢、坚强（她曾在东非的山区待过两年，入会仪式中留下的那道伤疤我还看到过），又十分机敏，而且这些品质一直伴随着她，直到今年八十七岁。让她极为恼火的是，目前她身体罹患的疾病，使她只能在家等着外界的消息。

我在她家里找到了她。和平常的周日一样，从牛津形形色色的教会仪式回来后，她先吃饭，然后休息。今天早上去的应该是圣米歇尔教堂。一直陪着她的孙女给我们奉上了几杯清茶和一些没有滋味的饼干，便留下我们在那里聊，自己出去了。

莱杰德教授伤神地看着杯子中的茶水："一个医生告诉我喝浓饮品的坏处，这让我家里人团结起来，都不许我喝咖啡。我觉得，他们更希望那样能让我少说点话。"

我们聊了一会儿探险的事情，我还告诉她前一年在印度的一些经历，以及春天在日本时的情景。我原以为她并不愿意介入我这种学术生涯的调查，但她洞察到了那些经历中的财富。最后，她让我说说自己此行的目的。

"我想知道一些关于黑弥撒的事情。"

"这里不行，"她很快告诉我，"如果你想和我谈那个，我们得到一个阳光充足的地方。"

我朝她笑了笑："您觉得去划船怎么样？"

她那干瘪的脸上立刻有了精神，"只要不用我撑杆我就喜欢。"

最终，我真的把这一天剩下的时间都用来划船闲逛了。她坐在带篷的轮椅上，她的孙女和我推着她朝圣米歇尔教堂走去，一路上我们都在谈论着印度北部。一到了那里，我们没费什么力气就把这个非常轻的老太太移到了学院的船上，船上挂着帘布，简直可以和埃及艳后的游船媲美。她的孙女又添了些食物和饮品，多得简直够北极探险之用，还给她带上了一把大大的雨伞、一大包散发着浓厚气味的盐和阿司匹林。我登上船尾，卷起袖子，开始逆流划船，走出了很远，还能听到岸上她那位小孙女在不停地高声指导。

我们沿着板球场走了一会儿，在植物园那里遇到了周末来晒太阳的一大群人，还要避开那些划得还不熟练的人，以及那些在浑浊的高水位区游泳的男孩子。昨晚伴着窗外的雨声，我一心只想着这一系列谋杀案，相比之下，今天这斑驳的阳光让我感觉自己好像在鸦片作用下的梦境中突然呼吸到了新鲜的空气。我这位忘年之交时不时地会和其他船上的人搭讪——有一次她竟然亲切却不卑不亢地用我们留着午餐喝的六瓶柠檬水和几个贝尔约尔学院的学生（他们的人可真不少）换了一瓶香槟酒，后来又心不在焉地把那个已经空了的瓶子塞到了临近一条船上留声机的喇叭中——不过大多数时候，她都在谈论着。谈论的话题引得附近的几条船逗留了一阵，因为他们不确定那些无意中听到的事情到底是不是真的，当他们确定那个不同寻常的老太太的确说了那样的一番话后，又都迅速地划着船离开了。

"黑弥撒，实际上是种巫术，"她告诉我，"当然，也许有人会同样指责教会中的弥撒，依据就是他对变体说的理解有多么认真，包括领受圣餐者在领受基督的身体时发生的转变。"十英尺外，一个脸上长着痘痘的男孩听到了这些话，吃惊地望着莱杰德教授，直到与他同船的人向他大喊，警告他马上要撞上了才回过神来。她却还在毫无顾忌地说着。

"无疑地，几个世纪以来，无数领受圣餐者已经把这种象征看成是真的，的确，教会也在努力让人们相信，圣体[1]就是由面粉直接转化的，当我们吃掉上帝的血肉时，我们自己就变成了他的血肉。那些食人部落的人认为，吃掉一个人就能让自己拥有那个人的能量。说到这儿，我孙女有没有带着我吩咐她拿的那些小肉饼？啊，是的，在这里呢。你要不要尝一个？"

我让船杆漂浮在我们身后的水中，操纵着它又不用力划，用另一只手接过了教授递来的小饼，咬了一口。

"松鸡肉？"我问她。

"我的一个孙子每年12月都去苏格兰，在那儿租一处房子。"她说。

"很好吃。"饼做得也很小。我拿起脚下那个之前放在船板上的杯子，就着一口香槟把饼咽了下去，接着继续划船。

莱杰德教授用一块干净的手帕塞住瓶口，又用细绳缠紧，然后把瓶子放到一边，既保持它的清凉又不会被河水弄脏——的确，真是非常实用。然后她用关节突出的手指拿起一小块碎饼，用一种科学家的冷静看着它。"一定有人想知道，如果吃了松鸡会怎样？会不会一飞冲天，还是开始发出奇怪的声音，还是具有超凡的繁衍能力？"这次是一对在河岸上谈情说爱的情侣听到了这番话，我们的船经过他们那里的时候，他们一直在伸长脖子看，我还以为能听到两声巨大的水花溅起的声响。

"不管怎么说，如果有人坚持认为宗教中应该有奇幻的因素存在，那么巫术会被认真地对待就没什么大惊小怪的了。黑弥撒起初是由万愚节发展而来，那时候是一群傻瓜统治的日子，纵酒和淫乱盛行。这些没有恶意的劣行倒是能帮助缓解压力，而且竟然得到了教会的支持，有人或许会说，这种

---

1 Host，指基督教圣餐礼等宗教仪式中代表耶稣躯体的面饼。——译注

放荡是得到允许的。

"然而,它的核心就是巫术,弥撒很容易被人理解为粗俗从而招致攻击:圣体本身就是能量汇集之处。如果它全都聚集到圣体那里,那么它同样会流回原来的地方,所以,通过使用未发酵的面包片做引子,黑弥撒的领袖、教会的领袖,还有上帝本人,便可以出击圣体的头部。

"黑弥撒起初打算亵渎圣体,以便让圣体中的能量被亵渎者使用。从一开始,黑弥撒就像岩石上的苔藓一样在发展,直到有人发现,比如说,17世纪的时候,弥撒是由艾蒂安·圭伯格主持的,其间路易十四的情妇被拉上神坛,而圣杯就放在她赤裸的胸前"——一个戴着眼镜的学生此刻正好沿着基督教堂草地旁边的小路走过来,他的诗集一下子掉在了地上——"神父当时竟用拉丁语对着那个可怜的人吟唱。"

"当然,性是很多邪教仪式的主要元素,毫无疑问,那是因为基督教严禁自由地表达性欲。你读过萨德侯爵的故事吧?"

"嗯"。

"那么,你就会记得,他那荒淫无度的生活有多少次都是和教会有关系的——圣体、弥撒、修士、神父。"

"关于血的事情呢?"我问了一句,问得有些急迫。

莱杰德教授用她那明亮的眼睛看着我:"我亲爱的,你为什么不告诉我你正在调查的东西?这和学术有关系吗?还是你所调查的一个案子?"

我把船划向对面的小路那里,然后把船杆插进了下面的淤泥,靠在长满一排树的岸边,我们就可以不受打扰了。确信附近没什么人之后,我走到了船中央,放下上面的帘子,拿过香槟瓶,把我们两个人的杯子都倒满了。

"是一个案子。"我说,然后把情况向她说了说。我没有把全部内情都告诉她：没有提到这件事还牵涉到福尔摩斯，没有说那个死在离我家十英里的地方的女人是谁。我想，她猜到了，但她并没有说出来。

"所以，"大约过了一刻钟的时间，我说，"当时在案发现场有些东西很像羽毛管上剪下来的东西，上面还有些污点，像干了的血迹，还有几块黑色的蜡块，我们想知道是什么东西。"

"巫术，"她脱口而出，那苍老而颤抖的声音中带着厌恶。"从术士耐克鲁斯和曼特伊德那里传下来的。"用血来写字和乞灵，用蜡把契约封好。这是一种最邪恶的黑暗之术。"还得用新鲜的血液来……"她摇了摇头没有说下去，"你一定要阻止这个人，玛丽。"

我打开了从伦敦带来的帆布背包，把艾德勒的那本《证据》递给了她："这个也许有所帮助，希望您能帮我看看上面有什么线索。"

"没问题。"她说，虽然在合上书的封皮之前，她的手犹豫了一下，不过只是片刻。

"我得把它带回伦敦。"我带着歉意说。

她拍了拍衣兜，找出一副阅读的眼镜，便打开了书。

我费力地把船杆从淤泥中拔了出来，倒是没有把船弄湿，然后继续慵懒地顺流而下，朝伊西斯划去，接着又逆流而上，来到了查韦尔区。我们从玛格德林桥下穿过，快到美索不达米亚的时候，这位老学者合上书，摘下了眼镜。

我还在继续划船，尽管我的肌肉火辣辣地痛，背部也感到酸痛。

"他写的这些东西，就好像在自说自话，"她一边说一边思考着，"不作什么解释，也没有给出合理的论据，一点都不像在讲道，只是一种对于自己声音的享受。是的，这是个男性，非常肯定。"

"不过，这并不是一本日志，它是一本印刷的书，至少印了两本。"我说。

"如果有两本，就可能有更多。这种深奥的文本只适合给那些最虔诚的信徒看。我觉得应该这样想，也许他还有另一个版本，把他的信念呈现给世人，要么已经存在，要么还在筹备中。"

"是《光之讲义》"我说，"他的一个门徒这么叫。"

"的确，光似乎是他宇宙学说的基础——或者，像你说的那样，光们：阳光、月光、彗星的光。这倒提醒了我，你觉得他出生时遇到的是哪颗彗星？"

"我们可以认为是1882年9月的那次。当时并没有流星出现，我所能找到的就是这个，不过说到年代表，他似乎游刃有余。从这件事上，能看出他对天文学和地理学也很有研究。"

"这简直是最愚蠢的想法。"她不屑地说道。

"难道不是因为疯狂才有了这么草率的推理吗？"我戏谑地问了一句。

她并没有笑："一个人如果遇到了一连串和宇宙有关的神秘事件，通常都会显示出紧凑的、强迫性的内在逻辑。"

"不过，"我说，"内在逻辑和理性并不是一回事。'这么拼命地支持一个站不住脚的观点，但还是有人愿意为之付出一切，这在几百年里都是令人匪夷所思的事情。'"

"刚才说的这些不过是直接的引用，我一下子想到了几年前的论文答辩，说出这番话的不是别人，正是克拉丽莎·莱杰德教授。"

她突然想了起来，然后笑了："我觉得那是唯一一次我听到你把书上的东西和逻辑学用到一块。"

"让您看到的只有这次。但是，我觉得《证据》的作者永远都不会拜您为师。"

"上帝保佑,不要这样。"这种想法显然很让人恶心。

"从这部书中还能看出什么与这个人有关的事情吗?"我问她。

"他对斯堪的纳维亚神话非常着迷,我觉得这应该和他对光感兴趣有很大关系——在北方寒冷的冬天里该多么渴望光呀!我猜,你并没有发现什么尸体是挂在树上的吧?"

我赶忙朝四周望了一下,这会儿,附近并没什么人经过:"抱歉,没有。"

"那么,他就并不是对沃登特别感兴趣。"

"不,是北欧神话,是的。他把教内几名核心的门徒聚集在一起,给他们喝了一种东西,里面有大量的蜂蜜酒,我认为这在北欧极为常见。"

"只有蜂蜜酒吗?"

"那是一种混合饮品,里面还有大麻提取物和一种毒蘑菇。"

"哦!我的天,那可真是糟糕极了。"

"呃,为什么?"

她抬头看着我,那满是皱纹的脸上,疲倦中更多的是惊讶。"世界毁灭[1]。在秩序和混乱之间的一场战役,是一个时代的终结,也是新纪元的开始。不得不提的是,从《证据》作者刻意编造的这一系列理论可以看出,那个执迷不悟的人写下这些东西,说明他已经完全相信,只要听从'光'的召唤进行献祭,他就可以毁灭这个世界。"

---

[1] Ragnarork,指北欧神话中因善恶大决战所导致的世界毁灭。——译注

## 三十七

**伟大的作品（2）**：经历第三次出生的人学着把自己的意念和部落人的意念集中起来塑造世界。他用工具来粉碎混淆视听的虚无，把体内的能量释放出来。他把时间和地点预估好，将自己的行动融入宇宙之中。这就是他伟大作品的一部分。

《证据》，4章：1节

"善恶大决战？"福尔摩斯惊讶地看着我，似乎我就是那个要发起大决战的人。

"听起来不太可能，可实际上是这样。"

五点半我回来的时候，他还在迈克罗夫特的公寓，由于是周日下午，他并没有找到出售非法药物的药商，此时正因此事闷闷不乐。我的回来——浑身上下洋溢着阳光和运动的气息，还带回了消息——并没有让事情顺利多少。

"罗素，我们现在并不是要找到那个早该待在疯人院的整日胡诌的傻瓜。"

"不，我们正在调查的这个人是个极其聪明的家伙，对邪教非常狂热。他巧妙地利用米莉森特·唐沃斯，让她在教会中承担主要使命，而与此同时，自己又疯狂地迷信活人献祭。福尔摩斯，这个人在他的书中对血做过详细的注解，他从不在聚会大厅把血泼向教众。"

"是没有过。"他冷冷地回答。

这时迈克罗夫特刚刚完成每天的巡视走了进来，一脸欢喜地把手杖放在一边的架子上，然后摘下帽子，扔在了桌上。他搓着手，一副期待的样子，走过去看了看那个装着葡萄酒的瓶子。

福尔摩斯怒视着他那宽宽的后背，这个直系亲属中另外一个让他还算满意的人，问了一句："我想，在找那个所谓的主教这件事上，你是不是也没什么进展？"

迈克罗夫特转过头："我亲爱的夏洛克，今天是周日；我的人可以工作，但这世界上的其他人，我担心，他们正在尽情地享受着最后的夏日阳光呢。"

福尔摩斯咒骂了一声，拿起帽子，迅速地穿过门厅，朝书房那个隐蔽的出口走去。迈克罗夫特回过身，四处望了望，然后瞪大眼睛看着我："我刚才说什么了？"

福尔摩斯很晚才回来，一无所获的样子。第二天早上看到他时，他还在犹豫地盯着杯子中的咖啡；我离开的时候，他正把迈克罗夫特书房中的垫子堆到一起，用它们给自己做一个小窝，在那里吸烟和思考。我突然感到一阵开心，可以在烟味飘过来之前躲掉。

看来，昨天真的是这个夏天最后一个暖和的日子，阴沉沉的天空表明，下一场雨又要来了，而且不久就会下起来。出门的时候，我带上了一把伞，还随身带着那本《证据》，还有那张上海传过来的主教照片，打算去书籍装订行看看有没有什么线索。

我拿了一张单子——迈克罗夫特也许不太热衷跑腿的任务，但他绝对是一个出色的资源库——从聚会大厅附近那些印刷和装订行开始。名单上有很多名字，其中五个在自然历史博物馆周围。上午的时间一点点过去，一个又一个印刷工人用他们那满是墨渍的手以及专业的眼光翻阅着,然后都摇了摇头,又把书还给了我。我在克伦威尔路上的布朗普顿医院附近喝了杯茶。照片有些磨损了。我右脚跟也磨出了水泡。两点钟的时候,我已经把迈克罗夫特名单上三分之一的印刷行都走遍了,现在一闻到纸和墨的味道就想吐。

我已经摁响了接下来要去的这家的门铃,竭力地控制着自己把门从墙上撕扯下来的冲动。店员刚刚接待完一位顾客,那是一个女人,声音中带着极让人反感的哀怨,更让人反感的是她的犹豫不定。我真想一把上前把她推到一边,所幸她最后还是犹豫地签下了订单,然后离开了。我走到那个店员面前,把书递向了他。

"你知道这本书是谁印刷的吗?"

他睁大眼睛看着近在鼻子底下的书,然后又瞪大眼睛看着我。我的眼睛过了片刻才睁开:"抱歉,这一上午真是又热又累,还是希望你谅解。我就是想知道你知不知道这本书是谁印刷的?"

他缓了缓神,接过书翻了起来,这已经是我今天问的第二十一个人。他也用一种专业的眼光翻阅着书,而且,也和其他二十个人一样,时不时地停下来研究一下上面的插图,然后,像其他人一样,把头歪向另一边。

"我不太确定,但也许是马库斯·托利弗家的东西。"

我呆呆地站在那儿,半伸着胳膊去接书:"什么?在哪里?"

"托利弗吗?不太确定,好像是在洛德路附近。"

"圣约翰·伍德那里?"

"或者,是迈达·威尔。"

我接过书,把它装进背包,向他灿烂地一笑,说:"先生,你不知道我多么想吻你一下。"

他非常平静地说:"女士,下次需要印什么东西,一定记得找我们。"

随意地走过托利弗的装订行就能知道,这家店没有多少印刷菜单和海报的生意。两扇小小的窗子对着街道。其中一个上面写着工整的黑漆鎏金字:

**托利弗**
**书籍装订**

另一扇窗户看起来更像是用来展示珠宝的而非印刷品,两本小书紧靠在墨绿色天鹅绒帘子的褶皱中,一本竖着放,露出了漂白过的鹿皮封面,看着很想过去摸一下。皮革封面非常雅致,上面有一棵优美的藤树,盘绕着封皮上的字母。藤树上结着三枚蓝绿色的果实,好像三颗圆圆的绿宝石镶嵌在浮雕上一样。

另一本书打开着放在那里,露出来的一页,让整本书看起来就像一个颇有天赋的业余水彩画家的日记,一副影影绰绰的威尼斯运河素描,旁边还有一些手写的评语。

二十分钟之前我就发现了这里,当时我正在这条繁华的街道对面。我沿着邻近街区的店铺和公寓走了一会儿,可惜,并没有发现后门。看来我要进去的话,只好通过前门了。

我没有再去看那两本书,而是直接从前门走了进去。空气中弥漫着各种味道:贵重的纸张、皮革、油墨、机油、燃料,还有雪茄烟的味道。后面什么地方的铃正在响个不停,可那个人已经迎上来了,对我友善地笑了一下。

我开始把事先编好的故事说给他听:上了年纪的叔叔过着有趣的生活,马上就是他的生日了,我们是个大家庭,他周游世界的日志需要多印几份。其中有很多页是彩色的,托利弗先生能帮这个忙吗?

托利弗先生能帮这个忙。

接着我拿出了那本《证据》,把它放在了柜台上:"我特别喜欢这里面的插图,还有这纸——怎么了?"

看到书,他几乎难以察觉地后退了一下,脸上的笑容也消失了。"这是你的书吗?"他问。

"不是,我是从一个朋友那儿借来的。"他脸上的表情还是很严肃,我赶忙换了口气,"嗯,也不算是朋友,只是一个我认识的人。"他还是没有反应,"而且,也不算是借。我只是把它拿了过来。"

"这是你偷的?"

有效地询问目击证人,还要注意细微的线索和提示,从他的言语、姿势,还有皮肤下面肌肉的颤动,都能看出一些蛛丝马迹。这一切发生得太突然了,不过实际上,只是进展很快而已。这时,托利弗还是不太相信这是偷来的,但同时,能看得出,他已经放下了戒心。

"不,不是,我不是偷的,是借的。只是在这件事上,我并没有让我朋友做决定,他当时没来得及从我手中抢回去。我会还回去的,老实说,我只是想好好地看看它。它非常漂亮。"

我希望他听到这些恭维会稍稍缓和一些,但似乎是还有别的什么事,他看起来不像之前那么乐于助人了。

还有些时候,有效地询问目击证人需要一些技巧,有人也许会不太喜欢这样,比如实话实说。

我叹了口气:"我其实并不需要什么印刷工人。朋友的妻子被人杀了。我觉得,现在警察调查的方向有些不对。我认为,这本书的主人也许会知道一些事情,那也许对我们很有帮助。我需要找到他。"

他一直看着我，直到我开始感到紧张：他没有必要知道我躲着警察的原因——我的照片现在还没有被印在所有的报纸上——但是，他有可能知道达米安和这本书的联系。最后，他伸出粗糙的手指，抚摸着一块皮革的边缘。他看上去一脸愧疚，就像一个父亲因为自己儿子犯下了可耻的罪行而感到愧疚一样。

"在工作生涯中，有两次我拒绝了别人，并不是因为我自己的技术，而是因为别的原因，"他说，"第一次要早一点，是我刚刚从事这个工作的第二年，有人找我把一些女孩子的照片装订起来，我觉得——嗯，那样做不合适。第二次，是一本要私自发行的小说，与警方公布的几组受害者照片有关。那次，里面那些色情的描述让我很反感。

"你知道，两次都是因为里面充斥着色情的东西，我才回绝的。嗯，就在去年秋天，我装订过一套，这么说吧，私人画作和诗歌，作为一个妻子送给丈夫的礼物。做出来的时候，的确非常美。

"而那两次我会拒绝，是因为我不喜欢自己的作品与那些东西有关系。你明白吗？"

"我相信。"

"这本书，"他一边说一边把手轻轻地放在封皮上，"也让我怀疑自己会不会后悔没有拒绝它。"

"但你没有。"

"我没有。开始印刷之前，我读了一下，我不经常这样做。我发现它非常古怪，但还不算那种非常反动的东西。"

"那你为什么还打算拒绝呢？"

他若有所思地用指尖敲了敲书皮：一下、两下、三下、四下："大概是那个人的态度。在某种程度上，是他让我想到了两个人，他们来找我是为了美化他们的小礼物。事情有点挑衅的意味，他们明知道那东西很让人恶心，却还是来挑衅我，让我主动去指责他们的要求。"

"但是，这件事情，你不能那么做。"

"仅仅因为那些插画我就愿意去做。实际上，我曾建议他，可以单独把那些艺术品装订成册。"

"他是怎么说的？"

托利弗的眼睛眨了眨："他并不十分满意——显然，书上写的那些东西，我明白，是他自己的。他也的确说到正打算弄一个浅显易懂的版本，配上同样的插图，而那本书是针对更高层次的人。但是，我不得不告诉他，我这里的装备没办法为他印刷那么多东西。"看起来，托利弗并不后悔自己当初那么回绝他。

"那是什么时候的事情？"

"1月份的时候，"他很快告诉了我，"今年年初的时候，我大约休了两周的假——我在12月份总是很忙，几乎到圣诞节之后才能把事情做完——在那之后，他是我的第一个顾客，那可能也是我接下他那个任务的原因。"

"什么——"我正要问，却发现他还想继续说出自己的想法。

"即便他在12月份的时候来，那些素描也会让我做出决定，因为达米安·艾德勒是个我特别期待的顾客。"

我的心怦地跳了一下，我能做的只是不停地回头看警察会不会出现在门外：他说话时的苦笑告诉我，他把达米安看成一个长期的顾客并不是实话。

"达米安·艾德勒是你的一个顾客吗？"

"他就是你那位被警察冤枉的朋友吧？我平时是读报纸的。以前，我觉得他是一个非常有魅力的年轻人，他的才华很少见。他是我在12月份结识的新顾客——他当时拿着一些自己印刷的图片和素描，希望我能把它们排好后装订成册，做成一份礼物，是给他父亲的。我相信是那样，不过几天后，他又来了一趟，告诉我那些东西不用急着弄了。"

"我见过那个册子。"我打断了他。为什么我没有早些意识到这一点呢？"它很漂亮。"

听到我这么说，托利弗低下了头，但是没有表示反对："一连几个晚上我都在熬夜，赶着在假期之前把它弄完，一方面这件事本身就很快乐，同时也希望艾德勒先生能再来找我做事。当我看到这些画的时候，我就认出这是他的作品，而且，我也明白了是艾德勒先生把我推荐给哈里斯主教的。"

哈里斯——这个人又弄出了一个名字。

"是一个四十岁左右的人吗？左眼附近有块疤痕？"

"是的，没错。"

"你知道他住在哪里吗？"

他慢慢地翻开《证据》，一直翻到了有钢笔素描的一页：月亮，是用鲜明的黑白两色画出来的，就在那一页的中央。他仔细地看着那幅画，就好像在向它请教一样，接着他突然往后退了一些，弯下腰，膝盖响了几声后，从柜台底下拿出了一个厚重的订单簿。

他迅速地翻着页码，然后把分类账放到柜台上，摆在我的面前让我看。

上面的地址，我以为会是假的——贝德福德花园是肯辛顿区的一条街道，但我没有想到竟有号码。不过，写在旁边的是电话号码。如果这个海登、哈里斯、布拉泽斯真的像我想象的那么在意《证据》，他就不可能留个假的电话号码在这里。我盖上笔帽，迅速看了一下分类账这页，当我看到上面的总数后，我的眼睛不由自主地眨了几下。然后我又仔细地看了一下，发现上面的确写着九本书。

"我看到上面写着你为他印了九本书？"

"实际上，是八本书。我主动提出为他印十五或二十本——是因为底版很费钱，你明白，这个用到的材料，嗯，是不能忽略的，可是多印一些就不那么明显了。但他就是要八本，还要求我把文本的底版给毁了。"

"竟有这样的事情？"

"是的，他还坚持要亲眼看着那些底版被毁掉——不是那些画作的底版，那些他让我留着，以便在印更简单一些的版本时还能再用。

"第九本书是用质量非常好的纸张做成的，并把那些原版的画作夹在其间。这本书叫作《真理之书》——书名写在了里面，不在封面上。封面的设计和《证据》是一样的。"

"我明白了。哦，谢谢你，托利弗先生。你真的帮了我一个大忙。"

"我希望你能找到要找的东西。"他说。接着，就在我转身朝门口走时，他的声音一下子让我停了下来："只是，一定要当心。"

我仔细地看着他的脸，在上面看到的绝对不只是礼貌："您为什么那么说？"

他似乎有些后悔，但还是说出了原因："我不知道，哈里斯主教那么一个道德高尚的人，他当时给我的印象可……可不是这样。"

"我会当心的。"让他放心之后，我便出去找到一部公用电话，把刚才的电话号码告诉迈克罗夫特。接着我来到一家咖啡馆坐了下来，在后面的一个角落里喝茶，这样就可以避开警察，我一直在那里躲到天快黑的时候。

然后我又给迈克罗夫特打了一个电话，他把地址告诉了我。

那是一条繁华的街道，带着砖石露台的三层楼房子气派地耸立在街道两边。房子的石阶被刷洗一新，就连上面装饰的东西也是新上过漆的。和别的邻居不同，这家的窗帘严实地拉着——因为房子的主人得天黑以后才能回来，或者说他根本不会回来了？我慢慢地走过房前，尽可能仔细地查看这栋没人看守的房子，然后又转到右边，沿着那条摆放着垃圾桶和专供运货车出入的小巷走下去。

我突然停住了。

一个人正从巷子的另一头走过来，一个衣冠楚楚的身影，整洁的亚麻布套装，蓝色的领带，即便在朦胧的光线中还是那么鲜艳，头上还戴着一顶草帽。他正摇晃着一根黑檀木的拐杖。他脖子上那条黑色的丝带被藏在衣兜里一块鲜艳的蓝色丝质小布片里：是一个单片眼镜。见我走过来，他把帽子向上抬了半英寸，露出了光滑的头发。

是福尔摩斯。

## 三十八

**意念**：当一群人都专注于一个目标，当他们献身于一种生活方式，并且致力于一件伟大的杰作，他们那集体的意念就会发出光芒，像一个小太阳一样，为实践者的事业提供能量。

《证据》，4章：2节

"真巧，亲爱的。"当他走近些的时候，我对他说。

他歪了一下帽子，然后拉住我的胳膊，把我推回到来时的方向，对于周围的人来说，我们就好像这里的两个居民，饭后的闲逛让他们突然改变了线路。

"你找到了知道那位主教住址的药商？"

"间接地看来，是的。"

"我是不是该认为你抽着烟在那里冥想还是有效果的？"

"整体上说还算是。尽管我抽到第三袋烟的时候，才突然想到一个人，总是让一些司法官和有头衔的年轻女人注意到他，还有剑桥和牛津的大学生，不需要偷偷溜进那些邪恶的地方，就可以买到他的药。"

"是一个出入上层社会的药商？"

"一个向往上层生活的医生。在工作当中接触过大量神经衰弱的人，那些可怜的人，需要在药物的帮助下才能熬过每一天。"

"有道理。"

"触目惊心,很长时间之后我才想到这一点。我把大部分时间都用来调查那些非常明显的罪犯群体,以至于忽视了那些上一阶层的人。"

我说:"你是怎么找到这个医生的?"

"我想到了一位特别的夫人——就是那位公爵的二女儿——她的父亲有处房产,那里每周都去一些神经衰弱的病人,其实就是他们那个阶层中一些无聊的人。所以,我决定去拜访她,向她咨询几个问题。"

"就穿着这身时髦的衣物。"

"我花了很长时间来分散她的注意力,最后才进去。你知道,一旦进了门,我就是一个很难缠的人。"他伸手从袖子中拽出一块棉布。

"威胁那位夫人,福尔摩斯?"

"哦,不,我说的话可都非常文雅,绝对不能用'威胁'这个词来形容。另外,那位养尊处优的夫人真是格外柔弱,我只是向她说起一个名字,扔给她一块棉布。她向我说起的那个医生是个更坚定的家伙,但也不过是坚持了几分钟,就说认识照片中的人,并且承认,曾经有一次把液体佛罗拿送到了他的住所,他坚持只提供房子的电话号码,你知道,他一方面是想继续留住他的顾客,另一方面,万一警察搜捕的时候,也许会到他的住所把东西弄走。"

我摇了摇头:"这些犯罪分子根本没有什么忠诚可言。"

"很可悲,但又是事实。你怎么样?你找到那个印刷《证据》的人了?"

"对,而且,我竟然没有跟他撒谎。"我说,"呃,我当时正打算骗他,但发现只有实话实说才行得通。他看起来并不喜欢那个哈里斯主教,他自己是这样称呼那个人的,说他有些不道德。"

我们在摄政王公园边上散步，等待天黑下来，我把自己和那位印刷工的对话跟他讲了一遍。等到家家户户都开始坐在餐桌旁的时候，我们回到那处打理得十分整齐的房子，悄悄溜了进去。

布拉泽斯的父母那代，他的家中可能有一个仆人或者是贴身侍者，但时过境迁，就在一个周一晚上的八点半，那个整日服侍他的人走了。

这里好久没人做饭了，房间中弥漫的气息，可以确定这是布拉泽斯的地盘。我们再次经过前厅时，并没有看到透过窗帘照进来的光线，不过，我们还是静静地在黑暗的厨房中站了二十分钟，听听空荡荡的屋子有什么动静。我们朝房子里面走的时候，轻软的鞋底在这片寂静中一点声响也没有。

后面房间的窗帘和前面的一样，都严实地拉着。冰箱里没有牛奶，也没有面包，只是地板上扔着几份广告单。

从餐具室到阁楼，我们都粗略地查看了一下。借着手电的光，我们确认这个地方的确没人居住，只有一只仓皇逃窜的老鼠——这一点更证实了这里没人，而且这个房子就是我们要找的：墙上挂着画，两幅大的和三幅小的，是艾德勒一家的画像。

其中的一副非常新颖，是布拉泽斯的肖像，画中的他穿着长袍，戴着一顶宽檐帽，这一下子就解开了自从周六晚上一直困扰着我的谜题：路福特照片上的那个人看着那么眼熟，是因为达米安用"海登教主"的那张脸为原型，画出了《世界之林的沃登》，那幅画我早在一周前就看过。

看着这幅画中的脸，我突然有种很强烈的感觉，达米安更愿意把海登画成吊在树上的样子，而不是漫步者沃登的样子。

作为一个神一样的人，那位主教很享受他的奢侈生活：

柜子中昂贵的名酒，衣柜中专门定制的套装，六七双手工制作的鞋子，一整套银柄的梳子和刷子专门用来整理头发和衣物，还有一张奢华的大床，想必有一两百年的历史了。床罩的锦缎用金线织成，床脚罩着一块华丽的毯子，是纯羊绒的，极为柔软。我离开了这个房间，后来又想了想，回屋扯掉了上面的床罩。

床上没有枕头和羽毛垫子。

我在书房找到了福尔摩斯。他把一本厚重的书靠在墙上，固定住窗帘间的缝隙，以保证一直严实地合在一起，之后才打开了书桌上的台灯。我注意到，他并没有戴手套。

"仆人已经把日用品拿走了。"我在门口告诉他。

"那我们就有足够的时间了。"

"他鞋子的尺码和你发现的靴子印很吻合。还得说一下，他应该是拿走了一双结实的鞋子——这里能看到一些脏衣服，但独独没有当时的鞋子。"

他咕哝了一声，还在专注地看着书架，我只好走了进去。房间里有一股很大的香味，但那甜美的气息中透着让人恶心的味道，就好像有吃腐肉的小动物藏在沙发底下一样。我快速地看了一眼台灯附近的书架：一本关于"喀拉拉邦的血邪教"的小册子、16世纪异端审判官的巫术宣言，几本书脊上写着汉语的书。在旁边的书架上有一个家庭的头盖骨，其中的四个，重量上是递减的，上面都有精心设计的图案。

福尔摩斯抱着一摞书来到桌子旁。

"你找到了什么？"

他找到的是三本《证据》。他重重地把它们扔在桌上，打开了第一本卷首插画那页：还是以往的图案，旁边还写着一个数字，干了好久的棕色墨迹，从边缘看像是用鹅毛笔尖写出来的，而不是金属尖。

"6？哦，我的天哪，第六本？那是——"我脑袋里立刻嗡了一下，一下子坐了下来。

"血迹，"他说，"是的，不过也许是羊的而不是人的。"这番话听着也许过于冷静，简直不合情理：他声音中的冷峻完全像是在说别的事情。

"还有。"我意识到自己正坐在布拉泽斯的椅子上，立刻站了起来。这时福尔摩斯却翻开了另外两本。一本上写着7，尽管那棕色因为上面的吸墨沙几乎看不清了，写着8的那本和其他几本情况差不多。

"艾德勒家的那本，"我突然说道。"标题页上面的污渍实际是一个数字。"

福尔摩斯把三本书打开放在台灯下，转身去书架那边。"那个印刷工说他印了八本吗？"

我努力地思考着他的问题。"布拉泽斯似乎很喜欢八这个数字——八本书，四个章节，每章里面都是八个部分。这也许说明他把另外三本送给了别人。"米莉森特·唐沃斯那本是写着2的，不过，我想知道，那几个核心成员谁手中有第三本、第四本，还有第五本：那个护士、她的哥哥，还有那个尖鼻子的女人。

"这也许说明他随身带着那本《真理之书》。"福尔摩斯说，"这是他的吸墨沙。"他拽下一个非常大的罐子的盖子，拿起一支铅笔搅了搅里面的东西。

"真多。"我说——这东西当时一定是很大的一堆。我在一个律师办公室看过那人用吸墨沙，但不过是薄薄的一小层，很容易被吹走。我伸出手，从罐子中取出了一小捏，用指头捻了捻，的确是吸墨沙。所有那些没写上数字的标题页都等着用这东西呢。

"福尔摩斯——这沙子。你找到的也太多了。光是写数字的话，根本用不了这么多。还有那些一次次从笔管上掉下来的东西。《真理之书》是他的日志。他用它记录着那些杀戮，什么时间，什么地点。"

福尔摩斯看着那些沙子，小声地嘟囔了一句："它上面会沾上血，它们说，血还会再沾上血。"

这些东西的力量就在我们的静脉中：莱杰德教授之前就告诉过我，但我当时并没有仔细思考这番话的意思。我之前也没想到那人已经疯狂到了极点。

我想，至少，现在可以确定的是——那并不是达米安的疯狂举动。可是即便到了现在，我也不得不承认，还没找到证据证实达米安不是布拉泽斯的追随者。没有证据，但是，应该能排除他参与杀害尤兰达·艾德勒的可能，毕竟那是他深爱的妻子，他孩子的母亲。

"不过，"福尔摩斯说，他拿起眼镜俯身看着那些书，"应该说，7这个数字用的是别的材料，并不是吸墨沙。"

我拿起来看了看，的确，用来吸干这个数字的东西非常好用，以至于大部分都被吸掉了。就是说有这样的东西，但我们还不清楚它是什么。

我们把那几本《证据》放回书架。福尔摩斯开始检查墙壁的时候，我坐在了桌边（拿过来一把凳子，而不是坐在布拉泽斯的椅子上）。桌上摆满了笔记本、书籍、小册子，还有一些非常显眼的旅行指南，有斯堪的纳维亚的、德国的，还有英国的。还发现了一本台历，从上面可以看出，5月份的前三周，布拉泽斯出去了一段时间，还有一个小册子是颂扬挪威卑尔根的魅力的。

他近期的工作,《光之讲义》,占据了书桌的大部分,都是一些密密麻麻的笔记,是用钢笔写上去的。有的被画上了一道道的线,偶尔也有从某本书或是报纸上撕下来的一页,上面的某一段被圈上了。这就是那本针对更多读者的《证据》,语言简单易懂,很多是参照《圣经》上的记载,也有一些与占星术有关,还包括一些具体的例子,解释了成为光之孩子的一员会有哪些让人惊奇的附加影响。

我从废纸篓中翻出三张揉皱的纸,用手掌把它们摁平,却发现上面只是一些他写在手稿中的笔记,其中有一处被一块墨渍盖上了。我仔细看着那块污渍,然后在纸篓中翻找那支弄出污渍的钢笔,最后,我在一些占星用的生日表中发现了它。它可真算得上是一件华丽的文具,笔尖是24K金的,但笔胆中只有一点点的墨水了。

我对福尔摩斯说:"你有没有觉得尤兰达手指上的污渍很像这东西?"

"的确。"

"她给达米安写的最后一封信,很可能就是在这张桌子旁完成的。"我指给他看了看,他什么也没说,又去专心地研究那个墙上的保险柜了。保险柜是在一幅油画后面发现的,画上是月光下的巨石阵(从并不娴熟的画工和过分夸张的画风来看,它明显不是出自达米安·艾德勒之手)。

我打开了桌子上层的抽屉,在一堆废钢笔、碎纸屑和其他文具中,发现了一个木制的盒子,里面装着十多个沉甸甸的、做工粗糙的指环,是核心成员用的,指环大小不一,尽管看起来像是纯金打造,但摸起来却像是镀金的。下面一层的抽屉中是一些地图,有英格兰、苏格兰、冰岛、德国的,还有几乎所有的斯堪的纳维亚国家的。

底层的抽屉中装着各种各样的杂物，包括一个狗项圈，很明显已经被搁置多年，一双崭新的皮质卧室拖鞋，一只很小的玩具茶杯。

我并没发现什么满是血腥的主教日志，福尔摩斯也没发现这样的东西。

不过，他倒确实发现了一些让人震惊的东西。

福尔摩斯发出了一声满意的咕噜，保险柜的门打开了。我走到他身后望了过去。

里面是一些钱，一大笔钱，是好几个国家目前正在流通的货币。两张护照，一张是经常使用的，上面的名字是哈里斯，另一张是在上海的居住证，名字是霍桑。一个天鹅绒的小钱袋，里面装着一些宝石，那些打磨过的宝石在光线昏暗的屋子里散发着让人惊叹的光芒。一个装着不明液体的瓶子，里面的东西大约有几盎司。还有三个小药瓶，没有装东西。七个厚重的白色信封，口被封住了，但没有贴上封条。

每个信封上都写着一个数字，里面都有一撮头发的样本。和福尔摩斯之前预想的一样，一些是从动物身上取下的——一号信封和二号信封里装的是一簇羊毛，四号信封中是三根公鸡尾部的羽毛，可三号信封中明显是人的毛发，灰色的，大约有八英寸长。五号信封中是个男人的毛发，棕色的发丝中夹着几根灰色的，上面的润发油已经让信封出现了油渍。六号信封中是几绺马尾毛。七号信封中，一大绺黑色的头发，四英寸长，一端用白色的丝线整齐地缠着，和一枚做工精美的金质婚戒绑在了一起，那样子和我之前看到的达米安手上的那枚一样。

尤兰达。

福尔摩斯从上衣兜中拿出一块干净的手帕，把它铺在桌子上，把信封中的黑发和婚戒取出放在了手帕中央。把空信封放回保险箱后,他把手帕叠好塞进了上衣兜。我没有表示反对:作为一种涉案证据,我也觉得不该再把它留在这里。他关上保险柜,来到我坐着的地方。

"有没有什么有用的发现?"

我指了指刚才在抽屉中发现的那几个奇怪的东西。现在,福尔摩斯把每个都拉开,把它们放到了吸墨纸上,显然既不在意破坏警方对布拉泽斯的调查,也不在意留下指纹。"刀片的形状不对。"他说的是我在顶部抽屉中发现的短剑。他翻看了一下那些斯堪的纳维亚王国出版的北欧神话小册子,不过剩下的——关于哈德良长城和巨石阵的专著、一篇《泰晤士报》上关于在德文郡发现宝藏的报道、一本记载北方星座的小册子,一个玩具小茶杯——在放回抽屉前,又被福尔摩斯轻轻地晃动了一下,书也都逐本被拿出来,仔细地晃了晃。

我把那只小巧的搪瓷杯子放在指尖,这个人也有这样一个东西,真是件怪事。就在一周前,我还见到了和这只杯子成套的另外三个,放在一个小搪瓷托盘上。那只失踪的茶杯在这里被发现,还有保险柜中他的那些战利品,是不是蕴含着什么不同的意义?

现在,这物件一下子勾起了我本打算封存在心底的思绪。不过,还是把它们说出来的好,如果现在不说,还要等到什么时候呢?

"福尔摩斯,三岁大的孩子玩茶话会的游戏吗?"

"对于三岁大的孩子,我的经验也不多。"他回答。

"艾德勒家的邻居,十一号的住户,有一个八九岁的孩子。她玩茶话会的游戏。我像她那么大的年纪时,也玩这个游戏。而且她和艾斯特蕾在公园见到时,经常玩这个游戏。她还会参照书上面的玩法。"

"你是想说什么?"

我吸了一口气来整理思绪:"一直以来,福尔摩斯,达米安都在……"

"都在撒谎吗?"福尔摩斯直接说了出来,"人们有时候会撒谎,不过我已经告诉过你他那样做的原因了。"

"但是,关于这个孩子。"

他停下了正在忙着的事情:"她怎么了?"

我转了转指尖上的小茶杯,避开他的目光:"那张照片,艾德勒一家的照片,是很久前照的。"

"那说明什么?"

"尤兰达的裙子和头发。时尚总是变得很快,尤其是裙子的长度。她家里的那些裙子都是最新款式的——即便那些旧的,裙边也都做过改动。我注意到这些,是因为这和照片上看到的太不一致了,艺术家是很关注时尚的。"我移开看着指尖上小茶杯的目光,抬起头,"我之前说过,照片上的裙子是三四年前流行的款式。她的发型也是。"

"照片是在上海的时候拍的。"他强调。

"这一点我同意,个人风格有时并不和当时的时尚同步。还有一种可能,就是尤兰达到了伦敦之后才开始关注时尚。不过——"

"你是想说,这张照片是在几年前拍的?那达米安为什么——"

他停住了。

我把自己的想法都说了出来:"如果照片真的是在几年前拍的,那么,这孩子就要比达米安想让我们知道的大一些。邻居家的女孩会愿意和一个三岁半的孩子一起玩吗?"

"这个孩子不可能是那个1913年出生的孩子。"他大声地说。

"多萝茜·海登?不,我也觉得不是,除非这张照片是伪造的。不过，即便尤兰达和布拉泽斯——海登——这个人的名字真的是太多了！即便他们在1917年就离婚了，在那之后也可能会有个孩子出生，而且她在达米安1920年到上海时还是个小孩子。"

"你是说，达米安担心我一旦知道了他妻子以前的事情，就不会再帮忙找她，这和我一旦怀疑那孩子不是他的，结果是一样的。而且，"他似乎接受了我的推断，"这同样进一步解释了尤兰达和她前夫继续来往的原因，是因为他是这孩子的父亲。"

他回头看了看书架，但我觉得他的心思并不在那里。而且，他也没有考虑真相，他在考虑我说的话。

我们接下来并没发现什么更有价值的东西，不过庆幸的是，布拉泽斯在这里住的不到一年的时间里，并没有让房子里充满他那些让人毛骨悚然的战利品。

我们快结束的时候，福尔摩斯用一块纸包住了桌上的一个玻璃镇纸，把它放到了衣袋中，是为了上面的指纹。还从保险柜中拿出了一小瓶不明液体和一些吸墨沙的样本。他站在那里，看着堆放着小册子和各种物件的桌子——不包括那个小茶杯，它已经被放到了我的口袋里——然后拿起了那把短剑。他用手握着它思考了一会儿，然后把它高高地举起又使劲地砍了下来：短剑砍透了一张印有爱尔兰石头十字架的明信片，透过下面的列车时刻表，透过挪威人在英国教堂廉价印刷的小册子，透过历书中显示着1924年月相变化的那页，还有那沾上了绿色的吸墨纸，最后深深地嵌入了桌子的木头中。

我们离开了那里，这就算是宣战了。

回到迈克罗夫特的寓所，里面一片寂静，只有从过道那边传来的隆隆鼾声，我们找来一些面包和奶酪，喝了点茶，便上床休息了。

和往日不同，这次很快就睡着的是福尔摩斯，而我却躺在那儿，一直看着路灯投在天花板上的影子。一个小时后，四点钟刚过的时候，我溜到了外面的客厅，坐在椅子上，用条毯子盖住了腿，又泡上一壶茶，开始读起周一的报纸。

似乎有什么东西在我的脑海中翻腾，但我还弄不清到底是什么。我能感到，一部分是因为紧张：是的，值得宽慰的是，达米安似乎是清白的，不过现在越来越肯定的是，他和那孩子已经陷入了命悬一线的危险之中。

除此之外，再加上一桩桩的事情，或者说我所看到的一件件物证，都在我的脑海中一次次地浮现，在黑暗中，某个骇人的轮廓正在清晰起来，唯一让它显现于明亮之处的方式就是对它置之不理。我努力地把注意力转移到报纸上，重要的、琐碎的都试着去读，同时喝着茶，直到茶水渐渐地变冷、变苦。最后，我关掉了灯，坐在那里等着黎明的到来。

今天，我真该去找艾德勒家的女仆萨莉再谈谈。她当时一点也没有谈到那孩子的年龄，不过我当时要是问，她一定会告诉我艾斯特蕾有多大的。除了身材，还有什么能区别出一个正常八岁大的孩子和一个发育较快的四岁大的孩子呢？也许是牙齿？我当时真的应该先查清楚这一点，而且我怎么就没想到向她的邻居证实一下她的年龄呢？

（几天前我读到的一些东西又开始搅动我的思绪。苏塞克斯家中的那堆报纸，这几个月以来的消息，一定是它们在我的脑海中此起彼伏地闪动。这里的一桩谋杀案，那里的一次药品突击检查，它们的重要性，和以猎杀为目的的早餐以及6月里去海边的旅行团是一样的……我一下子收回了思绪。）

同样在今天，那栋门前修剪整齐的房子，它的主人，就住在离三个火车站都步行仅几分钟的地方，我们得赶紧找到他。不管布拉泽斯买下了它还是租下了它，都应该有份文件——通过它也许就能知道他之前小心地提防冈德森不让他知道这里的原因。

（一个去海边的旅行团。不对，不是去海边……）

该不该叫福尔摩斯和迈克罗夫特一起重新看一下月圆之夜的凶案呢？也许这兄弟俩能发现一些我之前忽略的细节。

（她死于一个月圆之夜，而且那个星期我一直都在读报，还发现了一些事情……）

实际上，我在苏塞克斯的那些日子是个美好的假期，整整四天的时间都是独处的时光，只有我自己和蜜蜂，现在想想，把我们联系在一起的，是福尔摩斯的那本书。一个年纪还不是那么大就早早归隐的人，离开伦敦繁忙的生活和喧闹的人群，他不得不面对的事实是，那个被他称为"我的女人"的人已经不再属于他，他的生活——他早已非常清楚——毫无生机了。他已经消失了，让我一个人尽情地享受那种安宁、那本书还有那天空——先是流星，接着是那次不同寻常的月食。多么可惜，他当时在城里，那里的天空真的是太亮了——

（一则广告！是托马斯·库克旅行社的广告，去看日食——并不是去看月食；在自家后院就能看到的东西为什么非要跟着旅行社呢？难道是——）

我把毛毯扔到一边，蹑手蹑脚地走过门厅，来到了迈克罗夫特的书房，尽管眼睛疼得像进了沙子一样，还是急切地在书架上搜索着，直到最后发现了那本1924年的历书。

我找到了那页，读完后，一抬头正看到门口的福尔摩斯，他可能是被我的脚步声弄醒的，也或许是被我脑袋里的混乱。

"发现什么了？"

"也许没什么用。"

"告诉我。"他用命令的语气说。

"托马斯·库克旅行社当时刊登了一则去斯堪的纳维亚旅行的广告——呃，那并不是什么重要的事情。"我试着整理自己的思绪，"福尔摩斯，布拉泽斯一直在等待的满月也许并不是9月的那次。满月只是其中的一部分，我觉得他在刻意等待天文事件的出现。长梅格的那头公羊死于5月1日，是凯尔特人的五朔节。阿尔伯特·锡福斯死的那天晚上正好有英仙座流星雨。布拉泽斯也许在等待日食的出现。"

"日食？在英国？"

"不，很可能在北极附近。斯堪的纳维亚的一部分地区能看到它，虽然看起来像是在挪威的卑尔根，但大概快到那里的边界了。尽管如此，福尔摩斯，我——"

"什么时候？"

我又看了一眼那页，希望自己刚才看错了，可是没有。"8月30号。"

还有四天的时间了。

## 三十九

**工具**：工具必须把四种要素都融合在一起。此外，工具必须经过术士的塑造使其具有自己的生命力，既能够吸收能量，也能够释放力量。工具必须能推动双手，即便双手正在操控着它。

《证据》，4章：3节

沉重的寂静让人透不过气。福尔摩斯看了我许久，才把视线迅速地移开，他看着那本历书，深深地吸了口气。转身走向门口时，他突然张开了嘴。

"迈克罗夫特！"他喊道。

地板上响起一阵脚步声，听到弟弟的喊声，迈克罗夫特一下子从床上惊醒。几分钟后，他们便通过电话召集了多方的帮手。很快，福尔摩斯兄弟二人的声音中又夹杂进了其他人的声音。书房的门开着，我能听到外面的一切，迈克罗夫特公寓这个复杂的机器开动了起来，全力以赴地开始搜索两个男人，年轻的那个很可能看起来带着伤病或是一副醉酒的样子，他还带着个孩子，年纪在三岁到八岁。边境地区、渡轮、电报：还不到七点半，客厅里听起来就像战役打响前夜的军事指挥中心。

我一直都坐在迈克罗夫特宽大的椅子中，试着整理自己的思绪。脑海中浮现出了一个个布拉泽斯会选取的地点，都是离卑尔根比较近的地方：一个海盗盛行的国家，那里的劫匪已经要攻占不列颠群岛了,沃登的故乡,那是北欧神话中的主神,布拉泽斯已经在自己的形象中赋予了太多与之相关的东西。

我把那些地点列出一个单子,拿出一张小一点的英国地图开始研究。过了一会儿,我穿上一件适宜的衣服,到楼下找到这栋楼的管理员,问他要了一份全英列车时刻表。回到楼上经过他们的房间时,九个忙着各自事情的人,根本没有注意到我,我又在桌边坐了下来。

过了一个小时,我看见迈克罗夫特走进了自己的房间,福尔摩斯正在客厅里接着电话。不过一分钟之后,房子里一下子安静了下来,这是福尔摩斯把他哥哥从睡梦中叫醒以来出现的第一次安静。我听到他用打火机点燃香烟时发出了咔的一声,接着是把枕头放在矮沙发上发出的一阵声音。

我走了出去,发现福尔摩斯正坐在壁炉前,凝神望着冰冷的石壁。煮咖啡的水已经沸腾了,我穿过客厅,拿来五六个空杯子,把它们一个个摆好准备刷一下。我心不在焉地烤着面包,刚把烤焦的部分刮下来倒在水盆里,库珀太太便到了,开始着手一天的工作。她吃惊地看了看那狼藉的一片,找来平时用的一个茶杯和一个带点污渍的烟灰缸,然后迅速地打开烤箱,放一放里面的烟。我赶忙回到福尔摩斯坐着的地方,拿起我自己弄糟的烤面包吃了起来。

我把茶杯伸到他面前时他吃了一惊,烟头上那截忘了弹掉的烟灰一下子掉到了地毯上。"罗素,是你呀!啊,咖啡,真好。你看过你的信了吗?"

门口的桌子上放着今早的信件。一个乳白色的信封上写着我的名字,上面的字迹很特别,出自一只平日有些发抖的手。我把它拿到沙发那儿,撕开了。是莱杰德教授寄来的,当时我把自己在伦敦的地址给了她。

"迈克罗夫特已经安排人监视每个出入境口岸,"福尔摩斯说,"所有的国际渡轮和汽船都会搜查一下,北欧所有的码头都收到了他二人的照片,以防他们从那里出境。飞机也是一样——港口的船长也都有,以防他们雇用小船出海,还有,你看到他们从围墙房子那里开车走的时候,他们很可能就已经离开了这个国家,但我们至少可以找到他们出境的地方,并沿路追查下去。"

女管家进来的时候,端着早餐专用的托盘。她把桌子往福尔摩斯的面前挪了挪,方便他以那种古怪的坐姿就餐。"福尔摩斯,吃点东西吧。"我催他。

他似乎没有听见我的话。我拿起一块刚烤好的面包,往上面抹上一些黄油和果酱,折了两下后塞到他的手中。他心不在焉地咬了一口,继续说:

"去卑尔根的汽船从赫尔出发,迈克罗夫特的两个人已经出发了,身上带着照片。没办法要求船晚些开,那是按照时刻表安排好的——"

"福尔摩斯,我能说句话吗?"

他那双灰色的眼睛这时才看向我。"当然,罗素。怎么了?"他咬了一口面包。他的身体在进食,而他的思绪却不知在何处。

他急切地吞咽着食物,把剩下的早餐丢进了烟灰缸:"说说看。"

"我们之前以为艾斯特蕾三岁大,你觉得一个独来独往的人——布拉泽斯——不太可能会冒险带着一个孩子,那对他来说是个负担。就像你说过的,把一具小小的尸体处理掉是件拙劣的容易事。不过,周三晚上我们至少知道那孩子还活着。这一点非常重要。"我把信递给了他。

周一,8月25日

亲爱的罗素小姐：

年老对于身体而言真的是件让人恼火的事情，但它对我大脑的影响更让我烦恼。这封信是我再三考虑之后才写的，我们在一起的时候，我本该想到这一点。现在我只希望像那句俗语说的：虽然晚了些，总比不做要好。

我又反复考虑了一下你昨天跟我说的那件事，才意识到我当时忘了告诉你与那巫术有关的一件事情，也许是因为那很讨厌，正常的思维都避之唯恐不及。我说的是处女之血的效力。

一直以来，在世界各地，用处女来献祭都被认为是最有效的。昨晚躺在床上要睡觉时，想到你怀疑的那个巫师周围可能有一些年轻的处女，我便感到非常不安。

如果他的身边有一些年轻的女人，或是异性的孩子，一定警告她们离开他，求你了。

你亲爱的

克拉丽莎·莱杰德

他的视线移到信尾时，我问道："如果他要拿来献祭的不是达米安会怎样呢？如果是那孩子呢？那也许是他自己的孩子。就像他用自己的妻子献祭一样？"

希望和恐惧在他的脸上较量着，他什么也没说，拿着那封信走出了房间。两分钟后，迈克罗夫特走了进来。他裤子上的吊带垂了下来，下巴上还粘着些刮胡膏。他径直拿起了电话。接通了副指挥的电话后，他说："莫顿吗？我们得改变一下搜索时的具体特征。两个男人和一个孩子可能变成了一个男人和一个孩子。是的。"

二十分钟后，之前发出的命令都被纠正了一遍，电话又被放回了底座上。迈克罗夫特没和我们说什么就出去了，回来时，他脸上的刮胡膏已经清理干净，领带打好，马甲背心的扣子也系好了。我们来到餐桌旁，库珀太太将一碗新煮的鸡蛋用纸包着放到了迈克罗夫特面前。福尔摩斯和我喝了些咖啡，接着他又抽了根烟。过去几年里，很多次我都非常后悔自己不吸烟，这次也是一样。我用双手捂着头，揉着头皮，想通过这样的方式理清思绪。

"那也许会有用，"我发了句牢骚，"如果我们知道布拉泽斯的脑袋里在想些什么。他并非一个不按套路出牌的家伙，很可能会提前做好计划。会是什么呢？"

"在日食的某一时刻用活人献祭就会带来世界末日吗？"福尔摩斯问道。那样说听起来真的很疯狂。我使劲地挠挠头，突然冒出了一个想法。

"为什么要杀死尤兰达？完全是出于宗教仪式的需要，而且对她下手比较方便？或者仅仅是一种报复？因为她离开了他嫁给了达米安？"

"她当时是不是离开了他，我们目前还说不清，"迈克罗夫特表示反对，"的确，她的一些做法会激怒他，但那种离婚方式还算心平气和。"

"从《证据》可以看出，布拉泽斯是个非常喜欢利用巧合事件的人，"福尔摩斯说道，"他可能把这两件事看成一起推动他的力量。"

"还有一个，"我刚好想到一件事，便马上补充了一句，"达米安告诉我们，在6月中旬的时候，尤兰达似乎受到了什么事情的困扰，你还记得这事吗？会不会是她发现了自己前夫，也就是教会的头目，在塞那·阿巴斯杀死了菲欧娜·凯特怀特？如果布拉泽斯知道她要告发自己，可能也得算作另外一个原因。"

迈克罗夫特在椅子上动了一下："还有一点，如果他不嫌麻烦地给她穿上新衣服的话,那么不得不说,他们的仪式感太强烈了。"

"其他的那些人也都穿着新衣服吗?"我问了一句,但是这个问题在警方的报告中并没有提及。

"我们也许还要等一等,直到把我们掌握的告诉莱斯特雷德,"福尔摩斯说,"到那时才能回答这个问题。"

"无论如何,"我觉得,"我们也许确定不了他想对孩子怎样,但是他对达米安有着双重的目的:报复尤兰达,再者就像《证据》中所说的,'释放出'达米安的影响力。"

"他有工具,"迈克罗夫特又解释了一下,"穿透虚无,释放出装在里面的东西。"

"他可能觉得达米安身上的东西非常多。"

"至于那个孩子,"福尔摩斯说,"祭品越好,释放出的能量就越大。"

"整个世界都准备好了,"我小声说道,"等待见证转换时发出的火花。"

始于一场迅猛行动的上午时光最终就这么慢慢地过去了。福尔摩斯一边踱着步子一边抽烟,无法解决的难题把我们困在家中,而莱斯特雷德的逮捕令又在外面等着我们,两件事都让他有了些挫败感。我又回到了迈克罗夫特的书房,拿着那份周五晚上就开始整理的家畜死亡单。迈克罗夫特拿出一本切斯特顿的小说,怎么看他都完全沉浸在书中的故事里。

两个小时后,我听到那两个男人在说话,又过了一会儿,福尔摩斯匆匆地把头探进书房的门。

"我想去挪威,"他突然说道,"他们可能需要我去趟卑尔根。"

我不知道这里的他们指的是达米安和艾斯特蕾,还是迈克罗夫特的那些人,但那不重要:"好吧。"

**他看着我的眼睛一下子亮了起来:"你不同意吗?"**

"见鬼,我怎么知道?"

"罗素,你不要再质疑这个质疑那个了。如果你有什么想法,说出来。"

"模式,"我脱口而出,"他肯定有某种模式,而我目前只找到一种,还没什么意义。"

"说来听听。"

我便解释给他听。这时候迈克罗夫特也放下了切斯特顿的小说,帮助福尔摩斯整理去斯堪的纳维亚所需的物品,同时也在听着我俩的谈话。

一直以来我都觉得,过去两周的调查之路,沿途见到的都是一些零散的证据,就像童话故事中森林里出现的一条小路。不过,正如散布在各处的碎片可以被串联成线一样,这些杂乱的证据似乎也有些巧合之处。

现在,我还不能确定我发现的模式是不是和事实相符。

"也许,献祭能够利用或是反射日食的能量,执行者因此便可以将地球和天空推入无边的黑暗之中。但我不能确定这件事对于《证据》的作者是不是最重要的。这本书中有很多前后矛盾的地方,对他而言,象征性的真理远远要比纯粹的事实重要得多。"

大多数男人焦急地开始寻找儿子或是侄子时,都不会耐心地将学术理论融入搜寻的过程,这两个男人也没能做到。

"因此,有两个很小的证据让我非常困惑。首先,布拉泽斯书桌上的那些书中,有一本是英国指南。他在如何到达伦敦和曼彻斯特的地方都做了标记,还有其他的几页被折了一下,后来又弄平整了,其中包括描写威尔明顿巨人的那部分。那本指南书中有两张纸条,一张上标着伦敦,另一张是苏格兰群岛。

"第二，米莉森特·唐沃斯的桌子像个文件夹，里面装着和光之孩子有关的信息。一本分类账上记着各种开销——租用会议厅、搭建展览室、蜡烛、茶水——但也有其他事情的记录。包括在各家报纸刊登广告的费用，还记着其他几家房地产经纪人提供的可租用的大厅，都比他们现在租用的那个要大。另外，还有一页上记着时间和价格，也是唐沃斯的字迹。有些事情你记着却没有写出具体的细节，那是因为你知道那些细节是什么。

"我没有把它们都记下来，但是我清楚地记得，上面的时间和价格与你们这栋楼的管理员给我那张全英列车时刻表上记载的伦敦到苏格兰的车次完全吻合。"

我把刚才一直在研究的小地图扔到一边，拿过迈克罗夫特抽屉中另一张比例适中的地图，接着将以前的笔记和书推到一边，把地图铺在记录簿上，然后在角落里找到一把码尺和一个量角器，这两样东西也许迈克罗夫特自从中学毕业后就再没用过。

"这个部分我有些不确定，因为我之前看的地图要小一些，现在，我们在这张大一点的图上把它标出来。"我在英国左上角一半的地方标了一个×。"这是英国的四个地方。从5月1日开始，或者说是五朔节，坎布里亚郡的一只公羊死在了一圈石头中。第二，在6月17日——那天是个满月——菲欧娜·凯特怀特在多塞特郡山坡上的一个男性雕像旁被杀。"我在地图上画上了第二个×，在塞那·阿巴斯巨人像那儿，然后在右上方画了第三个，那里是约克郡的荒原。"8月12日那天有英仙座流星雨，阿尔伯特·锡福斯在约克郡的一个石圈里被人杀死。三天后，又是一个满月之夜，尤兰达·艾德勒死在山坡上另一座男性雕像附近，在苏塞克斯。"我在地图右侧稍下一点的地方画了个×。

"男性的受害者——公羊和阿尔伯特·锡福斯——是在石圈中被发现的。长梅格和她女儿们、高新娘石,这两个地方的名字都和女性有关。而那两个女人则是在男性雕像附近被发现的。"

地图上的四处标记:两组阴阳对称的力量。我用直尺在这些标记中间画线,把它们连接了起来,画出的图形并不是规则的梯形,因为左上方的角稍稍高了一点。

"是个四边形。"福尔摩斯说,他的声音很平淡。

但我还没有画完:"我又让迈克罗夫特说了一些在月圆期间发生的事件。他想起的事情中,有一件是在5月18日,奥克尼郡新石器时代的一处墓穴里,一只羊喉咙被割开死掉了,还是在奥克尼郡,7月17日,柯克沃尔教堂的祭坛上溅上了一些怪异的血迹;两件事都发生在满月的日子。"

他们看着我沿图形两边的线放好码尺,接着将线延伸,直至它们形成了一个狭长的三角形,在整个英国境内延展后又伸了出去。

两条线的交点位于奥克尼群岛北部的海域。我用铅笔敲了敲门牙,还是有些不满意:"另一张地图上,它们交会的地点是在奥克尼群岛。在这——"

我在小地图上又把两条线重新画了一遍,然后把量角器的尖放在图中三角形的尖上,画了一个圈,把群岛围在里面。当我把手拿开的时候,这就是上面留下的图形:

"不过,这四个点一样可以标出这个。"福尔摩斯并不同意,他拿起铅笔和码尺,把四边形的角连了起来,确定出它中间的一点。我们俯身仔细看了看,是在诺丁汉和德贝北部的地方。

"里普利?"我说,"萨顿?我觉得,那里并没有什么新石器时代的东西。"

"三角形两边交会的地方也没有什么新石器时代的东西,除非在北海里。"

"你说得对。"我摘掉眼镜,揉了揉疲惫的眼睛,"我跟你说过,那可能没什么价值。虽然在小地图上看起来好一些。"

"多少还是有些参考价值的,"迈克罗夫特安慰我,说着站起了身,"不管怎么说,我最好还是扩大寻找的范围,把国内的汽船也算在里面。"

"还有火车。"

福尔摩斯没有说话,只是看着地图,也许是希望在诺丁汉附近发现北欧的古文字。然后他的视线就转向了北方,看着苏格兰北端散布的岛屿。

我知道他此刻在想些什么,就像听到了他把它们大声地说出来一样。他在掂量着我有几分把握,在思考我收集这些散碎的证据时有多细心,他在想,他没有注意到的东西,我是否也错过了。要是我刚才再努力地找找列车时刻表,他也许就能相信我那些潦草记下的笔记,把它们看作可靠的铁证。可当时还有很多事情要做,怎么能把看到的所有东西都记下来呢?

在这之前,他把生活中的很多事情都放心地交给了我。现在,他正在考虑把他儿子和那孩子的事情也交给我。我不知道他最终会不会这样,坦率地说,我希望他不要这样。

"我们注意到,为了象征性的真理,这个人会舍弃时间上和地理上的精准。"他若有所思地说道。

"差了五十英里就太不精准了。"我提醒他。

"是的,但差两度不算太过分,罗素。如果他的地图告诉他,高新娘石是在往西一两公里的地方,或者巨人像是在往东同样距离的地方,那么你画的两条线就应该在奥克尼交会。"

"可是,我们不了解他的地图,但我却知道日食会在哪里。"为了救那两条人命,我真的不想在他身上绞尽脑汁。

"要是因为这件……事,他打算去奥克尼,你觉得他会去什么地方?"

"斯坦内斯,"我告诉他,"两个石圈,几块单独矗立的石头,还有一条堤道。那里复杂的地形,与5月份发现死羊的那个古墓很像。"

我在卑尔根附近一些地方做了标记的纸就放在桌角。他先是看着那张不太精准的地图,接着又看了看纸上的标记,然后用双手搓了几下脸,其间他的指尖摁住眼皮,停下来吸了几口气。"我记得,沃尔特·司各特爵士把斯坦内斯石阵中间的那块看作人类献祭的圣坛。"奇怪,他竟然这么说。然后他把手放下,看着我的眼睛。

"我得去趟卑尔根。你去苏格兰的话,得穿暖和点。还有,罗素,带上左轮手枪。"

## 四十

**时间**：时钟敲响前，钟表上的分针和时针会排成一条线。同样，一项伟大的任务完成前，星体和其他的天体也会排成一条线。时间就在钟表盘上一圈圈地周而复始，一直向前流逝，不像日历一样可以复制。只有在午夜时分——巫师活动的时刻——时间会在当天和次日之间短暂地停留。

对立的观念，只有在这样伟大的任务中才会一致。

《证据》，4章：4节

福尔摩斯钻进迈克罗夫特的储藏室，翻出了一些羊毛质地和防水的衣物，这时，我还在仔细地研究全英列车时刻表以及从伦敦去奥克尼会遇到的问题。圣潘克拉斯到爱丁堡的火车：九到十二个小时；爱丁堡到因弗内斯：又要六到八个小时；因弗内斯到瑟索，苏格兰的最北端——一天两趟火车：六到七个小时。除非我坐周五的特快……可是，不行，等到周五可不是个好主意，因为从瑟索到奥克尼，一天似乎只有一趟汽船。

要是在离开苏格兰之前就坐船呢？从因弗内斯到阿伯丁一定有固定的船，虽然从全英时刻表上找不到。

迈克罗夫特走进书房，发现我正在翻他的书架。

"你这里好像没有到奥克尼的渡船时刻表？"我问他，虽然不过是在自问自答，并不是真的要问他这个问题，"我要问问你们这儿的看门人——得看看我自己先坐火车朝北出发会不会更好，或者，一路都选择坐船。当然如果到了那里正赶上天气不好的话，就走不了了。不过我觉得，如果给他们足够多的钱，总会有一些疯狂的苏格兰人愿意冒着台风为我出船。"

"你也可以拿枪顶着他的脑袋。"迈克罗夫特说。我还没判断出他这么说是一种特别的幽默还是严肃的提议，电话就响了起来。他拿起我身边桌上的电话，我又开始研究起全英时刻表。

整个通话过程中，他有一半时间都在反对地嘟哝，他一早就派出去的手下向他汇报的内容明显不太乐观。他一丝不苟地把听筒放到底座上，看来，他不打算把电话从房间里扔出去。

"不太走运？"

"没什么。"他说。

"我打算坐晚上开往苏格兰的特快专列，"我告诉他，"时间可能有点紧，但那样我就能及时赶上周四北上的汽船。"我摇着头，"真是荒谬，在三天的时间里到达七百英里之外的地方，我竟然还想着你的那个路福特这个星期会从什么地方赶过来。"

"要不用飞机？"

"你说什么？"我盯着他。

"坐飞机，那个新发明。自从美国的那两个兄弟让螺旋桨和帆布做成的东西升空后，就一直有人在用，你也用过一次，我没记错吧？"

"值得纪念。"我颇有感触地说道。

"真的？"

若是为了充满刺激地去娱乐，在战斗中迅速出击，或是在困境中急于脱身，选择飞机真是最理想的；不过用它把人运到遥远的乡下去,我就不敢肯定了。是的,路福特在紧急情况下敢那么做,是的,从美国来的邮件每天也是通过飞机寄过来的;不过,在几千英尺的高空中,一旦出现了机械故障,人想要存活下来,和那堆邮件可一点都不一样。

我清了清嗓子才平静地说:"它们不太可靠。"

"从3月份开始,就已经有皇家航班了,"他特意提了一下,"可以肯定的是,还没有那么多的航线,不过坐飞机出行一定是未来的趋势。"

"你刚才并没说从伦敦到奥克尼有商业航班呀?"我问他。

"是没有,"他承认,"我应该把事情安排得更隐秘些。"

想到周六晚上见到路福特时他那脏乱的样子,我安慰自己说,那是飞行了六千英里的结果。

迈克罗夫特似乎看出了我的想法,他说:"如果我能帮你找到一架飞机的话,你一天就可以到那里了,最晚周四。"

"迈克罗夫特,别用这种语气和我说话,就好像在奖赏小孩子一样。"

"迈克罗夫特,这回你给罗素什么东西呢?"话音刚落,福尔摩斯走了进来,他是来拿艾德勒和海登主教的那些照片的。

"一次坐飞机的旅行,"我坦率地告诉他,"这些照片给我们也留一些。"

他认真地把每种照片都挑了几张放在那里,但从他的脸上能看出他此刻的心情:不是惊讶,而是不安和担忧,然后变成了真诚的关心,最后变成了一种惊喜。

"差点忘了,"他想了想说道,"这半年没坐飞机,技术应该改进了不少。"

"自从凯利和马卡瑞迪直飞美国,已经过去整整一年的时间了。"迈克罗夫特说着伸手拿起了电话,"美国军方的环球小队已经用最初三架飞机中的两架到达了冰岛。"

"是,还有,波士顿号在奥克尼附近沉没了,是吗?"

"玛丽,那是你的回答吗?"

"不,我觉得我可以考虑——"

可是迈克罗夫特的手已经拿起了电话:"夏洛克,如果你在找那些折好的地图,我已经把它们放到写字桌上了。喂,你好,是卡沃吗?能帮我找下路福特吗?让他到我这里来一趟。"

福尔摩斯翻了翻地图拿出来几张,然后看了看我:"你需要站在这里直瞪瞪地看着吗,罗素?你是不是没什么事情要做?我建议你去找个飞行员,找个能保证你安全的。"

"谢谢你,福尔摩斯,谢谢你给我找了个技术之神。"看来,我要成为一个马戏团的飞行员了。

几分钟后,福尔摩斯的司机按响了门铃,两个人从密道出发了。十分钟后,门铃又响了,这次是来找我的。

和三天前相比,路福特先生的样子都快认不出来了。他脸上的胡子刮去了,崭新的套装上还带着裁缝留下的粉笔印,他身上唯一的气味只剩下淡淡的刮胡膏味道。

迈克罗夫特打完招呼便对他说:"我弟媳需要马上到奥克尼去一趟。希望你能协助她。"

那位镇静的当代斐利亚·福克[1]只是问了一句:"飞行员和飞机都需要吗?"

"如果需要的话,我可以征用一架。"

"你刚才说到'马上',是希望连夜到达那里吗?"我连忙向他解释,我对于速度的需要只是因为自己有些着急,但并不是冒着生命危险。他点了点头。

"那样的话,我看看还能不能在协会中张罗些东西。"

---

[1] Phileas Fogg,法国作家儒勒·凡尔纳的小说《八十天环游地球》中的人物。——译注

"如果可以，我和你一起去。"我边说边想，我选择的飞行员关乎我的性命。这时，迈克罗夫特轻声咳了一下。我朝他望了一眼。他只是在读报纸，不过很快，我就看出了他反对的神情。

"实际上，"我告诉路福特，"我还有些事情必须处理。我过一会儿去楼下的路边找你好不好？大约二十分钟以后？"

"我不介意等——"

"不，不，今天外面的天气很好。"我从桌边拿过他那顶崭新的巴拿马草帽，塞到他的手中，"我们一会儿要去哪儿？"

"阿尔伯马尔街。"他说。

"然后去伯灵顿拱廊商场，二十分钟后，在那儿见面。"

虽然有点不太理解，他还是恭顺地走出了迈克罗夫特家的前门。三分钟后，我从迈克罗夫特家那条隐秘的通道走了出去。

接下来发生的事情谁都不怪，只能怪我自己。离开天使球场附近那条阴暗的通道时，我满脑子都是飞机的事情，迎面碰上了上次在苏格兰场走廊遇到的那个人。更糟糕的是，他的反应非常快。我只好脱掉身上那件浅色的绒衣来击退莱斯特雷德的手下。不过不能靠速度，只能靠以前接受的训练才能把胳膊从他那有力的手中挣脱。不过速度的确可以让我在街上甩掉他。我把他引到了圣詹姆斯宫的环形道中，一路跑过了中午满是行人的皮卡迪利广场。

一路上他穷追不舍。直到跑进多切斯特酒店，在里面兜了一圈又出来后，我才甩掉了他。之后，我小心地从梅费尔那里的小路返回。前前后后总共用了半个小时，最后我找到路福特的时候，他正在伯灵顿拱廊商场看丝巾。

"好了，"我若无其事地说，却一直四处张望着，没有看他。"我们走吧？"

他一下子明白了我上气不接下气的原因,接下来的举动证明了他的职业素养。他摘下头上的帽子,把它戴在我头上,接着,同样把夹克披在我的身上,衣服的袖长几乎和穿在他身上一样合适。他用双手抚平头发,一边在身后跟着我,一边摘掉领带,挽起袖子,使自己的形象彻底改变。从远处看,离开拱廊商场的两个人,其中一个穿着极为随便,一点都看不出就是刚才从警察手中跑掉的那个年轻女人。

路福特的"协会",便是人们所说的大英航空协会。路福特先生本人——我发现我们走在老邦德街上时,他还在警觉地四处张望——其实是英国皇家空军的路福特上尉。他早年参加过战争,如果我没记错的话,那些战斗机飞行员的平均活跃期不到三周。即使几年后去了远东,他还是认识世界上一半的飞行员,而且那些他不认识的,至少都听说过他。这就解释了他怎么能在那么短的时间里成功地横跨两个大洲。

航空协会表面上与科学有关,实际上是一群敢作敢为的大学生成立的组织。我们经过一个庄严的牌匾和一道光亮的前门,走进了一个喧闹的地方,即便是艺术家云集的皇家咖啡馆,也没有这里喧闹。五个欢跃的年轻人追打着——竟然是——在一段长长的楼梯上;还有一个人突然翻过楼梯扶手,直接跳到了下面的地上,摇摇晃晃地爬了几下,绕着柱子跑进了后面的屋子里。从大楼深处传出的声音,可以听得出争论的结果,还能听到对作弊行为的指责;我旁边那位仪态庄重的瑞士人稍稍露出了窘迫的神情。

"咱们就在这里等他们吧。"他提议,说着把我领进了一间会客室,那里非常整洁,看来只适合偶尔招待来访的客人和女士。他主动把一杯雪莉酒递给了我,之后便出去了。我把杯子放到桌上,环顾着房间。

安静的屋子里到处都贴着照片:布莱里奥1909年穿越英

吉利海峡后拍的照片;怀特兄弟的第一架飞行器,两翼已经严重地下垂,但是轮子还没有着地;英国上空的一次空战;阿尔科克与布朗站在二人一起穿越大西洋所驾驶的飞机旁。我凝视着最后这张照片——它当然比我此次的苏格兰之行要艰辛得多,而且那是五年前的事情了。接下来的照片让我非常困惑,那是一架看起来非常古怪的飞机,上面有很多螺旋桨,但都错误地安装在了飞机的顶部。

"那是旋翼飞机。"我听到身后传来了一个美国人的声音。

我没意识到房间里还有别人,但那人其实一直坐在角落里的一把高背椅子上。我朝他微笑了一下,接着看起了照片。"看上去像两架飞机撞在了一起。"我边看边说,接着突然意识到,在这个地方拿空难打比方也许不太合适。我马上改口说道:"或者说,像是一件现代主义的雕塑品。这东西能飞吗?"

"能飞,"他的回答很简短,"我能帮您什么忙吗?"

"不,我是和路福特——先生——上尉一起来的。他可能出去找什么人了。"

"也许是我。"那人从椅子上起身,朝我走过来。看他走路不稳的样子,我一开始以为他是受了伤,后来觉得他是喝醉了。当他走到我面前时,我发现两种猜测都对。

他之前被烧伤过。光亮的疤痕从他的脖子一直延伸到下颚线那里,他左手的皮肤紧绷着,看样子甚至会影响到手部的活动。他右手拿着酒,观察着我见到他时的反应。

等着每一个新认识的人去领会那伤疤的含义,想必是件困难的事情,尤其当这个新认识的人是个颇有魅力的年轻女人时。

"我是玛丽·罗素。"我说,有些犹豫,不知该不该伸出手。

他为我做了决定,他把酒杯换到左手,刻意地握了一下,直到牢牢地抓住了它,然后伸出右手和我握手:"很高兴见到你。我是凯什·贾维茨。"

我眯了一下眼睛："底特律来的？"

他这次更是握紧了酒杯："离那儿大约五十英里。你怎么猜到的？"

"口音是我丈夫的一个……爱好，可以这么说。我是从他那儿学的。"

"我来这里很久了。有些美国人还以为我是英国人。"

"我和你一样。母亲是英国人，我来自加利福尼亚，父亲是波士顿人。"

"那么，路福特想做什么？"

"我需要尽快赶到苏格兰。路福特先生似乎觉得，可以先从这个地方找些帮手。"

他把酒杯举到嘴边喝了一口，然后从酒杯上面看着我。

"苏格兰的什么地方？"

"呃，实际上，是奥克尼。它们是一些岛屿——"

"我知道奥克尼在哪儿。不是吗？你这么狡猾。"

"凯什，别对女士那么无礼。不想去就算了。"路福特的声音响了起来。

"多少钱？"贾维茨问了一句。

"你有飞机吗？"

"等一下，"我打断了他们，"倒不是有意冒犯，不过，贾维茨先生，我丈夫建议我找一个能给我安全保障的飞行员。考虑到旅途遥远，我得说那个想法不错。"

"他会严肃些的。"路福特想让我放心。

"通常。"贾维茨小声地嘀咕了一句。

路福特皱着眉头看那个美国人，说道："凯什比任何人都了解那里的地形。皇家空军不许他再飞了，他便加入了皇家海军。他在斯卡帕湾附近待的时间很长，以至于他们都以为他是奥克尼岛本地人。这些岛屿的情况很复杂,海风也很难应付。我连我的母亲都可以托付给他。"

"你所说的妈妈,她还活着?"

"那我妹妹总可以了吧?"

"我见过他妹妹的照片,"这个美国人说了一句,"毫无疑问,她离我远点才是安全的。"

我看着他。现在又有了新情况,不过其中的细节就没必要告诉福尔摩斯了。

"你的问题我会答复的,凯什。"路福特说,"我们得在天黑前弄到一架飞机,一旦知道什么机型或是地点,我就会给你打电话,到那时我们再讨论你的费用。"

"到那时,你可得严肃点。"我又坚定地说了一句。

贾维茨笑了笑,把剩下的酒一口喝掉:"如果我不的话,你要怎样?亲自驾驶飞机送她?"

"我会自己去。"路福特说。

"去奥克尼?"

他这么一问有些嘲讽的意味,但路福特紧紧地盯着那个美国人:"无辜者的性命危在旦夕,一个大人,一个孩子。罗素小姐最晚不超过周五就得到达奥克尼岛。"

"好的,没问题。你一得到消息就打电话通知我。不过,不能是用橡皮糖和铁丝组装的垃圾,那样的话,你就自己去吧。现在我得去吃午饭了。"

"他能飞吗?用那只手?"我问了一下我的搭档。

"他是在用意志飞,不是用身躯。他会把你带到那里的。"

最后,我朝那个美国人走出去的门口望了一眼,心中还是感到遗憾,我们不能带上路福特一道去。如果在飞越凯恩戈姆山脉的途中遭遇燃料用尽的情况,这么一个在稀薄的空气中经历过巫术般的航行的人,是非常有用的。

## 四十一

**地点(1)**：天体会产生影响。同样，历史的主体也会相互影响。英国就是这个国家国民的汇总：古代人、罗马人、盎格鲁人和撒克逊人、北方人、诺曼底人。

所有人都修建了自己的公路，养育自己的子女，留下了自己的名字、神和势力。

《证据》，4章：6节

周三我到达亨登机场的时候，天刚刚黑下来。放眼望去，一架架飞机结实、崭新、雄赳赳。

不幸的是，它们并不是给我们准备的。

迈克罗夫特载着我来到了机场深处。在那里，我看见路福特和贾维茨正悬在一架飞机的机翼上，即便在半明半暗的光线下，都能看出那机器的破旧。两个人挥舞着扳手，还有一个人拿着手电筒在地上。从他们所穿衣服的状态和机身上那些油乎乎的手印来看，他们到机场应该有几个小时了。

"有麻烦吗？"我大声地问了一句。

"没有。"迈克罗夫特说。

就在同时，贾维茨答道："要是你不想从天上掉下来的话。"

"没有麻烦，"路福特又说了一句，"不过是因为我朋友对他机器的要求严格了些。"

"'严格'要求是件好事。"我在旁边鼓励道。

这架机器可真够大的，机翼就有四十英尺。路福特走过来站在我旁边，开始给我讲起一些和这架飞机有关的事情。我不时地点着头，心里琢磨的是，这东西到底是谁的，他怎么会让我们动它。

"在我看来，它最好的地方是，"他说，"一次的飞行距离是五百英里。"

"你是说，我们只需中途停一次就可以到达奥克尼？"我吃惊地问道。

"这个，"他说，"从理论上说，是的。实际上，凡事都不能操之过急。他会在约克先停一下，检查一下。"

他这么说让我突然有种不祥的预感，应该还有什么事情是我不知道的："为什么？"

"我不太了解，他不愿多说。"

"你一定有什么事情瞒着我。"

"不是什么重要的事情，只是它上次飞行的时候，着陆时遇到了一些麻烦。他这次只是想确保——"

"这架飞机出过事故？"

"也不是太大的事故，不过，我觉得也可以算作事故。"

贾维茨终于开口了，我倒是希望他什么也没说："直说吧，这不过是架撞到地面的废机器。如果我能把它拆了就好了，可我还得把你送到那儿。"

"听起来真的有些不乐观，贾维茨先生——"

"开玩笑呢，"他说着对我咧嘴笑了笑，"没问题的。"

现在去坐开往爱丁堡的火车当然还不算晚，如果不是在那个时候贾维茨正好发出了一声满意的咕噜，我可能真的去坐火车了。他在一块油乎乎的破布上蹭了蹭手，接着拿起我的包放进了机舱里。

这一年中，我已经两次登上了别人开的飞机，而且我对他们一点信心都没有。看来我必须学驾驶了，越快越好。

我带着厚重的毛大衣，现在便把它裹在了身上。贾维茨和路福特握过手后便跳进了敞开的驾驶舱。路福特朝前走了几步，等着调控起落架的信号。贾维茨拨弄着前面的操控台，戴上护目镜，接着竖起了拇指。此时已经看不见路福特了，螺旋桨转了几次后引擎才发动起来，发出了噼啪的响声，然后是一阵轰隆声，接着这些快散架的零件颠簸着向前飞了起来。路福特又在左舷的方向出现了，他朝我们挥着手，还带着一脸的自信。巨大的引擎不断地轰鸣着，我感到了座椅在背部施加的推力，一次，两次，飞机离开了地面。

机舱里非常冷，直到太阳出来时才好了些。接着就热了起来，就像坐在烤炉中一样。我把手帕撕成一条条的，做成了棉卷，塞进两个耳朵，以减弱引擎无休止的咆哮和呼啸的风声。飞机下方的地面成了一条漫长的路，田野中的房子像一个个玩具一样点缀在如画的景色中。列车远远地行驶在铅笔线一样的轨道上，吐着一小团一小团的雾气。此刻的英国变成了一幅地形测绘图，在我们的脚下生动地展示着。

整个上午我们都在飞行。贾维茨时不时地回头看我，有一次还大声问了我一个问题，我耸了耸肩，他笑了一下。

过了两个半小时，引擎的声音发生了变化，地面看起来也越来越近了——非常慢，让人很舒服。我们飞过了好几个城镇，现在我已经能依稀看到约克郡特有的轮廓，约克大教堂就在我们前面的东北方向。这里还有一个机场——只是我这么叫它而已——贾维茨似乎明白这一点，他很好地利用了这里的地势，我们就降落在这片硬实的草坪上。他关掉了引擎，我把耳朵里塞着的布条拿了出来，可里面还是嗡嗡作响。贾维茨伸手扶我从飞机上下来，两脚一着地，我就感到身上的骨头在摇晃，就好像在海上航行了好久一样。我说道："真不敢相信,我们一早从伦敦出发,现在就到了约克。"

"您用不着喊,罗素小姐。"

"抱歉,"我说,"我的耳朵还在嗡嗡地响着。"

"不过也是,这算是飞行史上的一场革命了。"

若不是紧急情况,我真想象不出这世上有人会那么迫切地要把自己困在某处,差点聋掉,差点冻死,差点被蒸熟,一路担惊受怕,只为了傻傻地抢出几个小时的时间:"我以后可不想再搭乘飞机了,不过,还是要谢谢你。"

"那你可是会错过机会的。"他说着便过去摆弄里面那个热气腾腾的引擎。过了一小会儿,贾维茨一个人迅速地把发动机后面的那些汽油罐抬了上去,很快油箱就被加满了。还没等我的两腿恢复知觉,他就回来了。

"准备好了吗?"他问,"下一站,爱丁堡——我们应该马上去那里。"

可实际上,又过了五个小时,我和贾维茨才飞了二十英里。我们在一片满是牛粪的牧场上,两个年轻的放牛人坐在一扇栅栏门的顶部,远远地看着我们修理引擎。半英里之外,一列又一列的火车喷着浓烟,正神气地朝北疾驰而去。

"是汽油出了问题。我正打算用化油器试试,或者看看油路,不过它还在汽油里。过滤器也出了问题。"

"那还能修好吗?"

"当然,把汽油排出去,修好后再加上。"

终于,他又爬上了飞机,我也把机盖放了下来,我们不约而同地交叉了一下手指,希望这次一切顺利。

贾维茨把机头转向我们着陆的一处缓坡,然后打开了节流阀。

极其困难。

我们在田野上隆隆地缓慢前行,时上时下,几乎是在向前翻滚。我感觉自己的牙齿都要被震落了。

田野尽头有堵石墙,我们正快速地向它冲去。

太快了。它看起来有一栋房子那么高,而且十分坚固,撞上它,足以让我们成为一堆碎片。

但我们没有再往下降。机翼奋力地划过低空,飞机的轮子只是在掠过时轻轻地碰到了上面的石头,转眼间,我们便成了天空中唯一的一抹蓝紫色。

我刚刚得意了三十秒,突然意识到方向不对。我连忙喊道:"贾维茨先生,我们怎么正在朝南飞?"

没有回应,飞机里巨大的噪音加上隔板的作用,沟通成了单向的。我吸了口气,大声喊道:"我们正在朝南飞!"

我以为他还没有听到我的声音——要么是没听到,要么就是不想承认这个事实。接着,我发现他弯下腰,似乎在处理一个放在大腿附近的东西。过了一分钟,他递过来一张便条,上面写着:

晚上到爱丁堡。

天黑之前,我们刚好赶到了约克郡机场。幸好,一个沉默寡言的人卖给了我们一些汽油。我们在附近的一座农舍过了夜,直到天亮,那农夫才用车把我们送回机场。很快,隆隆响着的飞机就把我们带到了天上。

不得不说,我其实早已不抱希望了,这次北飞不过是白费力气。我非常确定,福尔摩斯就快到卑尔根了,他和迈克罗夫特的人很快就可以发现布拉泽斯和他扣押人质的踪迹。

至于我,一直这么坚持下去,不过是因为还没有人通知我停下来。

## 四十二

**地点（2）**：在选择工作地点时，所有这些因素都要考虑在内：核心区，还是偏远之地；那里必须脱离时代而永恒，它必须在诸世界之间而又属于世界，它必须神圣，却又完全世俗。

一个人应该用尽一生去寻找这样一个地方。

《证据》，4章：6节

很快，我们就朝爱丁堡的方向飞出了两百英里，飞机在顺利地朝北飞，虽然耽搁了一下，但没有那么严重。

这次，麻烦并非来自引擎，而是来自外面的天气：一路朝北的路程中，迎接我们的是翻腾着的云层。

在爱丁堡以南五十英里的地方，开始起风了——而且不只是风，还有雨。刚才我们还在适宜的天气中隆隆地飞着，转眼间，就像来到了另一个世界。我从座位上起身的时候，周围安静得有些吓人，我感觉自己的胃里已经没有一点东西，皮肤冷得快要结冰——直到飞机再次发出噼啪的声音，我才一下子回过神来，随着螺旋桨一点点地动起来，飞机把我们带出了那片气流。刚才发生的一切是那么突然，贾维茨甚至都没来得及把操控台上的手移开。他转头向我笑了笑，与其说是打趣，还不如说是一种欣慰。我们的飞机在攀升，我大口地呼吸着，然后松开了紧紧抓着座椅的手指。两分钟后，我们又开始攀升，只是这次没有遇到什么麻烦，我们是在飘浮着向上飞。突然出现的一阵气流差点把我们掀到一边，贾维茨在操控台那儿费力地忙活了一番，机头才再次扬起，飞机又在攀升了。

接着，零星的雨点开始拍打我附近的玻璃。更多的雨点打在贾维茨身上，有好几次，我看见他抬起手擦了擦脸。

就这样，我们在云层中翻腾、摇晃着又飞了五十英里的路程。我们冲出正午这块黑暗的时候，飞机几乎是在贴着地面飞行，贾维茨调整了一下线路，朝着一小块机场飞去。快要着陆的时候，一阵大风袭来，我们擦着草皮落地时，飞机下面传来了巨大的响声。

直到得到允许，我才从飞机上爬下来。我的膝盖不停地抖着，整个人马上就要倒在地上了。

有个人把我扶进了机场旁边的一家咖啡馆，我刚进门，外面的雨便下了起来。贾维茨把飞机安顿好后，注视着已经破损的起落架。

我望着窗外，开始整理自己的思绪：看起来，这次我们又得费些周折才能修好飞机了。贾维茨此时正和一个人穿着雨衣蹲在飞机右轮的两侧，仔细查看着起落架和机身连接的地方。

我把眼睛闭了一会儿，然后转过头看了看服务员："这里有没有热一点的东西吃？看来，我得在这里待上一阵了。"

她端过来一大杯热饮。我一饮而尽。

我轻轻地把茶杯放回托盘，深吸了几口气。仔细想想，这一天还不算一无是处。他们两个会把起落架修好的，风势也会渐渐减弱，午夜前我们一定能赶到奥克尼。

也许，那时候我们会发现，实际上，布拉泽斯已经取道去了挪威。

此刻，我已经不愿再去多想。

我拿过茶杯，突然看到两个浑身花呢的人：一个坐在桌旁，另一个矮一些，胖胖的，脸上的胡子似乎好久没有刮过了，他穿着一件带斑点的外套，里面的衬衫满是褶皱。

"罗素小姐？"

"是我。"

"我是麦克杜格尔，有您的消息。"

"哪里的？"

"迈克罗夫特·福尔摩斯先生。"

"请坐，喝茶？"不知什么原因，我的舌头似乎也开始只会说一些像单词的句子了。他还是坐下了，这时候服务员又端来了一杯茶，我正好可以借此请他喝一杯。他喝了一口后，便开始讲了起来，这时我也开始整理自己的思绪。

"他给我发了电报，叫我留意一架飞机。因为天气的原因，我回了一趟家，但这里的人给我打了电话。"

"迈克罗夫特，是，好的。"

"呃，女士，你们都还好吧？"

我把视线转到了窗外，那架差点让我们丧命的飞机此刻就停在那里，浑身湿漉漉的它还是那么趾高气扬的样子，那两个人还在它的起落架那里忙活着："真是波折——一次艰辛的航程。"

那人也跟我的视线向外望着："可以想象。我知道的人里就有三个死于空难——即便是国内的飞机，我也不想再坐了。"

"谢谢你。"我漠然地说。

他的目光转向了我："抱歉，我还是相信它们会越来越安全，而且您的这位飞行员绝对是——"

"你刚才说，"我打断了他，"是迈克罗夫特的。"

"是，嗯，我是周二收到他的命令的，去找一个或许是两个大人,还有一个孩子——很遗憾,我们没有见到他们的踪迹,不过接到这封电报一个小时后,我倒是看到了两个人,在韦弗利,王子街,干草市场附近——好像在等火车,不过——也可能是要去利斯坐轮船……"

所以,还是要去卑尔根,我一下子想到了这一点,那个疯子拿着刀,想要对准——

"不过,他们四处打听的时候,我就在餐馆附近观察,我发现他们周一的时候来过这里。"

"不!你说的是真的?"我吃了一惊,"你确定吗?"

"就是没拍照片。但那两个人周一的时候还在韦弗利车站附近的酒店里吃午饭呢,年轻一点的那个人很高,还留着胡子。而且他们带着个孩子。"

"那孩子和他们在一起吗?"

"服务员是这么说的。"

我一下子欣喜得眼泪都要流出来了:"韦弗利车站——从那里出发的火车开往哪里?"

"伦敦、格拉斯哥、苏格兰北部。不过您要是让我去问那些售票员,不会有什么结果,没有照片——"

我一下子站了起来,一把抓住桌子,以防自己突然站不稳。这时整个屋子里的人都转过身看我,我咬紧牙关说道:"带我去那家酒店。"

"女士,我还是觉得——"

"你有没有摩托车?"我用命令的语气问道。

"有,不过——"

"我有照片。"我告诉他,说着便在衣兜里翻了起来。突然,我看到一个身影从停机坪那里朝我们快步跑了过来。我举起的手又放下了;贾维茨推开门把头探了进来,雨水正顺着他的帽檐往下淌着。

"罗素小姐？只要加完油，我们就可以出发了。"

我呆呆地站在原地，一下子没了主意：让别人替我去调查，真是放心不下，尽管这个人是迈克罗夫特的人……眼前的场景——一个人浑身淌着雨水，一个人正把手伸向衣兜，还有一个正在焦急地等待——要是女服务员没有选择在这个时候把食物给我端上来的话，这一幕也许会永远定格。

烤肉和烤土豆的香气早已飘了过来，我却还没回过神来。我把手从衣兜中抽了出来，然后看了看盘子里的食物。

"看来我已经没时间吃这些东西了。不过，如果您的厨师能给我做半打培根三明治或是煎蛋三明治，让我能在四分钟内带走的话，我愿意支付一枚金币。贾维茨先生，你打算到瑟索再停一下吗？"

"到因弗内斯再停吧。"

"食物好了我就过来。"两个人都离开了，是朝不同的方向。我转身面对迈克罗夫特那位穿着花呢的下属："麦……"

"麦克杜格尔。"他主动说道。

"对，你有没有问服务员什么？"

"只是问他们是不是在那里。"

"没有问他们有什么举动，他们当时的状况？"

"福尔摩斯先生没要求那样。"

"嗯，我现在让你去问问。我需要你回到酒店，拿着这些照片，确定一下这就是那个年长一点的人，这个是那个年轻一点的人，现在应该满脸胡子，还有这个孩子——现在应该也长大了一些。我还需要你去打听一下这两个人的活动——他们是温和还是生气，他们中有谁像是喝醉了或是服用过麻醉类的药物吗？他们是不是有个人在操控着另一个，而且另一个非常害怕，或是非常愤恨？或者……你明白我要问什么吧？"

"明白。"

"然后你能不能设法把结果给我传到因弗内斯或是瑟索？"

"我在因弗内斯有个同事，不过我不能肯定，您到那儿时我是不是收集到了您要的信息。"

"我们也许得在因弗内斯待上一晚，"我告诉他，"告诉你因弗内斯的同事到机场找我们。如果没有找到，就往瑟索的电报局发一封电报。"

服务员气喘吁吁地把一个热乎乎的大包塞到我的怀里，当然我也得掏这顿午餐的费用。我把一枚金币放在她的手上，她犹豫了一下，吃惊地看着掌心闪闪发亮的金币。我谢过了麦克杜格尔先生，小跑几步，回到了飞机那里，和贾维茨一起分享午餐，也看看起落架修得怎么样了。它看起来像个夹板，被一团团的电线和黏糊糊的石膏固定在那里；我惊讶地张大了嘴，平静下来后，便爬到了飞机座位上。起飞时它没有再出问题，看来这次还算顺利。

围在我肩上的皮大衣和毯子已经够暖和了。得知孩子还活着的消息温暖了我的思想，但对我早已冻僵的脚趾头还是没有起到一丝作用。

## 四十三

**星星（1）**：当他听到来自星星的讯息时,那个人不过是个孩子,但他却明白了它们的轨迹与人类轨迹之间精准的联系。

《证据》,4章:7节

从爱丁堡到因弗内斯要走一百二十英里,我们前行的每一寸都是在与风雨搏击。随着云层在压低,我们飞机的高度也在降低,后来我都担心会撞上迎面驶来的火车。

我们降落时已经接近傍晚,飞机在狂风中慢慢减速,摇晃着准备落地。我们慢慢向前滑翔了一段距离。这里没有机场,如果修好的起落架再坏掉的话,我们真的只好待在原地了。

贾维茨拼命地想控制飞机,当他终于让机轮着地的那一刻——轻轻地、小心地——狂风却像在故意为难我们,时而把我们吹起,时而戏谑着将我们推入险境。

离田野尽头还有十英尺的地方有处树篱,我们终于在那里停了下来,机翼仍然在不停地颤抖。

贾维茨把一只手从操控杆上放了下来,接着熄了火。

一切安静下来后,我们的鼓膜还在震动。我听到了一个声音,似乎来自遥远的地方,是贾维茨在平静地说:"如果你不介意的话,现在我想去喝点东西,天黑后回这里找你。"

"什么——"我的脖子好像被人一下子掐住了似的,我清了清嗓子,又试着说了一句,"那飞机怎么办?"

"我会安排的。"

他所说的安排就是附近的一户人家，一位头发花白的老农和他健壮年轻的儿子出来看了看我们。那个年轻人一脸崇拜地看着飞机和飞行员，而他父亲似乎不太一样，只是走到飞机那里，想要帮着固定住。

农户家的厨房里此时正站着一个人，一身狼狈，应该是迈克罗夫特在因弗内斯的联系人，麦克杜格尔的同事。

"蒙格·克莱蒂，随时听候您的吩咐。"他大声说道。他的名字和说话的样子都带着苏格兰人的特征，虽然听口音像是来自离苏格兰两百英里的地方。他从房间那头走过来："我收到指示后就一直等着您来，想为您做些力所能及的事情。如果您是在担心那位飞行员的话，我已经派朋友去照顾他了，以防他遇到更糟的情况。我给一个可靠的朋友打了电话，他在镇上开了一家不错的旅店，我让他准备了足够多的热水，房间里的床是按招待女王的标准准备的，那里的酒窖也绝对是最好的。听起来这些都是您现在需要的吧？"

他要是站在原地的话，我真想一下子抱住他伏在他的肩头哭上一阵，不过他已经拿起我的旅行包，起身准备离开这家农户了。他带着我离开温暖的厨房，来到了他的汽车旁，一路上他都在前面不停地说着。

"你们还是没有麦克杜格尔的消息吗？"他停下来歇口气的时候我问了一句。他的汽车里没有农户家的厨房那么暖和，不过总好过在外面吹着冷风，另外他裹在我膝盖上的旅行毯也很厚。

"他让我告诉你，那个服务员回家探望他母亲去了，不管那意味着什么，但他还是去找那个服务员了。"

我吸了口气，没有再问下去："真是个不错的人，我需要到镇上所有的酒店和餐馆看看。"

"所有的——那差不多要一个晚上的时间！"

"什么，一个这么大的镇子？"

"因弗内斯是通往北方的咽喉之地，"他说，听语气有些责备的意味，"任何人想去北苏格兰都要经过此地。"

"太好了，"我低声地嘟囔了一句，"或许，我们应该从售票处开始调查，我是说所有在营业的。"

正如克莱蒂警告的一样，过了很多个小时之后，我才躺在了那张女王都会觉得舒服的大床上。躺在那里的时候，脚下蹬着热水瓶的舒适还是没有驱走阵阵的寒意，身体上感受到的温暖根本无法驱走心中的焦虑。

我们并没有发现他们的踪迹。我看了看福尔摩斯留给我的那些照片中仅剩的两张，恨恨地把它们扔到了一边，不过最后还是觉得，也许从这里开始，我要查的地方会越来越偏远，但凡是三个陌生人都会引人注目，只要打听时仔细解释就足够了。我把照片留给了克莱蒂，以便他能在白天再去把那些旅店和售票点查访一下。

周五早上，黎明时分，我回到了机场，之前的一切又要开始了。

如果因弗内斯相当于爱丁堡的十分之一，那么瑟索的人口就相当于因弗内斯的十分之一。那么小的地方，迈克罗夫特是不会在那里安设什么组织的：从这里再走下去，我就得靠自己了。好在黎明前我就叫了辆车来接我，这样就不用把难得能睡上一会儿的克莱蒂吵醒了。我走下旅店的楼梯，在外面的街道上都能听到他的鼾声，隆隆的就像发动机发出来的，不过我自己却因为没怎么睡好感到很不舒服。

店主看起来就像小猎狗一样精神头十足，见到我，她道了声"早上好"。

"我觉得,你昨晚没有收到什么给我的消息吧?"我问她。

她那里并没有什么消息能让我确信福尔摩斯已经独自把事情解决了。没有什么能把我的瓦尔基里地狱之行变成宁静的、不再有危险的、走在地上的火车之旅,把我带回到温暖干燥的、刚刚泛起秋意的南唐斯。我发誓,只要不再让我爬上那架飞机,我情愿把其他蜂巢的蜂蜜都给收了。

可是,没有消息、没有电报、没有电话,连心灵感应也没有。

司机开车走在雨后清新的街道上,一路上他都在欢快地讲着,我只是默默地听,最后他的车把我送到了那片满是干草的空场。

贾维茨早在我之前就到了,他那位年轻的崇拜者正在不远的地方来回地踱着步子。我的飞行员看上去似乎不比我好多少。不过,从保温瓶中给我倒出滚烫的咖啡时,他的手还是那么有力。

他靠着机翼点着了一根烟卷。"大约九十英里,到瑟索,"他说,"之前在伦敦时,我收到了天气报告,警告我这里的风还会更大,就在东北方向。那就是我们在爱丁堡时选择了飞往群山的方向而不是沿着海岸线飞的原因。不过从这里继续飞下去,我就别无选择了。即便我们在内陆飞,还是会遇到大风。天气会越来越糟糕。"他毫无避讳地说道:"预期大风明天才会停息。"他借着昏暗的光线看着我脸上的表情,"这样会让我们两个都丧命的。"

自从我和福尔摩斯一起工作以来,考虑死亡的次数就远远多出同龄的女性。枪击、刀伤、炸弹袭击——我都经历过,最终还是活了下来。

我看着他的眼睛:"我不能对你撒谎,眼下我们所做的一切很可能是白忙一场。我们到了奥克尼后,也许会发现目标根本不在那里，甚至根本没打算去那里。还有，之前你问到过，是的，我们离开伦敦时我就清楚这一点。我丈夫和他的哥哥都不同意我的看法，而且他们已经去别的地方调查了。

"有两件事情我是确定的：第一，我可能是对的；第二，我们只剩今天一天的时间了。不管是对是错，明天再去救那两条人命就太晚了，其中一个还是孩子。如果我能自己驾驶这个机器，我会去的。如果你的职业判断让你觉得今天不适合飞行的话，我就考虑一下改乘火车去那里。"

贾维茨扔掉烟头，说："好吧，我们看看瑟索那头怎么样吧，女士。"他大声喊道："帮我们把飞机调转一下方向！"

顷刻间，引擎的轰鸣声就在我们的耳旁响了起来。我们的飞机在这片荒地上方起飞了，这时候，太阳刚刚从地平线上探出头来。一辆汽车刚刚到达，从它前方的灯光来看，它似乎是来找我们的，可我们此时已经在云端之上了。

皮毛大衣和毯子又冷又湿；实际上，它们从来就没有让我感到温暖过。


人们说，分娩的女人会进入一种状态，时间似乎被凝固了，而且她所有的感受都变得像做梦一般。受过酷刑的男人也认为他们会有类似的情况，就像忽然到了另一个世界，一时间所有的恐惧和痛苦都变得那么遥远，那么陌生、虚幻。那天从因弗内斯到瑟索的飞行，在一颗心终于放下之前，一个人竟然能承受住那么多的恐惧。

那一百五十英里的路程，我们始终像被一双双的大手晃动着，被它们随意地丢来丢去，上下地拍打。我们有时候在坚硬的地面上方飞行，有时候会在冰冷的、翻着白沫的海面上盘旋；有一次，我们的飞机撞上了一座山峰，它在缥缈的云间很难看到。贾维茨在慌乱中大骂了几声，我下意识地用手抱住头部，把身体蜷缩了起来，呜咽着等待着接下来会被撕成碎片直到消失掉。

引擎还在轰鸣着。

当城镇出现在我们右方的时候，引擎静了下来，时间很长，以至于飞机开始渐渐失去动力，接着开始倾斜，急剧地朝下降落。贾维茨大声地咒骂着，我尖声喊了几下；只听一阵噼啪声，螺旋桨又开始转了起来。

如果因为瑟索太小，迈克罗夫特·福尔摩斯不会在此安设组织，这里同样也不会有机场。不过，倒是有一处看起来很平坦的草场，它上面没有水，看起来也没有什么大的石头、牲畜，或是石墙——贾维茨似乎很了解这里，要么就是他急于想去查看一下，而忽略了其他的地方。我们朝着那片草场降落下来，又胡乱地侧滑了一段距离，然后才停住，这时才看清了降落的地方。贾维茨熄掉引擎后，我们就在那儿坐着，既说不出话来也没法动弹。一个面红耳赤的农夫冲了过来。"你们到底在玩什么把戏，到底想干什么？"那人大喊着。"是不是觉得我们家的墙撞起来好玩？我妻子吓坏了——到底什么撞——贾维茨机长？是你吗？"他那浓重的苏格兰口音突然消失了。

"哈！你怎么在这，麦格纳森。抱歉吓到你妻子了，我们刚才也慌了手脚。"

"老天，真是见鬼，贾维茨，真没想到竟然是你。哦，女士，抱歉，刚才没注意到您。"

我和贾维茨跌跌撞撞地从飞机里出来。外面的雨已经停了，但是湿冷的海风吹打着我们，飞机也在风中剧烈地颤动着，就像一匹狂躁的野马。

"进屋吧，给你们找地方休息一下，等风势过了再走。"

贾维茨摇了摇头："我们得把它检修一下，再找些汽油。

等我把油路检查完了,我们得马上出发。"

"不行!"那人大声吼了一句,"要是我让贾维茨在这样的大风天出发,我妻子非把我肠子弄出来当吊袜带用不可!"

我打断了他们:"麦格纳森先生?我是玛丽·罗素,很高兴认识您。打断一下。贾维茨机长,到底是怎么回事?"

"可能是什么地方坏了,牵涉到了油路。"

"你得多长时间修好呢?"

"顶多一个小时。我们在这儿停着的时候得弄些汽油来。"

"你老实说,之后我们就能继续飞行了?"

"还不明白,为什么不能呢。"

"你确定?"

"是!看在基督——看在老天的分上,只是油路出了问题。"

"那还好。麦格纳森先生,您能告诉我吗?这风势会更糟,还是能好些?"

"我觉得不会更糟糕了。"

"你说呢,贾维茨机长?"

他看了看天空,深深地吸了口气,说道:"傍晚时候,风势会小些。"

"我们等不了那么久了,不过我们还可以在这里等几小时。你先修着,我到镇上去看看有没有我的电报。"

贾维茨脸上的欣慰之情显而易见。

"我中午前会回来的,最晚一点。我们午后三四点钟之前还要到奥克尼群岛去吗?"

"如果我们不去,我们两个都会不停地担心那里的情况。"他说。

"呃,是这样。麦格纳森先生,您能告诉我怎么去邮局吗?"

395

麦格纳森不仅告诉我怎么走；还叫来一位朋友开车把我送到了那里。

瑟索其实更像一个村庄，而非城镇，这里的四千户人家可以越过五十英里宽的海峡眺望奥克尼群岛。港口也不大，这就解释了之前我看到的那些大一点的船只都停在镇北的原因。

开车的邻居非常高兴地带着我走了好几个小时。我们先是到了这里的邮局也是电报局，一位忙得焦头烂额的绅士告诉我，没有发给我的任何东西，不过，南部某个地方的一棵树把电话线弄断了，线路刚刚才修好。他问我能不能一个小时后再来试试。

我回到车里，问司机当天开往奥克尼的船是不是已经离开了。

"也许还没有，因为风的原因。"他告诉我，然后发动车子，沿着河边开了一段距离。

在那里，我竟然发现了我要查找之人的踪迹。我描述了布拉泽斯的样子后，售票员摇了摇头，我又描述了一下那个孩子，他还是一样的反应，但是当我问他有没有看到一个高高的、留着胡子的人，说话英格兰口音时，他一下子有了精神。

"啊，是的，是他。一个非常特别的人，他之前来过。"

"只有他一个人吗？没和另一个人，还有一个小孩？"

"没有，只有他一个人。"

我不知道那意味着什么。布拉泽斯已经离开了？难道他把孩子带走了，却没带上达米安？或者说，是达米安在独自行动，因为什么不明的原因？

"是哪天的事情？"

"刚刚。"他重复了一遍，看来是怕我没听清楚。

"什么，你是说今天吗？"

"没错。"

"天啊,今天到奥克尼的船出发了吗?"

"还在那儿呢。"他说着指了指远处。

这是我们离开约克郡以来的第一条好消息。我说了声谢谢就转身跑开了。朝那艘停在那里的船跑过去时,我的手摸了摸装着手枪的衣兜。接着,风中传来了那人的喊声。

我转过身喊道:"您说什么?"

他提高了音量:"他不在那艘船上,如果你要找他的话。"

我退后了几步:"为什么不在?"

"我告诉他那艘船得四个小时后才能开,这样的大风真能把船吹到丹麦去。"

"他买票了吗?"

"没有,我上次看到他的时候,他在往回走。"

在镇上。当然不是在找住处,日食明天就要出现了。他们还有其他——

镇上。港口在瑟索;只有大船才会停在斯克拉布斯特这里。

我小跑着回到了我那辆私人出租车里,让他赶快把我送到镇上的港口去。

港口负责人的办公室里空无一人。我能看到的所有船只都抛锚停在了岸上,没有哪个像是要在风天出海的样子。我研究着海岸的建筑,直到发现一座有希望找到线索的。

酒馆里弥漫着啤酒、湿衣物和咸鱼的味道。我还没看清人们脸上的愤慨,眼镜就模糊了起来。我摘掉眼镜,只要我能吸引他们的注意,就能让这里安静下来。

"打扰一下,先生们,我在找一个人,他可能在今天早些时候打算雇一艘船出海。高瘦的英国人,留胡子。有没有人见过他?"

如果有什么反应的话,就是这里愤怒的气氛更浓了。我擦了擦眼镜，戴了回去，然后伸手从衣袋中摸出仅剩的两枚金币。我提高了音量："他打算出海到岛上去。如果哪位能告诉我一些消息，我将非常感谢。"

房间里一下子静了许多，有人清了清嗓子。过了一分钟，一把椅子擦动地面，发出了声响。后面有个人站起身，从人群中挤了过来。

"夫人，收起您的钱吧。"他说，"我们去雅间，我告诉您一些事情。"

我跟着他来到了邻近的一个空房间。

"他什么时候到这里的？"我问那个人。是个渔夫，看起来他也在等风势过去。

"他是您什么人？"

"我丈夫的儿子。"我说。

他看起来很惊讶。

"我丈夫比我年长很多。"我告诉他。年龄不相称的婚姻再寻常不过了，尤其是在战争时期。或许北方的男人没有在战争中死掉的？或许这里的女人更能忍受孤独寂寞？也许这根本不是他关心的事情："那重要吗？您有没有见过我的继子？"

他突然笑了起来，让我吃了一惊。

"如果他是您的继子，我倒很想见见他的父亲。他是一个非常倔强的人，来来回回问了好多船，听到人们都说不去的时候，还是坚持要到主岛去，而且——"

"他要去主岛？"我打断了他，"我们现在不是在主岛上吗？"

"主岛是最大的岛屿。柯克沃尔是镇所在地。"

"明白了，您继续说。"

"就像我之前说过的，他想去主岛，我们都看着他，觉得他好像疯了，可他接下来就说可以把整艘船买下来。"

"哦，天啊。我希望没人把船卖给他。"

"没人。这里的人到死都不会把船卖掉的。"

我这才放心："您觉得风势很可怕？"

"您以为每次起了一点风，我们这些人就会休假吗？"

"不是这样，那么，他去了哪里？"

"他上了一艘船。"

"可是——"

"只要愿意出足够的钱，就会有人不顾危险。"他语气中明显的不屑同隔壁的一片寂静形成了鲜明的对比。

"只是他一个人，还是有另外一人加上个小孩？"

"就一个人。"

不过布拉泽斯也许正等在岸上，和艾斯特蕾一起。

"他们什么时候离开的？"

"两个小时了，也许更久。"

"那么，现在他们也许已经到那里了。"

"如果他们不是到了海底，就是到了斯塔万格。"

挪威？我真希望他是在和我开玩笑。

"抱歉。是的……很抱歉。"

"那是很大一笔钱。"他并没打算掩饰自己，"足够一家人用上一年。是个年轻人都会去试试运气的。年轻人总觉得他们会平安返航，对吧？即使他们家中还有两个年幼的孩子。至少他当时还知道把钱包留给我们，以防回不来，没法给家人。"

我赶忙谢过了他，就迎着风跑开了。

回麦格纳森的农场的半路上，我突然想到了电报局。我该不该再去一趟？万一有什么消息呢。我已经知道了我要找的人去了哪里。

可是迈克罗夫特不知道。所以我让司机调头驶向镇子，然后我进了电报局，打算发一封电报。写好之后，我便从窗口递了进去。那人忽然认出了我。

"罗素小姐,是您吗?这有两封刚来的电报。这封电报我还要不要帮你发出去?"

"等一下,也许我还需要回一下。"

我拿着电报走到旁边。第一封是麦克杜格尔发来的:

再三确认了身份句号据说年轻人态度友好只是争论时有些烦躁句号收到两条伦敦来的消息第一条与奥克尼有关大教堂里的痕迹开始有人怀疑并用液体柠檬酸钠密封起来第二条骨灰抵达斯坦内斯酒店按要求于8月14日撒在石圈句号

另一封是蒙格·克莱蒂从因弗内斯发来的:

两张成人一张孩子的船票周二早上在阿伯丁买的句号一个人去阿伯丁买了三张去柯克沃尔的票会在威克停一下句号伦敦来了四条消息句号一大教堂里的痕迹会用液体封起来二两具尸体的骨灰8月14日被撒在石圈三冈德森被释放了四蓓尔美尔街雷德伊德公寓没有搜捕句号好好调查句号

雷德伊德公寓?迈克罗夫特家?莱斯特雷德是不是失去理智了?盛怒之下,我都忘了想想迈克罗夫特·福尔摩斯了。是不是伦敦还有什么别的事情,是比我们现在追查的这起宗教犯罪还要重大的案子?

我的视线从电报上移开,努力地想着到底是什么事情。

8月14日那天就有月食,是在尤兰达死去的前一天。消息一定是周四晚上从伦敦传出来的——克莱蒂之前为什么不知道呢？我突然想起了飞机在机场起飞后驶过来的汽车灯光，或许他是在那天黄昏才接到的电报。

我忽然意识到有人在看我，我抬起头，发现电报局的那位绅士正在示意我把写给迈克罗夫特的电报递给他。我摇了摇头，随即把它撕掉了：现在我发给迈克罗夫特的任何东西都会被莱斯特雷德截下。

"不用了，"我说，"没什么好回复的。"我慢慢走回车里。想到苏格兰场搜查迈克罗夫特·福尔摩斯的公寓，既让我不解也感到震惊，不过我真的很难把它看成一种威胁。莱斯特雷德会等我们回去时给我们来次打击，还是在外面就朝我们开火呢？

还有布拉泽斯，他为什么频频地到乡间游荡？他在一个地方待那么久，就不怕被他们找到吗？他不担心达米安会看到报纸，知道尤兰达已经死了的消息吗？他会不会已经觉察到了有人在追踪他，并且希望将其甩掉呢？

或者说——他一直希望甩掉的人是达米安？如果买完了去奥克尼的船票，就在登船前，布拉泽斯带走了艾斯特蕾，还要在阿伯丁甩掉达米安。那就解释了达米安一个人到了瑟索的原因，一个发了疯的父亲，在过去这三天里到处寻找去苏格兰的办法，只为了找到他的女儿和布拉泽斯。如果达米安知道明天在奥克尼会有事情发生，就解释了他那么孤注一掷地要买通年轻的渔民送他出海的原因。

回到麦格纳森的农场，我给了那位满足的司机一些钱，然后走到门口，还没等我敲，门就开了。烤羊肉和土豆的香味扑面而来，和我此时沮丧的心情截然相反；爽快的女主人热情地把我往屋里推，想让我一起享受热腾腾的大餐。

"谢谢您，"我说，"您是麦格纳森夫人，对吧？我其实还不饿,所以就不一起吃了。我能不能向您要些信纸和一个信封?"

"您真的一点都不吃呀?"

"闻起来很美味,不过我真的不吃了。"实际上,浓郁的香味已经让我有些反胃,而且我想自己待一会儿。她把我领到冷清的客厅,把火点燃后,给我留下了纸和笔。我在火苗前暖了暖双手,然后脱掉大衣和帽子,拿起了笔。

亲爱的福尔摩斯:

我此时正在瑟索给你写信,我们马上就要出发前往奥克尼。路上一定是什么事让布拉泽斯耽搁了——周一的时候有人在爱丁堡看到了他们,可是达米安今天早上却在这里,打算雇一艘当地的渔船出海。这里的风势很猛,这种情况很少见,那些不停叫骂的当地人对于成功的概率不乐观。如果我这次回不去了,你能不能找到达米安雇的那名渔夫的家人,看看能不能给他们一些补偿?

我看看还能再写几句的信尾,又加上了一些:

另外,我不知道达米安是在独自行动对抗布拉泽斯,还是受到威胁成了他的帮凶。如果是后者,我觉得他一定有什么难言之隐。

我又犹豫了一下,想把最后几句话画掉,或是把它改成更含爱意的话语,不要听起来那么凄凉,可最终我只是在信封上写下了苏塞克斯的地址,留下了一枚买邮票的硬币,还写了一张便条告诉麦格纳森夫人等到9月底再帮我把信寄出去。

我坐在渐渐变暖的屋子里,直到听见饭厅那边传来的声音,赶忙起身去和贾维茨机长一起投入北方最后的恶战之中。

## 四十四

**星星（2）**：星星能记录下伟大的事件已经不是什么秘密：耶稣降生的时候，一颗星辰引来了很多圣人，就如他离世时太阳一下子暗了下去一样。彗星的出现让征服者威廉登上了王位。太阳拖延了西沉的时间，来帮助约书亚完成征服的使命。

《证据》，4章：7节

贾维茨和麦格纳森已经将油路清理好了，引擎故障的问题也解决了，他们两个用农场的马把飞机拖到这片并不平坦的空地一边。

我们把机头转向东面，这样才能尽快起飞。狂风试图操控我们，把我们咬在口中使劲地摇晃，就像一只大狗叼住老鼠一样。

终于，远处出现了一座深色的教堂顶部，是柯克沃尔镇中央的大教堂，7月满月的那晚，那里的祭坛上溅上了几滴掺了化学溶液的血。贾维茨开始查看下面的场地，不久，在镇子的郊外，他发现了一处狭长的草场，开始朝那个地方飞去。我们撞到地面，又颠了起来。贾维茨让飞机溜到草场宽敞的一端，画了一个大圈后才熄掉了引擎。

我用一直在颤抖的手指打开了怀表：两点过一刻，周五，8月29日。

明天就要月食了。

"贾维茨机长，"在这种可以听到回音的寂静中，我的声音很大，"非常感谢，这次我真的是欠了您好大的人情。不过，希望老天再也不要让我和您一起飞行了。"

他大笑了几声，他的声音中充满了男性的豪放。

就在那时——经验告诉我有些事情来不及商量也要去做——我跟他说出了我的想法。

"这部机器在这儿太显眼了，是不是？"

"那当然。"

"我们的故事可以这样，您是带我来兜风的，因此来到了这个地方。您必须待在飞机这里，和人们谈论这次兜风的事情，也许在风势减弱之前，您需要和一两个人主动说起这件事情。您能做到吗？"

"那您呢？"

"我得赶快溜掉。"

"您不能一个人去。"

"放心，我能。"

"我不能让您一个人去。"他坚持。

我叹了口气。早就料到会这样，所以我之前几乎没有向这位飞行员透露任何此次行动的细节："贾维茨机长，您还是收起您的权威吧。我保证，我能把事情办好。我现在就得走了，您就在这里分散人们的注意力。我今天晚上会回来的。我们就在这里会面？"

最后一句话当然是个彻底的谎言，我不想再把他拉进危险的境地了。此时，第一批好奇的居民已经聚过来了——警察和当地的记者不久也会过来的。虽然有些勉强，但他还是同意了。

我们从机舱爬了出来，我已经准备好要像一个没有脑子的狂热分子那样喋喋不休地谈论飞行的刺激，说它的速度、它的噪音、吓死人的着陆,还有这次飞行多么值得。不过这个计划有个小小的瑕疵:看起来,贾维茨并不是这里的陌生人。

我听到他欢快地打了声招呼——朝一个高大漂亮、脸颊通红的女人,她刚从我们后面屋子的厨房里出来。

"你好,甜心!"他大声喊了一句,差点把我撞倒。

"贾维茨机长,我该想到可能是你的,一下子从雾气中掉了下来,把这些牛都吓着了。"

"我知道你不相信我的话,我是个飞行员,所以我得从上面掉下来证明这一点。"

"什么,飞了五年了,这才掉下来?"

"我可一直在盼着你,再也不想和你分开了。"

"可别让我丈夫听见你说的话。"她打趣地警告了一句。

"这次得好好转转。"他说,她也高兴地笑着,"布丽吉德·罗斯,这位是玛丽·罗素,是因为罗素小姐,我才有个理由横渡海峡。"

她走来握住我的手,眼神犀利地看着我,发现我戴的婚戒后,才觉得我并不是她的竞争对手,不会与这个同她调情的机长有什么暧昧。

我忽然意识到自己的装扮怎么都不像是一个在外面玩了一天的小青年,所以,只是问罗斯太太在哪里能找到一杯茶喝。

她告诉我水壶就在炉子上。我和她进了屋子,把贾维茨留在那里应对着越聚越多的人群。

除了茶水,她还端来了很有嚼劲、带着些甜味的苏打面包,上面厚厚地抹着新鲜的黄油。我的胃口在犹豫了一分钟后,一下子被浓浓的香气唤醒了,连吃了三块面包。

"你们打算在柯克沃尔过夜吗?"见我起身拿起大衣,她赶忙问道。

"也许会,尤其是风势越来越大了,"我说,"不管怎样,我都得到镇上看看,我之前从没来过奥克尼。"

"如果您找不到住宿的地方,一定告诉我一声,"她说,然后把我领到门口,"这个季节是高峰期,斯坦内斯酒店被烧之前,房间就已经很紧缺了。"

我转过身:"你是说斯坦内斯酒店?"

"对。"

"什么时候的事?"

"两天前吗?不,错了,是周二,所以是三天前的事情了。听在那里订房的筏夫和渔夫说,总之,那里浓烟滚滚,一片狼藉。店主已经在医院里待了一天,客人们正和他妻子的家人在圣玛丽教堂暂住,至少得在那里待上两周的时间呢。"

"那里实际上并没有被完全烧毁吗?"

"没有全毁掉,没有,不过只剩下了一堆烂摊子。人们吃饭什么的都在外面,得等到地板干了屋顶也修好了才能从镇上回来。"

"我明白了,放心,我当然不打算再去那里了。"我笑着告诉她,接着就朝柯克沃尔出发了。这一路上我都在思考,如果布拉泽斯周二在阿伯丁和孩子一起上了船,他怎么会在晚上之前到那里放火呢?但又不可能这么巧——不对,他在奥克尼还有帮手,就是在大教堂里洒鸡血的那个人,此时我已经看到了前方那座教堂的尖顶。

就像罗斯说的,8月份,供游客娱乐的设施随处可见。很多店家在出售取自当地奶牛的针织衣物和奶酪,茶馆里张贴着横幅,宣传地道的奥克尼郡蛋糕,客车都在等着将游客送到奥克尼的各个景点。

其中一辆车子传出的声音一下子吸引了我,一位很会创新的司机正打算把月亮渐亏的一天由劣势变成吸引游客的优势。"晚上去看看布罗德盖石圈,会从海峡那边见到太阳的光。"他正大声地朝人群喊着。

就那么匆匆地看一眼那里的天空真的很让人怀疑他所说的太阳光，不过，这样的夜晚旅行倒的确是我想要的。让我感到高兴的是，他已经吸引了几个游客，是三对充满期待的荷兰夫妇还有他们某家的一个十多岁的孩子。我把钱给了司机，上车找了个位置坐下，不久我们就出发了。

我刚刚开始查看军用地图，就感受到了混迹众人当中的好处，而且一直以来都装在包中的双筒望远镜这下也派上了用场。一路上，我们的司机兴致都很高，不停地转过身向我们宣传关于维京人、凯尔特人和德鲁伊教各种各样的趣闻，不过多数都有待考证。

从山上往下看，那片陆地不过就像一个圆形的鸡蛋。

只看一眼，我就明白了这片偏远之地被早期的奥克尼人奉为圣地的原因。它是一块中间地带：既不是海也不是陆地，不属于英国也不属于欧洲，而是在两处内海之间延伸出来的一块硬地，这两处内海一处是海水，一处是淡水。四千年以来，这里的居民在这个像巢穴一样的低洼地带建起了庙宇，包括将海水和淡水隔开的堤坝那里像帽子一样隆起的巨石圈，也包括路边小一点却更引人注目的石圈。当然，在那些矗立的石头和坟茔中，也有基督徒们修建的小教堂和墓地。

当今的宗教也有一席之地，比如那些渔民的宗教组织，都散布在海峡沿岸。

那位司机兼向导把车停在了一个宽阔的地带，就在一座小型石阵的附近，那深色花岗岩的表面像极了从天上神殿掉落的玻璃碎片。司机告诉我们，此处就是斯坦内斯立石。西北方向的一座小山上，堤坝对面那个，就是布罗德盖石圈（他虽然没有告诉我们，但我从电报中得知，那些骨灰就被撒在那里)。东北方向,在教堂的那边,是像孕妇小腹般高高隆起的梅肖韦古墓,5月份月圆的时候,一只被人杀死的羊就是在那里发现的。

导游给我们讲解着经过的那些遗址,从荷兰来的那几个人不停地评论:第一处是斯坦内斯立石,接着是地上插着的几根铅笔般粗细的石柱,还有已经遭到破坏的奥丁神石。我们走过堤坝,经过了几处农舍,还有一些更突兀的石头,一直来到一处渐渐隆起的丘陵上,在这里能清楚地看到两边海峡的大小,我们前面就是那片宽阔低洼的布罗德盖石圈。

站在石圈中心,我低头看着撒在草丛中那些骨灰的痕迹。

望着石圈四周,看得出,为了建成石阵,那里曾经被挖出一道垄沟。大片的水域从我眼前一直延伸到我的背后,我的右边,两侧海峡之间的半岛上,矗立的石头、史前圆形石塔、隆起的土冢随处可见。我的左边,半岛变窄后成了一道堤坝,最后和途经此地的道路连接起来;路的这边是斯坦内斯立石和梅肖韦古墓,另一边就是那家烧毁的酒店。太阳透过云层洒下的光,此时正照在它的窗户上。

也许是黄昏渐近加上汹涌的云涛和刺骨的海风,也许是知道附近的什么地方,一个人正拿着刀子等着将血洒在这里的土地上,不管是哪种情况,我都觉得这里有种我从未感受过的氛围。

斯坦内斯立石曾经也是一个石阵,不过这里的垄沟要比布罗德盖石圈那里更接近椭圆形,而且昔日的石圈如今只剩下了一些大石块。它们高高地矗立着,其中一块将近二十英尺高,还非常细——简直无法相信它在那里伫立了上千年,竟然没有在海风中折断。

它们的中央就是经过修复的祭坛。迈克罗夫特书房中的那本指南上说,大约在二十年前,一名狂热分子觉得中央这块烧毁后只剩一半的石头本来应该是一块用来献祭的石头，便抬起了它，放在旁边的一块石头与另外一块出现裂痕的石头中间。

出现裂痕的石头所在的位置看起来不仅是起支持之用，这个巨大的三角桌给每个见过它的人都留下了深刻的印象。并不需要多少想象力就可以让瓦尔特·司各特爵士那样的人把它看成献祭用的圣坛，它比任何人的身高都要长一些，被高高的花岗岩碎石围了起来。

我绕着石阵慢慢地走着，一边回想着书中那些有关石头的记载，一边让自己的双脚感触着这片低洼地势中的垄沟和与地面持平的桥面，它以前一直从这里的垄沟延伸到远处的堤坝那里。

我假装在研究此处的水禽，拿出望远镜开始眺望那片伸向南部的咸水湾。三只天鹅展开双翼，准备享受晚餐；随处可见的海鸥还在风中鸣叫。两个一直在浅水里忙碌的渔夫此时也忙完了，开始准备收工回到岸上，毫无疑问，他们此时心中想的都是晚饭；在他们身后，还能看出大火在吞没酒店的门窗前被水浇灭的痕迹。房子这边的窗子中还能看到没有完全烧掉的窗帘——那场大火一定是在晚上烧起来的。

它的房间虽然不够舒适，应该还可以住人。

远处传来的一阵阵声音提醒我，那些游伴正在往回走，我特意朝着海岸线的方向望了一小会儿，才把望远镜收起来。最后，我转过身，又看了一眼附近那个献祭用的石圈。

对它的感觉非常强烈，是看到山上那个布罗德盖石圈时所没有的。看起来就像神握住了每一块边缘锋利的石块，把它们猛地插入这里的土地，之后才收起了满是血迹的双手。

我突然意识到，我已经和福尔摩斯分开得太久，我的想象力都快从身边溜走了。

而且，一看到那块献祭的石头，我就有些发抖。

我回到车上，跟着他们来到下一个小镇，斯特罗姆内斯。不过，当他们朝餐馆的方向走去时，我悄悄地溜开了。我回到来时的路上，四英里的路程中尽量放慢脚步，以便在最后一英里时，天能够完全黑下来。三辆汽车先后从我身边经过，每次我都赶忙躲进路边的草丛，以防被车灯照到。

今晚的天空看不见月亮，只能借助某处薄一点的云层中透出的光，才能依稀看到酒店的轮廓。我朝着发出烟熏味道的地方潜过去，紧紧地贴在两扇窗户中间，想听听除了那不停呼号的风声外还有什么别的动静。没有探测工具，我便从短靴中抽出了那把匕首，用刀尖来刺探石头，我的耳朵则紧紧靠着刀柄的这端。什么也没有。

我贴着墙来到了另一扇窗户外，又试了一下，还是只听到夜晚的空寂和我自己的心跳声。到了拐角那里，风声变得大了起来，足以掩盖住几乎任何声音，我只好绕到另一边。我又听了一阵，还是——等待了一会儿。没有说话的声音，只是有节奏的砰砰声，砰砰、砰砰，接着速度加快，变成了几声击打。脚步声，好像正从楼上下来？

我溜到了用木板封住的酒店后面，透过那里的缝隙看清了里面的动静。有灯光在闪烁，先是晃了一下，接着稳定了下来：是烛光，透过木板我只能看到一半。有个人影在里面走动；我听到了水流进容器的声音，看到了水壶下面的灶上燃起火苗。昏暗中的人影拉上了窗帘，接着从另一侧的帘子中拿出了一把长刀。他把刀放到桌上茶壶边的一团东西上，切了起来：那团东西是面包。

他一直都背对着我，所以我只能看到他模糊的身影。我打算绕到钉着木板的门口那里，看看能不能找到一处缝隙，正当我要移动时，他转过了身，那浓密蓬乱的头发和胡子让我一下子认出了他：达米安·艾德勒。

我把脸尽可能地贴在玻璃上，想进一步了解他此刻的样子。难道他也对那本《证据》着迷了吗？这个浑身凌乱的身影参与了对他妻子那种宗教仪式似的谋杀吗？他还要去参加同样的谋杀吗，这次是对他那个无辜的继女？

我的鼻子在玻璃窗旁来回地移动着，我的眼镜甚至危险地碰到了它坚硬的表面；这时，没有任何预兆，一只手拍在了我的肩膀上。

## 四十五

**用献祭释放能量(1)**：我们都知道，祭品越好，释放的能量越大。这是一个战争的年代，这片土地已经汲取了数百万献祭者的鲜血。这个世界正在等待着转换时的火花。

《证据》，4章：8节

从我嗓子中发出的尖叫瞬间停住了。达米安还没转过身来，我就已经闪开，一把抓住了那个袭击我的人。

我浑身的肌肉自动做出了反应，但又马上失去了力量，我听到那人急促地喊了一声："罗素！"

"福尔摩斯？福尔摩斯！见鬼，怎么是你——快，离开窗户那儿。"

我一下子把他推到了远一点的角落里，然后才放心地回头望了一眼。一个人影贴在窗子上，张望着声音从哪里传来。过了一会儿，人影离开了窗子。我转过身，狠狠地打了福尔摩斯的胸部一下。

"该死，福尔摩斯，你怎么在这儿？你不是去了挪威吗，见鬼。"

"你没有收到我的消息吗？"

"我怎么会有你的消息？自从你离开伦敦，我一个字都没收到过。"

"有意思，我还以为迈克罗夫特……"

"福尔摩斯。"

"我重新考虑了一下我的计划。"

"看出来了。"

"很多事情都与共同的看法密切相关,即便有时候的工作会出现不同,就像无数支箭,虽然射出的方式各不相同,却全部朝着同一个目标。"

"福尔摩斯!"

"莎士比亚的作品,《亨利五世》,是讲蜜蜂的。"他补充道。

"见鬼,福尔摩斯!"

"我觉得你是对的。"

"你觉得?谢天谢地。真是,甜蜜血腥的地狱,真希望你能让我早些听到这番话,你刚才抓着我的时候,我差点朝窗户里跳进去。"

"那你可倒霉了。"

我又打了他一拳,不过,这倒让我一下子感觉好了很多。实际上,有他在身边,我感觉好极了。我张开双臂抱住了他,紧紧地,然后站起身向后退了一步,用手摸着他的脸。

"你好些天没刮胡子了,"我说,"你怎么浑身湿乎乎的?会着凉的。"

"过去的三天里,我大部分时间都在海上。"他告诉我,那就是无法刮胡子以及一身湿气的原因。

"我们得想办法让你换换衣服。"

"那不重要。"

"他们在泡茶,看来一时半会儿不会走开。我正好查查——"我踮起脚尖朝窗户里望了一下,达米安正在漫不经心地往茶壶中倒水。我紧贴着福尔摩斯,拉着他朝酒店外围的屋子溜过去。

这些房间都被牢牢地锁上了，不过即便是最大的那把挂锁也难不倒一个孩子。屋子里弥漫着难闻的臭气，死鱼、渔网、鱼竿、树胶短靴和船桨都胡乱地丢在那里，在角落一个没有窗户的房间里，我发现了一堆睡衣和客人带来的衣物，里面有水瓶，也有价值不菲的鱼竿。一个柳条野餐篮中还有满满的石蜡和一包茶叶，我甚至还发现了一包有些碎的饼干。我把石蜡点燃，这才看到了自己满脸胡须的丈夫，他正使劲把一块毯子拽到自己的肩上。

我吃了一惊，然后笑了起来："原来你就是那个长着胡子的英国人！"

"我才知道你竟然觉得留胡子好玩。"他埋怨了一句。

"我不是笑你，我在瑟索到处打听达米安和布拉泽斯的时候，我告诉那个人说是一个'留着胡子的英国人'，不过忘了加上一句'三十岁左右'，所以，当那人说他见过一个这样的人时，我告诉他，你是我的继子，那个可怜的家伙一下子呆住了，他无法想象我的丈夫该有多……"

"是够老的。"

"我当时还觉得他惊讶的表情很奇怪，当时，我根本没有想到……福尔摩斯，你来这里干吗？"

"你上次收到迈克罗夫特的消息是什么时候？"他问。

"自从离开后，就没有直接收到过，不过，我今天中午在瑟索收到了两封电报。都是迈克罗夫特的手下发来的，消息说，柯克沃尔教堂的血迹已经被分析过了，发现它们被保存在化学药水中，还有，布罗德盖石圈那里发现了火化后的骨灰，不过接下来——"

"那些消息是我这一路上发过来的。"

"我明白了。所以，你还不知道迈克罗夫特的公寓被查抄了？"

"莱斯特雷德？"福尔摩斯的怀疑和我刚刚听说这个消息时一样。

"看起来似乎是这样。"我告诉他,我几乎不知道什么详情,但他也无法理解莱斯特雷德为何这么鲁莽地搜查迈克罗夫特家。

"不过,这倒解释了这些天收不到哥哥消息的原因,我也明白了他为什么没有告诉你我已经改变计划了。"

"你走了多远?"

"就到了北海,当时一名警官给我带去迈克罗夫特的电报,说的是大教堂里血迹的事情,之后我便一直担心。"

"哦,福尔摩斯,你没让他们回赫尔吗?"

"我本打算那样,却没有成功。不过,我的确劝过他们,想让他们相信,只要能弄到一艘朝相反方向航行的船,接下来就应该调转方向了。我给迈克罗夫特在挪威的那些下属留下了一包照片,然后成功地换上了一艘驶往纽卡斯尔的船,一点也没有遇上风浪。"

"我很惊讶你这次竟然没有染上肺炎。不过,如果你的电报是在他们搜查之后才到他那里的,莱斯特雷德也许会知道我们目前在什么地方。"

"总督察今晚不能再组织什么行动了,我想不会的。"

"也许不会。那么,是那些骨灰和柠檬酸钠让你改变的主意吗?"

他盯着我看了看:"是那些日期和不可能的巧合让我改变了想法。八起事件,八个地点。"

我又重复了一下那些死亡事件:"长梅格的五朔节,5月份月圆之夜的梅肖韦古墓,6月份月圆之夜菲欧娜·凯特怀特在塞那·阿巴斯巨人像被杀;7月份月圆之夜在柯克沃尔——"

"之后一起案件中死的是一只公鸡,从布拉泽斯保险柜信封里的羽毛看，虽然他没有亲自把血洒在教堂中——他当时人在伦敦。

"我怀疑，柯克沃尔这里是不是有他的组织——或者说他5月份来这里的时候就提前安排好了，就是去梅肖韦古墓杀死那只羊的时候。"

福尔摩斯在我刚才停下的地方继续说了下去："然后是英仙座流星雨期间约克郡的阿尔伯特·锡福斯。两天之后的晚上出现了月食，酒店的一个员工恭敬地把一具无名尸体的骨灰撒在了斯坦内斯立石那里——"

"实际上，是一匹马。"

"一匹马的一部分，应该说，因为那个员工认为那是人的骨灰。接着，8月份的月圆之夜，尤兰达·艾德勒。"

"多塞特、奥克尼、坎布里亚郡、奥克尼、约克、奥克尼、苏塞克斯，最后又回到了奥克尼。但是他给尤兰达那本《证据》上用的是谁的血呢？"我边想边问，"米莉森特·唐沃斯是在5月14日那天得到的《证据》，上面写的数字是2。我们之前错过了什么吗？"

"不一定。他也许是把自己的手指刺破了。可以肯定的是，数字7就是用他自己的血写的，好把马的骨灰粘在那一页。"

"那人怎么能找到一家愿意焚烧马的火葬场呢？"我想不明白。

"把腰腿肉放到棺材中就不那么醒目了。不管怎么说，他的模式已经很明显了，所以，我弄了一艘船沿着英国的海岸线北上，而不是欧洲的海岸线。好几艘船都不愿冒着狂风出海，最后一艘，我花了赎回一个王子那么多的钱才同意。"

"我知道。那人的朋友现在都要准备他的葬礼了。"

"我划着他的小船离开时，他的状况还是不错的，只是有些口渴。他在斯特罗姆内斯附近上的岸，说在那儿等风势小点再出发。"

我也简单地和他说了说自己这次惊心动魄的航行，然后给我俩都倒了些茶。

"什么，没有牛奶？"福尔摩斯问道。

"就当你是个中国人吧。"我说。这个小炉灶倒是驱走了屋子里刺骨的寒气；福尔摩斯现在居然有精神开玩笑，脸色也不再灰白了。

我双手握着热气氤氲的茶杯："你给迈克罗夫特发的电报中提到了多少细节？"

"我知道警察在监视他，几乎没说什么。不过，我提到我来找你了，而且，他的人中如果有人对消息不够小心——"

"那我们就会发现，他们正好在奥克尼等着我们呢。福尔摩斯，你能想象一下吗？迈克罗夫特到底发生什么事情了？心脏病又犯了，因为气愤？"

"我觉得，更有可能的是因为袭击警察而被捕了。"他说，"迈克罗夫特把他的职业权威看得很重。"

我突然想到了一件事情："天啊，我怀疑这里的警察会不会把可怜的贾维茨机长也逮捕？"

"你的飞行员？你觉得他会把知道的事情告诉警察？"

"他们来的时候，他正给一个女人献殷勤呢，不过还好，他不知道我的计划。说到这个，你有什么打算？我打算就在这里等着，等布拉泽斯一出来，我就拿枪对着他。或者你更愿意溜进屋子里？"

他摇了摇头："溜进屋子不出声音的可能很小，我担心，我们还没到楼梯那里，孩子的喉咙上就会顶着一把匕首。"

"那我们就等着他们出来吗？"

"等到那孩子脱离危险。"

我吸了口气："福尔摩斯，你——"

"是的,"他说,"我知道,至于达米安,罗素,我也许是个傻瓜,但我的眼睛并不瞎。尽管我儿子不知道实情的可能性很小,但我还是不相信他了解布拉泽斯的计划。不过,我刚见到他母亲的时候错下了结论,我也许把他也看错了。"

"我也认为他不知道实情,"我说,这让他很惊讶,"实际上,他还不知道尤兰达已经死了。"我把自己的理由说了一下:这两个男人之间看起来和睦的关系;布拉泽斯不喜欢待在一个地方的奇怪习惯。

"见鬼,那为什么达米安还要和布拉泽斯在一起?如果他既不是被囚禁在那儿,也不是他忠实的追随者?"福尔摩斯的语气中透着烦躁。

"如果他觉得他妻子希望他那样,会不会就和布拉泽斯在一起?如果布拉泽斯让他相信,来到这个奇怪的地方是为了找尤兰达,因为她非常想完成一次宗教仪式?"

"我儿子的眼睛也不瞎。"

"是,但人们都说他妻子是个反复无常的人。你还记得她写的那封信吗?她写信告诉达米安她正和朋友在乡下。如果还有一封信呢?布拉泽斯在围墙后的那栋房子里给他的,信上说她又打算去探险旅行,也求他一起去。"

福尔摩斯不情愿地摇了摇头。"我不明白还有什么理由能让这一切说得通,只好等着看最后的行动,那时就知道谁是真凶了。我现在只希望你能克制,不要拿枪对着我儿子,除非你确信他是真凶。"他把杯子里的水倒掉,拽下身上的毯子,接着又把炉子也关掉了,上面的火随即熄灭了。

我打开小手电,跟着福尔摩斯走出了这个储藏间,我还把两条深灰色的毛毯带在了身上。走到屋外的时候,外面已经和里面一样黑了,不过刺骨的海风减弱了一些。在这段感觉有几周长的时间里,我第一次不用担心会被狂风吹倒;站在屋子背风的地方，让眼睛慢慢适应周围的黑暗，静静地倾听轻涛拍岸的声音，这一切竟让人心生惬意。

渐渐地，头顶的星星依稀可见；西方的天空却仍只有一道昏暗的光。福尔摩斯像只习惯了夜路的猫，径直朝石阵的方向走了过去，我却慢慢地跟在后面，什么也看不清，完全凭着对周围地势的印象在朝前走。我刚跌跌撞撞地碰到一处隆起的垄沟，福尔摩斯就小声地说了一声："留意脚下。"

我发了一句牢骚后接着朝前走，顺利地走过了垄沟之后，我温和地对他说："我建议在垄沟尽头等一会儿。他们的灯火怎么都不会照到那个地方。"

"他们的帮手也不会到那里去的。不，我们还是到祭石那里去吧。即便他们带着手电，那里也不容易被发现。"

"你想坐到那块大石头下面？"我说的时候声音大了一些。

"那石头一直在那里，罗素，它不会把我们压扁的。"

那么多次我都没从天上掉下来，要是这次被一块大石头压得粉碎，可真是一件讽刺的事情。总之，我躲到这块不稳当的大石头下时，真想此时正在苏塞克斯收集蜂蜜，至少那里最大的危险不过是被蜜蜂蜇死。

我们两个都裹在毯子里，这样既能在刺骨的海风中保暖，还能让我们完全融入岩石的阴影中。我们蜷缩着身体，紧紧地靠在一起，就在那里等着善恶大决战，等着世界末日的来临。

## 四十六

**用献祭释放能量（2）**：这时候，实践者知道一切已经准备就绪。他心无杂念，他身后有整个部族的意志。此时工具就在他的手中，他的手也在工具之中。对这个地方已经了解，已经做了安排，此时它就在眼前。当星星排成一线，他感受到了时间机器敲响前的震撼。

《证据》，4章：8节

过了很久，我问道："你觉得他们会等到午夜的时候吗？"

"《证据》上说，是子夜的时候。"

"他真的相信用人献祭能'释放能量'吗？"我有些不解。

"罗素，你是宗教方面的专家，我只擅长调查案件。"

"这件事和这两方面都没关系，这是疯狂的举动。"

"是，但这种疯狂还要有一些方法。"

我们在拿一条人命做赌注——也许还是一个孩子的性命。那个人——或许是那些人——在那家废弃的酒店里，也许正在演练这个仪式。那个人——或许是那些人——如果选好的地址没有出现月食，或许会省去一些不重要的细节；但是，如果月食真出现，他们还是会留下那些仪式。普通的午夜时分也许会比出现月食那一刻更有优势。

"我们俩得有个人回酒店去。"我告诉福尔摩斯。

"那里会有人守着的；这里他们也会提前安排人手。"他很快说道，话语中带着果断，不过我并没有争论，因为他说得对。

我俩紧紧地挤在一起,头上是重重的石块,气温开始降低,我们心中的疑虑也开始出现。

"我带着撬锁的工具,"过了四十分钟后我对他说,"如果我们从前门进去——"

他的身体而不是声音打断了我,因为他一下子浑身紧绷了起来。我瞪大了眼睛朝酒店的方向望去,什么也没有。

"你——"我刚要问。

他嘘了一声叫我安静,一分钟后,我也看到了:酒店拐角那里有一点灯光在闪烁,忽明忽暗。

几分钟之后,灯光清晰了起来,近一点之后,光线开始稳定,但不是手电筒的那种光束。很好,照明灯的话,我们就不容易暴露了。

我们稍稍动了一下,把左轮手枪从衣袋中掏出来放在胸前的毛毯下。一开始还看不出有几个人,渐渐走近之后,已经能清楚地看出是两个人了。

他们在石阵周围的垄沟那里停了一下,我们只能听到大概的声音,具体内容听不清。他们再次走动时,是围着石阵走,按顺时针的方向。我们静静地看着,直到他们转到我们头顶那块献祭石块的后面。其中一个人穿着深色的裤子,手里拿着灯,慢慢地在前面走;另一个穿着灯芯绒的裤子。他们绕了一圈后,又回到之前开始的地方,接着朝我们这里走过来。

这时已经能零星地听到他们谈话的内容了。

"——真的没有想到她一点都不(此处听不太清)。"是达米安的声音。

"——不会那么久。"

"(此处听不太清)——早上去看看医生。"

"尤兰达要求（此处听不太清）。"

接着，要么是有人拿走了遮挡的东西，要么是转身面向了我们，因为这时候达米安的声音一下子大了起来，也清楚了一些，声音很像福尔摩斯生气或烦躁时的样子。"你知道，海登，我从来不是一个自命不凡的丈夫，从来也没有阻止尤兰达参加你们教会的活动，但这次的情况真的很糟糕。现在都已经两周了——一直都是我一个人在忙活，艾斯特蕾现在还感冒了，现在我们又来到了这里，这半夜三更的还冷得要命，就因为尤兰达的帽子里有只蜜蜂。我觉得她一定是疯了，我真的是——"

他的声音越来越近，我这才发现他听起来像是喝了很多酒的样子。相反，布拉泽斯——海登——打断了他的话，他的声音，我还是上次在围墙里面的房子中听到的，还是那么平静，让人感到慰藉。

"我知道，达米安，我知道。你的妻子是个非常有激情的女人，她要是下定决心，没有什么事情能让她改变主意。"

"但她究竟是怎么想的，让我就这么一路找她，都两个星期了……就这么跟着她兜圈子，然后大半夜来到这么一大块石头上……到石头上……来做什么祷……祷告。"

他说到最后一句时，传来照明灯被拽了一下的声音；我看到布拉泽斯扶着他来到石头附近。我伏在福尔摩斯耳朵上，小声地说："是药物，不是酒。"

我感到他在点头。

两个人在石头附近停了下来，我们甚至伸手就可以够到他们的鞋子。灯光忽明忽暗，布拉泽斯把灯放到了石头上，接着向后退了一步。

"到上面来，达米安。"他说。

"冷得要命。就在这儿祷告，然后就走吧。"

布拉泽斯的声音一下子变得急促、强硬起来："上去,达米安。"他命令那个年轻人的同时自己却往后退了一步："马上。"

"见鬼,到底要——"达米安摇晃着走了几步,意识到自己也许说错了话,这才安静了下来。这时,我们已经成一条直线了,达米安在中间,布拉泽斯在那边。此时如果开枪实在是太危险了:夜晚的寂静也不允许我们做出什么举动。

"对不起,老朋友,"布拉泽斯说道,"我并不想这么对你,但这很重要,真的非常重要。我只是需要你站到石头上,马上去。"

达米安摇摇晃晃地看着他,几秒钟后,他才回答:"哦,很好。"他嘟囔了一声,听起来像极了他父亲。

他踟蹰地走向石头,试了三次后才爬上去。我们这时才第一次清楚地看到布拉泽斯,不过我们此刻还隐身在石头的阴影中。可是,我和福尔摩斯两人却都已经确定,他手中的枪正紧紧地顶着达米安。

福尔摩斯的手握住了我的胳膊,紧紧地抓着,是在警告我不要冲动行事。我俩都屏住呼吸,等着布拉泽斯收起他的手枪,拿出他的工具,那把献祭用的刀已经让他"动手"好多次了。

"好极了,达米安。尤兰达会开心的。"

达米安没有回应,只是胡乱地嘟囔了一阵,之后声音减弱,直到什么都没有了。

"你能平躺到那里吗?"布拉泽斯问了一句,又恢复了循循善诱的语气,"达米安?请你伸开四肢,达米安!"

我们听到衣服碰到石面的声音,但没有人说话。

不过,布拉泽斯还是非常谨慎。当他慢慢接近的时候,一直用枪对着达米安,直到站到了石头的边沿上。福尔摩斯的手一直死死地抓着我，尽管他也在怀疑自己的判断，如果布拉泽斯没有选择我们确信的方式，如果他并不只是用刀来完成纯粹的仪式，那我们该不该马上行动？我们像发条一样蜷缩在那里，眼睛死死地盯着他大衣的后摆，只要布拉泽斯收起枪伸手去摸刀，后摆就会动的——

我们忘记了达米安·艾德勒曾经是个战士。我知道我忘了，而且很明显，布拉泽斯也忘了这事。但是在镇静剂的影响下，在这个长头发的波西米亚风格画家的表象下，一名战士求生的本能还没有消失。达米安·艾德勒现在开始行动，用的是他唯一的武器：照明灯。

我们发出的第一次警告是同时发出的呼喊和枪声，听到一声清脆的碎玻璃声之后马上就发出了。一道火光从上面的石头上蹿了过来，开始在附近的地面蔓延。

福尔摩斯从火光的一端跳到布拉泽斯腿部附近，但他扔回的毯子落在了我的脚下。我花了两秒钟才摆脱掉毛毯的牵绊，这时，火苗已经蔓延到了献祭石台的表面，发出了噼啪的响声。我一把推开燃烧的石蜡，准备起身朝祭坛相反的方向爬行，头却一下子撞到了石头上，着实疼了一下。

我的眼前是噩梦一般的场景。混乱中，跃动的火苗和人影夹杂着呼喊和咒骂声，接着又是一声枪响。一阵大风吹过，我睁开眼时，他们都跑向了石台表面那个躺着的人，那片石台眼看就要被蔓延过去的大火吞噬了。

我一把扔掉枪，伸出双手去拉达米安不能自控的身体，竭力把他拉出火海。我把他扔在地上，使劲地拍打着他肩部着火的外衣。刚把火扑灭——也就几秒钟的时间——我便俯身冲到了石台突出的一端，那里两个男人正扭打着争夺一把手枪。

我跳过去，一拳击中了那个武器，让它摔到了祭石上，但是布拉泽斯的肘部却猛地击中了我的胸部，把我一下推出了很远。我滚了几下后才站起身，看到福尔摩斯正伸出双手去够石头上的那把枪。

但布拉泽斯对枪并不感兴趣。他挥动着胳膊，朝前跑了几步，抓起一把弯刀扑了过来，跳动的火光下，刀锋的寒光中充满了邪恶。我大喊一声，随即纵身一跃，但我知道已经来不及了，顷刻间，他就朝福尔摩斯的背部刺了过去。

第三声枪响划破了夜空。眼看要落下的胳膊失去了方向，金属摔到石头上迸出了火花。刀子落在石台上，接着是一阵咳嗽的声音，然后是重重的身体突然倒地的声音。

火渐渐熄灭了，我拿出手电筒，在福尔摩斯身上照了照：一道伤口，虽然出了些血，但不深。我又用手电对着布拉泽斯照了照，发现子弹正好穿过他的心脏，血已经从弹孔周围的衣服中渗出来了。

福尔摩斯和我赶紧跑到石台那里，看到达米安正躺在我放下他的地方，吃惊地看着手里的枪——我的那把枪。

福尔摩斯一把将达米安翻了过来，扯掉了他的外套：右胸已经出现了一大片血迹，而且还在向外渗。福尔摩斯撕开他的衬衫，欣慰地吐了口气：子弹没有击中右肺，而且，如果幸运的话，应该也没有伤到其他主要的脏器。

"他得赶紧去看医生。"我说。

"艾斯特蕾。"达米安咬紧的牙缝中传出了微弱的声音。

福尔摩斯没有回应我说的话。

"福尔摩斯，我们得带他去看医生。"

"那样的话，他会被捕的。"

我看着他的眼睛，惊讶地说："你不会是想……"

"我们先带他到旅店去，看看他伤得怎么样，然后再做决定。"

"不行,福尔摩斯。我到农场那边看看有没有电话——看,楼上已经亮灯了,他们可能已经听到了刚才的一切——"

他伸手拿过那堆毛毯:"我们可以用这些东西做个担架。"

"福尔摩斯,你这样会让他死掉的!"

"把他锁在监牢中才会让他死掉。"借着快要燃尽的火光,福尔摩斯注视着我;我从没见他脸上出现过这样的绝望:"你要不要帮帮我,罗素,还是我自己背着他?"

我们把毯子放下,然后把达米安抬了上去,福尔摩斯还把另一块毯子也裹在了他身上。"我们不能留下一点线索。"他说。

达米安呻吟了一声,接着就安静了下来。

福尔摩斯把三支枪都收好,递给我一支,一支塞进了自己裤兜,另一支摆到了死者的手边。然后他把毯子的两角缠在自己的手腕上,等着我也做完同样的动作。

我们中途把达米安放下来一次,还有一次我摔倒了。当时达米安大喊了一声,但我们已经离最近的农舍足够远了,那里的农户不会听到喊声。

还有,谢天谢地,那户人家没有养狗。

## 四十七

**结局与开始**：当星星排成一线，老老少少都赞许地看着，此时他男子汉的气概开始显现出来，阴柔的一面就要褪去。这时，伟大的作品即将完成。凡人的能力得以证明。

《证据》，最伟大的部分

我们终于安全到达了酒店，福尔摩斯忧心忡忡地站在后门里面，我卷起衣袖，露出了酸疼的手臂，接着迅速地查看了一下地板，竟然发现里面有个存储间，即便里面点上灯，外面也不会看见。我把扫帚和桶清了出去，放进去几个垫子，然后将半昏迷的达米安抬进了黑暗中的酒店。福尔摩斯给他儿子解开衣服的时候，我去找医药箱。

我回来的时候，发现福尔摩斯正站在达米安身边，眉头紧锁地看着伤口。看起来很糟糕，但达米安的呼吸还算平稳，看来，没有伤到肺部，而且渗出的血说明，主要的血管应该也没什么大碍。

"子弹还在里面吗？"我问。

"顺着肋骨穿了进去，可能打断了几根，最后打中了后背，胳膊下方。"

"你不打算给他手术，福尔摩斯。"我提醒了他一句。

"子弹打在肌肉深处，"他似乎同意我说的话，"我不想让他的右臂受到影响。"

似乎听到了会危及那只画画的手,达米安身体动了动,随后急速地喘了喘气。

"他似乎没有服用太多的药。"我说。

"他的块头大,布拉泽斯不会冒险那么早就让他倒下。他也许会背着失去意识的尤兰达,但不会是达米安。"

"该死,好痛!"达米安突然喊道,接着又没了精神。

"我去找找孩子,"我告诉福尔摩斯,"我们是不是可以给他弄些咖啡喝?"

"那会更容易让他失去意识。"

我没有理会他的反对,直接走到厨房,把水壶放到了炉灶上。

我在楼上的屋子里发现了艾斯特蕾,那里只点着一根蜡烛。她那小小的身体躺在凌乱的床单上,此刻一动也不动。

在痛苦和不安中,我穿过地板,俯身看着她安静的身体。几秒钟过去了,想到要告诉达米安,我的心沉了一下——就在这时,她的喉咙里发出了细微的声响,接着是一阵稚气的鼾声。

我的双腿僵住了,一下坐到了她那张拼凑的小床旁。我有些眩晕,便用双手捂住了头部,坐在那里听着她呼吸的声音,听着珍贵的气息从她的嗓子吸进又呼出。我不知道她究竟是不是福尔摩斯的孙女,但事实是,那都不重要:达米安爱她,那么她就是我们的家人。

我过了一阵儿才想到灶上的水壶和两个等着喝水的人。我坐了起来,仔细地看着这个小小的、柔弱的生命。如果布拉泽斯没给她用佛罗拿,我一点都不会感到奇怪。

想到那个死了的人,我一下子站了起来。我离开那个睡梦中的孩子来到隔壁的房间,在那里发现了布拉泽斯待过的迹象。达米安和孩子共用一个房间,地上到处是散落的衣物,布拉泽斯的房间则完全不一样，他已经把东西打好包，做好离开的准备了。

我打开他的包，看到两本护照。我把它们收了起来，又去看了看艾斯特蕾，确定她仍然睡着之后，我来到了楼下。

我冲好咖啡，把它端到里面的房间，发现福尔摩斯已经设法让达米安坐了起来，他开始进入一种时而迷糊时而清醒的状态。咖啡很浓，足以让死人清醒过来，更别说这种只是受到镇静剂影响的人了。我把一大杯咖啡塞到达米安手中，看他慢慢喝下去，这时，我从衣袋中拿出那两本护照，把它们递给了福尔摩斯。

一本护照上写的是名为乔纳斯·艾吉格的英国公民；另一本还是同一个人，只不过多了他的女儿艾斯特蕾。

福尔摩斯的脸上泛起了和我一样的厌恶之情，他把护照放到一边，手指悄悄地在裤子上蹭了一下，之后才伸手去晃了晃他儿子的肩膀。

"达米安，"他大声地说，"我要你清醒一下，你能说话吗？"

"艾斯特蕾在哪儿？"他回答道，虽然很含糊，却已经有意识了。

"她很好，"我连忙让他放心，"在睡觉。"

"天啊，到底发生了什么事情？"

"布拉泽斯刚才想杀了你。"

"怎么会呢？"

"他刚才朝你开了一枪。"

"什么？啊，难怪疼得要命。"

"你也给了他一枪，如果这么说能让你感觉好点的话，他已经死了。"

"死了？我把海登杀死了？哦，天啊——"

"达米安!"福尔摩斯厉声说道。他停了一下,在等儿子的眼睛看着他,"我们需要你马上离开这里,现在就走,你现在能动了吗?"

"海登死了。人死了,我们不能就这么一走了之。警察会追查我们的。"

"警察已经在追查我们了。"

"为什么?"

福尔摩斯看了看我,然后又看着他的儿子:"尤兰达被人杀死了。苏格兰场——"

"不可能,"达米安说,"绝对不可能。她只是去参加宗教探险了。"

"你的妻子死了,"福尔摩斯轻轻地说,"两周前,在威尔明顿巨人像那里。我见过她了,达米安。就在你离开我的那个周日,你和海登离开伦敦的前三天,我见到了她。在一间停尸房里。她被人下了麻醉药,就像你刚才一样,然后用来献祭,你刚才也差一点。她当时没有任何感觉。"

"不,"达米安又说了一遍,"这儿有一封信,海登——布拉泽斯,他改了名字——留给我一个口信,告诉我怎么去找他。"

作为回答,福尔摩斯从口袋里拿出一样东西,塞到了达米安手中。

达米安把手伸开,凝视着我们在布拉泽斯保险箱中发现的金指环。他还是说着不可能,只是声音低了些,语速也快了,似乎这些话能让眼前的一切回到从前:"我们在皮卡迪利广场见的面,他把她写的一封信交给了我。那天是周五。那也是我离开的原因。我写信告诉了你,告诉你我当时在做的事情。我的确给你写信了。"

"我们收到了信,"福尔摩斯说,"尤兰达的信上说些什么?"

"那只是其中的一封信。"说到她名字的时候,真相还是触痛了他。他紧紧地握着指环。"她总是出去参加一些宗教活动,总是要把我也拉上。而且我也的确参加了。我并不介意,这样她才高兴。每次她都很开心。哦,老天,所以当她写信告诉我,说她这次的探险非常重要——她们都把那叫作探险——但她这次要准备好几天,需要我带上艾斯特蕾和海登一起去,然后海登会带我们会合,她还说这次是最后一次了。"他开始擦起了眼泪,哽咽着往下说,"她说,那样会麻烦我,还说她感到抱歉,但那绝对值得,如果这次之后我不想让她再去,她保证不会再去了。"

他已经泣不成声,垂下头靠着墙哭了起来。福尔摩斯轻轻地递给他一个垫子作为安慰,然后拉着我走了出来。

借着半开着的门中透出的光线,福尔摩斯摸索着来到了后面一处满是烟气的吧台。他找到了一瓶酒,第一杯一饮而尽后,他又倒满了一杯;我把自己的那杯一口喝光了。

"早上潮水一变就要开船了。"他说。

"坐船走会害死他的。"

"也不一定。"

"福尔摩斯,到斯特罗姆内斯有四英里的路程呢。而且他还需要我们两个抬着,孩子怎么办呢?"

"我们可以把孩子放到他身上。"

"等她药劲过了醒来的时候,在一个黑暗的地方,天那么冷,我们的动作又那么奇怪,你觉得她会乖乖地不出声吗?"

"汽车怎么样?这里应该有一辆。"

"一辆旧马车,是的。这里倒是有辆马车,要是我们再从对面的小围场里借匹马就好了。不过,你不觉得亮着灯的那家农户已经给警察打电话了吗?"

431

昏暗的灯光下，我看着他走到窗前，来回走了几步，直到发现门板上有道可以看到外面的缝隙。看他回来的样子，我知道他看见了什么。

"他们已经来了，是吧？"我问他，"没等你把达米安弄到车上，他们就会把你俩抓住的。"

"我们可以给孩子再喂一些——"

"绝对不行，我可不想给孩子喂那样的药。"

我们彼此看了一会儿，最后我还是放弃了："她非常虚弱。我觉得她能一觉睡到天快亮的时候。这样我就有足够的时间帮你把达米安弄上船，在她醒来之前回来。"

"你确定？"他似乎并不是在问时间是否来得及。

"不能，"我说，"但是我看到屋子里有副担架。"

我们抬起了他。

没有带上孩子他根本不想走。直到我向他保证自己会豁出性命来保护孩子周全，他才勉强同意，而且坚持要看一眼孩子再走。我们两个人都说把孩子抱下楼和他告别会给孩子带来危险，这才最终说服他。

"你要是再耽搁下去，同样会给她带来危险。"最后，福尔摩斯告诉他。我们把他抬出酒店，走了两英里半的路程才最终到达了斯特罗姆内斯附近的一处海湾；只有一次我们需要弯下身体躲到一边，以免被灯光照到。无篷小船还在那里，隐藏在芦苇当中，足够两个人用了。我和福尔摩斯扶达米安站了起来，然后福尔摩斯把他领到了小船上。

达米安挣脱了他，一把抓住我的手："你肯定会保护艾斯特蕾的？请告诉她，我和她妈妈不得不先离开一下，不久我们就能团聚，好吗？你保证？"

"我保证会尽我所能让她安全、舒适。"

"还要爱护她？"

"会的，爱护她。"

福尔摩斯扶他上了船，把毯子裹到他身上。然后他回到我身边。潮水在我们的靴子上拍过来又退回去；起伏不定的水面上，依稀可见斯特罗姆内斯湾零星的灯光。

"谢谢你。"他说。

"你会发现，由我当保姆，花费会很多的。"我这么说，既有玩笑的意味也有真实的考量。不过，他此时并不是在说照顾孩子的事情。

"我知道你不会轻易放弃的，"他突然说道，"我知道，如果有证据显示此事与达米安有关，你就会去查的。"

"福尔摩斯。"我说，有点惊讶。

"谢谢你没有强迫我去调查我儿子。"

"我……是的。赶快带他去看医生吧。"

"马上。"

"保持联络——通过迈克罗夫特。"

"如果他还没有被捕的话。"他苦笑着说道，迅速地上了船。

"我差点忘了，你觉得他还没有吗？"

"如果他被捕了，你就通过《泰晤士报》的私事广告栏联系我。"听起来他并不担心哥哥的命运，我也觉得迈克罗夫特·福尔摩斯能照顾好自己。

"福尔摩斯，别——"我停住了，改口说了一句，"一路保重。"下面的话太伤感了，我没有说出口：别让我告诉那些蜜蜂，它们的主人不回来了。

所以，到头来还是像开始时一样，福尔摩斯和儿子消失在夜色中，留下我来完成其他的使命。

我在岸上等了一会儿，直到他追上附近的一艘渔船，征得了船长的同意。我听到了他们把达米安拉上船的声音，这时，离此半英里的地方传来了引擎的声音；我赶忙跑了起来，回到蜡烛就要燃尽的酒店。石圈那里已经有灯光在闪烁，警察也许还在困惑那里发生了什么，但他们似乎还没有发现这家被烧毁的酒店有什么反常。

我进了酒店，直接上了楼，此时蜡烛已经快烧到垫板了。艾斯特蕾还在睡，不过我觉得那呼吸声已经不像之前药物影响下的样子了。我轻轻地走过去，轻柔地把穿着温暖睡衣的孩子搂在怀中。她浑身散发着牛奶和杏仁混合的香气，当我把凌乱的衣物朝我这边拉了一下时，她的呼吸忽然停住了。我一下子僵住了。一分钟后，她叹了口气，然后蜷缩在我的胸前，就像一只享受着阳光的小猫咪。

真是不同寻常的感觉。

我抱着她慢慢起身，极为小心地走下楼梯，来到了里面的房间。到了那里，我加快动作，先把她放到她爸爸之前休息过的垫子上，然后小心把手从她身体下抽了出来。她的呼吸没有变化，此时，我感觉自己像打了胜仗一样欣慰。

我让灯点着，以防她突然醒来，然后回到楼上看看有没有落下什么东西。

我把所有可能暴露达米安和布拉泽斯身份的东西都收了起来，包括达米安的素描和护照。我把艾斯特蕾的几件厚衣服和一个旧娃娃装进一个枕套，其他所有一下子就能看出是孩子用的东西被我塞进了一个箱子里。我把箱子从后门搬了出去，里面又塞上一些石头，然后用力扔到了远处的海湾中。

夜色渐渐退去，海风也小了一些：福尔摩斯和他那个瑟索的渔夫应该已经顺利渡过了海峡。我来到一处可以看到石圈的地方，发现那里已经没有了灯光，这倒是很奇怪。也许是乡村警察夜晚搜寻的装备不够？还是不太关注死者，只把尸体抬走就算完成任务，等到明天天亮再检查现场呢？

我回到屋里，从酒店的餐具柜里找到了一些食物，然后来到小家伙温柔打鼾的地方。

我一边就着一瓶啤酒嚼着干巴巴的饼干，一边仔细地看着她。眼前的她，的确是达米安告诉我们的那样，三岁半左右的样子，并不是我之前猜测过的八九岁的年纪：不管她能不能读书、会不会和大一点的孩子玩耍，这张熟睡的脸上如今只有轻柔和稚气，就像个婴儿一样。

所以，半个小时后她翻了个身醒过来时，我看到一双家族式的灰眼睛竟没有感到一点惊讶，那凌厉的目光和一只刚刚孵化出来的小鹰一样。

那是福尔摩斯家族的眼睛。艾斯特蕾是达米安的孩子。

那双灰色的眼睛环视房间一圈，发现她爸爸和那个她认识的叫海登的人都不在这里。没有一点害怕，她一下子坐直了身体。

"你是谁？"那是一个孩子的声音：不仅充满了智慧，还有更多的东西。

"我是……"我刚想说却先笑了，"我觉得，你可以说我是你的祖母。"

"我爸爸在哪里？"

"艾斯特蕾，很抱歉，你爸爸他受伤了。他的爸爸来帮助他，带他去看医生了。"

"我妈妈还没来呢，是吗？"

"我……没有。"

"你是布拉泽斯先生的朋友吗？"

"不，我不是。"

"我可不怎么喜欢他。"

"也许我知道为什么。"

"他还有个名字，叫海登先生。我想在他书上涂色，他生气了。"

"是吗？"

"我以为那是一本画册，"她解释了一下，"我爸爸有一些书，就是用来画画的。我妈妈也有书，是写字用的，他们都不介意我在上面涂色，但布拉泽斯先生却不让我那样。"

"听起来很有道理——"我突然停了下来，感到一阵寒意袭上了后背。天啊，我怎么忽略了这一点？"布拉泽斯先生的书，有很多空白页吗？"

"有一些。上面也写字了。但我都看不懂。我很少读潦草的字迹。上面还有我爸爸的画呢。"

是《真理之书》。托利弗要装订的另一个版本。它不在伦敦，这个他住过的房间里也没有。唯一的可能就是他随身带着——当然是，还有羽毛笔和吸墨沙。即便他不敢随意地把它拿出来在上面写东西，或是用瓶子把血带走，这本书都是仪式高潮时必不可少的。他一定会随身带着的。

他会一直带着它……

布拉泽斯的外套上有血，就在达米安射中的地方：我看见了。血渍的确稍稍偏离了弹孔——那会不会是因为他倒下的时候衣服动了？流的血相对不多是不是因为子弹刚刚穿过他的心脏他就死掉了呢？到底是不是这样呢？

五十张空白页，六幅画，两张封皮——厚厚的封皮，我所熟悉的托利弗的作品。如果这本《真理之书》一直在布拉泽斯上衣的内袋中——就在他心脏的位置，那么——当子弹射中他的时候，它会不会正好将子弹弹飞了，那它就打中了他的肩膀而不是心脏？

我意识到自己在动时已经站起了身。孩子也警觉地向后动了动。我又认真地想了一下。我突然有种冲动，想一把抱起她冲到门口,但我又马上告诉自己,如果布拉泽斯在我们认定他死亡以来的这三个小时里没有来找她,那我很可能还有几分钟的时间。而且我还有枪。

"宝贝,我们得走了,"我告诉她,"你能穿上衣服和鞋子,再把外套也穿好吗?"

看她还不熟练,我帮她穿好衣服,把剩下的饼干塞到了衣袋中,然后把灯熄掉了。我一只手抱着她,低声地对她说:"我们一定要小点声,我们得离开这里,到路的那一边,然后我们就可以说话了,好吗?"

她什么也没说,过了一分钟后我才意识到,她是在用点头的方式回答我:不,这不是因为她长大了,而是她超乎寻常地聪明。我紧紧地握着她的手,然后打开了门。

酒店里一片漆黑。艾斯特蕾已经尽力小心了,可她的鞋子踩到地板上的细沙时还是发出了响声,走了几步,我弯下腰抱起了她。这下好多了,她就在我的耳边呼吸着,此时已经听不到别的声音。

我和她悄悄地溜过房间。布拉泽斯之前用的是后门,我便走到前门那儿,放下了她,开始撬锁。

刚打开门,我便一把抱起她飞快地跑了起来:后面没有脚步声,没有喊声,也没有听到别的动静。

我们来到路上,穿了过去,跑上一条通往谷仓的小路,这时我才觉得我们已经安全了。我放下孩子,坐到她身边,把头靠在膝盖上,让自己好好地松口气。

过了一分钟,我感到一只小手正摸着我的腿,我把它握在了我的手中。

"我可以叫你奶奶吗?"她问道。

我死死地忍住笑:"我们最后决定之前,也许你可以叫我玛丽。"

"好极了。"她说,这又让我笑了起来。

"玛丽?"她问,"我们接下来要去哪里?"

我抬起头望着天空,看到了满天的星星。

现在明智的做法就是去找警察,希望他们能相信我的解释。的确,他们会把艾斯特蕾带走,另外,在没有家人照顾的情况下,他们会照顾她的,但他们也不是吃人的妖怪。事情一解决,他们当然会把她还给我,或者她的父亲。现在的明智之举还包括给迈克罗夫特发个电报,希望他能把我从这里弄出去。

不过,当时我要是个明智的人,还会在清晨五点钟坐在奥克尼的山坡上,握着这个不知哪里冒出来的孙女的手吗?我看着她,紧紧地握着她那只信任的小手。

"艾斯特蕾,你想不想坐上飞机到天上去?"

# 后记

很多天后,我正在苏格兰腹地的一个地方暂避,无意中看到一份已经过了好多天的报纸,上面提到一个住在斯坦内斯立石附近的农民,周五晚上被几声枪响惊醒,在石圈附近看到了火光。他拿着猎枪和煤油灯到达那里之后,仅看到一盏已经损毁的照明灯、一块边缘被烧焦的毯子,还有血腥打斗之后的痕迹。

没有提到一本手工装订、带着血字的书,也没有提到一把陨石铁打造的刀。

第二天警方调查后,没有发现尸体,也没有受伤的人到医生诊所进行包扎。警方很困惑,最终认为是一群年轻人恶作剧玩过分了。

不过,我们当中有人知道详情。

未完待续

请关注《蜂房之神》

THE LANGUAGE OF BEES by Laurie R. King
Copyright © 2009 by Laurie R. King
Map illustration by Jeffrey L. Ward
This translation published by arrangement with Bantam Books, an imprint of Random House, a division of Penguin Random House LLC.
Simplified Chinese translation copyright © 2018 by BEIJING ALPHA BOOKS CO., INC.
All rights reserved.

**版贸核渝字（2016）第086号**
**图书在版编目（CIP）数据**

蜜蜂的语言/（美）劳拉·金著；孙丽娜译. ——重庆：重庆出版社，2018.2
书名原文：THE LANGUAGE OF BEES
ISBN 978-7-229-12850-0

Ⅰ.①蜜… Ⅱ.①劳… ②孙… Ⅲ.①侦探小说—美国—现代 Ⅳ.①I712.45

中国版本图书馆CIP数据核字（2017）第280248号

### 蜜蜂的语言
MIFENGDEYUYAN
［美］劳拉·金 著
孙丽娜 译

策　　划：华章同人
出版监制：伍　志　徐宪江
策划编辑：张慧哲
责任编辑：张慧哲
责任印制：杨　宁
营销编辑：张　宁　初　晨
装帧设计：主语设计

重庆出版集团
重庆出版社　出版
（重庆市南岸区南滨路162号1幢）
投稿邮箱：bjhztr@vip.163.com
三河市九洲财鑫印刷有限公司　印刷
重庆出版集团图书发行有限公司　发行
邮购电话：010-85869375/76/77转810
重庆出版社天猫旗舰店
cqcbs.tmall.com
全国新华书店经销

开本：880mm×1230mm　1/32　印张：14　字数：320千
2018年2月第1版　2018年2月第1次印刷
定价：39.80元

如有印装质量问题，请致电023-61520678

**版权所有，侵权必究**